〖中华诗词存稿·地域专辑〗

中华诗词学会 编

甘肃诗词卷

卷一

陈田贵 编

中国书籍出版社
China Book Press

图书在版编目（CIP）数据

甘肃诗词卷 / 甘肃诗词学会编 . -- 北京 : 中国书籍出版社 , 2019.7

（中华诗词存稿）

ISBN 978-7-5068-7330-7

Ⅰ . ①甘… Ⅱ . ①甘… Ⅲ . ①诗词—作品集—中国 Ⅳ . ① I22

中国版本图书馆 CIP 数据核字 (2019) 第 123929 号

甘肃诗词卷

陈田贵 编

责任编辑 王志刚
责任印制 孙马飞　马　芝
封面设计 采薇阁
出版发行 中国书籍出版社
地　　址 北京市丰台区三路居路 97 号（邮编：100073）
电　　话 (010) 52257143（总编室）(010) 52257140（发行部）
电子邮箱 eo@chinabp.com.cn
经　　销 全国新华书店
印　　刷 北京虎彩文化传播有限公司
开　　本 710 毫米 ×1000 毫米 1/16
字　　数 755 千字
印　　张 70
版　　次 2020 年 6 月第 1 版 2020 年 6 月第 1 次印刷
书　　号 ISBN 978-7-5068-7330-7
定　　价 698.00 元（全 3 册）

《中华诗词存稿》
编委会名单

《中华诗词存稿》
〈甘肃诗词卷〉编委会名单

作者简介

陈田贵，男，汉族，1955年6月生，甘肃武山人，1976年5月加入中国共产党，1975年4月参加工作，大专学历。

现任甘肃省人民代表大会常务委员会副秘书长。

总　　序

我们这个诗歌大国有一个很好的传统，历来注重“采诗”、搜集整理诗歌材料。作为唯一的全国性诗词组织的中华诗词学会，自1987年5月成立以来，就十分重视这项工作。学会每年的学术研讨会和历届“华夏诗词奖”，都出版论文集和获奖作品集。纪念学会成立二十年、三十年时，还专门编辑出版了《大事记》《论文选集》《诗词选集》。《中华诗词》创刊以来，每年都制作年度合订本。2007年5月，在北京天识东方文化艺术传播有限公司的资助下，以近代以来诗词创作、诗词理论、诗词运动重要文献汇编，当代名家个人作品专集等为主要内容，出版了《中华诗词文库》。经过十来年的编辑整理，已经出了近百卷。这些诗集、文集的出版，记录了近百年来尤其是改革开放四十多年来，中华诗词从起步、复苏走向复兴的砥砺前行的历程，为近、当代诗歌史的撰写准备了丰富的资料。

党的十八大以来，中华民族优秀传统文化重新受到应有的重视。习近平总书记《念奴娇·追思焦裕禄》词和《军民情》七律的相继发表，引领中华大地诗潮滚滚而来。《中共中央关于繁荣发展社会主义文艺的意见》和中办、国办《关于实施中华优秀传统文化传承发展工程的意见》，都明确提出“加强对中华诗词、音乐舞蹈、书法绘画、曲艺杂技和历史文化纪录片、动画片、出版物等的扶持。”国家教育部组织制定由中华诗词学会起草的新中国语言体系中的新韵书《中华通韵》已经通过国家语言文字工作委员会语言文字规范标准审定委员会审定，即将颁布全国试行。这些都使我们真切地感受到，中华诗词的春天真的到来了。诗人们乘着骀荡春风，正以高昂的激情，书写着中华民族伟大复兴的新时代、新史诗，国家富强、民族振兴、人民幸福的中国梦；正以与人民同呼吸、共命运的诗人之心，对人民的欢乐、人民的忧患、人民的情怀给以诗意的表达；正以“美”或“刺”的诗人之笔，对市场经济大潮中人民对幸福生活的期待，对美好未来的希望，对假丑恶的深恶痛绝，或给以方向，或给以赞美，或给以鞭挞。正如习近平总书记所指出的：“好的文艺作品就应该像蓝天上的阳光、春季里的清风一样，能够启迪思想、温润心灵、陶冶人生，能够扫除颓废萎靡之风。”

当前，传统诗词创作者和诗词爱好者队伍发展迅速，已超过三百万。每天创作的诗词作品超过唐诗、宋词、元曲的总和。诗词评论研究队伍也成长很快，诗词评论、诗词学、诗词创作理论研究成果丰硕。如何从浩如烟海的诗词作品中“淘”出优秀作品，并使之存下来、传下去，如何使诗词研究理论成果“面世”并发挥应有的指导作用，确实是摆在我们面前的无可回避的一个重要课题。中华诗词学会是一个没有国家编制，没有国家拨款的社会团体，事业的运转主要靠社会赞助和会员费支撑。俊识（北京）文化传媒有限公司总经理吕梁松、北京采薇阁总经理王强，两位一直是对中华传统文化情有独钟的热心人，慷慨解囊，愿意同中华诗词学会一起，搜集整理编辑推出《中华诗词存稿》这套书，共同为中华诗词文化的继承和发展，做成这件十分有意义的事情。

《中华诗词存稿》主要搜集整理出版三部分内容的资料：一是当代诗词名家的个人作品集；二是当代诗词评论家、诗词学者的学术著作集；三是当代诗词作品、诗词理论学术成果阶段性、专题性、地域性的集成类作品集。诗词作品强调精品意识，沙里淘金，把“有筋骨、有道德、有温度”的优秀诗词作品搜集起来。诗词评论、研究类资料强调理论性和创新性，应具有鲜明的个性特点，具有创建性的见解。集成类的资料应有一定的史料保存价值。总之，做成一套具有当代价值和历史意义的好书。在此，我们编委会人员，向提供资料、筛选编辑、版面设计、校对勘误，包括所有为这套资料付出辛勤劳动的同志们，表示真诚的谢意！

郑欣淼

二〇一九年七月于北京

序

甘肃地处祖国之大西北，兼具辽阔之疆域，壮丽之山河，淳朴之民风，丰富之物产，实乃国之宝地也。甘肃民众于斯奕代劳作，创造出众多灿烂瑰丽之文化。其中特色鲜明者有黄河文化、丝路文化、敦煌文化、伏羲文化、彩陶文化等。多元文化交融互映，孕育出无数杰出之人才，同时也产生了无数壮丽之诗篇。自秦汉到明清，这里战火频仍，烽烟不断，长城迤逦，雄关巍峨，锻铸出不朽之边塞诗章，其中不乏千古绝唱者。称斯地为边塞诗之沃土与故乡实不过矣。千百年间，雍州之地诗风丕盛，诗潮迭起，佳作浩繁，蔚为大观，虽受“五四”新文化运动之冲击，旧体诗不免一时之衰，然西部诗词之创作仍不绝如缕。迨至改革开放以来，诗情复炽，诗帜先举。甘肃省诗词学会肇建于前，各地诗社组建于后，于是风、雅、颂之作遍于陇上，短制鸿篇，风格迥异，高吟浅唱，志趣相同，其势厚积而薄发，尽现陇原诗风源远而流长矣！

鉴于斯，我们遵中华诗词学会之安排，荟萃陇原近代以来诗作之精华，辑成此卷，以彰显陇上诗风之盛。此卷之编成，乃甘肃诗坛之壮举也。对陇上诗词事业之发展，对后继人才之培养，其功将不小也。此卷收录有祖籍为甘凉作者之作品，以及外省籍著名诗人行吟于陇上之作品，凡三千余首。时间自1840年即鸦片战争起以迄于今。纵览其泱泱，细品其情味，情调慷慨激昂，雄健豪迈者有之；清丽婉约，温柔缠绵者有之；典雅蕴籍，含蓄细腻者有之；粗旷刚强、简约率真者亦有之。佳什连篇，美不胜收。诚言之，虽然作者水平有高有低，选材有大有小，视角有广有微，却无不充盈着对这片热土之热爱，对美好生活之向往。诗中喷涌而出的热情，荡漾着时代之气息，社会之脉动，理想之光辉，以及不息之进取精神。幸读者留意及之，兹不赘举。是为序。

袁第锐

二〇〇九年十月

编辑说明

一、本编收录自1840年至2012年之间的诗词作品。内容以描写甘肃为主。

二、所收作品多用平水韵，用平水韵的有的可放宽至词韵。也有用新韵的作品。

三、以作者的生年为序排列先后。

目 录

林则徐

牛树梅

马世焘

李铭汉

陈炳奎

任其昌

施补华

巨国桂

王树楠

安维峻

宋伯鲁

裴景福

俞明震

周应沣

哈锐

李于锴

刘尔炘

谭嗣同

邓隆

水梓

高一涵

祁荫杰

董必武

朱德

王永清

张维

汪青

郭沫若

续范亭

邓宝珊

罗家伦

叶剑英

赵朴初

赵殿举

王文才

杨植霖

匡扶

马竞先

黄寿祺

甄载明

叶丁易

张思温

朱据之

李般木

张芸生

郭晋稀

萧华

王秉祥

黄罗斌

裴慎

胡绳

孙艺秋

程光锐

吴丈蜀

葛士英

霍松林

应中逸

羊春秋

孙轶青

卢金洲

袁第锐

张蓁

黄实

董晴野

林锴

叶嘉莹

白葆镒

师纶

王琳

丁芒

张举鹏

刘忠国

李曙初

刘昭

齐法一

徐万夫

赵烈夫

石含金

李显华

张宗铭

陈家琪

廖凤冈

潘村笙

陈剑虹

韩博泉

孙其芳

安居善

达延文

林从龙

罗锦堂

马维乾

高欣荣

王有瑞

王怡颜

王友符

李生俊

党卓

杨鹤年

谢新安

曹向荣

王以岱

唐珍

汪鸿明

穆永吉

荀守义

王创业

董国栋

刘沛

刘治邦

张全国

袁志成

罗宪成

吴刚

张志敏

岳存模

胡诗秀

厉凯腾

王素贞

白好寿

李仲泽

张源清

辛耀武

洪庭瑞

雷志学

林则徐

（1785—1850），字元抚，又字少穆，晚号俟村老人，福建闽侯人。嘉庆十六年进士，历任江苏巡抚、两广总督、湖广总督。曾充军新疆伊犁。后为陕甘总督、云贵总督。著有《云左山房诗钞》等。

程玉樵方伯德润饯予于兰州藩廨之若已有园次韵奉谢

短辕西去笑羁臣，将出阳关有故人。
坐我名园觞咏乐，倾来佳酝色香陈。
开轩观稼知丰岁，激水浇花绚古春。
不问官私皆获惜，平泉一记义标新。

出嘉峪关感赋四首

（一）

严关百尺界天西，万里征人驻马蹄。
飞阁遥连秦树直，缭垣斜压陇云低。
天山巉削摩肩立，瀚海苍茫入望迷。
谁道崤函千古险，回看只见一丸泥。

（二）

东西尉侯往来通，博望星槎笑凿空。
塞下传笳歌敕勒，楼头倚剑接崆峒。
长城饮马寒宵月，古戍盘雕大漠风。
除是卢龙山海险，东南谁比此关雄。

（三）

敦煌旧塞委荒烟，今日阳关古酒泉。
不比鸿沟分汉地，全收雁碛入尧天。
威宣贰负陈尸后，疆拓匈奴断臂前。
西域若非神武定，何时此地罢防边。

（四）

一骑才过即闭关，中原回首泪痕潸。
弃缥人去谁能识，投笔功成老亦还。
夺得胭脂颜色淡，唱残杨柳鬓毛斑。
我来别有征途感，不为衰龄盼赐环。

牛树梅

（1799—1882），字雪樵，号省斋，甘肃通渭人。道光二十一年进士，授四川彰明知县，擢四川按察使，主讲锦江书院。著有《省斋全集》等。

过关山二首

（一）

一路青云接，苍茫碧翠横。
山花皆有态，野鸟半无名。
烟岫晴偏耸，溪流激更清。
陇秦天与界，长此奠承平。

（二）

立马正峰中，乾坤一望通。
人歌流水曲，我唱大江东。
瑞气迎关紫，朝暾透海红。
登临饶胜概，摩抚看衡嵩。

寒　食

云树遥遮渭水滨，楼头北望倍伤神。
年年客舍逢寒食，唯有东风识故人。

马世焘

（1809—1875），字鲁平，回族，甘肃兰州人。咸丰五年举人。被聘为皋兰书院、五泉书院山长。著有《枳香山房诗草》等。

兰州竹枝词四首

（一）

长堤铁锁压虹腰，天下黄河第一桥。
二十四船连最稳，任他春水浪迢迢。

（二）

名山最爱五泉游，炎夏登临似早秋。
烟水茫茫看不尽，一层楼外一层楼。

（三）

淳化原来内府藏，笔痕墨渖重琳琅。
自从石刻装成帖，谁不临池仰肃王。

（四）

西瓜名种比青门，半出金城关外村。
送客长亭十里店，春来人似住桃源。

黄 河

浑浑浩浩撼金城，势抱雄关便不平。
二万里馀虽遍绕，三千年后为谁清。
浪翻白马天瓢倒，波滚黄云地轴惊。
若使乘槎能得路，好凭机石卜前程。

李铭汉

（1809—1891），字云章，甘肃武威人，道光副贡生，主讲凉州雍凉书院、甘州甘泉书院。著有《续资治通鉴纪事本末》。

立夏日偕友人郊游

灵均台畔草萋萋，欲话前朝夕照低。
箫吹紫玉人何处，帘挂真珠苑已迷。
乘兴来看新柳绿，多情休问暮鸦啼。
前村剩有春醪卖，遮莫酤来醉画溪。

陈炳奎

(1811-？),字莲樵,甘肃武威人。咸丰元年举孝廉方正,授灵台教谕。著有《古柏山房诗草》。

金城竹枝词

闻说五泉浴沸开，纷纷游女到山隈。
见人佯作含羞态，却向行人多处来。
烧香白塔到云崖，回望浮桥水面排。
侬自上来人自下，罗裙开处露弓鞋。

任其昌

（1830—1900），字士言，甘肃秦州人，同治四年进士，授户部主事。主讲天水书院、陇南书院。著有《敦素堂诗集》等。

至麦积山

孤峰立当路，流水绕其足。
树密草蒙茸，陂陀随屈曲。
藤枝谁剪伐，石角苦羁束。
焬麻秋尚蕃，螯比蜂虿毒。
风泉鸣虚籁，锵锵动寒玉。
松顶洪涛翻，浮天洒净绿。
梵钟闻远响，佛阁得近瞩。
主僧报客来，出迎如立鹄。
下马入禅宇，山茶烹相属。
未惬登陟兴，小坐转烦促。
轻策不可无，便削阶前竹。

秦安道中

野水环如带，遥山曲似弓。
麦畦攒嫩碧，霜树间深红。
蝶集晚花下，虻喧晴日中。
山城行便近，佳趣惜匆匆。

施补华

（1835—1890），字均甫，浙江乌程人。同治九年举人，入左宗棠幕，官至知府。著有《泽雅堂文集》《泽雅堂诗集》等。

大　风

黄云天半波涛涌，惊飙震荡阴山动。
酒泉城外军声喧，千帐忽作胡蝶翻。
筚篥乌乌吹不起，硬雨着人攒万矢。
辕门老卒曾出关，诸君未遇边风颠。
君不见瀚海茫茫沙怒卷，人马吹空似蓬转。

题嘉峪关驿壁

回首昆仑万叠山，黄沙白草几人还。
名心我比班超少，不待封侯已入关。

巨国桂

（1850—1915），字子馥，号静亭，甘肃秦安人。光绪元年举人，授甘州训导，兼河西精舍讲席，迁新疆迪化教授、阜康知县。著有《慕研斋稿劫馀诗存》等。

城西看黑河即饮李氏山庄

张掖城西野色团，临流掉首足遐观。
山光空霭岚腾气，水质深青墨泼澜。
休咎何征天道远，禾麻幸长人意宽。
多惭父老殷勤甚，美酒羔羊及冷官。

王树楠

（1851—1936），字晋卿，晚号陶庐老人，河北新城人。光绪十二年进士，光绪三十一年任兰州道，次年擢新疆布政使。著有《文莫室诗集》《陶庐诗续集》《新疆图志》等。

偕谢宝林张瑶圃蒋荫亭游南郭寺

南郭有遗寺，萧然来叩关。
石随空树卧，云似老僧闲。
远水碧生浪，夕阳红满山。
新祠妥工部，胜迹杳难攀。

过六盘山

山头立马观形胜，屈指重来近十春。
元代宫花零劫火，汉家边月冷胡尘。
一关拨地收全陇，万岭朝天控上秦。
为觅当年题句处，雨中颓壁长苔茵。

出嘉峪关

长佩剑嵯峨，凄凉出塞歌。
雪添红水阔，风入白杨多。
汉使乘槎去，胡儿牧马过。
秦城尽头处，落日望交河。

安维峻

（1854—1925），字晓峰，号盘阿道人，甘肃秦安人。光绪六年进士，选翰林院庶吉士，授编修。任福建道监察御史。主讲陇西南安书院，任京师大学堂总教习。总纂《甘肃新通志》，著有《望云山房诗集》等。

崆峒纪游五十韵

昔我戍沙塞，题诗云泉寺。
长剑倚天磨，隐寓崆峒志。
不意十年中，公然履福地。
我友郑广文，清游同揽辔。
行行过石桥，处处益神智。
如寻桃花源，绝境少人至。
又似蓬莱宫，神仙可立致。
穿林上青霄，径曲步代骑。
望驾空极目，烛烽光远被。
古塔迥凌空，中台巧位置。
东西南北台，各自标灵异。
琳宫梵宇开，瑶草琪花閟。
松柏高摩云，群木如栉比。
天门可阶升，引绳心惴惴。
绝顶得攀跻，喘定神犹悸。
雷峰声訇訇，阁空踏欲坠。
泾川尽一览，道里辽难记。

五台近罗列，有似儿孙侍。
路转下西岩，崎岖行之字。
夜来宿西台，星斗罗胸次。
如闻钧天乐，空际饶鼓吹。
明月伴玄谈，清风醒馀醉。
有鸟巡山鸣，名狗谅非戏。
晨起一凭栏，满地烟云腻。
药草杂发花，异香时扑鼻。
连日骋游目，穷险探奇秘。
云归龙洞入，狮蹲天台伺。
朽木桥飞仙，侧屏峰拥翠。
龟台及凤岭，殿尚灵光岿。
惟有大统山，令人思名义。
笄头何处是，延望足频跂。
俯瞰玄鹤洞，窈然幽以邃。
自非凡骨换，仙禽不可企。
今我尚浮沉，几时脱尘累。
到此心神清，富贵真蔽屣。
乃知轩辕圣，问道非多事。
世无广成子，汉武亦空诣。
徒令千载下，怀古发遥思。
鞭挞及四夷，武皇自英鸷。
持议涿鹿功，伯仲无轩轾。
世人苟目前，饶舌恣訾议。
岂知神武姿，电扫空异类。

不然烧回中，斯山且沦弃。
白日即升天，于世何所利。
感此意激昂，中宵耿无寐。
轩武世不作，浮云苍狗肆。
安得朝阳凤，复鸣归昌瑞。
倚剑说平生，斯游愿已遂。
泾清鉴我心，山静知我意。
龙泉韬匣中，终当惊魑魅。

宋伯鲁

（1854—1932），字芝栋，号芝田，陕西醴泉人。光绪十二年（1885年），选翰林院庶吉士，授编修。民国时当选为国会众议院议员，任陕西省通志局总纂。著有《新疆建置志》《海棠仙馆诗集》等。

入　关

冈峦重叠戴雄关，关势峥嵘霄汉间。
多谢有情关上月，照人西去又东还。

发嘉峪关

烽堠军容整，关城曙色新。
九秋方落木，万里有归人。
山带昆仑雪，衣留塔勒尘。
君恩如未替，犹及凤楼春。

裴景福

（1855—1926），字伯谦，安徽霍邱县人。光绪十二年进士，历任广东陆丰、番禺、潮阳、南海等县知县。民国初年，任安徽省政务长。著有《河海昆仑录》等。

凉　州

人生天地一蜉蝣，南北驰驱类马牛。
热宦安能离火宅，冷人只合住凉州。
祁连山下风吹面，古浪城边雪打头。
夜半酒醒闻画角，晓看寒色上貂裘。

过甘州

万帐云屯羽矢鸣，窥边胡马朔风生。
唐兵已筑龙驹岛，汉治犹传鸾鸟城。
帝命左侯收陇坂，天开右臂壮燕京。
名王冠剑朝丹阙，滩草牛羊卧月明。

玉门早发

一枕清霜凉月，五更荒角残钟。
梦断杏花江阁，眼明苜蓿边烽。
夜夜支床车下，朝朝淅米刀头。
万里冰山雪窖，九天玉宇琼楼。

俞明震

（1860—1918），字恪士，号觚庵，浙江绍兴人。光绪十六年进士，翰林院庶吉士，授刑部主事。任甘肃提学使，次年署甘肃布政使。民国时，任平政院肃政史。著有《觚庵诗存》。

平番道中

塞上西风吹土黄，疏林辜负好秋光。
山如病马吞残雪，人似寒鸦恋夕阳。
生计何尝关饱暖，沉忧只合待沧桑。
天荒地老吾能说，多恐旁人笑酒狂。

大雪登乌鞘岭

古浪河西流，庄浪河东注。
两水各西东，中央此天柱。
昨夜雪嵯峨，长城万峰聚。
眩光鸟雀静，构相龙虎踞。
巑岏露空隙，是水湍行处。
东水奔黄河，西水穿沙去。
群峰列玉屏，神工施斧锯。
不见马牙山，呼风作哮怒。

辛亥八月二十七日度乌鞘岭

寒风八月乌鞘岭，积雪千年古浪河。
从此南鸿断消息，今愁争似古愁多。

周应沣

（1861—1942），字伯清，号棣园、花萼大士，甘肃永登人。光绪十四年举人，署理阶州直隶州学正，选秦安县训导。民国时，任教兰州中山大学（兰州大学前身）。著有《棣园诗集》《希腊哲学名人传》等。

金城关

金城临野渡，落日望乡关。
山色古今外，河声天地间。
思亲游子泪，对酒故人颜。
沙鸟一双去，归飞意自闲。

五泉纪游

细雨如烟滴翠台，幽花涧底向风开。
岩头瀑布垂垂下，林角溪云故故来。
半卷诗成动沧海，一壶兴尽寄蓬莱。
诸君到此须留醉，不醉湖山未是才。

哈　锐

（1862—1932），字蜕庵，号钝斋。甘肃天水人。回族。光绪十八年进士。历任刑部四川司主事，四川璧山、宜宾、乐山等县知县。后辞官回乡，兴办教育。

甘谷喜晤任赓六部郎同年

萧然霜雪两盈头，留向秦亭泣楚囚。
除却灵岩无净土，任他沧海尽横流。
何因结队纷狐鼠，不死凭人呼马牛。
久别重逢三十载，刹那身世一浮沤。

春　寒

山色才如笑，无何忽转寒。
看花人意懒，争树鸟声干。
拂面风微动，围炉夜未阑。
诗成呵笔冻，梦醒怯衾单。

李于锴

（1863—1923），字叔坚，甘肃武威人。光绪二十一年进士，选翰林院庶吉士。后为山东蓬莱、泰安知县，沂州知府。民国时，隐居不出。著有《味檗斋遗稿》。

雪山歌

我家乃在祁连之南谷水北，名山咫尺环几席。十年洗眼看雪山，剩有心胸沁冰檗。借问此山何向复何止，昆仑维首终南尾。出塞迢遥不知几万程，西行入关尚馀四千里。云容石气惨不开，积铁壁立千崔嵬。中有鸿蒙万年雪，半化石骨生金苔。日车蹩躠不得前，独峰峨峨势上天。惊沙撼山风动地，半夜大雪埋祁连。峰南峰北无人行，山空万壑争送声。穷阴三日雪十丈，虎豹僵立思一鸣。云英英，风沙沙，此时一白无天地，但见蜿蜒万径盘修蛇。雪光孕石有奇理，坐令琼田千顷开遍白莲花。花开如盘复如斗，金鸡玉兔纷张口。九天清绝浩无声，岩洞仙人对饮酒。书生狂兴不可除，手披北风卷，坐揽名山图。径须五千铁骑横绝漠，雪中生缚南单于。寻到天山挂弓处，卧看天盖四野如穹庐。

刘尔炘

（1864—1931），字又宽，号果斋，晚号五泉山人，甘肃兰州人。光绪十五年进士，选授翰林院庶吉士，授编修。主讲五泉书院。任甘肃文高等学堂总教习。著有《果斋别集》等。

兰州怀古

天开地辟几多时，山自嶙峋水自奇。
秦汉以还辛庆忌，羲轩而后段容思。
累朝文献原非足，继起人才未可知。
灵秀郁盘应发泄，家家诞育好男儿。

谭嗣同

（1865—1898），字复生，号壮飞，又号华相众生，湖南浏阳人。光绪二十四年以四品卿衔军机章京，参与戊戌变法。后被害。著有《谭嗣同全集》。

兰州庄严寺

访僧入孤寺，一径苍苔深。
寒磬秋花落，承尘破纸吟。
潭光澄夕照，松翠下庭阴。
不尽古时意，萧萧雅满林。

别兰州

前度别皋兰，驱车今又还。
两行出塞柳，一带赴城山。
壮士事戎马，封侯入汉关。
十年独何似，转徙愧兵间。

和景秋坪侍郎甘肃总督署拂云楼诗

作赋豪情脱帻投，不关王粲感登楼。
烟消大漠群山出，河入长天落日浮。
白塔无俦飞鸟回，苍梧有泪断碑愁。
惊心梁苑风流尽，欲把兴亡数到头。

崆　峒

斗星高被众峰吞，莽荡山河剑气昏。
隔断尘寰云似海，划开天路岭为门。
松拿霄汉来龙斗，石负苔衣挟兽奔。
四望桃花红满谷，不应仍问武陵源。

兰州王氏园林

幽居远城市，秋色满南郊。
野水双桥合，斜阳一塔高。
天教松自籁，人以隐而豪。
为睹无怀象，苦吟深悔劳。

陇山道中

大壑宵飞雨，征轮晓碾霜。
云痕渡水湿，草色上衣凉。
浅麦远逾碧，新林微带黄。
金城重回首，归路忆他乡。

甘肃布政使署憩园秋日

小楼人影倚高空，目尽疏林夕照中。
为问西风竟何著，轻轻吹上雁来红。

憩园雨

淅沥彻今夕，哀弦谁独弹。
响泉当石咽，暗雨逼灯寒。
秋气悬孤树，河声下万滩。
拂窗惊客话，短竹两三竿。

程天锡

（1869—1951），字晋三，甘肃文县人。光绪十六年进士，授云南禄丰知县。民国时，在兰州师范、兰州中学、兰州女师任教。著有《涤月轩集》等。

壬申仲夏南京飞机开始至兰赋志

不乘车马不乘船，万里行空过眼烟。
无翼亦飞天有路，凌风竟去我疑仙。
江南塞北通俄顷，电掣星流任转旋。
往返京陇须臾事，缩地长房未足贤。

范振绪

（1872-1960），字禹勤，晚年号东雪老人、太和山民，甘肃省靖远县人。光绪二十九年进士，授刑部主事，出为河南济源知县。民国时，任河南孟县知县、甘肃临时参议会副议长等。新中国任甘肃省政协副主席等。著有《东雪草堂诗联存稿》《兰州事变纪略》等。

马牙山

西上乌沙岭，南望马牙山。
山在青天外，高出众峰间。
鸟飞不可到，猿狖不能攀。
丘壑皆带白，若结玉连环。
又疑万年雪，装点山容颜。
又疑匡庐上，五老鬓发斑。
定有仙人宅，赤松共往还。
江南山色好，无如此清闲。
崂山七十二，偏在东海湾。
谁知风景地，却近玉门关。

杨巨川

（1873—1954），字揖舟、号松岩，甘肃榆中人，清光绪三十年进士，授刑部主事，出为湖南麻阳知县。民国时，任敦煌县长。1953年任甘肃省文史馆首任馆长。著有《梦游四吟》《三通概论》等。

兰垣竹枝词

五泉新筑小蓬莱，烟雨楼台生面开。
堪羡曲江风鉴远，山头又起阁三台。

许承尧

（1874—1946），字际唐，号疑庵，安徽歙县人。光绪三十年进士，授翰林院编修。民国时，任甘凉道尹、渭川道尹、甘肃省政府秘书长等。著有《疑庵诗》等。

拂云楼

岩岩北城上，拂袖星斗寒。
开窗揽九曲，明镜无波澜。
仙槎去何处，皮艇点数丸。
炊烟万家树，绕郭青团圞。
丹黄涴丛刹，塔影依近山。
穷沙极祁连，白草遮贺兰。
古来饮马窟，边气回危栏。
随风弄长笛，慷慨临玉关。
畏途忆六盘，摧轮一何艰。
西倾与积石，想象几席间。
将帅纷联翩，楣字金琅玕。
眼前复何世，酒色襟上干。

偕林子豫游金城关

好山如锦错，古色间红紫。
开轩临大河，俯揽风日美。
高原踞地脊，万态雄起止。
跳荡贯中原，即此溶溶水。
蛟龙抱城阙，慑伏韬首尾。
冲融涵长天，净展蔚蓝纸。
峨峨万家堞，收敛入尺咫。
酒人凌狎之，微笑各徙倚。
拓此五噫怀，清音满吾耳。

高 旭

（1877—1923），字天梅，号剑公，别号慧云、钝剑，江苏金山人。南社创始人之一，任中国同盟会江苏支部长。著有《天梅遗集》。

甘肃大旱灾感赋

天既灾于前，官复厄于后。
贪官与污吏，无地而蔑有。
歌舞太平年，粉饰相沿久。
匿灾梗不报，谬冀功不朽。
一人果肥矣，其奈万家瘦。
官心狠豺狼，民命贱鸡狗。
屠之复戮之，逆来须顺受。
况当赈灾日，更复上下手。
中饱贮私囊，居功辞其咎。
甲则累累印，乙则若若绶。
回看饿殍馀，百不存八九。
彼独何肺肝，亦曾一念否。

王烜

（1878—1959），字著明，一字竹民。甘肃兰州人。清光绪三十年进士，授户部主事。民国时，历任省长公署秘书长、代理政务厅厅长等。1955年任甘肃省文史研究馆第一副馆长。著有《击柝集》《存庐诗话》《竹民文存》等。

咏软儿梨

梨花馆下果盈田，珍品冬来树树鲜。
有味有香甘若醴，无丝无缕软于绵。
沁心绝胜哀家爽，润面能回婉女妍。
满瓮琼浆春更好，羡他老圃乐欣然。

浆水面戏咏

清暑凭浆水，炎消胃自和。
面长咀嚼耐，芹美品评多。
溅齿酸含透，沁心冻不呵。
加餐终日饱，味比秀才何。

田骏丰

（1878-1917），字枫溆，号二澍，甘肃甘谷人。光绪优贡，官广西宣化知县。民国时，被推为北京临时参议院议员，任甘肃国税筹备处长、甘肃财政司司长、代理甘肃警察厅厅长等。著有《听春雨楼集》。

游伏羌大像山

携酒清晨上翠微，杂花生树乱莺飞。
暮春三月好风景，十载江湖悔不归。

叠阁层楼紫翠环，仙人杂佩起云间。
天香不许风吹散，万树花围大像山。

秋来如在画图中，木叶未凋山未空。
走遍江南花事尽，来看霜后一林红。

忆皋兰小西湖

池塘雅亦唤西湖，烟柳清台入画图。
一载春莺三载雁，可留鸿爪雪泥无。

于右任

（1879-1964），名伯循，字右任，陕西三原人。光绪举人。民国时，历任南京临时政府交通部次长，国民联军驻陕总司令，审计院、监察院院长等。创“标准草书”。著有《右任诗存》等。

敦煌纪事诗八首

（一）

仆仆髯翁说此行，西陲重镇一名城。
更为文物千年计，草圣家山石窟经。

（二）

立马沙山一泫然，执戈能复似当年，
月牙泉上今宵月，独为愁人分外圆。

（三）

敦煌文物散全球，画塑精奇美并收。
同拂残龛同赞赏，莫高窟下作中秋。

（四）

月仪墨迹瞻残字，西复遗文见草书。
踏跛沙场君莫笑，白头才到一踌躇。

（五）

画壁三百八十洞，时代北朝唐宋元。
醰醰民族文艺海，我欲携汝还中原。

（六）

斯氏伯氏去多时，东窟西窟亦可悲。
敦煌学已名天下，中国学人知不知。

（七）

丹青多存右相法，脉络争看战士拳。
更有某朝某公主，殉国枯坐不知年。

（八）

瓜美梨香十月天，胜游能复续今年。
岩堂壁殿无成毁，手拨寒灰检断篇。

邓 隆

（1884—1938），字德舆，号玉堂，又号睫巢，甘肃临夏人。光绪三十年进士，任四川新都、南充知县。民国时，历任甘肃官银钱局坐办、甘肃榷运局局长、甘肃造币厂监督、夏河县长。著有《壶庐诗集》等。

西固城怀古

西固城边水一湾，荒烟蔓草野花闲。
前朝繁盛今何在，相对惟馀露骨山。

雁 滩

滩声连夜雨，风景似江乡。
红叶孤舟渡，白云五柳庄。
波平鱼自在，天迥雁回翔。
欲觅伊人宅，蒹葭水一方。

水　梓

（1884-1973），字楚琴，号煦园，甘肃榆中县人。清末附生。民国时，历任甘肃省立一中校长、甘肃省政府代理秘书长、甘肃省教育厅长。新中国历任西北军政委员会委员，政协甘肃省第一、二届常委会委员，民革甘肃省副主任委员等。著有《煦园诗草》等。

题风月岭

石磴连云尘不嚣，有梯可上天非遥。
谁将太华苍龙岭，移作栖云山半腰。

高一涵

（1885—1968），字涵庐，安徽六安人。1916年毕业于日本明治大学，任北京大学编译委员，兼中国大学、法政专门学校教授。抗战时，任甘宁青监察使。新中国任江苏省政协副主席等。著有《金城集》等。

兰州初春

春断江南百万家，陇头风日转清华。
山间白草生新绿，天上黄云变彩霞。
十里平畴翻麦浪，满庭梨树吐琼花。
乡人别有幽闲趣，醒傍门前种醉瓜。

陇西道中

柳亸莺娇三月天，村村稚子摘榆钱。
牛车转粟云霄上，梨树飞花雪岭前。
蚕豆渐舒纤蝶蕊，蕨芽齐弄小儿拳。
陇山鹦鹉声凄切，疑是江南听杜鹃。

出嘉峪关

萧条嘉峪日凄凄，人与东风并肩西。
路入大荒千里直，天垂平碛四围低。
堆堆残雪翻银浪，阵阵惊沙认沼溪。
极目苍茫飞鸟绝，黄羊三五送轮蹄。

祁荫杰

（1886-1946），字少潭，甘肃陇西县人。光绪三十年进士，授礼部主事。民国时，归里隐居。著有《漓云诗草》等。

首阳山

高风不可掇，万古尘茫茫。
掉首忽无语，西山薇蕨香。

董必武

（1886-1975），湖北黄安人。曾任中华人民共和国最高人民法院院长，全国政协副主席，中华人民共和国副主席等。1955年视察兰州。著有《董必武诗选》等。

游兰州五泉山

兰州名胜地，共说五泉山。
近市廛嚣远，多龛香火悭。
溪流随小径，岭色压雄关。
清景难为状，看云独树闲。

朱　德

（1886-1976），字玉阶。四川仪陇人。曾任中国人民解放军总司令、中共中央副主席、中华人民共和国副主席、全国人大常委会委员长等。著有《朱德诗词集》 等。

玉门油矿颂

玉门新建石油城，全国示范作典型。
六亿人民齐跃进，力争上游比光荣。

王永清

（1888-1944），字海帆，号半船，亦号梧桐百尺楼主人，甘肃陇西人。宣统元年优贡。辛亥革命后，历任化平县县长，《甘肃通志稿》分纂、省政府秘书主任、庄浪县县长等职。著有《梧桐百尺楼诗集》等。

兰州览古

控制甘凉此咽喉，西来形胜览兰州。
千重树暗浮云锁，万点烟横落照收，
紫塞尚馀秦汉迹，黄河不洗古今愁。
惊心累代经营事，欲把兴亡数到头。

甘州杂咏（选三）

合黎山下黑水奔，此水汪汪有古魂。
试向居延障头望，嫖姚战垒已无存。

入云三塔郁嵯峨，地接西方古寺多。
一自鸠摩罗什后，六朝文化启头陀。

祁连山雪合黎云，落日牛羊散马群。
古木寒鸦定羌庙，行人犹说故将军。

雷台望祁连雪色

雪压祁连几万年，白云常在有无间。
玉龙不入中原界，划断西方半壁天。

忆 家

年年踪迹逐飞鸿，橐笔犹然道路中。
堡外人归怜暮影，天边雨过挂长虹。
云垂大野鹰盘草，地敞平原马啸风。
忽道家山兵祸亟，挥戈何处起英雄。

邯郸道中

春花五万梦长安，难得枕头一假观。
为问青青杨柳树，几人醒眼过邯郸。

张　维

（1890-1950），字鸿汀，甘肃临洮人。宣统元年拔贡。历任甘肃政务厅长、省署秘书长、甘肃省党部主任委员、甘肃通志馆副馆长等。著有《陇右方志录》《陇右金石录》《南野诗稿》等。

偶成

征马萧萧未可停，原田历历旧曾经。
陇头麦秀千畦碧，天末雁飞数点青。
节到花朝等逝水，客行茅店见晨星。
问余归去有何事，乱写新诗满驿亭。

松鸣岩

策马拂衣何处行，松鸣岩下听松鸣。
三关水急疑雷怒，万树风回作雨声。
西顶云封石佛古，南台日照山花明。
暂来亦足消尘虑，况复中原有甲兵。

汪 青

（1890-1950），字剑平，甘肃天水人。1945年加入中国民主同盟。1950年以特邀代表出席甘肃省第一届各界人民代表大会，选为甘肃省政协驻会委员。著有《轮虱集》。

甘肃省第一届各界人民代表会议盛况空前赋此长歌以志庆祝

珊瑚在树云在霄，灵曜弥空剧骄骄。阴霾十稔宜有晴，从此旭日朝复朝。我从天水来，胸有热情似怒潮。怒潮不可抑，今闻真谛便冰消。真谛之谓何，民主气氛围绕乎市朝。堂堂盛会聚群彦，山林隐逸偕牧樵。少者未及冠，老者耄耋鬓飘萧。更有亲爱兄弟之民族，袒裼长髯见雄豪。冠剑雍容罗广坐，鼓吹休明赖云敖。谠论如林涌似泉，争谈土改风飕飕。中间不动动两头，平治何须费宝刀。自此百年大计成，各阶层兮乐陶陶。天留老眼到今日，喜见景星庆云九天高。此为万里长征第一步，归马放牛等秋毫。会看全球劳苦大众竞执梃，蠢尔凶顽美帝何能逃。

郭沫若

（1892—1978），四川乐山人。曾任政务院副总理、全国文联主席、全国人大副委员长等。1971年陪同柬埔寨王国宾努亲王访问兰州。

满江红

1971年9月16日游刘家峡水电站作

成绩辉煌，叹人力，真伟大。回忆处，新安鸭绿，都成次亚。自力更生传教导，施工设计凭华夏。使黄河驯服成电流，兆千瓦。　绿水库，高大坝，龙门吊，千钧闸。看奔腾泄水，何殊万马。一艇飞驰过洮口，千崖壁立疑巫峡。想将来，高峡出平湖，更惊讶。

续范亭

（1893-1947），号恕人，山西崞县人。1932年，任西安绥靖公署驻甘肃行署参谋长。1937年，与共产党人合作创建山西新军，任晋西北军区副司令员。1940年，任晋西北军政民联会委员会副主任委员、晋西北行政公署行署主任。著有《续范亭诗文集》。

黄河楼远眺

浩浩荡荡全是正气，蔚蔚苍苍皆有生机。绿树兮荫浓，黄河兮长流。　　此地也有黄鹤楼，雁滩胜似鹦鹉洲。皋兰山水真如画，欣逢崔颢与同游。

邓宝珊

（1894—1968），原名邓瑜，甘肃天水人。民国时曾任西安绥靖公署驻甘行署主任、新一军军长、晋陕绥边区总司令。新中国任甘肃省政府主席、民革中央副主席等。

玉门沙

玉门西望星斗稀，不是沙飞便雪飞。
戴月披星千里外，凭谁检点寄征衣。

髫龄失怙走天涯，荆花憔悴惨无家。
马蹄踏遍天山雪，饥肠饱啖玉门沙。

哀 鸿

遍野哀鸿泪，来思雨雪霏。
干戈犹未定，何时解戎衣。
到处为家日，群龙无首时。
前途无限事，唯有此心知。

诗 圣

诗圣光芒笔有神，少陵一老百酸辛。
幸逢此日非当日，不薄今人厚古人。
东柯南郭记流寓，麻鞋草笠资写真。
林泉绚丽新歌颂，双玉兰开处处春。

罗家伦

（1897—1969），字志希，浙江绍兴人。历任清华大学校长、武汉大学历史系教授、南京中央政治学院教育长、中央大学校长等职。1941年，考察西北。著有《心影遨游踪集》等。

张掖五云楼远眺

绿阴丛外麦毵毵，竟见芦花水一湾。
不望祁连山顶雪，错将张掖认江南。

嘉峪关戈壁中忽见海市

平沙尽处有仙乡，一片烟波入渺茫。
更羡楼台凌倒景，宛然都在水中央。

重抵兰州见红叶缤纷最饶秋意

燕子矶边五月榴，那如红叶带霜稠。
若聚名城品秋色，八分秾艳在兰州。

叶剑英

（1897-1986），字沧白。广东省梅县人。曾任中共中央副主席、全国人大常委会委员长等。1956年11月，视察西北。著有《叶剑英诗词集》等。

河西吟

铜铁炼油遍走廊，当年人道是沙场。
伫看工厂林立日，戈壁阴成瓜果乡。

戈壁滩头建厂房，最新人物最新装。
业将同位诸元素，用到和平建设场。

易君左

（1899—1972），字家钺，湖南省汉寿人。北京大学毕业。北伐时，任国民革命军四军政治部主任。抗战胜利后，在兰州主编《和平日报》。著有《君左诗选》等。

五色沙

欲觅桃源世外家，汉唐胜迹比繁华。
月牙池畔寻芳草，刮得敦煌五色沙。

张大千

（1899—1983），名爰，四川内江人。1941年至1943年，在敦煌石窟考察壁画，临摹历代壁画精品300多幅。在兰州、成都、重庆举办“张大千临抚敦煌壁画展览”。

别榆林窟

摩挲洞窟纪循行，散尽天花佛有情。
晏坐小桥听流水，乱山回首夕阳明。

冯国瑞

（1901—1963），字仲翔，别号麦积山樵，甘肃天水人。清华国学研究院毕业，历任西宁县长、青海省政府秘书长、西北师范学院国文系教授、甘肃省政府顾问等。新中国，任兰州大学中文系主任、兰州图书馆特藏部主任、甘肃省文史研究馆馆员等。著有《绛华楼诗集》《麦积山石窟勘察记》等。

洛 门

晴暾洛门道，清丽一山川。
香熟千畦稻，凉生百道泉。
古魂招汉将，丰稔望村烟。
都道莲花好，迟来买藕船。

胡　风

（1902—1985），湖北蕲春人。曾任中国左翼作家联盟宣传部长、中国作家协会理事等。著有《胡风的诗》等。

河西行二首

（一）

万千齐举首，卷地起东风。
大敌崩全线，长营响巨钟。
扬声皆向北，飞步尽朝东。
雨雪兼晨夕，心红路路通。

（二）

能帅三军志，还收万众情。
呜呜羊角号，切切马头琴。
结谊催同愤，呼冤起共鸣。
心交群力动，竟见一天晴。

柯与参

（1903—1978），甘肃宁县人。曾任甘肃省国医馆馆长、甘肃省中医学会理事长、甘肃省卫生厅副厅长。著有《柯与参医疗经验荟萃》等。

李广墓

飞将英风已杳然，独留荒冢壮山川。
韬机运用孙吴下，绝域纵横卫霍前。
智勇终遭人所忌，精诚徒令石为穿。
千秋万口为君惜，应胜封侯汉武年。

钟敬文

（1903—2002），广东海丰人。北京师范大学教授、中国民间文艺研究会副会长。1980年，到兰州讲学。著有《民俗学概论》《西北纪游诗钞》等。

兰　州

东走黄河涌雁滩，天南突兀峙皋兰。
五泉兼有天人胜，古柳飞檐共壮观。

王孟扬

(1905-1989),原名梦扬,回族,北京市人。对伊斯兰经籍有研究。著有《伊斯兰天课制度》等。

崆峒纪游

香山列锦屏，闲步到崆峒。
人踱林中路，风传岭外钟。
灵龟伏邃谷，玄鹤杳青冥。
问道宫犹在，谁曾见广成!

同谷怀杜甫

饥走荒山叹道穷，淹留同谷悯哀鸿。
七歌衷曲泪凝血，亘古忧民一杜公。

王沂暖

（1907-1998），字春沐，吉林九台人。北京大学中文系毕业。历任兰州大学副教授、西北民族学院教授、甘肃省社会科学联合会第一届副主席等。为中华诗词学会顾问、甘肃诗词学会顾问等。著有《王沂暖诗词选》等。

凤凰台上忆吹箫·登白塔山

一塔凌空，群峰拨地，高低多少亭台。恍碧鸡灵鹫，天外飞来。处处幽通曲径，最好是春末秋才。无尽艳，红围绿绕，日丽云开。　　徘徊，登临纵目，看黄河远上，龙尾横排。问烟峦翠嶂，几度尘埃？谁为金城巧扮，披丽锦，妙剪奇裁。愿再倩、荆关画笔，更绘蓬莱。

念奴娇·武威

郡开古矣，是文钦武也，扬威世世？驿路迢遥通大厦，远客欢然来去。译笔传经，和谈献计，代有高人至。玲珑梵塔，鲁灵差可相拟。　　旷然沃野连云，平畴似剪，麦浪摇金碧。到眼鸡鸣犬豕闹，物阜年丰此日。银翼飘空，金轮掣电，赢得天人喜。琵琶马上，依稀应是梦里。

赵朴初

（1907-2000），安徽太湖人。曾任中国佛教协会会长、中国民主促进会名誉副主席、全国政协副主席等。1991年视察兰州。著有《片石集》等。

黄河母亲

散步黄河滨，默念黄河恩。
孕育我民族，黄河是母亲。
何以报亲恩，视汝寸草心。
此心无穷尽，誓侍黄河清。

赵殿举

（1908—1980），字子贤，甘肃西和县人。1924年入陇西师范，1926年加入冯玉祥国民军，任军法官。后入开封无线电专门学校。著有《形天葬首仇池山说》，诗集《抗脏集》。

抒 怀

头如钢铁胆如斗，无戴无绳随处走。
腹藏三升糠，渗尽天下酒。

鹊桥仙·春节在天津忆内

天津雪厚，汉源春暖，正是风云万里。原非灵鹊架桥时，絮叨声、殷勤窗纸。　　当年七夕，回门崖上，众妹坚邀阿姊。村头唱巧正悠扬，却道是、不如纳底。

鹊桥仙·忆旧

明月半圆，树影婆娑，墙里欢声继起。估量众女正颠狂，唯新妇、欲歌又止。　　脸上容光，一路叙说，儿时激情未已。村头唯恐娇客等，归来时、柔情似水。

与同仁游五泉山

绿树浓荫露画檐，游人笠伞绕池泉。
山腰碧水涵虹影，殿侧长杨笼鼎烟。
高阁楹联堪品味，古亭碑碣费磨研。
闲人最喜登高望，幸有文章助悟禅。

寄少普弟二首

（一）

一自从戎未顾家，高堂入梦泪交加。
常年侍药兄惭弟，四处浇愁酒当茶。
陋室还应多笑语，银川无谓大风沙。
读书养志有恒业，两地同栽益母花。

（二）

朔风阵阵乱胡笳，常忆连床论藻葩。
乱世立身思义鹘，清晨倚树看慈鸦。
萱堂起卧随欢快，蚁阵输赢免喧哗。
先人手植桑槐在，不种黄葵仰面花。

题《乞巧歌》二首

（一）

纸上心弦神鬼惊，女儿悲苦气难平。
出脓出血刑至死，嫁狗嫁鸡判终生。
乞巧唯求厄运少，及笄似向峭崖行。
亭亭碧玉家中宝，父母谁闻唱巧声！

（二）

莫谓诗亡无正声，秦风馀响自回萦。
千年乞巧千年唱，一样求生一样鸣。
水旱兵荒多苦难，节候耕播富风情。
真诗自古随时没，悠远江河此一罂。

仇池怀古

翠岫云高气势雄，当年何处国无门？
天然楼橹久神运，际会君臣搏海鲲。
古窟八峰文教在，残城一岭武功存。
松风野语无穷意，半碗村醅祭战魂。

呈谷凤池先生

卢沟枪响起妖氛，斩鬼中原有群雄。
胆气昆仑填溟海，豪情关陇感农工。
儒席捐笔歌飞将，狭县来师化俗风。
感佩深宵得下问，愿能鞍马效微躬。

访鸣皋闲步云华山

谷风时起感千端，回看黑云掩市垣。
眼下深壑石径细，云端古庙钟声残。
清廉明府罚无罪，耿介刁民讼有冤。
饥溺水火身无外，惟企嘉会振黎元。

与松涛过陈公坟有怀

西城血战信非常，遗骨青山墓草香。
尽职方能忘妻子，流芳岂只在文章。
中原七载干戈急，烈士千年日月光。
环顾苍凉阴雨近，山花一把代壶觞。

牛家垚拜年过子毅

盆火熬茶得共斟，枯杨标榜岂堪吟？
疮痍遍地多忧患，梦寐今朝更萧森。
孰谓回车非上策，休言报国负初心。
君将民瘼作身病，回首鸥盟可再寻。

赠龙伯

繁霜正月血如凝，此世当逢河一清。
刚直公仆原饥虎[①]，升平颂祷近青蝇。
护田谁可排风雹，问道人难断葛藤。
午夜清茶能醒酒，从今不必梦飞腾。

【注】

① 孙中山《建国方略》云："国中之百官，上而总统，下而巡差，皆人民之公仆也。"

悼亡

白检衣裳翻厨笸，针工精细故人綐。
猛来两点伤心泪，怕动儿心不敢多。

狱中吟三首

(一)

漾水北行地势奇，仇池南耸镇夔魖。
山川自古钟灵秀，应使庸夫胆满躯。

(二)

箫剑生平孤寄深，漂萍万里自庄矜。
宣法孙子击鼍鼓，诵简车郎凑萤灯。
渤澥舒情驰骏马，兰皋眺远摩神鹰。
蹉跎虽未云霄路，毕竟乡关少血蝇。

(三)

清露玉盘久照余，斗回铁槛亦如初。
元叔不死还作赋，节信蜗居更著书。
沧海桑田才眨眼，云衢蚁壤妄踌躇。
达官正美牙床梦，渺远鸡声细且舒。

祁山堡逢解放军呈王副团长

鬼蜮喷沙亦枉然，民祈解放香如椽。
长风扫雾红云展，世界升平万亿年。

咏白牡丹

天香一缕下尘寰，名愧群伦本色丹。
常愿粉身除疾苦，何惜碧手抚寒酸。
梦中桃李逐年广，鉴底须发银茎添。
篱外嘉明酣对酒，春阳和煦忘悲欢。

王文才

（1909—1975），字希久，山东临淄人。曾任山东省宗教事务处处长，山东省政治学校副校长等。

壬戌陇右纪行

祁连六月麦初黄，一角烟村水郭乡。
漫说古来征戍地，小风杨柳过凉州。

杨植霖

（1911—1992），内蒙古土默特左旗人。曾任内蒙古自治区主席，青海省委原第一书记、中共甘肃省委书记、甘肃省政协主席等。著有《杨植霖诗词选》等。

西江月·河西走廊

积雪祁连山上，消融灌溉城乡。
天生一片好粮仓，满足需粮有望。
已定种粮基地，精耕细作毋荒。
经年可见好时光，三陇蒸蒸日上。

匡 扶

（1911—1996），字昨非，辽宁营口人。辽宁师范毕业。任西北师范大学中文系教授，甘肃省文史研究馆馆员，中华诗词学会、甘肃诗词学会顾问等。著有《匡扶诗存》等。

重访邓家花园

邓家亭馆旧曾游，词客重来已白头。
花木迎人犹昔日，将军遗爱足千秋。

马竞先

（1911-1997），笔名雪祁，河北霸县人。曾任西北师院副院长。为中华诗词学会会员。工书法。著有《雪祁诗草》等。

泾川瑶池圣母宫

远上山村白日斜，桃林深处有人家。
天公偏助游人兴，开遍瑶池满苑花。

登麦积山

访胜秦州地，来登麦积山。
危岩盘栈道，飞鸟没云天。
一雨秋初到，千佛石未残。
凝神观古壁，不觉袖生寒。

黄寿祺

（1912-1990），字之六，号六庵，福建霞浦县人。曾任福建师范大学教授、副校长。著有《易学群书平议》、《六庵诗选》等。

凉州词

西行两度过凉州，犹冀他年再远游。
铜马凌空思壮志，心随大雁入高丘。

甄载明

（1912-2001），名晓，字载明，甘肃天水人，曾任甘肃省诗词学会学术顾问。著有《临孙过庭书谱》《甄载明诗存》等。

平凉杂咏

日暖平凉地，风轻荷芰红。
文星来陇渭，诗友集崆峒。
格律三唐细，馀声二宋工。
千篇难尽颂，建设祝丰隆。

贵清山口号

山崖似削自生成，万壑松风涧底鸣。
试问岷潭来往客，几人能悉贵清情。

临洮牙下集郊游

晴天绿海碧无涯，处处炊烟起浪花。
堪羡山村春意足，梨花开遍野人家。

重过嘉峪关

年少赳赳意气豪，长城饮马志凌霄。
老来吟啸过嘉峪，犹想鸡鸣舞大刀。

叶丁易

（1913—1954），名鼎彝，笔名孙怡、访竹，安徽桐城人。北京师范大学毕业，在四川省立戏剧音乐学校任教。1941年，任西北师范学院讲师。新中国任北京师范大学大校务委员会委员、中文系教授等。著有《明代特务政治》等。

安宁堡看桃花

蛰伏真如井底蛙，朝朝尘土蔽春华。
停骖皆是城中客，携手共看十里花。
岸远不来渔父棹，霞深空忆美人家。
自惭落拓非年少，也把花枝插帽斜。

张思温

（1913—1996），字玉如，号千忍老人，甘肃临夏市人。曾任甘肃省文史研究馆副馆长、甘肃省政协委员、民革甘肃省委员会委员。为甘肃省诗词学会顾问。著有《张思温诗选》《张思温文集》等。

炳灵寺纪游

灵岩苍翠峙河边，峡口风云杂暮烟。
无数奇峰平地起，果然万笏竞朝天。

大河家望积石关

河水奔流出大山，云开积石见雄关。
族繁八部群情浃，地扼边州两省间。
禹庙久荒传古迹，商场初辟换新颜。
红崖渡口霜林染，坐看绳舟日往还。

重游拉卜楞寺

佛地重来四十年，新开公路胜从前。
琳宫再造形仍壮，花乳精雕色尚鲜。
水波流清知草茂，斧斤以时护林先。
长街行过车停处，入耳乡音满市廛。

朱据之

（1914-2000），号劬园，甘肃省天水人。甘肃文史馆馆员。中华诗词学会会员、天水诗词学会会员。著有杜甫《秦州杂诗二十首浅释》《劬园诗存稿》等。

己巳日登玉泉观

满径黄花到玉泉，仙尘难究两茫然。
登临但有沧桑感，苍狗白云四十年。

辛未春风后七日偕朗轩克勤赏玉泉观木莲花

春风细雨看山葩，古寺灿然映彩霞。
本草有名宜记取，乡人正谓木莲花。

李般木

（1914-2007），甘肃武山人。曾任铁道报总编等。中华诗词学会顾问、新疆昆仑诗社副社长、中国书法家协会理事、新疆书法家协会主席。

夜光杯

玉光酒气满春台，醉里擎杯心镜开。
君问此杯何处有？故人携自故乡来。

张芸生

1915年生，甘肃礼县人。兰州第一汽车运输公司高级会计师，甘肃省诗词学会会员。

洛门温棚种菜

丝柳摇风尚未黄，温棚种菜早飘香。
翠添沙圃瓜苗秀，绿满阳畦韭叶长。
幕内人喧收获急，街头车挤运输忙。
今朝渭上风光好，十里平畴换盛妆。

郭晋稀

（1916-1998），湖南湘潭人。国立湖南大学毕业。历任西北师大中文系教授、系主任等职，甘肃省诗词学会学术顾问。著有《文心雕龙译注十八篇》《文心雕龙注释》《声类疏证》等。

四十周年校庆

当时筚路启山林，血沃中原草木深。
旧事腥风随逝水，新春花雨起遥岑。
青衿尽是屠龙手，白发犹存博虎心。
四十周年齐作颂，满园行处听长吟。

贺六朝史研究会成立

朱雀野花香，乌衣向夕阳。
幽人悲逝水，燕子说兴亡。
往事须为戒，前车未可忘。
遐龄虽健笔，疵纇待参商。

萧 华

（1916—1985），江西兴国人。曾任中国人民解放军总政治部主任、兰州军区政治委员、中共甘肃省委书记等职。著有《长征组歌》等。

丝绸路咏

昆仑唱明月，大漠歌长风。
戎事贯今古，慷慨将士功。
不掣青锋剑，那得古道通。
酣兴话丝绸，新路通天穹。

皋兰山远眺

桃红柳绿近溪边，千树梨花万皂烟。
九曲黄河朝大海，长城万里出西天。

王秉祥

（1916-1993），甘肃宁县人。曾任甘肃省委书记、中纪委委员、甘肃省政协主席、全国政协常委、甘肃省诗词学会会长、中华诗词学会顾问。

咏黄河母亲雕像

九曲黄河泛碧波，两山耸翠势嵯峨。
陇原已展鲲鹏志，赢得慈亲笑慰多。

巡视陇东有感

陇上杨槐挺拔时，春风春雨奋千枝。
根深叶茂荫千里，留与儿孙慰所思。

游麦积山

撑天一柱接长庚，形似农家麦积成。
至此方知群岭秀，登临喜见万花迎。
早同千佛彰丝路，兹共九州展锦程。
三陇而今多俊杰，庾铭已自写新声[①]。

【注】

① 朝周武帝时，庾信有《秦州天水郡麦积佛龛铭》。

黄罗斌

（1916-1998），陕西蒲城人。曾任甘肃省副省长、省政协主席、省顾委主任。中华诗词学会顾问，甘肃省诗词学会首席顾问。著有《黄罗斌诗词选》。

山丹行

忆昔山丹千里行，西风萧瑟古长城。
无垠大漠吞明月，心事浩然赤子情。

金城春色

春色湖光似画屏，花丛蝶舞伴流萤。
兰山松柏千重翠，白塔亭台万点星。

白塔山远眺

迤逦群山望眼开，人间天上费疑猜。
笛鸣漠地驼铃远，九曲黄河滚滚来。

颂黄河母亲雕像

青史悠悠漫品评，夏商飘忽渺周秦。
千载文明谁孕育，应识黄河是母亲。

裴慎

(1917-1989),字慎之,甘肃武山人。曾任甘肃省五、六、七届政协常委。著有《裴慎诗文集》《风雨集》《本草骈比》《伤寒论新编》等。

武山水帘洞

不信有仙任说仙，凭栏俯仰意陶然。
水帘隔断千山雨，神斧劈开一线天。
滴雨寒泉能益寿，生花火树不知年。
莲座麻姑亦健者，耻同燕女恋尘缘。

胡　绳

（1918-2000），江苏苏州人。曾任中国社会科学院院长，全国政协副主席。1980年视察甘肃。著有《枣下论丛》《胡绳诗存》等。

莫高窟

人间奇迹叹鸣沙，崖壁光开五色霞。
力士横眉菩萨笑，天王轻挽绛云车。

嘉峪关

长城断处古雄关，九眼清泉百叠峦。
沙碛茫茫驼影渺，祁连戴雪入云间。

孙艺秋

（1918-1998），原名孙萍，河南安阳人。西北联合大学中文系毕业。做过记者，参加过中国人民解放军，先后在台湾大学、中原工学院、兰州大学任教，为西北民族学院中文系教授，甘肃省诗词学会顾问。著有《唐宋诗词精选》《泥泞集》《待宵草》《冷梦亭残稿》等。

登三台阁看兰州夜色

飞檐缀月挂银钩，一色蓝天入画楼。
万斛明珠浮夜海，华灯百里认兰州。

程光锐

1918年生,江苏睢宁人。曾任重庆《商务日报》、上海《文汇报》、《石家庄日报》、《人民日报》编辑、记者,《报告文学》杂志副主编。著有《新闻工作与文学修养》、诗集《不朽的琴弦》等。

沁园春·咏出土文物东汉青铜奔马

腾雾凌空，横驰万里，踏燕追风。是口耳归来，飞扬欢跃；黄巾曾跨，陷阵冲锋？矫矫英姿，骁骁神采，巧手雕成意态雄。两千载，竟长埋幽壤，瑰宝尘蒙。　　春来故国重逢，问满眼风光是梦中？诧高楼遍地，渺无汉阙；长桥卧月，不是秦宫。一觉醒来，人间换了，日耀河山别样红。重抖擞，送风流人物，跃上葱茏。

吴丈蜀

（1919-2006），字恂子，别署荀芷，四川泸州人。曾任湖北省社会科学院文学研究所研究员、湖北省文史研究馆馆长、中华诗词学会副会长、湖北诗词学会会长。著有《吴丈蜀书法集》《读诗常识》《诗词曲格律讲话》《回春诗词抄》等。

白塔山远眺二首

（一）

灵泉高塔一桥牵，洪水奔流起巨湍。
环绕千山多异趣，雄峰挺拨是皋兰。

（二）

秋风云淡九霄开，西岭黄河天上来。
俯视新城何壮阔，东西无际贯长街。

葛士英

（1920-2007），河北曲阳人。曾任甘肃省委副书记、常务副省长、省顾委副主任、省政协主席等。

白龙江一瞥

天赐白龙峰叠翠，贪贾愚官剥绿装。
树伐土失岩石裸，高山倾泻泥石狂。
前人覆车后人戒，莫为蝇利失本纲。
恢复生态宏观策，改伐为育方针良。

霍松林

（1921—— 2017）年生，甘肃天水人。曾任陕西师范大学文学研究所所长、教授、博士生导师。中华诗词学会副会长、中国杜甫研究会会长、陕西诗词学会会长等。著有《文艺学概论》《李白诗歌鉴赏》《学者自选散文精华》《宋诗三百首评注》《历代诗精品评注》等。

重游兰州赋感

金城何用锁雄关，开放宏图纳九寰。
学海冥搜千佛洞，文坛高筑五泉山。
速传信息通欧美，广建功勋待马班。
莫道西陲固贫瘠，要将人巧破天悭。

沁园春·赞引大入秦

直上天堂，竟挽银河，横贯祁连。喜甘露池中，锦鳞映日；秦王川内，稻浪含烟。近揖西岔，遥迎景泰，共泻琼浆溉旱原。雄奇处，看羊群鸭阵，林海粮川。　　凭谁改地裁天？有科技精兵破险关。赞围堰截流，龙驯蛟顺；开渠掘洞，电掣风旋。富国功高，利民术好，引大入秦耀史篇。兴西部，变荒凉边塞，比美江南。

应中逸

（1922-2004），浙江鄞县人。曾任甘肃省政协副主席，民进甘肃省主委。中国书法家协会会员，甘肃省书协名誉主席，甘肃省老年书画研究会副会长。

重游兴隆山

轻车驱熟路，结伴上兴隆。
碧树连峦嶂，栖云绕峻峰。
松涛溪水绿，鸟语杜鹃红。
陇右风光好，秀山独占雄。

羊春秋

（1922-2000），笔名公羊，湖南省邵阳县人。曾任湖南师范学院中文系讲师、湘潭大学中文系主任、教授，中国韵文学会会长、中国散曲研究会名誉理事长、《中国韵文学刊》主编。

小西湖

画桥雕榭散平芜，柳老松娇叶未疏。
轻语欢歌游艇上，小西湖似瘦西湖。

五泉山

五泉山畔小勾留，木自参天水自流。
一角楼台垂柳下，半日红叶绘深秋。

孙轶青

（1922-2009），山东乐陵人。历任共青团中央宣传部副部长，中国青年报社社长、总编辑，《人民日报》副总编辑、国家文物事业管理局常务副局长、文化部文物局局长、第六届全国政协副秘书长、中华诗词学会会长。

敦煌莫高窟

戈壁绿洲石窟殊，连城佛塑伴经图。
犹如艺苑千秋史，细审精研胜读书。

卢金洲

1923年11月生，甘肃会宁人。西北师范学院毕业。曾任兰州市科协副主席、兰州市老年科技工作者协会名誉理事长。中华诗词学会会员，甘肃省诗词学会常务理事。选注有《兰州古今诗词选》，编著有《母亲·故乡·祖国》。

河西即景

漠漠茫茫漫接天，青青陇麦欲生烟。
长城界水西行急，外是平沙内是田。

安　西[①]

有水成村万户烟，安西四季刮风天[②]。
农夫稼穑辛劳甚，扫却黄沙又种田。

【注】

① 安西，今改名瓜州。

② 安西有“世界风库”之称。

会 宁

祖厉河流一道川，武皇逾陇纪华年。
三军师会长征路，红塔巍峨耸碧天。

灞 桥

灞桥烟柳亦多情，送我骊山道上行。
百姓人家游帝苑，晓风依旧入华清。

西 宁

两山四水谷中川，城聚高楼郭绕田。
河水泱泱山浅绿，西宁八月碧云天。

登会师楼怀古

黄叶落深秋，回乡上古楼。
桃山横郭峙，祖水带城流。
游学骄儿志，倚门慈母忧。
怆然生百感，白了少年头！

忆跟喜并序

跟喜，予少年时之伙伴也。忘其姓。为人傭。身矮而健，性慈而勇。相别五十余年矣。每忆及，思念不已。今赋此诗，以示不忘。

日升红艳落山黄，我拾薪柴你放羊。
青杏毛桃分个食，洋葱里蒜共同尝。
少年情谊空回首，多旱家乡总断肠。
久隔云天难问讯，老来家事可安祥？

袁第锐

（1923-2010），号恬园，重庆永川市人。曾任中华诗词学会副会长，甘肃省诗词学会会长，甘肃省文史研究馆员。著作有《袁第锐诗词曲赋集》《恬园诗词曲存稿》《诗词创作艺术丛谈》《恬园诗话》等。

长安八咏

（一）

千古刘郎有好辞，秋风兰菊寄相思。
柏梁枉自承甘露，海外何曾有紫芝。
先世已烹秦室鹿，伊谁却护汉家基。
丹砂铒罢终归去，大略雄才有尽时。

（二）

再到长安忘所之，灞陵桥下立多时。
等闲不谒杨妃墓，着意难寻太液池。
八水绕城成往昔，三唐盛业有新知。
当年骏马今何在，我欲乘之上九嶷。

（三）

气度雍容相大唐，西京城郭又辉煌。
五陵年少轻裘马，百万人流簇杏墙。
宫号大明新破土，钟鸣长乐好飞觞。
更新万象繁如锦，浴火余生作凤凰。

（四）

鸟雀迎呼野草芳，华清重忆李三郎。
寿王梦醒才安席，蜀道踉跄已断肠。
锦袜尚存归路杳，温汤难袭玉肤香。
人人竟说长生殿，谁念梅妃哭上阳。

（五）

欲托新词亦感伤，一番相忆一回肠。
遗砖败瓦还宫阙，坠彩残红入粉墙。
风雨骊山惊绮梦，夕阳箫鼓按清商。
临潼忍忆哥舒翰，却敌无方毁盛唐。

（六）

函谷青牛简侍从，难凭绿野识前踪。
若非令尹泥行止，焉得天师立道宗。
哲论恢宏垂后世，红旗缥缈矗遥峰。
唐王倘是神仙胄，国教崇尊几认同[①]。

【注】

① 终南山主峰传为老子著《道德经》处，峰上今建红旗，以供识别。于楼观台望之，隐约可见。

（七）

彩虹如柱起箫笙，旋止音符旋有声。
仕女竞从高处立，顽童偏向水中行。
莲房坠粉由天落，紫气祥云匝地生。
再到刘郎应自得，休从雁塔忆题名。

（八）

乘兴长安一壮游，连朝溽暑作清秋。
重来恍似沧桑易，垂老方知岁月稠。
气象盛唐看未足，神山太乙去难留。
曲江归后休惆怅，龙马腾飞势正遒。

兵谏亭怀张学良

徐福成仙是子虚，金人泣泪亦堪疑。
千秋帝业馀陶俑，百代雄王累鲍鱼。
约法每思刘季子，无能谁似李隆基。
转移国运夸兵谏，一日功成半世羁。

丙戌迎春曲

（一）

拿翁希莫久相违，山姆重将大棒挥。
枪炮喧时民主少，霸权炽处自由稀。
冷战思维无一是，热衷武力酿千非。
堵截围追输一着，神舟六号已腾飞。

（二）

败寇成王理最彰，古今中外事堪详。
泥牛入海伊拉克，饿殍呼援奥尔良。
与国渐离离渐远，霸权欲替替还狂。
笑他假戏难真做，庭审匆匆便散场。

（三）

从来为政贵祥和，荏席同登要止戈。
岂有仁人甘嗜血，莫恃霸道又兴波。
富强浪说成威胁，贫弱方堪任折磨。
不义多行将自毙，于无声处听悲歌。

（四）

夜色苍茫欲曙前，荧屏相对看飞船。
曾崇中学轻西学，为固皇权损主权。
屈辱年华空斫地，峥嵘岁月好更弦。
暗香迢递春无极，碧海长空夙梦圆。

（五）

诡谲风云六十年，征鸿昔日香如烟。
一衣带水成天堑，两地亲情昧夙缘。
去国襟怀常漠漠，归来意绪各翩翩。
复兴华夏同心力，青史重开锦绣篇。

（六）

荧屏相对泪常涟，未死先埋一命悬。
整顿几回成效少，设施多窳利为先。

瓦斯爆处空吁地，透水深时枉问船。
科学须遵人是本，莫图些利踵危巅。

（七）

不惮辛劳不惜躯，修成大道向天衢。
千秋和好思松赞，奕世文明感汉姝。
冻土作基无壑险，高原穿隧有通途。
平衡生态堪嘉慰，往复羚羊自在趋。

（八）

茅公去后又巴金，世纪文坛殒巨星。
万户萧疏过子夜，一生落拓累青衿。
艰难岁月多沉痼，混沌人间困羽林。
大好韶华嗟浪掷，荣哀谁慰百年心。

（九）

无端灾祸又相侵，四海传来尽噩音。
扑杀每闻过万翼，怀疑长是到千林。
高科底事难除疫，瘟癀谁教少药鍼。
遮莫天公拑恨口，马瘟而后又禽瘟。

张　蓁

字味根，1923年生，甘肃临洮人。西北师院国文系毕业。甘肃诗词学会会员。著有《自缚诗草》《雕虫文稿》等。

七旬晋六抒怀

不叹寻芳去已迟，人生自是有情痴。
百年未了须还债，万里难完更欠夷。
酒臭朱门非浪语，豆生南国有相思。
兴观群怨观乎世，弄月嘲风枉赋诗。

七旬晋八抒怀二首

（一）

未睹黄河讵肯休，乌飞兔走几番秋。
曾逢浩劫漫天地，因属残渣沦鬼牛。

（二）

老去吟呕试入门，难留斜日向黄昏。
未能石史研经史，本是田家住里村。
水月镜花无乍影，雪泥鸿爪有深痕。
骚人含愤投江死，千载犹招旧逝魂。

意难忘 中秋

一九七九年秋，蒙复教职。节夕赏月有感。

横素祁连，乍金波荡漾，新镜轮圆。秋高天尽洗，斗转人无眠。亏时易，复时艰，费几许周旋。恁熬煎，深深海底，岌岌山巅。　　停杯漫忆当年，恰风狂水怒，景物堪怜。月明珠有泪，日暖玉生烟。拨雾霭，睹青天，史乘启新篇，料应是，而今而后，一切朝前。

读诗杂感

八斗才华七步吟，相煎太急动乎情。
因时因事当前景，岂必桥头驴背寻。

咏 柳

潺潺流水灞桥西，浪涌千堆雪满堤。
多少柔条攀折去，迎风依旧舞腰低。

咏 荷

翠盖田田细雨池，鱼吹燕剪柳摇枝。
亭亭净植涟漪里，正是含苞欲放时。

咏牡丹

艳姿丽质出凡尘，国色天生蛱蝶亲。
华贵雍容谁与似，沉香亭北倚栏人。

咏芍药

华贵雍容世少肖，堪同姚魏竞妖娆。
天生尤物鲜伦比，千古江南只二乔。

咏三峡

千岩竞秀日无斜，碍日粘天众鸟嗟。
一派江流翻雪浪，几场神雨艳娟花。
巴山云绕还梦梦，巫峡猿啼已到家。
如马沉牛传语话，平湖潋艳放新槎。

黄 实

（1924-1990）原名崇厚,亦名子培，号劲风。四川郫县人。西北大学边疆政治系毕业。中共兰州市委党校教师。江南诗词学会会员。甘肃省诗词学会会员。自撰有《青青草诗词选》。

忆 家

借得东风催百花，诗成匆猝乐无涯。
锦官城外春光媚，唤起征人几忆家。

秋兴六首

（一）

秋风一叶动离情，秋雁南飞暮色横。
不是悲秋偏作客，几多秋思对孤檠。

（二）

秋雨松涛壮暮声，秋山处暑断蝉鸣。
生平不作悲秋客，但见秋光夜夜生。

（三）

惯听长夜送秋声，乐与秋风话晚晴。
不是秋春颠倒唱，漫山红叶促秋耕。

（四）

黄花欢笑送秋风，秋叶如丹似火红。
我爱青山秋不老，满怀秋思兴犹浓。

（五）

萤火秋光送旧年，秋思八载一挥间。
今秋再拟归期计，定教来年秋月圆。

（六）

衡阳雁去报秋深，又见庄生秋水吟。
冷雨秋风倾宿怨，几行秋兴作诗箴。

重庆旅次二首

（一）

纵目千株笋，陪都入夜明。
重来惊巨变，何处叩天门？

（二）

洞里千秋在[①]，山城景色幽。
风尘留一宿，灯火去渝州。

【注】

① 诗人下榻防空洞燕山旅舍。

蚕烛吟

寸烛有心犹滴泪，春蚕着意苦营丝。
江山是处留人醉，一片丹心报旧知。

纪念抗日战争胜利四十周年

巍然砥柱立中流，抗日烽烟遍九州。
统战联盟倡义举，国民携手济同舟。
中原鏖战崇英烈，敌后周旋灭寇仇。
卌载重光逢盛世，芦沟晓月耀千秋。

生日歌·为妻生日作

天公作美，小雪多晴。十月金城，冬暖如春。举家欢宴，生日同乐。　　躬逢华诞，奉陪小酌。百年合好，有寿有康。无忧无虑，何用杜康？

满江红·听红光公社广播,寄蜀中健、琳兄弟

浩荡东风，何惧有、丛山阻隔。牢记取、童年易逝，悔教无及。四海为家酬远志，三秋学稼留行迹。闻佳音、巴蜀又丰收，乡情激！　　勤实践，增知识；攻马列，惟求实。任风光无限，路犹艰厄。拼就一生归革命，应将热血还中国。誓作个、红色接班人，添行色！

江城子·和陈知翰赞《丝路花雨》在港、沪演出

阳关古道路漫漫。话神传，写青丹。绝技琵琶、节节扣心弦。一曲霓裳云且住，犹仙境，是凡间。　　敦煌遗史谱新篇。震文坛，舞翩跹。古窟珍藏、再现世人前。华彩丝绸今胜昔，花如雨，遍人寰。

扬州慢

萍水相逢，他乡作客，那堪同病依怜。比邻长顾盼，老小两欣然。历难每当从生计，春来秋去，弹指八年。不曾忘、闲田茅舍，几处炊烟。　　天涯何处？陇南、川东亦相连。自在有亲人，谈心促膝，木炭烘寒。千里迢迢询问：何时生个女如兰？此去多珍重，报佳还报平安！

沁园春·记白塔山迎春灯会,赋呈尹建鼎

夜暮将临，华灯初上，满目丽娴。渐繁星似火，金辉如注；琼楼骤起，飞阁流丹。盛友观光，游人竞往，白塔妆成花果山。抬望眼、有雄狮一对，迎客登攀。　　争夸古伎飞天，怎比得、散花降女仙。看金猴击怪，同声赞好；西厢待月，过客留连。灯转风回，良宵起舞，各族人民庆月圆。廊台下、尽龙腾虎跃，水笑鱼欢。

贺新郎·张天锡、华燕敏春日联姻喜赋

待得佳期到。践良缘、同心永结，旧盟新了。欢对红灯良宵夜，月共人圆花好。齐努力、迎来春早。比翼齐飞添壮志，破晨风、燕舞莺啼晓。能与智、竞奇妙。　　情郎应对赢苏小。挑银灯、青春相伴，白头偕老。柔日莲花开并蒂，陋俗陈规尽扫。时风树、人人称道。愿效天孙勤织锦，绣山河、技夺天工巧。增妩媚，献才藻。

满江红·答朱森溥

辱赐蛮笺[①]，逞豪兴、吟坛试笔。贻佳什、情文并茂，画工难得。慈竹千笼随露舞，苍松一路迎寒立。仰天笑、梅共雪争春，同芳泽。　　融冰雪，迎朝日；逢佳节，晴天域。看群芳争艳，满庭春色。一席箴言铭座右，几回幽梦飞南国。莫相忘、西蜀菜花香，传消息。

【注】

① 蛮笺谓蜀笺。唐时指蜀地所造彩色花纸笺。

满江红·赠曹鼎臣同志

故地重逢，南山下、融冰消雪。曾记否？连床风雨，同研马列。借得春风催化雨，育成桃李繁枝叶。思往事、逝者去如斯，伤离别。　　瞻前路，行新辙；尊良友，求团结。趁春光明媚，继承先哲。授业从心勤惠教，著文试手仍呕血。仰高山、愿与共登攀，从头越。

董晴野

1924年生，甘肃天水人。1949年毕业于国立杭州美院油画系，现为天水诗书画研究院院长，中国汉唐诗书画研究院董事长，中华诗词学会会员。

玉泉观重九日登高远眺

九秋黄落正纷纷，古宇临岩望翠氛。
去水直穿千峡嶂，阵鸿横扫一天云。
琳宫隐雾凭空看，野树吟风隔岸闻。
十里城郭遥入眼，半川烟柳笼残曛。

林　锴

（1924-2006），福建福州人。中央文史研究馆馆员。国家一级画师。著有《林锴画选》《林锴书画》《林锴书画集》《苔纹集》等。

莫高窟临摹壁画二首

（一）

煌煌金碧界天西，古道尘湮万马蹄。
数尽人间真画本，云山稽首一痕泥。

（二）

诸天变像画应难，三宿祇园壁下观。
摹得吉祥云百朵，一程花雨护归鞍。

叶嘉莹

号迦陵,女,1924年7月生于北京,加拿大籍人。曾任台湾大学教授,为加拿大不列颠哥伦比亚大学终身教授、加拿大皇家学会院士,南开大学中华古典文化研究所所长、兰州大学客座教授。著有《迦陵文集》《国词学的现代观》《唐宋词十七讲》等。

兰州讲学纪事

西行万里来兰州,自喜身腰老尚遒。
十月甘南更肃北,无边风物望中收。
皋兰山色晚来幽,好共风人结伴游。
指点三台阁上望,万灯如海认兰州。
远游喜得学人伴,细说骚经诸品兰。
更向沙山追落日,月牙泉畔试驼鞍。
时时钻越复攀援,细雨霏微尚五泉。
无害形骸一脱略,任天而动有名言。

白葆镒

字万青，1924年12月生，山西夏县人。原岷县政府办公室副主任。现为岷县书画院书画师、顾问、岷县诗词学会副会长、《岷阳诗词》主编。

悼念血战台儿庄将士

悲壮台儿威远扬，尸横遍野日无光。
拚将热血卫吾土，英勇忠魂俎豆香。

吊屈原

社稷安危魂梦萦，苦吟太息虑民生。
离骚一唱高千古，风雅常留北斗明。

八十有五旅游纪感

观赏山川水，驱驰海陆空。
焚香夫子[①]庙，瞻仰中山陵[②]。
遍览黄山景，攀登泰岳峰。
鲁苏横跨越，胜境妙无穷。

【注】

① 夫子庙乃曲阜孔庙。

② 陵字出韵，姑用之。

五月十七花儿会

四方万众汇岷州，绿野丛林好浪游。
迭藏河川飘异彩，二郎山麓展风流。
花儿嘹亮人陶醉，声韵悠扬树点头。
男女对歌无昼夜，“关门”余韵尚淹留。

洮迭长堤

極目遥瞻没尽头，恢宏气势壮岷州。
游人如织岸民笑，固锁狂澜亿万秋。

刘家峡水电站

驯服蛟龙科技功，刘家浪打电流生。
要为万众作奉献，照耀城乡彻夜明。

中山公园

柳岸朱门萃秀英，曲廊琼宇尽含情。
涛声更使人陶醉，坐对青山听鸟鸣。

引大枢纽工程

世纪工程罕匹俦，群山洞贯水奔流。
陇原荒漠呈新貌，众口皆碑赞壮猷。

缅怀十九路军松沪抗战

十九路军真杰雄，疆场喋血勇冲锋。
搴旗斩将惩倭寇，捍卫沪淞千载崇。

悼抗日名将佟麟阁、赵登禹

日倭挑衅战宛平，卫国雄师勇抗衡。
名将捐躯豪气在，军民垂泪哭干城。

师　纶

1925年2月生，河北徐水人。曾为政协甘肃省委员会秘书处处长。甘肃文史研究馆馆员。甘肃省诗词学会会员。著有《西北马家军阀史》、《文史拾遗》等。

九寨沟珍珠泉

亿万跳珠耀眼帘，瞬间即逝入流泉。
若来神力收将得，胜似人间造孽钱。

陕西骊山

骊山如骏耸西秦，历史是非聚讼频。
褒姒得笑民失信，始皇作俑楚亡秦。
华清水暖玄宗走，兵谏人醒国运新。
前事不忘车不覆，励精图治莫因循。

新疆博格达天池

插天雪岭翠屏开，域外平添明镜台。
西母理妆倩影驻，周王情重御骑来。
船行碧落同霄月，人到瑶池共斗奎。
原是地灵多毓秀，琼花锦上好培栽。

辛未端午登岳阳楼

洞庭万顷碧波平，带岭襟江气势宏。
楼重岳阳名广宇，“记”忧天下励廉清。[①]
重修有术存原貌，改革来潮步锦程。
国际龙舟湖上赛，潇湘不尽屈原情。

【注】
① 指范仲淹《岳阳楼记》。

谒甘肃兴隆山烈士陵园

卧龙湾内气蒸腾，朱德题名烈士陵。
忠烈千人抛热血，敌顽数万作山崩。
往时虽逝应回首，后事惩前始永兴。
一捧鲜花凭吊后，心潮忆往息难能[①]。

【注】
① 此葬解放兰州时十九兵团烈士。我亦兵团一兵耳。

祁连山

祁连高耸入云霓，横卧甘青绝足蹊。
无际冰川源碧落，有情乳汁哺河西。
频凿石窟存青史，罕见风光入画题。
造化天人原一体，护山成物两相齐。

游北窟[①]

名珠落覆钟，千载见真容。
七佛矗身武，唐姝素面丰。
信知神世界，实乃意之踪。
不觉摩挲晚，相期他日逢。

【注】

① 北窟在庆阳市西峰覆钟山崖。

游都江堰市青城山

九九登高幸有缘，青城山上觅名仙。
果然幽占神州甲，难得林花满眼鲜。
影摄上清于笔下，眸凝仙洞老君前[①]。
有无通悟知多少，身外方为无限天。

【注】

① 上清宫有于右任所书门联。宫下为仙师洞。

沁园春·兰州

叠匝群峰，襟带黄河，天造金城，看楼排似岭，车如流水，八方辐凑，百业繁兴。瓜果飘香，佳肴溢美，白塔五泉恋客情。晨熹里，有翩翩舞步，笑语欢声。　　群雄逐鹿堪惊，大汗武皇霸业俱倾。只人民不朽，弟兄携手，经风历雨，共辱同荣。改革图新，科教致富。岂可蹉跎醉未醒。时乎势，正高原驰马，无限前程。

西江月·谒西湖岳王庙

岳庙人头攒动，都来瞻拜英雄。凛然浩气贯长空，民族脊梁同颂。　　秦桧夫妻下跪，游人痛唾奸凶。莫须有案理难通，历史岂容戏弄！

王　琳

（1925—2007），甘肃陇西人。历任康县城关区区长、县委宣传部部长、文教部长等。陇西诗词学会顾问。著有《学圃斋诗词抄》。

登仁寿山

仁寿山头菊酒香，何人吟咏又衔觞。
重阳节下寻诗意，野草犹花柳渐黄。

古稀自寿

年迈古稀似老牛，行程万里串犁沟。
苏杭久作天堂梦，吴越今成世外游。
不悔辛劳增疾痛，且欣块垒化词钩。
平凡岁月任过去，骀荡诗情无尽头。

为许杏虎、朱颖二烈士殉职七七祭

人生百岁不多闻，名著千秋寿冠群。
报国捐躯钦杏虎，舍生取义称朱君。
操觚不顾警钟急，采访何忧烈火焚。
报道客观真实事，反侵反霸比檄文。

笔耕乐

夜长天短笔耕忙，不敢贪眠恋热床。
筷箸拟摹当翰管，推敲忘记饮羹汤。
锤辞练画肝肠暖，咀蕊含英舌齿香。
说与他人难得解，请君休笑我雌黄。

思　妻

每与诸孙笑语吟，总生悲戚惜怜心。
恭和孝友融融乐，惟恨妻无寿至今。

鹧鸪天·敬赠罗锦堂学兄

檀岛有朋万里还，乡音未改鬓毛斑。居坛授艺三千众，阔别重逢六十年。　　叹运蹇，愧才轻，无缘促膝听桐弦。为报赠辞师友义，还填一阕《鹧鸪天》。

如梦令·壬午端阳咏叹

茶毕轻操楮翰。行密字形斜乱。书尽兴浓，除草浇花咏叹。堪叹堪叹，花落花开不断。

沁园春·太平堡

赤壁山头，孤堡横陈，已越百年。忆清同时候，花门洗郡，枭棠沟口，村寨联肩，筑垒高岗，凿窑险壁，抗击屠戕幸保全。太平堡，得闻名四远，活命逾千。　　当年故垒犹悬，喜英勇红军占领先。令蒋军败北，抛尸渭岸。长征全胜，红会歌旋。卅骑尖兵，堡旁歼敌，解放陇西第一关。观斯堡，尽新壕旧垒，战迹累然。

鹧鸪天·会友赏花

可惜海棠花半衰，犹欣国色尚芳菲。唯求妙计留春驻，不扫落英待客来。　　几净洁，燕低徊，山肴野蔌土陶杯。白头满座随心笑，花好月圆人寿哉。

庆春宫·陇西李氏文化为桑梓焕彩

寻本求源，李家文化，陇西今古流芳。史鉴昭人："李家龙宫"堂皇。城中"五李"亭儿处，也曾留，李翱书房。往南郊，昌谷梁坪，贺墓朝阳。　　光华文化传千载，陇西之历史，灿烂辉煌。展望今朝，科文艺美齐昌。诗词书画生奇彩，有名师，越海参襄。可观兴，春草丹青，秋水文章。

丁　芒

1925年生,江苏南通人。华中建设大学肄业。历任总政治部《解放军战士》《星火燎原》编辑、中国散文诗学会副主席、《中华诗词》顾问等。著有《苦丁斋诗词》等。

掬月泉

月在泉中泉在手，掬将水月随侬走。
金花散瓣落深怀，溶得新园香入口。

张举鹏

（1925-2009），甘肃甘谷县人。1949年毕业于西北师范学院，曾任甘肃省政府第一任省长邓宝珊秘书。“文革”后为天水师范学院教授。甘肃省诗词学会副会长，天水市诗词学会常务副会长。

牛年颂二首

（一）

斜卧谁知奉献真，芳名曾列鬼蛇神。
至今不改牛脾气，却有红心贵似金。

（二）

牧童挂角尚如初，今日可知世界殊。
科技飞腾讯息快，问郎牛背读何书。

毛驴图

隔岸横塘十里青，相濡以沫望春晴。
不求金勒嘶芳草，要踏人间路不平。

致逍遥山庄主人

胸臆直抒至性陈，铅华尽处展经纶。
谁知吐火喷云手，曾是打工流浪人。

赠长安李扬先生

青山当户翠当门，邂逅千锤百炼人。
烈马驾辕霜雪老，孤鸿觅食棘荆深。
老夫气盛狂言惯，奇士才横吐语真。
未版妙文心血铸，土坯一字值千金。

沁园春·庚辰六月十日天水师范学院成立喜赋

百里惊雷，平地一声，与子同袍。看陇山前列，群花灿灿；渭水东去，清浪滔滔。龙的家乡，羲皇故里，三百万人齐舜尧。醉人处，有红颜白发，击壤吹箫。　　阳春甘露醇醪，引三千学子笑语豪。更受业开蒙，首崇德育；尖端科技，独领风骚。多士如云，群芳竞秀，奋志攀登到九霄。须记取，争时间速度，谁是天骄。

满江红·己卯秋为天水市老年书画报刊头作

在手一编，注入了无量心血。惊回首，香飘翰墨，玉楼金阙。七彩晚霞晴更好，一堂学子头成雪。欣此日，都有向阳心，如饥渴。　　有所为，有所乐；历万劫，志难灭。把临池精品，任人评说。古郡正当春烂漫，新城况是秋高洁。任前途漫道真如铁，从头越。

八声甘州·送海洋之任兰州得时字

又东风拂醉柳梢愁，攀折在今时。正匆匆此去，牛刀小试，骥足初驰。树外山眉翠黛，远道草披离。一段苍茫意，知付阿谁！　且复吟笺泻恨，听几声杜宇，吹老鬓丝。况磨人短墨，前路叹多歧。更垂老心情渐非昨，尽飞尘填海不能施。金城好，望征鸿远，别意迟迟。

金缕曲·立夏日得两字

雨气浓于酿。忆当年，惜春燕子，梁间成两。落尽桐花荷叶小，桂桨湖心浅唱。过水榭悄来蒲港。香絮袭人客影散，淡淡衫画出婵娟样。月似泄，心旌漾。　廿年寻梦虹桥上。正轻红、吹残碧榭，白沙无恙。隔岸梨花如雪乱，何处旧家门巷？最失悔，重帘初访。九十韶光昨日尽，甚心思艳说俊游赏？凉波远，空凝望。

刘忠国

原名兆玺,字尽臣,笔名白发学童,1925年生,甘肃民勤人。兰州大学专科毕业,中学高级教师。甘肃省诗词学会会员。

地震无情人有情

地震无情人有心，捐钱献血救灾民。
锦涛震线寻生死，家宝灾区生死寻。
自古炎黄豪气壮，而今华夏杰元殷。
红旗飘处甘霖降，众志成城惊鬼神。

所 闻

酒楼灯闪哗哗火，歌手身摇簌簌风。
人醉腐潮音响里，月窥缝隙弄堂中。
豪门优雅红红毯，姣女浓妆款款情。
留得金杯琼玉在，为君拥吻到天明。

茅屋乐

舍陋檐低乐守凄，遮风挡雨亦安夷。
门无车马心清净，桌有诗书脑不虚。
炎夏庭中花烂漫，金秋树上果瑰玮。
儿孙各有新楼所，我俩身安无渴饥。

收枣

金秋季节晃枝头，圆脸彤彤个个浏。
万颗珍珠红胜火，千枝玛瑙味如馐。
蓝天净地庭中靓，紫燕黄鹂树顶游。
不举金樽同庆贺，众人品枣话丰收。

八四生辰抒怀

七三八四去阎王，斯语千年众口扬。
往昔神魂犹健在，而今体魄够经霜。
烟无熏肺气管畅，酒不掩心肠胃康。
看破红尘顺规律，流光诗韵伴吾骧。

剪朝霞·晨起写作

郁郁葱茏色泽嘉，飒飒爽风透窗纱。
朝霞挥袂漫天彩，戴镜翻书稿纸拿。
三工具[①]，一杯茶，开颅煎句煮辞芽。
铿锵悦耳吟音朗，诗韵充腔腹有霞。

【注】

① 三工具：指韵书、字典、钢笔。

颂老伴

衣冠俭朴古风存，饮食丰粲犹苦唇。
平淡一生犹尽力，不忘节约效先辛。
老境难忘昔日贫，仍然古朴实堪珍。
亲朋邻里和谐处，玉阁锦衣她不歆。

鸟 巢

飞针走线精心绣，绣出金窝引凤来。
各路英豪显身手，中华特色特殊徕。

李曙初

1926年生，湖南省平江县人。中华诗词学会会员。著有《洞庭诗抄》《锦葵吟》《李曙初诗文选》。

游兰州东方红广场

冲霄商厦绕东方，华夏中心大广场。
浩荡城楼天下壮，纵横车辆陆都忙。
超前跃进门开放，对外通联市扩张。
电白霓红镭闪灼，追星夺月日辉煌。

刘　昭

字明若，号甘榆，1926年11月生，甘肃省榆中县人。兰州高级农校毕业。林业工程师、高级讲师。中华诗词学会、省诗词学会会员，平凉崆峒诗词学会学术顾问。著有《青藜斋诗词集》和《丁亥草芥集》等。

陇南金秋

风动高粱散彩虹，霜图枫叶陇山彤。
朝霞一抹来天半，姹紫嫣红入眼中。

柳湖春光

湖水粼粼荡画舟，柳条拂拂弄春柔。
百花生树红天地，燕子凝香百尺楼。

观泾水之源老龙潭

喷珠滴玉老龙潭，十丈深渊可鉴天。
一泻东流穿八省，三秦沃野灌良田。

崆峒隍城观云涛

枕边云影复徘徊，脚下松涛万壑雷。
卧看隍城云浪涌，开窗酷似大江来。

拜谒乐山大佛

如斯大佛洵稀罕，头顶蓝天坐乐山。
海腹能容千岭雪，江肠可放万艘船。

写在爱鸟周

燕舞莺歌画角吹，夭桃枝上斗芳菲。
劝君莫打三春鸟，黄口啾啾望母归。

赞老牛

挂角①诗书成底事，田单②弄策火燎躯。
曾驮紫气③函关去，又逐少卿④齐鲁隅。
播雨耕云兴万户，伐毛取乳惠千夫。
功勋劳绩吟无尽，憨态雄姿入画图。

【注】

① 角：隋唐李密挂角读书。
② 火燎躯：战国田单以火牛阵破燕。
③ 紫气：指老子李聃。
④ 少卿：汉名将丙吉问牛喘的故事。

齐法一

1926年生,甘肃省岷县人。高中文化。曾任宕昌县委秘书、甘肃省委《红星》杂志编辑、岷县县委宣传部长等。县、省诗词学会会员、县政协文史资料特约顾问。著有《南敞轩吟草》。

忆游嘉峪关市

以关命市气恢宏，勃勃生机百业荣。
仰望雄关怀往事，遥瞻钢厂[①]慕精英。
人工湖畔观鱼跃，画阁堂中听鸟鸣。
勿谓西陲无胜地，东风引渡露峥嵘。

【注】

① 钢厂,指酒泉钢厂。

陇南风光

花遮柳护陇南城，栉比琼楼气势宏。
陇上风光唯此秀，江南缩影不虚名。

岷县秦长城遗址[①]怀古

北扼洮河南倚山，飞烟雉堞忆雄关。
金戈铁马今安在，尚有英风留世间。

【注】

① 史载秦长城起点在岷县。乡贤称：即今岷县十里镇铁关门村。建国初，曾有残垒留存，后因村民用土，今已荡然无存

一代伟人颂

运筹有术妙无瑕，满腹经纶举世夸。
改地换天功盖世，丰碑伟岸壮中华。

长征颂

漫忆长征七十年，峥嵘岁月史无前。
征途险峻万般苦，赢得英名千载传！

赞研制嫦娥一号航天科学家

嫦娥一号太空游，万户倘知夙愿酬。
业绩恢宏惊宇内，英风豪气壮神州。

岷州五月十七“花儿会”喜赋

二郎盛会上山游[①]，母校[②]风光无复留。
寺庙巍巍烟缭绕，芳林郁郁鸟啁啾。
开颜阁[③]畔怀英烈，正气亭傍恨腐流。
市内山头人浪涌，花儿清翠壮岷州。

【注】

① 二郎山，亦称金童山，位于县城之南，“花儿会”重点即在此。

② 母校，建国前利用山上庙宇，建立金童山小学，我小学就读于此。

③ 长征期间红军曾和军阀鲁大昌激战二郎山。开颜阁是县上为缅怀英烈所建。

浪淘沙·岷县职教中心巡礼

岸柳若含烟，洮水潺潺。岷山积翠鸟声喧。
风日晴和人意好，相与同欢。　　往日一荒滩，
今换新颜。参差教舍爽心田。桃李满园齐竞秀，
倍感欣然！

浪淘沙·“花儿会”授牌[1]

壮丽好河山，景色斑斓，花儿历代总相传。往昔届时随俗越，循习而然。　　历史揭新篇，换了人间。山歌隽永意缠绵。笑语欢声眠不得，盛况空前。

【注】

① 2004年6月4日，岷州被联合国教科文组织定名为“联合国民歌考察基地”，中国民间文艺家协会命名为中国“花儿之乡”，并举行了授牌仪式。今年又召开“全国花儿学术研讨会”暨“首届花儿研讨会”，参会的有青海、宁夏、陕西花儿研究专家和北京、兰州、陕西师大等大学教授。

浣溪沙·忆游阶州万象洞

万壑千山景色妍，江涛似雪浪掀天，良辰幸遇览奇观。　　石笋倩姿呈万象，琉璃幻影映三山，此身疑是隔尘寰！

徐万夫

1926年7月生,甘肃省武威市凉州区人。师范毕业。先后担任武威地区文工团团长、秦剧团团长、文联专职副主席、书法家协会主席、《红柳》文学期刊主编等职。

村 姑

万木丛中一缕红，红飞绿野动晨风。
村歌一曲进城去，因是乡音便不同。

塞地杏花

天公造物各施才，塞地无梅杏自栽。
雪里冻枝生直骨，风中小萼育香胎。
边风三月吹霜落，杏雨一朝夹雪开。
不似画梅堂上客，冻天雪地绕村回。

荒漠通途

劝杯更饮前朝事，烈烈轻车过域西。
古道远幽连朔漠，平沙浩漫与天齐。
征鹏欲渡频振翮，奔马凌空也驻蹄。
关道从来行客泪，而今飞骑贯东西。

老眼看山

老眼看山山也寿，苍茫林木秃还秀。
山泉遗韵壮思飞，青岭虚涵清若瘦。
更插高天接大川，尽除烟雾翻晴昼。
豪情往日喜登临，望我青山还念旧。

削发非僧

削发非僧只是因，投关西去路悠悠。
炎炎赤日如流火，滚滚光头似泛油。
塞上天颜时数变，边州地象如三秋。
狂风频作回风雪，不是乌龟也缩头。

海藏寺四题

高台古松

出城五里绿云封，古寺苍茫似旧容。
欲问前朝多少事，春风解意向高松。

湖光水寺

断风今续上高台，衲子敲钟古寺开。
寺内风光看寺外，十分景色水中来。

海藏南园

隐隐飞桥南北穿，南园幽静北园喧。
游人一路河边断，此处尽消昼日烦。

红袖荡舟

谁说春风不到关，湖光藏寺望南山。
春风杨柳流莺唤，红袖荡舟绿水间。

赵烈夫

（1926-2002），甘肃西和人。安西师范毕业，留校任教。解放初曾参加解放军到新疆。上世纪五十年代在商业局工作，1959年被下放。退休后组建仇池诗社。著有《川上堂诗稿》。

土布包袱

蓝布包袱梅点香，是娘昔日嫁时妆。
儿行万里随身带，牵动娘心总断肠。

思　新

天暗风长号，月昏沙气寒。
故乡千里梦，边塞五年天。
耽酒诗无就，孝心本未阑。
时念手中线，两泪常难干。

看童年合影寄友

四十年前读一堂，萍飘雁杳两茫茫。
乍看合影童翁近，犹憾分襟岁月长。
往事重重萦旧梦，新花簇簇有馀香。
知君未负寒窗志，愧我频添鬓上霜。

谒成县杜公祠

飞龙峡险峭岩悬，白练泻来祠庙寒。
冷殿残垣留胜迹，苍峰老树伴孤烟。
千秋尚有七歌怨，一水长流八卦潭。
自古西州寒士苦，何言广厦万千间。

重游兰州

四十年间旧梦牵，金城此日变方圆。
新容不识黄河岸，老眼难寻白塔山。
铁道畅通古丝路，琼楼高耸旧瓜田。
欢歌处处豪情壮，改革花开百卉鲜。

登八峰崖

绝顶石龛满地春，人在苍茫云海中。
唯见身旁拥叠翠，蜿蜒一道地天通。

重读《指南录》

雄篇曾伴塞灯寒，信手翻来又眼前。
三十七年怀旧梦，离情别恨几泫然。

中秋诗社相聚

玉宇银辉景色妍，天涯同此共婵娟。
遥怜宝岛乡关念，犹盼神州领土全。
改革新开致福路，结坛同咏太平天。
白头爱此山河壮，但原年年人月圆。

原韵和李祖桓教授

迎宾胜日菜花黄，车跨当年旧曲肠。
国属氐杨佳地壮，名留白马宝山藏。
宏才补史流年永，椽笔成书皓首昂。
蜀道秦川弦韵雅，仇池从此海天扬。

登仇池即兴

常羊福地葬形天，万古长流十九泉。
杨氏僭王三百载，杜公遗韵一千年。
清明渐近神鱼跃，白露将临雁阵盘。
百顷水肥瓜稻富，崖称伏羲锦屏妍。

石含金

(1926-2003),字寒径、涵锦,甘肃临洮人。原在临洮县财政局、审计局等单位工作,甘肃省诗词学会会员。著有《雪泥鸿爪集》《涵锦诗余》。

遥 思

万里人东去,三秋雁不归!
今生缘梦有?与谁话青梅。

咏 梅

衡寒能放最高枝,阵阵清香冷淡姿。
昨夜风霜晨雪厉,朝阳初上更芳奇。

无 题

半生落魄已成翁,求索书斋啸晚风。
笔底残花无处卖,闲抛闲拣赠亲朋。

赠表弟

世事每从远处看，人伦常向忍中全。
旷心惟觉江海近，宏量可同宇宙宽。

吟 咏

信步焉能入洞天，滥竽岂敢称诗员。
常寻丽句翻肠里，为发音纯卷舌翻。
苦读勤学多炼仄，尤游聚会少清闲。
精雕细隽方成品，绞尽脑汁不夜眠。

念故人①

每忆昔年岁月艰，成人不易备生寒。
三年苦读同夙愿，两地谋生处事难！
突变风云人隔远，消融雨雪梦相安。
如缘有幸重团聚，白发犹思竹马欢。

【注】

① 汪弘毅，字浩然，余中学同窗好友，汪当兵后去台湾，音讯断绝达50年。自两岸互通，汪白首鹤颜，于1990年绕道回国探亲。见面恍同隔世，唏嘘不已，诗以记之。

风光好・申奥成功观电视喜吟

思悠悠，盼悠悠。七月十三不肯休。乐神州。迎来奥运凭先觉。音刚落。四海欢腾昼夜歌。我和俄。

生查子・忆故人

麓山魂梦长，洮水波光好。两鬓可怜青，只为相思老。　回忆聚首宵，常与人前道。真个别离难，不似相逢俏。

西江月・学诗三年感慨

凭赖东山结社，习学已逾三年，春风吹我到诗坛，杨柳丝丝拂面。　世路如今已惯，此心随遇而安。闲来无事笔下言，壮我情深意浅。

江城子・双调观豫剧有感

清官不在众前夸。我无疤。俸金花。不信由您，美玉更无瑕。一旦高升云里去，人皆骂，废清衙。　歪桴烂柱建成家。上梁斜，下墙塌。吊胆提心，生怕暴风刮。及早重修能稳固，逢丽日，尽观察。

满庭芳·共和国五十华诞感怀

华诞欣逢，歌声雷动，颂祝半世功隆。可堪回首，五十里留踪。开国盛典犹记，经曲折岁月峥嵘。旌旗奋，峨峨新华，屹立亚东峰。　勿昏。须谨记，帝心未死，亡我梦疯。风气浪增汹，不可盲瞳。世界将向多极，归结底，称霸终空。迎华诞，团结稳定，前景映长虹。

水调歌头·盼台湾回归

细数昔年事，两地一神州。今朝多梦，常到紫金旧山头。总统府里无偶，再看陵园木秀，今古中山楼。石头城增色，大坝锁江流。　敛秦烟，收楚雾，填鸿沟。相居两岸，咫尺之隔岂愁忧？同属炎黄之后，谁敢灭宗背祖？名臭载春秋。一国两方制，众盼把亲投。

水调歌头·盼台湾回归

细数昔年事，两地一神州。今朝多梦，常到紫金旧山头。总统府里无偶，再看陵园木秀，今古中山楼。石头城增色，大坝锁江流。　敛秦烟，收楚雾，填鸿沟。相居两岸，咫尺之隔岂愁忧？同属炎黄之后，谁敢灭宗背祖？名臭载春秋。一国两方制，众盼把亲投。

望海潮·赞人民子弟兵

长江澜继，嫩江迭起，松花乘势偷袭。南北浪激，多超准仪，茫茫四野云齐。连续八次欺。见良顷膏邑，巢鸟同失。成亿财资，万千庶黎被吞汐。　　雄伟，英勇之师。电波传达至，星夜来集。抢险救灾，无分夜日，严防死守坚持。背袋袋沙泥。保大中城市，除险为夷。始将魔鼍粉碎，填作护江堤。

贺新郎·庆党八秩

志士仁人集。聚南湖，议以镰斧，铲除荆棘。转战东西几万里，血染江山变赤。真乃是，天开地辟。三代头领谋略智，兴科技，已创辉煌绩。新纪始，曙光熠。　　美欧几百称速率。我杰英，求实高效，尚无十秩。两弹一星先作试，快改革，寻中式。再举目，东升旭日。八十年华将更煜。放眼看，经济全球化，这世界走多极。

忆旧游

六十年前履，秦岭岷山，作梦相依。麦积烟云雨，二郎钟鼓弥，交臂同驰。迎来解绳之际，各自走东西。不恨绿衣人，惟希罹少，身健家祺。　　嘻嘻。乱拨正，小平具睿目，翻起沉芝。知识何有罪？出身能由己？尽抹冤词。落石浪激增岫，明丽更清姿。历从史书寻，何朝景色如此熙。

永遇乐·新中国五十周年献词

丹桂飘香，黄花初绽，莫夸春艳。共庆松龄，同祝椿算，祖国届华诞。辰逢百半，神洲巨变，已创富强局面。喜重重，港澳已返，台湾应作借鉴。　　洮河碧瀚，麓山翠染，狄道旧貌正换。植树种田，科技夺产，再造秀美县。政策倾斜，西北有盼，开放改革弥漫。举寿斝，仰望北斗，高歌万遍！

李显华

号醒斋，蠢翁，1926年生，安徽临泉人。1949年毕业于西北大学教育系。曾在西北临委、甘肃省监察厅及省内水电、物资、农业部门工作。为临洮诗词学会会员。著有《焦帚集》。

春 雪

一夜雪封万叠山，黄河千里锁冰天。
新绿残红何处是？几双麻雀闹晴檐。

五泉公园

池边滴翠柳新青，迎客馆前樱蕾红。
动物园中最喧嚷，闲却春光闹狗熊。

梦 乡

一别曾经几度秋，桃园墟上竹林稠。
谷河两岸坟茔遍，冢子湾前夕照愁。

凉州词

长城内外多枯骨，老鬼欢娱新鬼沮。
尽说刑徒奴隶苦，两相比较又何如。

和仲文绝句

山径崎岖赣边远，孤帆偷得片时安。
舟沉洪浪西风紧，莫怪此间行路难。

别酬江西友人

修水涓涓鲫岭新，征途漫漫向西秦。
不恋江南春似锦，唯恨关山远故人。

题天涯海角

南望天涯别有天，放眸海角海疆连。
北部湾腾千载浪，南沙岛舣万邦船。

临洮西湖即事

泱泱大国西湖多，一样林峦映碧波。
晴日宜听莺燕语，轻风遥送花儿歌。
洮山应比吴山美，吴女难及洮女魔。
今日诗朋来聚会，喜看水色醉吟哦。

新 闻

远国一夫闻授首，其民腾跃意何如。
是非功过慢论定，同泣从来有兔狐。

答仲文

多情短简问梅桃，几度星霜韵亦消。
素蕊香残五泉榭，红粉魂断十里桥。
意凉青嶂迟迟绿，心静白云远远飘。
翻卷黄河归海去，东风大地任逍遥。

过洛阳魏武家

旷代奸雄魏阿瞒，生死欺人变诈权。
居心负世曾无愧，割发厌人最厚颜。
四海荀杨羞史册，千载融衡笑九泉。
诗文空傲汉唐主，无补斯民登衽覃。

墨吏 二陈

大名早列先锋队，材料特殊铸此身。
居官不忘四原则，行已自称三代人。
发言每每称先进，考最年年位日新。
桂冠不疗寡人病，自毁身名负万民。

张宗铭

1926年生，甘肃民勤县人。曾任完校校长、民勤县第二届人民代表会议副主席、文化馆图书馆馆长、县志编委会办公室主任等职。甘肃省诗词学会会员，苏武山诗社社长。著有《张宗铭诗文选》。

咏文化广场

流光溢彩喷泉涌，携侣呼朋缓步行。
鸟语花香人逸乐，载歌载舞颂升平。

赞环城公路

油路环城势若虹，宽阔平坦各西东。
沙乡腾跃虎添翼，日月小康歌大同。

参观景电二期工程有感

参观景电使人惊，百里干渠喜筑成。
泵站渡槽连一线，明渠暗道贯千陵。
扬程六百古罕见，低水高流世稀听。
牵着黄河水倒走，富民利国陇源青。

咏天祝华藏寺

祁连雪映华藏寺，争赛门球兴趣浓。
民族欢歌讴盛世，桑榆共唱夕阳红。

喜闻西营水库调水入民勤

烟波滚滚下西营，大漠欢腾四野青。
总理一言情万缕，沙乡黎庶破愁容。
祁连甘露润枯喉，跃进渠中水畅通。
万顷奔腾滋大野，漠原处处现绿汀。

赠上海支边青年徐化龙

弱冠负笈支勤锋，不计风霜履艰程。
殚精竭虑创奇迹，沥血呕心不计名。

喜闻湖区召开扶贫开发大会

自古白亭戍边防，盛世人人说汉唐。
尤从石羊断流后，青土湖边叹大荒。
一支琵琶奏好音，中央决策力扶贫。
投资巨额兴林木，荒原焦土得甘霖。

退休生活

门迎旭日春意深，静掩柴扉弄稚孙。
挥毫即兴舞翰墨，细研诗卷乐无垠。

晨 练

蜿蜒小道沿渠沟，绮丽曙光映白头。
舞罢迪斯挥太极，神怡心旷乐悠悠。

游古浪昌灵山

耸立群山松柏满，葱葱郁郁薄苍穹。
山峦起伏羊肠道，香火蒸腾玉兔宫。
百子殿中祈祥瑞，迎宾松下论废兴。
祖师遗址将小憩，归去已听响暮钟。

陈家琪

笔名沸泉,1927年生,甘肃临洮人。高中毕业,甘肃省诗词学会会员。著有《沸泉诗词选》《沸泉诗文集》《沸泉吟稿》《陈家琪作品精选》。

调笑令·西部开发传捷报三首

青藏铁路放歌

铺路，铺路，政策倾斜西部。铁人张臂扬眉，荒原青藏雪飞。飞雪，飞雪，朔漠铁龙腾跃！

西气东输到上海

西气，西气，来自天山脚底。天涯管道相通，跋山涉水巨龙。龙巨，龙巨，强国富民壮举！

南水北调润塞上

南水，南水，锦绣蓝图描绘。三条动脉琼浆，长江牵引北疆。疆北，疆北，水碧山青人醉！

望江南·边城春潮三首

（一）

临洮好，塞上震春雷。爆破山摇铺国首，造林种草尽芳菲。故里正腾飞！

（二）

临洮好，边地沐春光。洋芋粉条销外埠，大棚瓜菜遍城乡。致富步康庄！

（三）

临洮好，科技促农桑。信息荧屏频上网，精耕引种满仓粮。林牧副渔昌！

鹧鸪天·戍边归来

卸去军装下马鞍，归根落叶返家园。晨耘瓜菜坚筋骨，夜恋荧屏阅大千。　辞大漠，就桑田，放羊山坳甩长鞭。自耕南亩农家乐，品味盘餐苦也甜！

蝶恋花·山乡春色

布谷声声催种树。绿了荒山，兀岭青松护。西部山乡承雨露，东风送暖春常驻。　　绿掩小楼歌处处，政策归心，富了农家户。阿妹买来《良种谱》，农夫有了摇钱树！

忆秦娥·菊花颂

秋虫咽，群芳萧瑟寒风掠。寒风掠，黄花烂漫，傲霜拒虐。　　流苏五彩秋光叠，清香蕊暖撩人悦。撩人悦，花中君子，独占奇节！

廖凤冈

（1927—2011），字鸣岐，号玉兰斋主人，甘肃天水人。会计师职称。1949年参军，转业到玉门石油局工作。现为甘肃省诗词学会、中华诗词学会会员。著有《玉兰斋纪趣》《甘泉流韵》。

悼念周恩来总理逝世

魁星殒落震神州，雪舞寒风人恸愁。
巨手擎天扶弱小，忠心建国挽狂流。
风掀骇浪平安渡，气化长虹贯斗牛。
革命先贤树榜样，芳名青史共悠悠。

游九华山

佛门名胜九华山，毓秀雄奇踞皖边。
广布灵峰八十寺，传闻梵院两千年。
宫藏百岁唯珍宝，松展凤凰历大千。
原为游山观色象，不求仙果不参禅。

忆秦娥·庆香港回归

南海碧，香江大浪催归急，催归急，中华欢庆，英伦眉底。　　百年奇耻今朝涤，国人振奋迎归璧。迎归璧，金瓯一统，千功绩。

游麦积山[①]

麦积风光第一流，茂林新绿拢田畴。
山僧诵偈频敲磬，嘉客登临尽畅眸。
玉液村醪无辣味，黄橙净水沁心头。
清凉气爽犹欢惬，植物公园浪漫游。

【注】

① 麦积山石窟，开凿于北魏，中国四大石窟之一，位于天水市东南约五十公里。

重游榆中兴隆山

一瞬廿年重浪游，林间碧草拢山丘。
颓残古寺雕梁建，原始苍松砥柱稠。
浩荡熏风舒野绿，无声细雨润岚柔。
悠扬音律轻歌放，景色宜人人漫流。

东柯草堂怀诗圣[①]

傍水依山起草堂，东柯峡谷野茫茫。
羲皇故里崇羲德，杜甫骚坛颂杜章。
杂咏秦州情切切，寄居蜀郡意沧沧。
千秋可鉴悲身世，一部诗书神韵香。

【注】

① 东柯草堂位于天水麦积区甘泉镇柳家河村，古称东柯谷。

游华山

历览华山天下险，千寻危石耸云端。
弈棋遗址今犹在[①]，救母斧头空倒悬[②]。
风急银蛇南岭杳，雪飘玉兔北峰潜。
锺灵雄峻奇无偶，磅礴危崖一路牵[③]。

【注】

① 相传宋太祖和陈抟下棋处在东峰。

② 相传沉香劈山救母的斧头在西峰。

③ 常说自古华山一条路。

游大同云冈石窟（新韵）

旅京途次览云冈，北魏浮雕岁月长。
五万千尊呈肃穆[①]，四十五洞隐慈祥[②]。
弥天浩气惊风雨，动地雷霆震莽荒。
抱病痴情游胜地，西风雁阵咏穹苍。

【注】
① 石窟雕塑现有五万一千尊。
② 有洞窟四十五个。

中国国民党主席连战应邀和中共总书记胡锦涛会谈成功

六十年来故国还，海峡咫尺步维艰。
炎黄后裔同连理，手足情深再结缘。
大势疾趋多赞赏，人心所向少刁难。
长时企盼欣相聚，两党和谐旧梦圆。

偕同儿子廖浩登山西永济鹳雀楼

蒲西高峻一名楼，气象恢宏誉五州。
莽岭中条连北域，狂澜九曲绕东流。
千秋诗苑铭佳韵，万里云烟笼野鸥。
今我优游来吊古，登临父子畅青眸。

江城子 ·祝贺神舟六号飞船发射成功

中华神六疾凌云。自持旌，踩流星。抖擞威风，破雾太空巡。惊起众星齐拱手，迎远客，启天门。　千年夙梦已成真，诵诗文，仰瑶宸。豪俊双英，挥彩驾鹏鲲。拜访嫦娥乡友认，频致意，乐津津。

鹧鸪天·咏羲皇故里（新韵）

始祖羲皇万古长，千秋巍庙莽苍苍，隗嚣野殿沉沦杳，南寺虬龙峻岭藏[①]。　飞将冢，锦织堂。玉泉洞府盛虞唐。籍河汩汩熏风暖，纯朴乡民奔小康。

【注】

① 虬龙指南郭寺数千年古柏。

庆祝中共建党八十五周年（新韵）

赤纛擎天万里航，八十五载历冰霜。
排忧救难平妖雾，弃旧图新奔小康。
明耻知荣行正道，科研经济竞高翔。
昆仑耸峙江山固，浩荡东风国运昌。

武当山金顶遇大雨[①]

灵山一柱耸云霄，殿耀金光铁臂摇。
巡转缆车穿碧海，联翩道侣渡神桥。
雨帘漫漫凭天降，雾帐朦朦匝地飘。
观宇半藏多不赏，优游览胜待来朝。

【注】

① 金殿全为黄铜建造。

沁园春·迎奥运

奥运光芒，照耀神州，咏焕史编。昔“病夫”辱号，掷抛云外，“巨龙”盛誉，响彻人寰。奋发中兴，国强民健，明耻知荣正向前。迎奥运，仰经天日月，誓越云巅。　　京华盛会斑斓。数亿万同胞额手欢。看全民振奋，丹心凝聚，体坛苦练，戮力登攀。火炬传播，群英云集，北漠南溟捷报传。豪情壮，遣卫星挎月，喜换新天。

潘村笙

笔名啸村，号三秦赤子，1928年2月生，陕西泾阳县人。甘肃农业大学教授。甘肃省诗词学会会员。著有《怀旧抒情诗文集》《怀旧抒情诗文集（续）》。

五十大庆

五十年来国运昌，歌声唱出美名扬。
十三亿民同庆祝，神州从此步辉煌。

浪淘沙

红日起东山，光照人间，温馨洒向万民欢，魑魅妖风都不见，祈福平安。　　往事五十年，发展空前，文魔逐却显晴天。科学兴国迎四化，破浪乘船。

江洛道上

秋光满目心胸畅，稻菽醇香扑面来。
江洛金徽茅店有，玉杯三敬壮怀开。

江口村

洞狭深幽世外天，良田优种果香园。
家家电视人前播，老者秦腔调自然。

浪淘沙·农村即景

河畔几农庄，富丽堂皇。小康野老筑新房，玉砌雕阑今又是，闪烁奇光。　　户户谷盈仓，圈满猪羊。瓜果蔬菜塑棚长。联产承包人奋勉。民富国强。

陇上春二首

（一）

朝阳一轮照玉关，天蓝水碧映千山。
桃花陇上人前醉，凤蝶双双展笑颜。

（二）

呢喃紫燕衔泥过，地湿莎青绿叶繁。
灵秀江山今入画，东风莫负惠春阑。

中秋夜景

蟾盘碧野清，冷光洗金城。
寒蛩鸣不住，划草过流萤。

古绝七首

（一）

震灾荒害频连发，饿殍横野遍秦川。
扶杖老翁无郎侍，襁褓婴儿失怙惨。

（二）

田园寥落废重重，野冢飞磷隼叫空。
十室五空屋梁坠，狼嗥狐没刨夭童。

（三）

军阀争霸古长安，倭骑叩击向潼关。
雁塔倾裂钟声寂，秦砖汉瓦罹劫难。

（四）

蓝靛石墨土布衫，野菜树皮充饥寒。
抓丁拉夫索粮款，苍生忧别又忧钱。

（五）

江山连载孰为主，民生凋敝有谁怜。
峥峥太白峻骨响，泾渭怒吼涛滚翻。

（六）

北望延河众英雄，南看韶山启朦胧。
农戟围城红旗舞，学子投笔去从戎。

（七）

乌云散尽天地开，七彩长虹日边来。
和风细雨渭城柳，绿伴花红满都台。

陈剑虹

1928年5月生，陕西咸阳市人。曾任甘肃省剧目工作室副主任、甘肃省文化艺术研究所调研员，二级编剧。主持编辑《甘肃戏苑》。现为中国戏剧家协会、中国现代文学学会和甘肃诗词学会会员。

端午日渡湘江有怀屈子

清泪一江逐逝波，不闻渔父扣舷歌。
三湘今日多芳草，一路春风下汨罗。

顺 陵[①]

青青荞麦北原斜，陵阙森然帝后冢。
谁定千秋功罪史，女儿毕竟是龙蛇。

【注】

① 顺陵位于陕西省咸阳市东北34里处，唐武则天母荣国夫人之墓地，陵园现存狮、马、翁仲、独角兽等石刻，皆唐时文物、艺术价值颇高。

莫高窟

沙洲美景费吟哦，自古玉关诗意多。
绝塞穷荒驰宛马，千山万碛走明驼。
琳琅佛传龛间画，绰约湘灵壁上歌。
花雨喜飞丝路远，神州文物自嵯峨。

黄河大峡即景

拔地擎天几许年，丹崖翠嶂愈增妍。
大河百里皋兰道，绝妙风姿是什川。
明媚春光好放舟，中流击楫发吟讴。
凝眸新绿撩人处，蔬果桑麻喜丰收。

成都杜甫草堂

万里桥西旧草堂，枳篱斜径菊正黄。
堪怜茅屋当风破，却看诗篇气焰长。
似犬丧家宁弃国，如鱼纵壑岂佯狂。
忧怀硬语传警句①，天下疮痍赖平章。

【注】

① 杜甫诗有“昔如纵壑鱼，今如丧家狗”之句。

汉宫春·春日感怀

年年盼春，春果归来也，莺燕腾欢。可恶风雨，阵阵犹散余寒。浮花浪蕊，料今朝，梦断西园。　　却笑凌空竹鸢。便摇头摆尾，浑没些闲。不使凭借风力，怎露妩颜？无端是非，算十载，须解连环。展鹏翼，同心四化，亿万努力登攀。

菩萨蛮·谒高台西路军陵园

战场未歇西征鼓，遮天只见红旗舞。弹尽失戎机，慷慨有馀悲。　　英魂萦蔓草，绿遍甘凉道。雪岭泻银光，扑面枣花香！

霜天晓角·喜迎澳门回归

菡萏奇葩，独秀水之涯。一夜西风肆虐，摧折去，恨交加。　　大潮荡泥沙，雨过灿作花。喜庆今朝俊赏，园镜海，醉流霞！

百字令·南京

石头城上，会登临骋目，谁云无物？六代繁华何处是，犹见青山残壁。风起苍黄，云连樯橹，志士纷如雪。天堑飞渡，运筹端赖英杰。　　今番梅园又到，苔痕凝碧，红萼年年发。如织游人同仰止，千载情难磨灭。大厦擎天，长桥饮浪，漫笑多情发。而今别是，秦淮一片明月。

水龙吟·景泰黄河电灌工程赞

大河日夜东来，几人曾是回龙手？乱山戈壁，风沙荒野，可怜依旧。神禹疏川，二王导江①，谁继其后？叹光阴流逝，事功难成，望穿眼，天知否？　　今喜移星换斗，听机声响彻清昼。霓虹舞空，银蛇匝地，珠玑奔走。麦秀平野，柳荫长堤，万家歌酒。算如今，远驱旱魔去了，造福长久。

【注】

① 二王即李冰父子。战国时都江堰水利自流灌溉工程创建者。

韩博泉

字润竹，号翠竹斋主，又号陇上竹翁，1928年生，甘肃兰州人。现为中国美术家协会甘肃分会会员，甘肃诗书画联谊会副会长，甘肃省诗词学会理事。

咏 竹

（一）

经霜历雪四时青，大地换来披绿荫。
纵有狂风兼暴雨，挺然玉立总坚贞。

（二）

细雨蒙蒙湿翠微，明珠万颗叶间垂。
竿竿相挤又相扶，幼笋满园新箨肥。

（三）

去夏新枝刚解箨，今春跃入乱雪堆。
问君飞长因何事，原是和风好雨催。

（四）

翠竹几竿映艳阳，绿荫一片满园凉。
珍珠连串绿如染，绕户盆花放异香。

题自画墨竹四首

(一)

青玉几竿拔节长，绿波一片掩红墙。
陇原莫道古无竹，且看今朝涌翠篁。

(二)

老竹劲骨傲春风，细雨盛情润绿丛。
叠翠三友何自妒，相辉大地尽葱茏。

(三)

葡萄翠竹紧相连，硕果盈盈大有年。
陇上煌煌添锦绣，千斤垂挂碧琅玕。

(四)

石压竹根生力坚，眼中幼笋自欣然。
虚心不减青云志，任重仍须达九天。

观榆中牡丹园 二首

（一）

鲜花映日满园红，唯见紫斑居上峰。
处处香飘人欲醉，环山一片尽葱茏。

（二）

紫斑牡丹放异彩，朵朵鲜花映日开。
游客骚人欣览物，羽羽香风扑面来。

乡 思 二首

（一）

小院浓荫竹影斜，疏枝鹳鸽望天涯。
相思绘出胸中意，何日邀君学种瓜。

（二）

清风疏影邀明月，密叶疏枝栖八哥。
翘首难平胸内闷，何时再唱故乡歌。

种竹二首

(一)

满园翠竹披绿荫，岁岁年年看长青。
赏竹安知育竹苦，画竹原是种竹人。

(二)

翠竹千寻根底固，嫣红姹紫视无睹。
不知蜂蝶去何方，激浊扬清勿言苦。

孙其芳

（1928-2001），甘肃高台人。先后任教于兰州艺术学院文学系，兰州大学中文系，甘肃教育学院中文系，教授。政协甘肃省第五、六届委员。著有《金粟词话校注》《诗词写作述要》《敦煌词选评》《敦煌诗选评》等。

回故乡高台

桥边弱水细波长，远对合黎半夕阳。
绿遍沙丘疑路错，乡音一片破回徨。

安居善

1928年生，甘肃岷县人。师范毕业。曾任区委副书记、公社书记、县委组织部副部长、部长、县人大常委会副主任、县政协主席。原岷县诗词学会会长。

洮岷花儿颂

滚滚洮河日夜流，花儿基地是岷州。
清歌隽永传千古，源远流长意味稠。

当归

千载当归千载香，神奇药理品优良。
广销四海为珍贵，光耀岷州永世芳。

丙戌重阳登二郎山

深秋天气爽，相约上山岗。
红叶红如火，白头白似霜。
攀登崎径岭，体健敢称强。
露野风餐味，兴高共举觞。

欢呼中共十七次代表大会

（一）

十月秋阳照北京，红旗招展五星明。
英雄盛会献才智，民族振兴气壮宏。
继往开来描重彩，与时俱进续征程。
蓝图鼓舞民生志，旗帜高悬扬国情。

（二）

举国欢呼十七大，求真务实步先贤。
重辉日月凌霄汉，再造乾坤敢问年。
改革创新谋发展，目标奋进谱宏篇。
来之不易复兴路，高挂云帆永向前。

岷阳诗词创刊十周年

毓秀钟灵古镇锦，喜欣四海结诗缘。
广交雅士兴文苑，十载诗坛润砚田。
继古创新扬国粹，挥毫泼墨颂尧天。
山欢水笑春风暖，锦绣华章更助妍。

地震无情人有情

（一）

汶川灾难震坤乾，天地齐哀举世牵。
骨肉相连流热泪，同舟共济意缠绵。
无私奉献大营救，突破艰难解倒悬。
辗转灾区温总理，满怀情愫与民连。

（二）

山崩地裂人伤亡，灾难无情系万方。
断壁残垣添泪水，中枢决策是阳光。
八方营救争分秒，四海支援情又长。
民族精神珍贵在，同心携手建家乡。

达延文

1928年生，甘肃永登人。甘肃诗词学会理事、安宁区桃源诗词书画学会会长。著有《无休集》。

海上行

茫茫无际阔，淼淼势汹涌。
触舰飞银素，围礁洗玉龙。
斜阳浮幻市，近岸动渔篷。
惯见山川色，漂游喜一逢。

雨游兰山

迷濛游客少，幽寂我登临。
攀道云连帐，依亭雨有声。
无尘花自润，缀露草方青。
信步三台阁，茫茫不见城。

九九与友雨中登白塔山

又有重阳聚，老态多笑颜。
无心争上下，量力漫登攀。
身影云层里，诗情细雨间。
开怀吟白塔，回首路弯弯。

纪念红军长征胜利六十周年

中华崛起忆前贤，风雨百年创业艰。
最使人间称壮烈，长征万里闯千关。

忆开国大典

充耳一声何壮哉，欢腾万里动尘埃。
光天丽日终非梦，吐气扬眉站起来。

哈达铺红军会师纪念馆感赋

漫道雄关未歇鞍，劣枪疲马出岷山。
兵家胜负终谁属，彻夜灯光照僻湾。

冶力关农民英雄纪念碑

折戟当年忆尚新，业荒家破累洮岷。
成王败寇知谁是，自有后来评说人。

狼牙山五壮士

诱敌追来步若飞，依山据险对重围。
尸横沟壑群匪乱，跃落悬崖视似归。

八一节诸战友金城聚会

戎马当年意气昂，死生度外为兴邦。
同操戈壁肩边月，共戍祁连项野霜。
梦里英姿犹往昔，筵前笑貌话沧桑。
曾经奉献期长寿，十载相逢再举觞。

高台感怀

南来北战日兼程，疲马扬鞭又远征。
壮志早轻生与死，急谋难计败和成。
祁连血雨哀雄鬼，戈壁腥风助寇兵。
青史常催人堕泪，碑高十丈愤难平。

送别战友

南山北水隔多年，难得相逢话万千。
挥手蹒跚人又去，强言后会泪潸然。

怀念战友

伤心最是别离时，莫测今生再会期。
三十年间频入梦，风华依旧绿戎衣。

清平乐·途经若尔盖

（一）

飞霜笼雾，草地长征路。弹雨枪林人出入，一代豪雄偃仆。　　而今倘有英灵，当歌大业齐兴。但对狗偷鼠窃，九泉众目难瞑。

（二）

沟横草布，不见村庄路。正值夏时别说暑，暮雨朝霜夜露。　　当年老辈曾经，危途日夜兼程。辗转扶伤搀弱，孤军屡破强兵。

（三）

抛头不顾，历尽千般苦。感地惊天功卓著，一代楷模永树。　　轻车畅驶通途，论今话昔荣枯。六十年前壮举，人间亘古云无。

江城子·参观盐锅峡电站

凿山筑坝话当年，史无前，志冲天。赖有群才，三载胜难关。一站建成兴百业，三省惠，万家欢。　　早书前史又新编，欲详观，几留连。表示图呈，奖旗更高悬。济济展厅声切切：功卓著，不虚传。

参观刘家峡电厂有感发电机

埋头坝下施神威，不见朝霞与夕晖。
热系银绦兴百业，身忙片刻转千回。

林从龙

1928年生,湖南宁乡人。中华诗词学会顾问、世界汉诗协会名誉会长、河南诗词学会会长、中华诗词文化研究所所长、中国民族艺术家协会学术顾问、中国杜甫研究会副会长。编著有《元好问和他的诗》《林从龙诗文集》《林从龙楹联选》《古今名联选评》等。

秦州访杜甫遗踪

千里秦州道，何由觅旧踪。
山云仍满谷，涧水尚流东。
果献丰年瑞，松摇古寺风。
吟鞍如可驻，相与悟穷通。

罗锦堂

字云霖，1929年生，甘肃省陇西县人。为美国夏威夷大学东亚语文系名誉教授。著有《中国散曲史》《锦堂论曲》《罗锦堂词曲选集》等。

故　乡

陇西留别

踏遍东西两大洋，依然思念旧家乡。
归来忆我少年事，苦雨凄风梦一场。

回乡扫墓

故园重见日生辉，千古伤心土一堆。
非我无情不下泪，下泪不知应哭谁。

咏 蝶

好餐白露性孤高，不逐落花四处飘。
莫笑此君筋骨小，也能展翅上青霄。

写 怀

豪情不减话当年，诗酒筵前兴未阑。
莫恋夕阳无限好，黄昏更有月光圆。

思 乡

隔海时时念故乡，几人健在几人亡？
满头白发还乡去，只恐还乡又断肠。

和松花轩主人

爆竹起声声，年华海上更。
云深词客梦，水远故人情。
候鸟传佳信，乡心念旧程。
遥知松处士，白发定丛生。

【附原作】

爆竹声声起，年华岁岁更。故乡萦别梦，白发动离情。海国千山迥，关河万里程。白云长在望，感念应时生。

忆亡父

漫天风雨话平生，话到平生多苦辛。
短褐不完难蔽体，三餐未饱易伤神。
家从破后常为客，名到成时倍思亲。
陟岵吟来伤永诀，依门谁念远行人？

步马文驺索和原韵

寄居异域穷知己，何日重攀上苑花。
画蝶千帧飞海外，滋兰九畹遍天涯。
前程似梦情堪怯，世事如棋心暗嗟。
但望河山成一统，大风高唱我中华。

登仁寿山

少小离家五九强，重登仁寿揽晴光。
云飞郭北渭河岸，福照陇西李氏堂。
槛外野花红瑟瑟，道旁烟树绿茫茫。
江山自古多雄壮，不出才人出帝王。

忆江南·夜凉

夜将半，帘幕响叮铛。醉卧牙床难入梦，起看新月暗生光，萤火点纱窗。

浪淘沙·中秋

桂影到中秋，旧地重游，年年此夜一登楼。壮志未酬空惆怅，逝水东流。　　独自远凝眸，客思悠悠，故乡虽好归无由。说与旁人浑不省，风动帘钩。

菩萨蛮·思归

云闻遥望孤鸿渺，思量几度情难了。风起太平洋。落红遍地香。　　故国重回首，叹我飘零久。何处是家山？欲归行路难。

鹧鸪天·赏花怀王琳

书剑飘零作浪游，行踪随处任勾留。花红似锦情难尽，事大如天醉亦休。　　故人约，归无由。几回遥望海东头。白云淡淡高飞去，一处乡心两处愁。

沉醉东风·咏黄天石红梅

藏傲骨深山大涧，骋幽怀古圣昔贤。白鹤喜为邻，苍松聊作伴。　　倚东风一笑嫣然，神采飞扬座上看。小窗下、红飘万点。

小桃红·怀友

庭前雨过晚烟苍，一片深秋样。犹记年时菊花放，喷清香。东篱把酒邀元亮，曾共他数长空雁行，曾共他赏魏紫姚黄。到今日冷清清、如何教我不思量？

山坡羊·纽约行

纽约街上，纵目了望，行人彻夜到天亮。急忙忙，乱慌慌。　为名为利不相让。分秒必争似战场。花、也无人赏。月、也无人讲。

古稀吟

诸佛菩萨施恩厚，选我角色，披袍作教授。为文百篇，吟诗千首，讲说经论二十秋。人生七十古来稀，我今年过六十九。来也空手，去也空手。脱了戏衫，准备随时走。只待西方好消息，三圣来迎时，含笑离尘垢。

马维乾

1929年生，甘肃民勤人。高中文化。曾任副县长、县人大常委会副主任。甘肃省诗词学会理事、民勤苏武山诗社社长、名誉社长。

欢呼党的十七大胜利闭幕

党代宏开十七届，代代传承赤旗妍。
和谐社会惟民主，突破周期续万年。

畅　想

开发西部擂战鼓，东皇有意惠北枝。
春风万里芳草碧，淑气千林雨露滋。
引凤须栽梧桐树，腾蛟莫违密云时。
漫言边漠春来晚，科技能臻百花齐。

盛夏傍晚红崖山水库即景

碧水红崖展镜奁，矫杨傍坻映蓝天。
翠鸥轻翥眈鱼跃，唳鸢高翔噤雀喧。
一声气笛斜阳外，数艘游船渌水边。
渔人最是悠闲甚，钓得鳞霞共一筌。

鹧鸪天·温总理视察民勤

总理巡视万里途，询晴问雨用情殊。丝悬一命石羊水，害拢双漠青土湖。　　毋怅望，惜明珠。奇兵多路设网罘。笃行《规划》添善政，引领春风绣彩图。

一剪梅·访农家

星罗堰池鼓浪哗。水溅银花，地蔽青纱；绿杨掩隐小康家。妇呼豨豝，树噪雏鸦。　　凭窗漫饮说禾瓜；棉绽黄花，蓿泛紫霞。篇篇诗曲韵无涯。忘却斑疤，永葆芳华。

八十述怀

八十啸吟不说愁，休将鸡虫论功酬。
狂飚巨浪卷初涉，杨柳春风拂白头。
惯透烟云眙鹰眼，爱观草树听鸟啾。
家禽野鹤孰苦幸，欣看山青水自流。

戈壁探煤

欲窥地底透三千，唤醒乌龙[1]万古眠。
铁架拔地若天柱，钢钻锥土见芯岩。
誓为尘世驱寒雾，乐向人间献热源。
探得天藏潜卧处，敢将黑虎[2]顺手牵。

【注】

①②乌龙、黑虎皆指煤品。

家居答友人问

小门临大道，绿树遏尘嚣。
晓色祁连雪，夕阳瀚海涛。
往来皆挚友，谈笑有诗曹。
一任云烟过，吟声破寂寥。

重阳致答诸老友

盛年耄耋亦寻常，历尽沧桑悠思长。
宠辱不惊心泰荡，莫令名利趋人忙。

高欣荣

笔名高歌，号怡心斋主人，1930年生，甘肃张掖人。曾从事文教、党政、水利等工作。中华诗词学会会员、甘肃省诗词学会会员、张掖诗词学会副会长。主编《诗咏金张掖》，著有《怡心斋吟稿》。

胡锦涛总书记亲自倡导中直机关在共产党员中积极开展向困难群众送温暖献爱心活动感赋

人民困苦总先忧，倡导帮扶首带头；
奉献爱心齐响应，寒来送暖遍神州。

沁园春·欢庆党的十六大

旗帜高扬，韬略兴邦，国运盛昌。望长城内外，千帆竞发；大江南北，百卉争芳。申奥成功，跻身世贸，船载嫦娥宇宙翔。齐天乐，看春潮叠浪，美好时光。　　京都新谱雄章，三代表光芒指引航。喜承前启后，开来继往，与时俱进，奋发图强。万众欢腾，豪情激荡，全面争先奔小康。新世纪，为复兴民族，昂首东方。

望海潮·欢庆党的十七大

高擎旗帜，革新开放，与时俱进扬帆。民族振兴，春潮浪涌，以人为本心牵，万众尽开颜。喜南园景丽，北国花妍，神六腾飞，富民强国舜尧天。　　金秋盛会宣言，谱兴邦纲领，科学攻关。开拓创新，和谐乐业，开来继往辛艰，使命重挑肩。向小康迈进，奋力争先。站在新的起点，抒美好华篇。

满庭芳·庆祝中国共产党诞生八十五周年

黄浦朝阳，南湖航启，赤旗高举攻坚。奋征鏖战，日月换新天。黎庶当家作主，五星耀、歌舞蹁跹。筹方略，安邦治国，百废俱兴艰。　　欣春潮浪涌，百花绽放，特色鲜妍。喜小康全建，经济翻番。人载神舟揽月，惊寰宇、四海腾欢。辉煌史，宏图再展，科学创新篇。

风入松·祝贺我国首次月球探测工程圆满成功

嫦娥奔月喜升天，千载梦今圆。中华儿女凌云志，跨航程、寰宇争先。举国豪情振奋，欢呼歌舞翩跹。　　尖端科技苦攻关，自主创新艰。顽强拼搏高峰竞，探星球、造福人间。为着和平利用，太空竞谱华篇。

望海潮·欢庆北京第二十九届奥运会开幕

二零零八，京华盛典，鸟巢灿烂光芒；华丽壮观，宾朋相聚，五环赤帜飘扬。古乐奏琼章，展文明华夏，源远流长，时代辉煌，让和谐洒满阳光。　　五洲荟萃雄将，正英姿勃勃，矫健来场。洪亮一声[①]，欢呼激奋，祥云火炬飞翔，圣火耀天堂。焰火齐绽放，竞艳争芳。特色鲜妍，幸神州屹立东方。

【注】

① 胡锦涛主席用洪亮的声音宣布：北京第二十九届奥林匹克运动会开幕。

水调歌头·祝青藏铁路全线胜利建成通车

钢铁巨龙跃，越雪域高原。腾飞千里天路，幸福送人间。十万英雄奋战，五载顽强拼搏，科技苦攻关。欢庆梦圆日，歌颂舞翩跹。　　抗缺氧，斗冻土，冒严寒。豪情壮志，心血汗水谱新篇。挑战三难极限，勇创一流奇迹，举世史无前。西部大开发，新纪更荣繁。

国家取消农业税喜赋

国税皇粮全部免，开天辟地破天荒。
农民欢畅勤耕作，燕舞莺歌奔小康。

端　午

龙舟竞渡悼屈原，酒饮雄黄食粽甜。
沙枣金花香碧野，端阳佳节永承传。
一曲《离骚》永放光，诗人节日定端阳。
弘扬国粹新时代，吟唱和谐谱锦章。

王有瑞

1930年生，甘肃省民勤县人。曾任供销社干部、人民公社主任。甘肃省诗词学会会员。

月牙泉揽胜

胜日鸣沙去觅仙，奇观景象漫无边。
诗情画意咏长物，墨客文人写遗篇。
碧水波惊云影阁，黄沙吻抱月牙泉。
刘门冶铸钟声远，古柳空心舞翠烟。

敦煌农场探亲感赋

戈壁荒滩昔日陈，今朝瑞翠物华新。
五湖四海英览集，百计千方策划谆。
众志成城开伟业，同心致富奠鸿钧。
潺潺流水绕阡陌，塞上春秋锦绣茵。

民勤夏景

满目农畴尽瑞禾，金黄美景映青波。
风吹麦海丰收望，雨润鲜花硕果多。
户户倾谈佳岁月，家家乐唱喜人歌。
辛劳细务忙三夏，勤奋周全气顺和。

赠某翁

柏节松心映晚晖，童颜鹤发胜当年。
晨光虽失景犹美，璀灿红霞照满天。

夜半灯亮

一觉梦惊醒，两房灯照明。
询儿为何事？孙子哭连声。

温总理来民勤（新韵）

十月黄金奇贵珍，国家总理到民勤。
千回百转系民意，万众欢呼气势浑。
争艳百花春满县，光辉高照动人心。
人民卅万齐勤奋，恢复当年再创新。
东风浩荡百花多，十月激情万众歌。
度势审时深探索，千辛万苦促活泼。
石羊治理优良策，恢复原形是所得。
总理数年多次批，不能变为罗布泊。
日理万机体众情，尽心竭力树高旌。
满怀诚意使妙计，改变旧容气势宏。
要说民勤边界地，文化前先起后生。
忠肯人民齐奋进，科学创建实必行。

民勤秋景

塞上农畴到处黄，棉田如雪白茫茫。
一年一度秋高爽，九月沙乡切实忙。
杨柳依依飘翠舞，菊花朵朵吐幽香。
夕阳艳丽红胜火，喜看农夫意气昂。

咏红沙岗煤炭开发（新韵）

凿开混沌吐乌金，藏蓄阴和意最深。
爝火燃回春气正，烘炉照破夜明沉。
刚心起动生成劲，勇气支持大众心。
但愿认真勤奋进，千辛万苦变奇珍。

咏红沙岗镇建设（新韵）

昔日荒凉不见春，今朝瑞翠物华新。
规划建起繁华镇，容纳众民五万人。
各业各行负信任，齐头并进凿乌金。
茫茫大漠勤发奋，万苦千辛变化深。

王怡颜

1930年1月生,江苏启东市人。高中毕业,1949年参军,1954年转业。中华诗词、甘肃诗词学会会员。

屋脊龙飞

谁云西域与天遥，屋脊今铺幸福桥。
大漠孤烟龙振起，长河落日凤还巢。
崇山峒接摩天路，沿线虹牵拔地蛟。
藏地联京通粤海，九州同辙韵同骄。

渔家傲·天路放歌六首

三代宏猷

七一生辰盈喜气，龙飞天路豪无比。两地庆功声鼎沸，长车至，日光城上锅庄起。　　三代宏猷凝一体，运筹帷幄决千里。泰鲁危言成梦呓，有能力，苍茫屋脊丰碑立。

功垂青史

十万铁军磐石力，攻坚克险无难字。风火山巅天托起，抒浩气，艰辛不改拿云志。　　冻胀融沉泥变异，寻规揭律难题启。数据无言风月里，凝睿智，人文科技垂青史。

世界之最

开发西陲风雪地，高寒缺氧终能治。倚剑昆仑天路起，中华志，蜚声世界创先例， 桥底羚羊穿越嬉，湖中仙鹤群飞至。大卫预言先兆示，期盼里，人间奇迹真情记。

民族和谐

进藏畏途成历史，龙飞天路遂心意。温压均衡供氧气，长房里，新科设计华堂媲。 雪域迎宾哈达礼，草原骑射酥茶递。祈盼千年今愿致，神人喜，扎西得勒祷声起。

旅游胜地

青藏人文多魅力，昆仑神话文成泪。布达拉宫朝圣地，襄玛起，吐蕃古墓喇家址。 万丈盐桥幻天际，冰川探险漂流趣。苯日神山花海里，堪回味，林芝湿地高原丽。

青藏精神

风险已成风景地，唐蕃苦旅留追忆。功耀当今千载利，齐心力，嫦娥奔月探科秘。　　青藏精神须永记：挑战极限英雄气，勇创一流敢胜利。强国志，稳操胜券南针指。

浣溪沙·铁路第六次大提速赞歌三首

（一）

铁道科研总未休，六提时速壮怀酬。雄关漫道越从头。　　一路蜿蜒环屋脊，双弦乐奏伴龙讴。和谐号上唤归舟。

（二）

研制动车堪一流，调图营运记良筹。实施跨越创新猷。　　击壤喜倾丰岁酒，飞龙爱唱信天游。杨荣弃耻耀神州。

（三）

国脉通途善运筹，提高素质紧追求。创新开拓步层楼。　　便捷安全孚众望，文明服务解君忧。和谐铁路赞千秋。

王友符

1930年生，甘肃临洮人。毕业于临洮师范，任小学教师。1949年8月参军，1976年转业。历任甘肃人民出版社总编室成员、编辑部副主任，甘肃省新闻出版局机关党委书记，临洮诗词学会副会长、顾问。

灯塔

岿然灯塔烟台山，四射光华导客船。
绝顶凌云舒望眼，万间广厦聚欢颜。

兰州水车博览园落成

水车园在大河边，夹峙两山翠鸟喧。
十二巨轮悠悠转，黄河牵引灌良田。
蓝图塑像岸然立，史册煌煌四百年。
游客如云皆翘首，金城风物一奇观。

椒山颂

椒山赫赫垂千古，狄道先民敬仰贤。
除弊兴学功盖世，超然书院彩斑斓。

汶川大地震

汶川大震地翻天，百万生灵顷倒悬。
令出京华传九路，三军振臂动三山。
人民乐业系民瘼，总理呼号撼大千。
众志成诚民十亿，炎黄儿女敢回天。

望江南·兰州好

兰州好，大厦耸街头。昔日荒凉偏僻地，今朝经济誉神州。建筑数风流！

兰州好，风景世人讴。白塔五泉堪胜地，西湖水秀泛兰舟。骚客乐悠悠。

兰州好，书院设兰山。尔火斤讲学桃李茂，栽培名士栋梁贤。奉献甚斑斓！

兰州好，教育陇中先，兰大全国众翘首，人才辈出启风帆。中外美名传！

兰州好，动脉畅通航。西北东南联路网，火车铁鸟为君忙。前景铸辉煌！

李生俊

字恒之，1930年8月生，甘肃陇西人。1948年陇师毕业，任教师。陇西书协顾问、甘肃省诗词学会会员。

忆1949年冬赴岷县专区干校培训

催春飞雪伴花炮，报国男儿血气刚。
行抵岷区政干校[①]，步程四日启新航。

【注】
① 陇西县解放初属岷县专区。

赴北京参加《中国书法》面授二首

（一）

八方学友首都临，高手如云感受深。
相识相交书翰事，皆言珍惜寸光阴。

（二）

练笔多年悟性差，虚靡岁月惭涂鸦。
亲临面授启茅塞，顿觉心头翻浪花，

忆1996年在北京昌平中国文联艺校学习书法

天寒地冻朔风急，水暖饺香人热情。
自古远行思故里，今朝游客乐京城。

沁园春·贺党的十六大胜利召开

时逢盛会，华夏沸腾，斗志昂扬。看全党上下，豪情激荡，全民振奋，心花怒放。回首往昔，征程艰险，八十一载铸辉煌。新中国，正繁荣昌盛，屹立东方。　　新千年新阶段，靠三个代表指航向。要执政兴国，全心为民，放眼世界，和睦万邦。创新突破，与时俱进，心连人民正气扬。齐奋进，为中华复兴，谱写宏章。

纪念建党八十六周年感赋

南湖舟上谱新篇，勇赴艰难倒大山。
斩棘披荆惊鬼魅，救民水火任担肩。
征程壮丽八六载，月异日新捷报传。
执政为民谋福祉，倡廉反腐舞长鞭。

诉衷情·万众一心,抗震救灾

突然大震地崩开，千里尽遭灾，笛声鸣响时刻，举国共默哀。　同苦痛，共悲怀，白衣来。一方呼唤，四处支援，社会和谐。

喜迁莺·祝贺北京奥运圆满成功

祝奥运，火炬明，全国喜盈盈，挺胸昂首笑欢迎，欣喜满金城。　锣钹响，欢歌舞，飒爽似龙如虎，健儿场上竞峥嵘，环宇颂和平。

赴京生华弟陪同观看圆明园遗址

园中雾锁起硝烟，遗址荒凉心似煎。
断壁残垣横竖立，联军残暴罪滔天。

党 卓

女，笔名卓人，愚翁，1930年11月生，甘肃临洮人。甘肃省诗词学会会员。著有《松涛集》《洮河风》（临洮七友诗词选）。

诗恋

喜见莲池水有情，花芳萍绿点蜻蜓。
轻舟荡过留逸兴，出水芙蓉伴橹声。

诗梦

诗在梦中意味长，巧得妙句上天堂。
心如飞燕展双翅，呓语呢喃喜自狂。

老兴

绿水送温柔，粼光一望收。
峰高云里路，岩怪画中楼。
白发韶华去，洁身晚度求。
迎芳歌盛世，花露润诗喉。

迎接新世纪

鼓翼扶摇上九天，驰驱纵横两千年。
欣情刮目观华夏，振嗓舒怀唱大千。
舜日琼楼挥画卷，尧天醇酒润诗笺。
杯中世纪新潮涌，笔下东风万里船。

天　山

身入奇峰自不同，雄姿雅韵更情浓。
霞飞桂彩妆青岫，燕掠清波戏碧空。
云卷羊群欢翠岭，烟飘毡帐舞裙红。
长风夜夜松涛曲，万里琼山月照中。

玉井峰

林掩明泉暗倚山，水光潋滟百寻岩。
红墙碧瓦椽高寺，翠柏苍松笼雾烟。
崖怪嶙峋藏玉井，洞开峭壁隐双仙。
山存灵气尘俗远，身入清幽别有天。

忆江南·白发抒怀四首（新韵）

（一）

吟白发，年少苦中熬。三尺穷娃含泪笑，一轮红日照征袍。千里涌春潮。

（二）

吟白发，云月路八千。旗卷黄沙焦日烈，行军快报火一团。挥汗过天山。

（三）

吟白发，大漠举红旗。振臂垦荒播绿翠，沙舟万里尽情织。军垦第一犁。

（四）

吟白发，边塞立门庭。浴雪昆仑驰战马，祖孙三代乐为兵。国界翥苍鹰。

杨鹤年

1930年生。甘肃临潭县人。曾任县宣传部理论教员、党校教员。

团结救灾旗帜扬

汶川地震日无光，团结救灾旗帜扬。
解放大军排险阻，医疗队伍济危伤。
神驰蜀地关民运，哀泣九州吊国殇。
众志成城齐努力，田园重建沐曦阳。

祝贺中共十七大胜利召开

十七大开民众呼，神州兴旺古今无。
和谐团结安邦策，民主科研兴国途。
奔赴小康宽阔道，旗扬特色创新模。
人民十亿同时进，喜见中华绘锦图。

题　画

近山叠翠远山苍，众鸟迎风天际翔。
秀竹千竿分倩影，青松合抱荫华堂。
一泓碧水微波漾，满树棠梨沁果香。
又送王孙涉水去，乘风破浪向江洋。

洮滨赏春

众鸟啁啾迎晓霞，神驰大地发春华。
东郊初绽桃花蕊，南圃新舒嫩柳芽。
水绕萋萋芳草绿，峰萦叠叠白云遮。
燕飞蝶舞风光好，诗酒休闲又一涯。

故乡山水

故乡风物近何如，幅幅丹青水墨图。
沙岸林深啼翠鸟，洮江波暖泛鳞鱼。
南山新桦青堪滴，西咀夭桃蕾欲舒。
一阵潇潇微雨后，群峰雾锁水盈渠。

纪念红军长征胜利七十周年

纵横两万五千里，血战凶顽气凛然。
遵义树旗排梗阻，黔湘鏖斗突围圈。
茫茫草地不言苦，皎皎雪山宁畏寒。
北上会师红日照，长征胜利史无前。

纪念抗日战争胜利六十周年

倭寇恃强纵战衅，八年浴血火传薪。
全民抗敌同仇忾，两党并肩正义伸。
日本投降惩罪定，中华奏凯主权尊。
全球同斥法西斯，史实安容乱假真。

家居小园一瞥

方方块块费安排，总是吾妻亲手栽。
萱草数丛绿偏早，迎春一树韵先来。
姚黄魏紫瑶池种，百媚千娇玉女胎。
安得小园宽半亩，碧桃红杏一齐栽。

冶力关风景区杂咏三首

黄涧松林

林路蜿蜒上，松阴蔽太空。
横桥筑搭板，飞瀑泻琼宫。
漾漾泉湖水，轻轻鹿苑风。
清幽深壑地，入境望无穷。

莲峰耸秀

洮州形胜地，俊秀蓛花山。
飞瀑清泉泻，陡岩铁索攀。
玉皇霄汉立，金顶太空悬。
林海层层碧，濛濛辨雨烟。

冶海天池

磴道崎岖上，天池游艇轻。
两山夹玉镜，一水映青萍。
日照群峰丽，鸟啼百谷鸣。
冬来晴雪日，万状冰图明。

寄友人

论交知己水滨边，瘦骨嶙峋自凛然。
革命途中参哲理，史书卷内仰英贤。
生逢盛世情弥笃，细数流年鬓已斑。
记否山南同醉日，急风暮雨渡洮船。

慰怡颜兄

音消弦断哭清霄，琴瑟失调魂梦招。
地老天荒尘冥隔，灯浅漏尽影容遥。
悼亡一曲诗词冷，伤逝数声花木凋。
惆怅无言徒抱恨，且开笑口勉今朝。

沁园春·洮州颂

陇古洮园，秦汉封郡，唐宋建州，望新城内外，堡碉垒垒；冶河上下，峡洞幽幽。耸秀莲峰，流珠洮水，一派风光万载留，须遐日，览山川形胜，足恣醒眸。　边陲昔日风流，数前辈仁人德操优，溯中唐李晟，战功卓著；继园咏雪，史册歌讴。苏府红旗，饥民起义，火炬光辉耀故丘。迎盛世，喜今朝儿女，施展鸿猷。

红楼人物三咏

林黛玉

颦儿才貌世应稀，痴葬落花出绣闱。
风雨秋窗春梦散，残红满地鸟惊飞。
孤标傲世倾闺怨，圃露秋霜诉自悲。
泪尽知音终不悔，寒烟衰草待谁归。

史湘云

英豪阔大自昂扬，霁月光风耀玉堂。
醉卧花裀君莫笑，甘尝烤鹿自疏狂。
侯门寄托逢知己，诗社中魁咏海棠。
白首双星间隙梦，堪怜鹤影渡寒塘。

晴　雯

风流灵巧女儿身，宜喜宜嗔自可人。
霁月彩云谁媲美，可怜无计避埃尘。

谢新安

（1930-2010），湖南新邵人。大学本科。中学高级教师。为中国老年书画研究会、中国教育学会书法教育研究会、甘肃诗词学会会员。著有《邨夫吟草》《谢新安书法集》。

题月牙崖

峭壁耸巍巍，晴岚绕翠微。
寒空山吐月，万里共清晖。

冬　日

天外朔风来，万花深雪埋。
群梅又含蕊，相约待时开。

游金山寺

初识金山寺，灵光不等闲。
身居佛国里，立地亦心安。

空调器

烈阳六月不为奇，只怕秋阳秋剥皮。
如此炎炎如此日，空调户户送甘饴。

贺银滩大桥通车

伟哉高技艺，尽展自风流。
舰艇汪洋走，神舟广宇游。
一虹挑日月，九曲履平畴。
若有人相问，牛郎笑白头。

西宁①即景

湟水悠然过，难寻古卫痕。
琼楼鳞次栉，虹彩太空瞰。
银燕喧重九，乌龙鼓塞琴。
多年曾梦想，始见鄯州春。

【注】

① 青海省省会。明初改为卫,宋崇宁三年（1104年）改为鄯州。

题鲁班枕石

薄暮唐家峡，微霜草木秋。
岫云无定信，渭水任东流。
鸟倦昏林返，钟随万籁收。
补天遗灼石，高士卧无忧。

登金茂大厦

金茂凌云八八层，浦东雄立傲群星。
老夫自有闲情在，头顶蓝天瞰沪城。

白银即景

踏月铜都百感生，长街广厦缀繁星。
腾飞改革招鸾驻，阳艳春城尽笑声。

长江三峡颂

休将狂浪妄东流，筑坝拦洪众志酬。
高峡澄湖波万顷，逆行江水惠中州。

新中国五十周年颂

纵目风云五十年，共和郅治谱新篇。
邦安创业谋长策，国祚隆基赖众贤。
一个中心讴特色，两番计划赶超前。
地灵人杰时和景，喜看江山处处妍。

初度稀龄

小住人间七秩秋，蹉跎岁月雪蒙头。
投军抗美保家国，执教育才兴九州。
经历沧桑知世味，随缘名利耻追求。
乐天垂老心常惬，为惜余光笔未休。

游太湖鼋头渚即兴

小立鼋头菱镜开，太湖烟景眼前来。
智山活水得天赐，江尾海头着意裁。
缥缈峰峦连锡惠，玲珑仙岛赛蓬莱。
古城新貌魁吴越，经济繁荣笑举杯。

中西部开发颂

春风乍放陇头梅，一夜催枝烂漫开。
地域中西萦瑞霭，祁连南北响轻雷。
龙飞丝路亚欧接，舶驶浩洋宾贾来。
决策远谋光伟业，图强奋进上高台。

忆江南·辛巳元日偶感

光阴快，碌碌又新年。奉献不辞无止境，淡怀名利似云烟。伏枥匪偷闲。

忆江南·西安

西京好，古都远名扬。百业全兴惊海宇，宾朋络绎觅珠藏。国粹涉重洋。

曹向荣

原名觃清，别号船南退士，1931年生，湖南益阳市人。曾在宁夏军区政治部、中共甘肃省委农村工作部、甘肃省经济委员会等单位工作。中华诗词学会会员，甘肃省诗词学会理事，曾任《甘肃诗词》副主编。参加编纂《当代咏陇诗词选》，编有《通选对联三百首》。

古树唐槐[①]

武后杨妃相识早，唐宗宋祖过从多。
苍皮老干龙钟态，翠冠青枝凤舞婀。
荣辱兴衰闲指点，悲欢离合漫嗟和。
盘根一立千三岁，任尔兵戈与宴歌。

【注】

① 兰州市金天观内，有两株国槐，生于唐初，故称唐槐，树龄已有1300多岁。

咏紫斑牡丹赠和平牡丹园（新韵）

识得浇锄血汗辛，娉婷陌上报三春。
枝头万朵香霄极，花底一斑紫绝伦。
株傲不趋高宅显，根深但爱野园贫。
天涯闻说姿无匹，雪沃冰侵锻此身。

柳步王渔洋《秋柳》韵

（一）

阳关旧忆尚惊魂，记得砂尘过玉门。
左督行栽三万树，右廊飞絮半留痕。
雄军西出驰荒道，秀士南来宿古村。
黄碛不传羌笛怨，春风欲度足为论。

（二）

未记耘锄几度霜？生生春草绿池塘。
嘤嘤啼鸟堤边树，得得离人马上箱。
夜雨未央愁汉帝，晓风何处卧隋王。
成阴不是无心插，迹遍天涯拂肆坊。

（三）

吹老沈园泪下衣，唏嘘人去物非非。
曲江枝共新蒲茂，马嵬魂单旧梦稀。
忽见陌头青翠袅，还闻牛背笛歌飞。
依依莫遣伤心再，风雨昨宵怕悖违。

（四）

翠隐黄莺相对怜，吴船万里带轻烟。
盈盈美目娟仪巧，恋恋青眉旧意绵。
西子闻莺休共月，苏堤见绿别经年。
千丝万缕终难系，一任心旌到棹边。

圆明园独梅

劫余断碣卧苍苔，狼虎凶踪乱薜莱。
独有榆梅花数点，冲然破石逆风开。

圆明园西洋楼废墟

西洋楼址余雕栋，独立霜风百数秋。
多少志仁伤吊去，低昂愤懑过荒丘。

谒长沙烈士公园烈士塔

肃穆上崇岗，阶花血样黄。
一瞻忠烈士，英气满潇湘。

聆林家英教授诵入声

牡丹时节识名英，洗耳恭聆诵入声。
一顿忽如琴暂歇，泠泠不绝涧流清。

题绍兴东湖照

飞来峰畔石如切，天下稀奇无此绝。
闻道原为匠作开，三湖汗水一湖血！

水龙吟·登青龙山

浩风催发葱茏，青龙狂舞春无际。嫣红姹紫，纵横阡陌，沃野千里。日映河桥，彩陶文化，先民豪气。论今来古往，漫漫大野，尽人赞，秦川丽！　兴会凭高一览，问骚人、几多吟味？玉皇楼外，汉关明塞，烟消萝薜。孔雀南飞，徘徊五里，今朝归未？听蒲牢一杵，鼓王动地，报新开纪！

鹧鸪天·观香港回归大典

合浦珠还七一晨，腮边喜泪突倾盆。黯然霸气随西水，威武王师自北辰。　　花更艳，日新暾，江山无复旧伤痕。归来共话元戎策，十亿欢腾少一人。

伤春怨·遥祭毅然兄逝世一周年（新韵）

一夜惊风住，梦醒江南村路。棠棣尚三人，暗抛零、如何不？　　幼时提携处，没日曾忘负。却把万千情，漫寄予、伤春暮。

东风寒·纪念卢君辞世一周年

蒙蒙还记塞垣前，搏暑历春寒。萍踪相印，同袍共泽，抵足曾眠。　　人生最怕生离别，偏是独归仙。几时笑饮？何人促膝？一憾经年。

浣溪沙·足李易安断句

践破家园胡马狂，偏安江左不思强。斯人一去白云乡。　　再适佞官三月恼，频迁吴越十年伤。“几多深恨断人肠。”

怨王孙足李易安断句

半壁江山人半老，今又怅，吹箫人渺。“罗衣消尽恁时香，”更恨是，花和鸟。　　雨后秋萍霜后草，驵侩、何堪肖小。梧桐飘落细无声，泪醒梦，新来少。

忆王孙足李易安断句

圆蟾熠熠暗天河，牛女空叹万顷波。谁晓人间百事磨。奈如何？“闲愁也似月明多。”

巫山一段云足李易安断句

廓外横桃杏，园中竖豆瓜。“行人舞袖拂梨花。”主客漫喧哗。　　池底千多鲫，林边三五鸦。采椒丫髻过篱笆。蹈踏唱咿呀。

王以岱

1931年生，甘肃民勤县人。中师毕业。先后在县委、乡企局、县电影公司等单位工作。曾任调研员。甘肃省诗词学会会员。

昔洪误耕

沙河决口黑河奔，漫入东湖无际垠。
洼地成塘耕误节，平川化海走环滨。
鳞潜树绿鱼翔夏，牛踏田泥人挽春。
广盛水情今若昔，绿洲如画漠如茵。

社火怀旧

最是年关社火红，鼓声闻处万心童。
春歌串户词雅趣，小调连台艺正宗。
车水马龙庄上戏，姑红嫂绿庙前龙。
艺人承脉三兄弟，远近逢年倍敬崇。

皮影怀旧

科班鼓乐大秦腔，彩剪皮人饰帅王。
两盏油灯千影动，一双神手历朝忙。
穿村越号宁途远，后汉前唐忘夜长。
但惜武同归谢后，民间皮影缺弘扬。

民俗牌位新解

天

天庭不独列星辰，宇宙漫游红世宾。
见扫蟾宫筹会客，神舟五号载华人。

地

生态钟灵秀，天公毓貌神。
林深多野族，漠静少埃尘。
星火山川富，高新水陆春。
尖端云外去，欲会太空人。

国

治策承民意，图强逐浪头。
政声同政绩，公仆别公侯。
国富江山丽，树荣枝叶稠。
愁炊非借米，众口异珍馐。

亲

天伦除夕切，祝福独潸然。
儿误轻陈俗，孙旋重岁钱。
空巢同旦暮，心事共云烟。
已是残枝帚，从今又几年。

过康乐

途经康乐二更时，灯光明灭眼迷离。
山隐瀛台无俗秽，地藏金谷有珍奇。
天边半月浮屠影，地上古津旅客稀。
满目风情道不尽，即是舆图也是诗。

康乐怀古

闻道王韶开熙州，始设康乐寨子楼。
风云九百四十载，烟雨三川百万畴。
龙首山前启新景，虎狼关里写春秋。
志在和谐图发展，各族儿女竞风流！

遥寄莲花山

（一）

名山一座洮水西，青山处处眼迷离。
四时烟柳埋幽径，三夏花丛没马蹄。
一朵碧荷出天半，两湾清水起珠澌。
最是一年好风景，每年六月唱花儿。

（二）

一夜魂飞冶力关，碧荷秀出赤霞间。
风浮天路白云上，雨洒莲峰紫日边。
深深浅浅朝山路，三三五五唱花仙。
无边青翠看不尽，抬头已是五架庵。

（三）

西倾峰峦几万千，逶迤遥霭白云间。
剑锋偏爱浴斜日，云岫只贪吐昼烟。
涧溪深处啼归鸟，宝刹阁中诵旧篇。
五户滩边长驻足，好山只在回头看。

唐　珍

字子儒，祖籍四川安岳，1931年7月生于甘肃临洮。莫斯科大学研究生院毕业，获数学力学副博士学位。曾任西北师范大学助教，兰州大学讲师、系副主任，甘肃省计算中心主任、研究员，甘肃省科委副主任等职。为甘肃省诗词学会会员。

临洮道中（新韵）

不见浮桥风景线，又无摆渡汽车船。
汉唐渡口今安在，虹彩砼桥映碧澜。

情牵土家园（新韵）

海角贻红豆，相逢语万千。
同惊龙洞景，共乐土家园①。
厚谊溪中水，深情云外天。
今朝含笑去，来岁再团圆。

【注】

① 湖北宜昌市车溪有“天龙云窟”、土家族“巴楚故土园”。

登上徐家山

徐家山上水平沟，播绿奠基贤者留。
中正山幽遗胜迹，耀邦林茂炳千秋。
白坚红柳寄情远，皂角杜松迎客游[①]。
极目望河亭下景，虹桥曲水抱琼楼。

【注】

① 白坚称姊妹树，红柳称蒋公柳，皂角似红豆荚，杜松似毛笔倒立。

兰州什川梨花（新韵）

黄河三面抱什川，风动梨花香满园。
恰似天鹅湖上舞，羽衣回雪起翩翩。

水泉村即事（新韵）

那管骄阳似火烧，汗流浃背喜眉梢。
选拔装捆如游戏，萝卜一车市场销。
亩产万斤成等闲，菜蔬两月两千元。
惠渠浇灌母亲乳，自主经营葆永年。

连战应邀来访大陆（新韵）

相隔六十载，沧海亦桑田。
大陆花初放，台湾果已繁。
为民勤执政，在野不颟顸。
“九二共识”在，助推肩并肩。

读《我的记者生涯》呈玉君（新韵）

时代春潮涌，采编笔耀金。
著名《秦大姐》，优秀《一苗针》。
红豆素香草，雅风冰雪人。
花儿朵豆妹，小调金莲音。
足迹留城野，典型永赏心。

酬季子女史赠《春晖四集》（新韵）

四集如玛瑙，观赏逾三更。
画栋雕梁下，阳春白雪中。
春晖魂梦绕，情愫水晶莹。
我欲探龙颔，征途路几程。

行香子·临洮石景峡探秘游（新韵）

石景峡行，探秘心萦。坎坷途、山路魂惊。池七泉九，流水清清。看猛石狮、温石象，守石峰。　拒嫁泪瀑，滋养生灵。摩崖诗、泼水方呈。蟠龙圣女，神话传承。有阁三层、教三圣、殿三楹。

浣溪沙·悼念白廷弼诗友（新韵）

培李育桃精益精，化学科技屡发明，园丁行里翥雄鹰。　老去《寥寥》怀远志，病瘫《杂咏》乘长风。而今何处觅吾朋。

汪鸿明

1931年9月生，甘肃省康乐县人。毕业于甘肃师范大学历史系。中学高级教师。中国花儿文化专业委员会常委，甘肃省作协会员，著有《莲花山与莲花山“花儿”》《花儿民俗论稿》等。

忆延安

记曾五十一年前，绿化延安到此间。
濯足延河月下水，植树杨家岭上山。
枣园漫步心神净，宝塔登临眼界宽。
最是平生难忘处，一握只在急忙间。

登华山

华岳三峰出，苍龙一线通。
最是开心处，仰天池上风。

登兰山

闲来无事陟兰山，放眼金城城外关。
河如玉带关旁过，桥似彩虹水上悬。
东望东岗烟锁树，西眺西固雾遮天。
崭新街市景无数，高楼百里入云端。

大象二首

（一）

崔嵬四柱起天尊，两耳频摇展大鹏。
舒缓行踪砂碛上，龙钟巨影树林中。

（二）

喷云吐雾无凡态，善目慈眉有慧根。
只为存心不护短，常留美誉满乾坤。

南湖即兴

家住金城雁水边，门对清流池数湾。
柳浪闻莺春日暖，花溪戏水暑天寒。
闲时低咏两三首，兴至挥毫四五端。
最是夏来如意处，舒心亭内学参禅。

小　草

袅袅婷婷一寸馀，挨挨挤挤好亲昵。
身无鹏鸟凌云志，心有藓苔小情思。
冬来不忘三春暖，夏至常思九月迟。
添得人间生意满，不做栋梁做地衣。

雁南路上

老来作噱学韶年，早兴夙寐乐陶然。
兴来浑忘花间晚，醉后不知晓日寒。
懒对官场腾暮雾，笑看花柳锁朝烟。
浅歌低唱雁南路，半是凡人半是仙。

七十述怀

半床被絮半床书，半日清醒半糊涂。
闲来开砚寻情趣，忙时停盏忆醍醐。
晚年浑忘童年笑，生时只怕死时哭。
人老笔苍心未老，吃饱喝足乐不足。

康乐即兴

莲花山毓秀，药水峡流青。
胭脂三川古，康乐一望新。

过康乐

途径康乐二更时，灯光明灭眼迷离。
山隐瀛台无俗秽，地藏金谷有珍奇。
天边半月浮屠影，地上古津旅客稀。
满目风情道不尽，即是舆图也是诗。

遥寄莲花山

（一）

名山一座洮水西，青山处处眼迷离。
四时烟柳埋幽径，三夏花丛没马蹄。
一朵碧荷出天半，两湾清水起珠澌。
最是一年好风景，每年六月唱花儿。

（二）

一夜魂飞冶力关，碧荷秀出赤霞间。
风浮天路白云上，雨洒莲峰紫日边。
深深浅浅朝山路，三三五五唱花仙。
无边青翠看不尽，抬头已是五架庵。

（三）

西倾峰峦几万千，透迤遥霭白云间。
剑锋偏爱浴斜日，云岫只贪吐昼烟。
涧溪深处啼归鸟，宝刹阁中诵旧篇。
五户滩边长驻足，好山只在回头看。

康乐怀古

闻道王韶开熙州，始设康乐寨子楼。
风云九百四十载，烟雨三川百万畴。
龙首山前启新景，虎狼关里写春秋。
志在和谐图发展，各族儿女竞风流！

穆永吉

回族，1932年生，甘肃天水人。曾任省人事局局长，省政协秘书长，甘肃省副省长。

河州行二首

临夏口占

华夏神州有麦加，艰难过尽又繁华。
泯除仇杀真平等，各族人民共一家。

锁南坝

东乡千古仰高峰，压迫难忘罪一宗。
经济繁荣欣此日，长安坝上满春风。

苟守义

笔名洮冰，号醉梦轩主，1932年生于甘肃临洮。1949年参军。1996年组建临洮诗词学会，历任三届会长，创办《临洮诗词》期刊，主编《临洮当代诗词选》及《临洮诗词学会十年年鉴》。现为临洮诗词学会名誉会长、甘肃省诗词学会理事、中华诗词学会会员。

新疆漫游偶感成句

将军王震左宗棠，西部开发功利长。
喜看如今疆土秀，赤情一份属洮阳[①]。

【注】

① 1949年，甘肃临洮（洮阳）1500多名青年学生参军，跟随王震将军西进，解放、建设、保卫新疆。半个多世纪，他们献了青春，又献儿孙继续为各族人民服务。

天地恋

一箭穿云射太空，神舟载我广寒宫。
嫦娥设宴桂花酒，惟愿亲卿常探侬。

2008奥运圣火上珠峰

珠峰高耸入云端，圣火峰巅映大千。
“东亚病夫”藏史馆，而今寰宇定争先。

汶川前线的温总理

揪心嗓哑夜难眠，生命万千悲惨悬。
强忍泪珠勤指令，军民全力勇向前。

庐　山

不见鹤楼又上船，一天一夜九江边。
蛇峰酷暑抛身后，牯岭清凉沁腑田。
练道结庐匡子孝，挡车螳臂蒋雄奸。
名山奇秀甲天下，怎奈将军翠顶冤。

莫高窟

佛洞幽深壁画残，飞天迎客百千年。
恍闻商队驼铃响，但见游人车马喧。
宝库悠悠眠朔漠，精工璨璨耀人寰。
九州文化渊源古，四海鸿儒苦考研。

忆开发西部的先锋 —— 王震兵团

大将请缨竭赤诚，开发西部不留京。
麾军十万凯歌亮，征战八千丝路程。
铁甲追歼顽匪灭，银锄抡动漠原青。
于今回看边疆地，锦锈天山忆老兵。

折红英・哭陈琪老战友

中秋月，天山雪，参军辍学红旗猎。征途路，多迷雾，慕兄文笔，弟愚难补。误，误，误。　　华章阅，音容别，旧情新谊声声咽。独酌句，孤习律，吟诗作画，再无君辅。苦，苦，苦。

忍泪吟・印度洋海啸感悟

隆隆印度洋暴啸，席卷生灵。寰宇全惊，携手相援人类情。　　霸权烽火何时了，核备重重。正告白宫，理应收兵共大同。

满院春・“中国加油”

四海迎接圣火传，不同肤色共欢颜，和平共处义相连。　　达赖之流徒跳窜，奈何破浪我航船，神州加速紧扬帆。

王创业

1932年生，山西省永济人。1949年参军。曾任部队文艺单位编导，报社记者、编辑；转业后历任中共甘肃省委宣传部新闻出版处、文艺处处长，省文联党组副书记、兼文联秘书长，省文联副主席。现任甘肃省诗词学会学术顾问。

纪念抗日战争胜利六十周年

四海战云暗，神州敌忾激。
西安挽手日，东寇触藩时。
八载验持久，一朝控转机。
兵民胜利本，防患贵先几。

纪念小平同志诞辰百年

启后承先怀邓公，胸中磊落励雄兵。
清源正本恤民意，砥柱洪流输精诚。
发展若非硬道理，困穷终古陷苍生。
国强民富宾来广，果断求真唱大风。

缅怀彭德怀同志

曾亲山岳范，料事总怀仁。
大节三军仰，直声四海闻。
上书缘爱厚，系命为情深。
三复万言诵，尽萦金玉音。

《周恩来在上海》开映有怀

百年华夏庆昂头，此日尤怀总理周。
沥胆高风服敌手，推心磁石壮同俦。
几番终挽狂澜定，一息未忘亲子忧。
健步永煌国步里，光辉还引上行舟。

“神六”天地通话

神六欲飞晓雪纷，酒泉火箭破彤云。
凝眸寰宇瞩英士，直面大屏劳远军。
贴耳声融霜露暖，热肠感慰海洋深。
神州缘你添骄傲，天地心通壮国魂。

浪淘沙·尕达匾[1]

昂首望云端，青嶂齐天。峰头有景叹奇观，一石出崖平且巨。鬼铲神悬。　　猛忆有传言，心海翻澜：未刊尕达匾当前；笔舞魂飞虹榜显；光我河山。

【注】

① 甘肃天祝藏族自治县景点。

西江月·忆听校长讲课

室外骄阳似火，室内人挤如蒸。满堂笔纸追洪钟，谁顾摩肩接踵？　　远引小说《去国》[1]，近推经整薄公[2]。讲堂习习来清风，心海浪生涛涌！

【注】

① 冰心小说。

② 薄一波同志组建新军等。

西江月·代镍都“金川人”言

破土神州骄子，出炉瀚海金驼。风狂沙暴又如何，大漠纵横看我！　　体耐地心高热，骨同天外来客。吾功岂止壮金戈，“星可摘乎”曰“可”！

破阵子·建党80周年

鹰攫狼吞墨夜，龙腾虎跃当年。震耳一声来霹雳，耀眼千峰树赤幡，何方不血殷！　　八十阴晴岁月，三旬展望关山。鼠子侧窥搜重宝，沙暴乘时暗海天，长征路更延。

鹧鸪天·怀大地湾

谁辟鸿蒙探史前？仰韶初现许河南，半坡继展长安掖，三陇雄瞻大地湾。　　山上下，水回环。土阶茅顶似依然。开天刻划图符邃，华夏文航此树帆！

董国栋

笔名洮波，1932年9月生，甘肃岷县人。甘肃诗词学会理事，岷县诗词学会副会长。岷县政协特约文史顾问。著有《洮波吟草》《洮波吟草续集》。

长夏漫游

呢喃紫燕任飞飞，洮水清波接翠微。
种草还林风景秀，家家户户豆苗肥。
田园一片菜花香，农事频催村里忙。
蜂蝶翻飞何处去，南山采蜜纳清凉。

怀念江左诗人余士林先生

文缘十载识知音，久仰芦沟余士林。
噩耗传来昏老眼，远山望断泪沾襟。
诗如云锦放光彩，笔似尖刀刻意深。
留得先生豪气在，蒹茄清调赛瑶琴。

祝周明道吟丈七十华诞

林泉乐道享清寒，渊博才华展大观。
七秩征途风雨骤，一生奋发寸心丹。
印书倾产声名远，妙手回春黎庶欢。
祝愿先生增福寿，钱塘秀丽水云宽。

纪念母亲去世十周年

凄风送走几多愁，往事萦回念未休。
盛德常存情耿耿，春晖未报意忧忧。
朝阳小草知恩露，反哺乌鸦恋绿畴。
青鸟捎书传自泰，慈祥容貌影长留。

庆祝香港回归祖国十周年

回归十载着新装，春暖紫荆飘异香。
忆昔百年曾忍辱，喜今五福满厅堂。
香江汹涌庆胜利，华夏繁荣又富强。
举国欢腾迎奥运，和谐风气水流长。

回归十年忆邓公

紫荆花艳忆邓公，两制运筹声望隆。
香港回归圆旧梦，中华崛起展雄风。
和谐诚信人为本，开放创新门路通。
十亿神州齐奋进，腾飞经济震寰中。

咏安宁[1]桃花会

桃海春来独占魁，嫣红姹紫斗芳菲。
名传陇坂三千里，声振金城连四围。
入世重开新绵绣，还林欲换旧征衣。
东风似解游人意，偏向安宁款款吹。

【注】

① 系兰州市安宁区，一年一度桃花会，该地景色秀丽，香飘四野，游人迷恋。

渔家傲·游二郎山原韵奉和李耀贤诗友

同上金童频绕道，密林深处人欢笑。绿树风摇迎日照，花儿闹，松风袅袅舒新貌。　洮水东流如画稿，岷州处处风光好。失去韶华难再找，情不了，江山锦锈人苍老。

蝶恋花·游官鹅沟和李耀贤诗友原韵

遍野苍松云岭暗，碧水潺潺，游客欢声乱。芳草青青花烂漫，丘山翠柳连成片。　览胜观光人不断，来往车鸣，几处羌家院。古老风情犹可见，日新月异容颜换。

刘沛

字泽民，号走廊山人，1932年12月生，甘肃省永昌县人。大专文化。历任地委秘书长、县委书记、行署农林牧局、水利电力局、统计局局长、党组书记等。

祝贺我国首次载人飞船飞行成功

飞船破雾入长空，扬我国威民族风。
勇士凌空察宇宙，航天史上出英雄。

醉东风·悼念毛泽东主席

天悲云吊，星殒环球悼，拯救人民雄策妙，跃马横枪除暴。　　人歌旷代英雄，一生马列高风。挥泪继承遗志，誓教赤县常红。

悼念朱德总司令

戎马生涯七十春，斩关夺隘灭烟尘。
出师征战创奇计，挥笔吟诗醒世人。
一代称雄除恶虎，三山倾垒喜烝民。
壮歌千古照青史，松竹高风后有邻。

航天颂

月里嫦娥笑不休，一年之喜看神舟。
英雄虎胆游天际，华夏歌潮动地球。
宇宙开门迎贵客，群星设宴举觥筹。
牛郎织女开颜道，从此消除隔岸愁。

迎国庆五十九周年

（一）

三农政策暖心间，免税农耕史莫前。
义教城乡全免费，投资素质铸明天。
小康建设金年月，黎庶生活富裕篇。
民本民生山岳重，中枢明炬照坤乾。

（二）

神州华诞五九年，同庆尧天笑展颜。
回忆推翻三座岳，记牢作主艳阳天。
抛头先烈枪林血，捷脚后人筑敞轩。
斩棘披荆风雨路，乘风破浪永争先。

赞当代吟坛

高山流水继骚风，白雪阳春韵律工。
翰苑奇葩千朵萃，诗坛绝唱百芳融。
书成蕉叶文犹绿，吟到榴花句亦红。
紫燕衔来春满树，嫣红姹紫醉吟翁。

赞“神舟”号飞船（新韵）

神舟破雾九陔归，惊震娲皇下翠微。
坐地腾空参北斗，巡霄夜渡谒南奎。
中州氢弹开星纪，尧圃飞船扬国威。
十亿炎黄欣拊髀，航天又树里程碑。

庚午元宵游平凉

长街十里溢春潮，火树银花夜色娇。
灯彩五光连万户，焰花十色上重霄。
游龙骏骥腾空舞，鼙鼓金锣动地敲。
英道贞观文景好，千秋盛况看今朝。

兴隆夜宿

兴隆林海景森森，左右亭台甲古今。
蹊径清幽云拥翠，碧流澄澈月垂金。
两峰岚岫烟霞碧，一壑风清花木深。
沐浴倾心听呖鸟，松涛悟我洗尘心。

观壶口瀑布有感（新韵）

浩荡黄河入晋秦，百川聚汇过龙门。
壶喷瀑布万堆雪，浪起飞烟百朵云。
怒马奔腾穿九省，惊涛裂岸势千钧。
壮哉一派摇篮水，哺育炎黄龙子孙。

河西行

漫漫长廊日影斜，路连溯漠断昏鸦。
牧鞭挥雨追风马，汽笛醒云弄月霞。
万里祁连林嵌翠，三千古道草笼沙。
吨田临洋居陇首，镍市金川一朵花。

谒辽宁熊岳望儿山

千里寻儿渤海边，惊涛骇浪起寒烟。
哭儿声断一江泪，望子眸穿十丈渊。
沐雨栉风经百载，牵肠挂肚盼周天。
慈心化作啼鹃血，爱意凝成金石篇。

嫦娥一号礼赞（新韵）

蟾宫迎客桂花开，抒袖嫦娥飘逸来。
霹雳声声天宇震，酣歌阵阵鼓琴催。
神舟神箭标青史，银斗银星勒玉碑。
转轨四番皆遂意，熟筹院士显奇才。

盛赞二十九届北京奥运

鸟巢高耸越山巅，走壁飞檐圣火燃。
四海健儿争北斗，五洲宿将着先鞭。
蛟龙入水腾狂浪，猛虎出山惊市廛。
华夏百年圆大梦，金牌五一夺魁还。

戊寅过六盘山洞

崭绝峥嵘劈白云，当年旗展过红军。
草鞋踏碎艰辛路，铁甲摧开幸福门。
断雁声声怀故旧，勒碑字字悼忠魂。
告于先烈英灵慰，洞贯六盘千丈堙。

长相思·写在世界环保日

市生烟，野生烟，匝地浓烟不见天，江河浊浪翻。　　急着鞭，紧缆牵，净雾清流驶满帆，蓝天碧水还。

刘治邦

笔名茅石，1932年生，甘肃陇西人。1951年陇西师范毕业，任县政府民政科科员，县公安局副局长等职。甘肃省诗词学会会员。著有《古榆沧桑》。

怒 吼

十户九空忧去路，县丞狎妓唱弦歌。
良心公理今何在，枯萎桑田奈若何。

读《国殇》怀古

旌旗蔽日战云浓，万马奔腾战鼓隆。
地暗天昏神气怒，身躯两断鬼中雄。

中秋月赏花

月到中秋最爱花，菊花放彩佩轻纱。
轻纱飘舞花呈秀，秀美飘香雨后葩。

闹元宵

壬午元宵雪打灯，龙腾虎跃庆升平。
银花火树人欢笑，锣鼓喧天到五更。

读《周恩来谋略》有感

乾坤扭转战仇酋，远瞩高瞻巧运筹。
壮志激昂驱外寇，雄才大略缚王侯。
求同存异兴华夏，共处和平见智谋。
内正外圆挫宵小，忠肝赤胆铸金瓯。

兄妹欢聚（新韵）

游子回归庆幸欢，阖家聚会笑声连。
十年未晤人苍老，两鬓休惊雪染斑。
海角同胞系情愫，天涯兄妹喜团圆。
孩提重忆心田暖，耄寿关怀胜少年。

抗震救灾（新韵）

天摇地动瞬息间，美好汶川熬苦艰。
家破人亡飞鸟散，父失母伤小儿怜。
八方志士来营救，十万英雄赴险关。
奉献爱心齐送暖，炎黄携手建家园。

临江仙·桦林中秋

桦岭山高明月淡，辽西河水清涟。古来今夜月儿圆，如今明月，云掩顿心烦。　　禾死农夫身槁瘦，饿殍惨景伤酸。哭声深夜悲相连。一家不幸，邻里俱泪潸。

阮郎归·怀念郭化如烈士

桦林山上战犹鏖，英雄似虎彪。忘身拼死手挥刀，敌军凭众骄。　　将夜晚，匪声悄，阴谋欲围剿。化如掩护撤山腰，孤魂献九霄。

蝶恋花·端阳怀屈原（新韵）

五月端阳蒙细雨，装点江山，云集牛郎女。摇橹划舟结伴侣，欢言笑语喜环宇。　　亿万同胞齐会聚，怀念屈原，默祷公一语，勿乘汨罗江水去，唤民更唱离骚句。

虞美人·夏日风雨

和风飒飒吹来早，但恐惊啼鸟！徜徉芊草喜轻飘，纵览万花千树总逍遥。　　风轻云淡蝶飞舞，故道山峦处，夜来雨过月婵娟，气爽天高雀跃乐无边。

忆秦娥·沉痛悼念贻芳兄（新韵）

哀音颤，北南痛悼齐悲咽。齐悲咽，重温教诲，寸肠将断。　　自强发奋医精湛，杏林春暖东风健。东风健，硕德中美，把酒同奠。

清平乐·皓首赠承业友

韶华挚友，七载联肩走，飒爽英姿惩枯朽，屈指须臾白首。　　而立分手心连，不惑疴病伤酸。今日雪霜苍老，关怀厚谊情牵。

如梦令·喜通航（新韵）

家隔人分堪苦，人老白头多故。日夜盼三通，台海大陆亲晤。鸣鼓！鸣鼓！两岸启航歌舞。

张全国

笔名沙楞，字齐岳，生于1932年，甘肃民勤县人。1951年起，在民勤县委、县财税、农林、税务等部门供职。甘肃省诗词学会会员、民勤县苏武山诗社学术顾问。著有《张全国诗词选》《张全国诗词选·续集》。

乙亥深秋游红崖山水库纪行

深秋时节菊花寒，日映红崖气若兰。
雨过洄潆全库绿，霜高绚染一林丹。
风吹草短山容瘦，浪打船飞水界宽。
待得三冬衔瑞雪，银光碎耀玉晶盘。

游浣花溪

锦江一去讶春迟，蜀水巴山共我知。
崇丽阁瞻工部集，浣花溪颂薛涛诗。
吟风泼绿胭脂浪，烛影摇红玉雪姿。
踏碎望江楼畔月，难寻玩世女须眉。

让诗词大步进入校园

咏讽何如月夜魂，童年幼学见纯惇。
甲科每届登荣榜，高考应时出状元。
发轫云程钧仕宦，遨游泮水跃龙门。
弘扬国粹风骚颂，揖让诗词进校园。

邓小平诞辰百周年感怀

戎马生涯百战身，赴汤蹈火历艰辛。
宏图大治国昌盛，决策小康民脱贫。
港澳回归虹贯日，特区创办海扬尘。
环球誉满小平颂，世纪元勋一伟人。

温家宝总理民勤行

喜临国庆祝丰年①，地应山呼仰哲贤。
塞上高秋千嶂翠，沙乡此日百花妍②。
倾城目盼情融水，如海人潮浪接天。
语重恩深传福祉，绿洲世代玉音宣。

【注】
① 2007年国庆节，温家宝总理径直由京来民勤视察。
② 沙乡：民勤县历有“北国沙乡”之称。

江城子・奥运到北京

攀山越岭万千程。逐寰瀛，步天庭。破浪惊风，到了北京城。俊杰英贤齐荟萃，传圣火，倡文明。　　开场一幕迅雷鸣。泻真情，悦宾朋。绿色人文，科技抚民生。庶众同欢山水乐，歌盛世，庆升平。

奥运圣火陇原行三首

情燃敦煌

情燃圣火白云边，捷足攀登欲上天。
脚踩莫高云雾窟，耳听塞外月牙泉。
鸣沙乐奏阳关曲，奥运欢歌大梦圆。
展罢灵岩千佛洞，三秋再访万家棉[①]。

【注】

① 敦煌是重要棉产区，千家万户广种棉花。

登嘉峪关

圣火高登嘉峪关，长城万里笑开颜。
风吹麦菽盈阡陌，浪击烟霞振世寰。
遥看涛惊三峡水，纵观日映一楼山。
中华大地春常在，奥炬何时照我还。

光耀金城

嘉峪雄关盖世名，迎传奥炬到金城。
缘攀希腊五洲骋，履践珠峰四海行。
韵叶兰山吟绿绮，情燃白塔漫红旌。
黄河碧浪金光闪，烨烨双龙百媚生。

袁志成

1932年7月生，甘肃临洮人。1949年8月参军，1954年毕业于新疆八一农学院。曾任连技术员、连长、园林办副主任。为兰州市城关区徐家山林场高级工程师。兰州市城关区林学会副会长、临洮诗词学会会员。

暮年学写诗

离别银锄日欲暝，潜心勤写曙光迎。
霓虹灯下读唐宋，学上昆仑摘斗星。

感 怀

屯垦边疆几十年，油灯陋室读科研。
玉龙雪岭白莲绽，战地黄花分外妍。

故乡临洮在腾飞

麓山洮水美天涯，拔地高楼映彩霞。
文化古城今焕彩，诗文荟萃遍中华。

坐游艇

琼浆波涌万花流，游艇高歌放嗓喉。
燕子腾升冲水面，风飘云漫趣悠悠。

随笔

鸡相贤妻年七三，和衷共济远支边。
古稀高寿身犹健，相助相扶乐晚年。

沙枣

满身披刺在边关，白粉金肤斗酷寒。
郁郁飘香三百里，霜天硕果掩荒原。

丙戌年志顺老友相逢又相别

岁月悠悠三十载，迢迢千里觅知音。
镜中鬓角添霜雪，携手畅谈热泪频。
相逢劳燕畅胸怀，寒舍佳肴待客斋。
憧憬韶华难再现，来年欣赏雪莲开。
黄河桥上送君归，烟雨濛濛举手挥。
遥望天边云尽处，相思随着鹧鸪飞。

牧羊人

晨曦瞳胧晓星残，老夫起身忙早餐。
执鞭开门群羊起，蹦蹦跳跳出栅栏。
一声吆喝如雷震，羔羊不敢进畴田。
路人夸我羊司令，淡然一笑抽袋烟。

罗宪成

字子斌，号祁山居士，1932年11月生，甘肃省礼县。平凉市商贸局离休干部。甘肃省书法家协会会员、中华诗词学会会员。著有《草字汇》《难字草字汇》《草字偏旁部首300例》等。

太平洋地震海啸（新韵）

何因惹海起狂澜，廿万生灵葬九渊。
港口码头分秒倒，楼台大坝瞬时坍。
孤儿哭老惊魂魄，长辈呼亲裂肺肝。
海啸无情人有义，八方赈济度难关。

套数【商调·集贤宾】航天颂（新韵）

太空游伴随云雾走，壮志荡悠悠。嫦娥舞云飞霞涌，吴刚洒酒香露稠。探碧霄冥阔的神奇，搅银河灿烂的锦绣。望天宫昼夜转无休，早中晚鸟瞰古神洲。人间新世纪，天上写春秋。

【逍遥乐】蟠桃举案，丝管齐鸣，天台宴友，酒醉歌喉。寂寞姮娥忘千愁，起舞翩翩笑霞悠，脉脉含情舒广袖。乾坤转宙，日月增辉，喜接神舟。

【金菊香】望八骏仙山王母立云头，盼相逢织女牛郎望重眸。却原来神舟抖擞，银汉波收。有情人把情投。

【醋葫芦】看神五，气吞天利伟贤，航天史首探幽。蔚蓝蓝兮云影谁收？月朗朗兮如日白昼。忘死生上天摘北斗，喜盈盈星海作遨游。

【幺】观神六，航天城又起航，普天庆华夏讴。穿云海直射天外头，望仙宫桂酒好益寿。负天职且看壮士手，建奇功聂费共图谋。

【幺】儿女情，天地人电话通，穿云霄天外悠。祝父亲载誉回地球，喜重逢佳音敲户牖。航天城灯挂如红豆，顶寒风捧日出山头。

【幺】搞科研，毛泽东巨手挥，周恩来大笔勾。戈壁滩崛起航天楼，五夜灯照成大白昼。少年头熬成耄耋首，一声雷捷报双泪流。

【梧叶儿】内蒙古风摇柳，壮士返几回头，凯旋归耀风流。预测无差谬，准时降地畴。华夏欢庆击吴钩，举国雀跃向北斗。

【后庭花】吉庆日，五大洲赞中华都说牛，起歌舞震神洲荡云头。中南海过黄海下东海，欢如雷笑如霞耀星斗。举灯火照斗牛，照改革照小康照宇宙，照六合照心头。颂中华争上游，靠伟人掌航头，埋头干更加油，上太空探自由。让炎黄直夸后。

【青哥儿】呀！大祖国民勤奋人永寿，四发明如日月耀五洲。兵马俑莽长城大运河震寰球。数风流问谁冠首？万古神州。且看今朝，更振歌喉。水也舞山也欢乐无休。这快活谁能够！

【幺】呀！上西北下东南讲感受，大英雄探昊天最风流。港澳地欢声雷震海疆荡云头。十亿神州雄赳赳，所向无愁。宇宙科研，日月同酬，巧设计精施工质量优。天外事敢穷究。

【尾】探天际必定有艰辛。驾神舟几度风雨吼。怀先烈疆场血横流，问长空路险天知否？把火箭和雄心握就，维和平反霸权环宇盼笙篌。

沁园春·题29届奥运会开幕式（新韵）

气势恢宏，锦秀神奇，亘古壮观。看各国政要，体坛名萃；热情观众，江海波澜。锣鼓喧天，旌旗似火，要与天宫试比肩。待开幕，视健儿拼斗，再展风帆。　　嫦娥奔月翩翩，飞天丽姿飘飘若仙。瞧群星灿烂，异光闪烁；阴阳交替，银汉腾翻。四大发明，文房四宝，一幅长图展眼前。巢之耀，仰京城星夜，火焰冲天。

行香子·专一不二（新韵）

昼夜相承，贯注恒心。四皆空，摇晃浑身。汉碑唐楷，魏晋风神。搅江花荡，山花漫，雪花纷。　　沧桑历尽，终归书道。平心志，不悔今生。专一不二，直到天真。操一枝笔，一池墨，锻千钧。

晨曲（新韵）

清风扫五更，众鸟闹芳辰。
万里刀光韵，千钧剑影魂。
太极轮日月，歌舞荡乾坤。
景秀人文地，熙熙笑语频。

奥运（新韵）

寰球望北京，华夏待佳宾。
四海波涛涌，三山紫气奔。
健儿拼智勇，金榜步青云。
仰视炎黄胄，和谐四季春。

吴　刚

本名吴保刚，1933年，甘肃临洮人。甘肃省广电局副地级离休干部，现任甘肃省广电界书画协会主席、甘肃省杂文学会名誉会长，为中国作家协会会员、甘肃诗词学会会员。

登滕王阁

千载滕王阁，盛名一序传。
清词留众口，丽句溢佳谈。
历尽沧桑苦，终于命运安。
幸来游胜景，别去亦情牵。

兰州颂

龙盘虎踞越春秋，地久天长挟巨流。
几日闭关喑万马，一朝开放展宏猷。
新城百里妍花卉，白塔千寻壮九州。
无愧陇原领头雁，辉煌伟业誉全球。

悼小平同志

琼星陨落暗苍穹，浪伴伟人泓水融。
万里神州思壮举，千秋信史纪奇功。
中华劫后雄风起，领袖生前恩泽隆。
无愧人民好儿子，兴邦建业气如虹。

悼周恩来总理

八日人心碎，恩来赴九垓。
追思泪如雨，痛哭动天哀。

赞朱德总司令

征战半世纪，风险历千次；
一心为人民，英姿顶天地。

赞耀邦同志

中华论德崇，谁与埒胡公？
多少沉冤事，驱寒赖惠风。

赞潘汉年同志

奔忙忘我岂无家，绝育他邦情可嘉。
负重周旋为民族，临危受命赴天涯。
龙潭虎穴何足惧，火海刀山也任他。
旷世精英人敬仰，忠魂永驻耀中华。

张志敏

笔名洁怡，号敏达胡儿，1933年8月生，甘肃临洮人。毕业于甘肃临洮农业技术学校，甘肃省诗词学会会员。著有《草原琴韵》。

尕海风情

——国家候鸟保护区

天各一方尕海湖，苇塘深处荡情姝。
鸳鸯按季去孵卵，银雁如期来育雏。
仰望西倾山耸立，俯瞻洮水岸崎岖。
夕阳风彩辉峡谷，马背牧歌归晚途。

则岔石林

则岔石林风景秀，山河壮丽草芬芳。
歌声嘹亮空旋荡，鼓韵激昂伴舞扬。
迤逦峰叠兵马俑，悬崖峭壁鬼狐帮。
何人营造此天苑，开道劈岩格萨王。

红军过草地

草地茫茫霜月寒，风餐露宿对星天。
长征路上冲霄汉，旷世功勋挥马鞭。
浊水淤泥封大道，狂飙暴雨裹云团。
红军北上渡艰险，打破峡关撰锦篇。

情系神龟园

地下尘封几亿年，于今面世见青天。
形成实体有头尾，造化身躯留褐斑。
山寨将其当展览，来宾在此可参观。
南屏不断添新景，永远为之游乐园。

乌鲁木齐游感

天山雪染碧空尽，岩釉金光分外明。
戈壁沙洲呈广袤，摩天大厦傲苍穹。
丝绸大道达西域，欧亚客商来古城。
海市蜃楼今遍布，通都大邑展雄风。

短道速滑赛金牌得主大杨杨

冬奥追逐十数载，失之交臂总无缘。
盐湖冲刺零突破，桂冠争夺长领先。
夙愿终归将体现，宏标最后始达巅。
时机将会特约你，深造提高更向前。

跳水运动员伏明霞

精湛技能健美娃，悉尼又绽水仙花。
丰姿骄态美如画，满面春光泛彩霞。
弹跳腾飞双翼展，空翻旋转众人夸。
参加奥运满三届，五块奖牌皆属她。

西部开发曲

策倾西部宏图展，绿色工程启动先。
减稼还林筹远景，防沙种草焕新颜。
人才引进重科技，西气东输谱壮篇。
遥望长龙欧亚卧，连云港到鹿台丹。

我援阿人员喋血昆都士

（牺牲11人伤7人）

大开杀戒梦中人，猝不及防血染身。
壮志未酬遭恐怖，苍天无眼布乌云。
倾盆热泪顿成雨，浩宇讯息突断音。
江水鸣冤涛怒吼，捐躯国外献忠魂。

李先念西征

——参观八路军办事处之后作

西行大漠战豺狼，烽火硝烟锁瀚苍。
血肉相搏杀魍魉，沙丘红染怒胸膛。
祁连雪域留足印，戈壁伤痕遗走廊。
征战一生胸有志，同晖日月放光芒。

国家主席胡锦涛除夕来定西过大年

总将黎庶记心间，来到定西过大年。
深入山村频拜访，迎接乡众笑开言。
拿颗洋芋吃稀罕，同剪窗花坐炕沿。
快乐声中盈雅韵，和谐语气醉心田。

郎木寺游感

兰郎公路似银带，绕道盘峰天上通。
柴豹[①]顶巅观五岳，西倾山下卧白龙。
甘川交界众相处，陇蜀边陲民洽融。
两座寺群宫殿纵，一沟三岔水长鸣。

【注】

① 柴豹系郎木寺北边最高的一座山峰约3600多米。白龙系白龙江发源于郎木寺。郎木寺为甘川交会处。回汉藏杂居此地有两镇和两座寺院。

嘉陵江观感

追逐嘉陵江，两岸雾茫茫。
美景纷飞过，铁龙昂首骧。
高楼摇晃动，水榭闪明光。
放眼来观赏，广元风貌彰。

秦岭初冬观感

秦岭享名高万仞，恢弘天景览无穷。
南瞻峡谷雾弥漫，北俯壑崖山染红。
岩峒进出降夜虎，峰巅晃动震天宫。
客来宾往必经此，热闹非凡今盛荣。

岳存模

1933年9出生，陕西省西安市人。兰州军区战斗文工团高职编剧、创作员，甘肃作家协会会员和兰州军区老战士大学边塞诗社顾问。

赞军中诗友

缘结翰墨苦耕耘，手捧诗书不染尘。
运笔如同飞战马，挥毫恰似跨征轮。
精神不老文章老，岁月无声砚有痕。
莫道柳营皆莽汉，军人亦作写诗人。

嫦娥飞天即兴

嫦娥展袖上天庭，桂子临风舞彩虹。
玉宇开门迎远客，琼楼启户宴新朋。
欢歌共饮瑶池露，笑语同抒地月情。
喜庆长天通大路，相约再会广寒宫。

八一枪声

南昌打响第一枪，水复山重上井冈。
从此敲开伏虎路，春秋正腕写华章。

八一凝思

几度霜凝几度风，甘抛碧血战旗红。
英雄浩气存千古，化作枝头柳叶青。

戈壁红柳

扎根大漠傲风沙，乐在天涯绘彩霞。
绿叶葱葱迎宿鸟，红花艳艳笑昏鸦。
不同群卉争颜色，敢与青松共韶华。
独领风骚谁可比，堪称塞上第一花。

寄汶川

血脉相连骨肉亲，汶川牵动万方心。
中央部署情深厚，总理亲临泪满襟。
万众辟开生死路，三军踏破蜀山云。
东风寄语亲兄弟，雨后天晴又是春。

祁连松

青松挺立傲祁连，刺破冰峰不畏寒。
夜半常睁两只眼，雄关守望几千年。

边防哨兵

泠泠边关月，风高夜正寒。
忽闻军号响，纵马跃征鞍。

居延拾零

居延冬月冷如冰，自古常闻泣号声。
壮士今迎边塞雪，胸中当有火炉红。

胡诗秀

女,1933年10月生,湖北宜昌市人。大学本科毕业。曾在高等院校、科研单位从事教学、科研工作。现为甘肃省诗书画联谊会、临洮诗词学会会员。

温室蔬菜（新韵）

科研技术进农家，温室菜蔬群众夸。
茄子辣椒洋柿子，盘中绽放幸福花。

咏敦煌莫高窟（新韵）

莫高名气誉全球，壁画千佛何处求。
巧匠能工大师在，挖掘瑰宝耀神州。

咏月牙泉（新韵）

沙山环抱月牙泉，碧水清澄托玉盘。
绿树琼阁镜中映，瑶池仙境落山弯。

除夕夜（新韵）

金犬依依银豕欢，安全门上换春联。
彩灯闪闪阖家聚，奶奶急掏压岁钱。

喜见宜昌市区夷陵长江公路大桥通车

昔日交通船摆渡，载轻行慢百愁肠。
今朝两岸飞虹彩，车水马龙输小康。

省老科协文艺团队成立十周年有感（新韵）

成功组队已十春，老有所为谁呕心？
少款缺人亦缺物，费时劳力更劳神。
带疾熬夜筹谋细，沐雨栉风排练勤。
华发频添终不悔，轻歌曼舞醉人人。

展 练

淡淡星光天欲明，炎寒晨练更加勤。
剑拳数套活筋骨，少找医生赖健身。

重阳偕侣再登白塔山

年年岁岁度重阳，结发登高斗志昂。
白塔祥云霄汉绕，黄河气势浪涛狂。
献身西部染霜鬓，洗砚书房写锦章。
盛世中华民乐业，高歌一曲意悠长。

厉凯腾

1933年12月生，重庆市人。四川大学中文系毕业。甘肃临洮中学语文高级教师、甘肃省作家协会会员、临洮诗词学会会长。著有诗文集《陇山蜀水情》《灯下集》《凯腾微型诗选》等。

漳县游（新韵）·贵清山

公路环山走彩云，群峰吐翠隐新村。
悬崖峭壁串石栈，流水飞瀑奏锦琴。
遍野香花游客醉，漫天细雨马鸡巡。
贵清仙境人间少，陇上凭添一片春。

游遮阳山

翠鸟声声幽谷鸣，溪流澄澈洗心灵。
诗人有幸遮阳聚，水水山山总是情。

千仞雄峰[①]

壁立穷年日日闲，蹉跎岁月鬓毛斑。
如今奥运宏图展，千仞雄峰练登攀。

【注】

① 千仞雄峰：贵清山景点。现为国家攀岩训练基地。

杂咏五首（新韵）

秋游岳麓山

秋风飒飒百花残，袅袅香烟似涅槃。
烈士碑前抒壮志，伯阳宫里悟尘缘。
墩头喜看神舟过，茶馆愁说物价翻。
岳麓一山经亘古，超脱人世不知烦。

咏临洮诗词之乡授牌

九月洮阳满县花，旌旗鼓乐醉流霞。
诗乡牌授人人喜，古镇风骚户户夸。
岳麓坪川吟雅韵，校园区社颂中华。
欣逢盛世兴文治，万紫千红遍天涯。

牡丹

一院春光遍地香，桃红玉碧待宾忙。
天姿国色群芳妒，竟毁名花欲称王。

丰 收

小路弯弯映彩霞，金山座座傍农家。
今年土豆收成好，成就品牌人竞夸。

良 种

陇上小山村，洋芋品种新。
八方争抢货，车马唱黄昏。

王素贞

女,1933年生,山东济南人。兰州铁路局退休干部。甘肃诗词学会会员。

丝绸古道兰州即景

塔影波光映画轩，扶栏遥望水连天。
两山南北层峦翠，九曲东西鳞浪翻。
芳卉娇妍街道畔，霓虹闪烁岸桥边。
黄河情系黄河恋，丝路长廊宾客喧。

庆贺中国神舟五号载人飞船发射成功

一箭射凌霄，环球十四遭。
航天飞返日，寰宇颂英豪。
利伟英雄汉，龙人后代贤。
身经千百炼，一跃上青天。

热烈庆祝青藏铁路通车

雪域高寒人迹少，龙腾冻土隧湖桥。
豪歌一曲惊天地，亘古荒原破寂寥。

欢迎台湾国民党连战主席组团访问大陆

探亲

博学才人妙语传，衷肠诉尽志相连。
兄弟有情华夏子，握携双手泯前嫌。

共建

同建康庄共驾船，斩荆破浪创荣繁。
中华儿女多谋智，和睦双赢月更圆。

庆贺连战一行组团来大陆两岸经贸论坛成功2006年春

迎亲

去年花里送君别，今年桃红又一春。
跨海智贤重握手，冰澌溶泄志情真。

奥运火炬攀顶珠峰践诺世界笑傲人间

世界最高祥火燃，珠峰作证诺承还。
战迎极限涉天险，巅雪飘红笑傲间。

双赢

高朋满座智囊团，“十五”[①]措施为最先。
两岸双赢台胞笑，一舟共驾富民船。

【注】

①“十五”措施是两岸经贸论坛于2006年4月15日在北京闭幕时由中共中央台办主任陈云林宣布惠及台湾同胞的15项政策措施。

捣练子·暮春

桃李落，柳棉吹，絮舞空中似雪飞。新绿满园风乍起，子归声里送春归。

捣练子·习作

人已静，月当空，苦练诗词志趣浓。敲韵择章怡倦眼，得吟佳句乐无穷。

言志

堪悲多病苦呻吟，且喜古稀心未沉。
健体读书需见志，觅章摘句万千寻。

白好寿

1933年8月生，甘肃陇西县人。曾任高阳小学校长。著有《平凡人生》《陇西民歌选》《松庵集等》。

静 坐

雨雪霏霏日，茅乡静坐闲。
往来亲友少，唯有子孙旋。

巨 变

改革复开放，九州已换装。
市场经济好，民众竞奔忙。

回 归

香港回归日，中华鹏举时。
老残心暗喜，不必再示儿。

往来凭吊

凭吊往来轻举步，经年又度到家门。
满园桃李闹春意，暗送花香不见人。

赠君义

陇上狂人入艺苑，笔耕不辍四十年。
不须夸赞值多少，豪气弥留满地天。

庆奥运

举国盛情迎奥运，神州大地尽朝辉。
英雄健将展风采，志在赛场夺奖杯。

李仲泽

蒙古族,1933年2月生,甘肃省临洮县人。高级经济师。临洮诗词学会会员。

屯垦乐

葡萄架下话桑麻，历历前情沉漠沙。
通古斯巴尝野味，大西海子品鱼虾。
铁干里克曾栽树，罗布诺儿学乘槎。
往事如烟萦梦寐，醉听野老奏胡笳。

贺老校长赵俊八五大寿

仙翁八五亦文痴，珍惜寸金奋力追。
报国精忠家笃仕，帮朋励友好良师。
听衰更促求知欲，视减加催赋韵诗。
老翅扶摇腾万里，丹心硬骨步期颐。

赠老屯垦兵石轩

老骥红鬃岁月犁，披星戴月未停蹄。
银锄铁马修青道，戈壁沙滩造绿畦。
血汗浸浇寻捷路，科观渗透架天梯。
同堂四代胡杨性，传棒二乡大漠迷。

屯垦老兵

沐雨经风岁月稠，离鞍老骥志诗囚。
学门授教添丰羽，籍海捞鱼驾小舟。
奉献只求强社稷，躬耕甘愿作黄牛。
壮歌绿韵豪情放，留取汗青耀九洲。

七月瓜乡巴下寺

道岸田畦卧绿羊，铁牛满载大红瓤。
炎炎夏日光如火，累累农夫汗湿裳。
车水马龙巴下寺，客来人往米泉庄。
楼中小姐香甜享，难怪争城不住乡。

故乡大变

烟波浩渺绕桑麻，流水溪桥柳掩家。
麦垄菜畦堆碧锦，鱼塘长藕养龙虾。
参差错落楼前树，姹紫嫣红屋后花。
高鼻白肤谈贸易，人间阆苑在洮沙。

水调歌头·回乡探亲

边塞风光好，故里情更深，乡俗简单纯朴，乡语暖人心。黄土高坡起伏，红水逶迤汹涌，国泰雨淋淋。厚憨青老幼，亲切吐言箴。　风云静，全民动，小康临。满目百花争艳，处处弄瑶琴。大地开颜欢笑，沃野翻身变貌，电话报佳音。华史纵横望，盛世数当今。

渔家傲·金樽酌

忆昔进军罗布泊，雄兵敢把沙龙缚。水库安营荒野拓，人拼搏，琼楼玉宇从天落。　粮海棉山铺大漠，鹿鸣鱼跃胡杨乐。西域而今驱寂寞。功勋卓，辉煌满目金樽酌。

西江月·巴音草原

背倚冰峰雪岭，胸怀草甸河滩。马蹄催响牧童鞭，踏碎欢歌一片。　　昼伴云松溪水，夜陪边月胡天。毡房篝火舞翩跹，世界天鹅阆苑。

探 亲

似梦迷离返故乡，山河已改旧时妆。
问君小弟阿达住[①]，铺面沿街有瓦房。

【注】

① 阿达，方言，那里？什么地方？

农 景

清渠一线水涓涓，砌坝拦洪亦灌田。
小麦青青连玉宇，丛林如画舞榆钱。

家乡味

焖烧洋芋味真香，咀嚼连皮赛密糖。
毕竟家乡风味好，旧时能顶半年粮。

还 家

姜维墩上又添高，暮老还家抖战袍。
满载新疆荒漠土，香飘四溢沃临洮。

临洮农家女

天淡胭脂两颊红，厚憨泼辣性男同。
嫂姑摩托飘巾曲，天上人间入画中。

浆水面

细薄丝条钻鼻汤，葱花炝后远闻香。
连餐三碗心舒畅，顿觉家乡韵味长。

张源清

1933年生，甘肃榆中县人。高中文化程度。历任甘肃省商业厅党组书记、副厅长、省工商联副主任等职。甘肃省诗词学会会员，神州诗书画联谊会顾问。著有《拙言寄情》。

酒泉公园忆霍骠骑

御酒倾泉饮欲狂，千军剑戟策天骧。
骠骑功盖王陵寝，白骨灵存牧野芳。
弓矢匈奴腾朔漠，戈鋋异落辟西凉。
巡天遥看环球事，今日谁能比我皇。

瞻会宁红军长征会师纪念塔

三军会聚歌声壮，甘陕苏区似井冈。
醪酒滔滔酹先烈，旌旗猎猎呈豪强。
精英三万中流柱，倭寇八方末路蜣。
换地移天魂魄苦，凌霄伟塔万年彰。

大漠敦煌以下均为（新韵）

沙洲如海孤城郭，几处尘烟鉴史河。
但见月牙泉水老，仍濯魏晋月中娥。

梦幻敦煌

丝绸古道兴衰替，世代悲欢历暑寒。
夜月阳关罗袂泪，霜天玉塞铁衣穿。
祥云万骏朝天阙，佳气红尘向紫烟。
慨叹前朝奔马疾，后人敢舞党金山[①]。

【注】

① 党金山，地处敦煌西南，翻越党金山，即进入青海省。

滇池观景

遍野春光生碧树，云烟浮漫贯长联。
丹霞染抹山空翠，蒸气迷茫水浸天。
叛将荒亡嬉粉黛，督军生返夜出关[①]。
平湖秋月环眸是，自古滇池兵事繁。

【注】

① 叛将句，指吴三桂与陈圆圆事。督军句，指蔡锷逃回云南，起兵过贵州古蔺山关。

漓江行

漓江霭翠岚，夹岸竹生烟。
绿水摇奇巘，鱼鹰弄板船。
万般谐妙画，世事了云端。
流水长堤夜，澄心素月悬。

兴隆山感悟

秀丽藏幽瘦涧岩，马啣雪浪送清寒。
钟敲月上松风远，磬寂云归树杪潸。
道观烟岚澄万物，佛坛霖雨洒江山。
心仪大纛扫欧亚，一柱巍然刺破天。

青海湖秋韵

黄花碧草共青山，湖水幽蓝上九天。
姁姁群鸥偕月去，萋萋鸟岛伴云闲。
湖心绿巘拜菩萨，尘外桃源识令官。
不老江河存万古，咸泽滉瀁济人间。

太湖游

鱼米之乡趁兴游，波光潋滟水春秋。
网箱密布平芜绿，稻畴横斜烟雨收。
望断天涯七许水，澄清野客万千忧。
宜当醉里读明月，又恐鼋头醒酒楼。

东方明珠颂

明珠一步登，玉女送长风。
侧耳闻天籁，低头见海腾。
恢宏凌广宇，细腻抚瑶筝。
尽蕴人间意，苍穹万里程。

吟旱柳

经历沧桑岁月稠，风摧电掣志难休。
细眉叶叶含春醉，嫩臂枝枝布荫幽。
地域风情活古董，自然面貌老雄酋。
何由笑看人生短，根与蟠桃共古畴。

月宫新事

嫦娥一号探蟾宫，业绩堪称造化功。
神话何愁失色彩，传言桂魄嫁花容[①]。

【注】

① 有当代神话说，王母娘娘恐地球村人干扰广寒宫，已将嫦娥远嫁他星。可资莞尔。

述 怀

策骥天涯剑鞘沙，荣枯苦乐少闲暇。
飞鸿踏雪留泥印，悲鸟衔石溅浪花。
有幸青溪闲钓月，无心碧落饮流霞。
黄花萎谢何须怨，暮霭彩灯看物华。

满江红·山丹军马场遐想

马啸山摇，驰骋处，边关冷月。四蹄纵，风生聪耳，骁腾川岳。赤兔不食吴国草，青骢骨朽红尘灭。志凌云，诚信闯江山，心如铁。 灰飞烬，征鞍卸。苍凉地，麻桑业。岁月萧然度谁知寒彻。雪骏延安昂首展，玉花傲立丹墀阙[①]。道尽了，世间情，应欢跃。

【注】

① 雪骏句，指延安革命纪念馆陈列毛主席当年所乘白马实体标本。玉花句，指唐明皇心爱大宛马玉花骢上殿之事。

菩萨蛮·金城览胜

九州台下东流水，长堤柳岸游人醉。浪戏水车翻，莹珠溅碧天。　　银波摇塔影，草木秾南岭。极目上高楼，苍山阵阵幽。

浣溪沙·重庆磁器口

眼底参差老木楼，青阶曲径客如流，品茶把酒未曾休。　　一夜春风催碧树，千年古镇吊金钩，大江烟雨送行舟。

辛耀武

1933年1月生，山西洪洞人。兰州军区战斗歌舞团原创作员，高级编剧。现为中华诗词学会会员、解放军红叶诗社社员、甘肃作家协会会员、兰州军区兰州老战士大学边塞诗社副社长。

满庭芳·三百女红军

砸断枪支，放生战马，腹中吞下黄金。临危乍起，扑向马家军。豆蔻年华少女，怎抵得，猛兽凶禽？梨园口，梅残兰败，明月照忠魂。　　年年寒食节，鲜花万束，米酒千樽，汉、回、藏……都来祭奠亲人。世界哪家军队，有如此，刚毅坚贞！煨桑队，仰天呼唤：“三百女红军！”

沁园春·郑义斋挽歌

兵困祁连，粮绝衣单，大雪袭来。领元戎严命，亲巡远阵，统筹辎重，直供连排。不幸遭围，急催部属，疏散转移护钿财。独迎敌，碧血酬壮志，魂断高台。　　河西地恸天哀，祭英烈，彩云次第开。看劲松千尺，效君性格；雪莲万朵，展您情怀。春夏秋冬，雄风激荡，一座丰碑郑义斋。万民仰，赞西征骁将，旷世英才。

水调歌头·吴仲廉寻子

分娩战场上，寄子火烧墩。烽烟弥漫，娘哭儿啼两离分。梦里几回相见，梦醒烟消云散，夜夜痛揪心。战罢敌军到，血洗小山村。　　托人找，遣人问，杳无音。月圆月缺，辗转寻访十三春。解放大军西进，才得娇儿准讯，幸会黑河滨。母子相拥抱，喜泪洒衣巾。

迎春乐·李真将军觅洮石

将军重上长征路，腊子口、洮河渡。石门沟、祭扫英雄墓。淅淅雨，濛濛雾。　　战地石、碧波丹瀑，似烈士、血熔心铸。觅得灵苗几寸，撰写红军赋。

水龙吟·《赵城金藏》传奇

《赵城金藏》千函，历经劫难谁知晓？当年日寇，侵华入晋，滥杀狂盗。经卷临危，大师惊悸，浮山求教。太岳薄政委，巧排迷阵，诱敌出，同蒲道。　　一箭双雕计妙，打倭贼，又藏国宝。枪林弹雨，星空月夜，双传捷报。获救珍籍，如今依旧，霞光萦绕。捧珠玑，思念英雄将士，缅怀薄老。

水调歌头·聂帅接见美穗子

东邻美穗子，西渡拜双亲：“战时恩惠，情缘真比血缘深。不是当年搭救，哪有女儿生命，哪有我家人？！”说到动情处，热泪满衣襟。　　聂帅起，扶娇女，语深沉：“侵华战事，碾碎中日万民心。恶梦已成过去，着眼未来友谊，和善贵如金。”不老南山树，苍翠报新春。

行香子·汾西元宵夜

锣鼓声声，旗帜飘飘，乔扮社火闹元宵。赚开城堡，扑向敌巢。看手雷攻，机枪扫，火镖烧。　　一场血战，刀光剑影，日伪三百死伤逃。汾西光复，喜上眉梢。再舞龙灯，耍狮子，踩高跷。

踏莎行·忆叶帅视察炮兵某部

车到东滩，草原辽阔，雁群列队空中过。炮兵阵地布坪城，星星点点梅花落。　　叶帅吟诗，绘声绘色，尽描战士英雄魄。健儿浴血卫和平，赢来华夏千秋乐。

万年欢·蟠龙放粮

打下蟠龙，被服枪弹炮，缴获颇丰。清点粮仓，洋面堆似山峰。彭总一声命令，开仓放粮济民穷。从来是，农供军需，此番换个章程。　　兵民共享战利品，头号新闻，轰动秦雍。可笑愚顽胡马，眼瞎耳聋，处处损兵折将，苦挣扎，“武装游行”。看边区，铁壁铜墙，众志成城。

水调歌头·忆坦克英雄沈许

八月中秋夜，鏖战济南城。守军顽抗，堑壕碉堡万千重。坦克英雄沈许，掩护步兵将士，开路打先锋。马达雷霆响，履带闪金星。　　转炮塔，射群弹，摧敌营。霸王桥上，永固门外火通明。直捣“绥署”巢穴，活捉贼王耀武，齐鲁昊天晴。六十年前事，鼓角伴征程。

西地锦·胡杨化石

大漠胡杨昂首，抵挡狂风吼。千年不老，老而不倒，倒而不朽。　　久浴冰霜雪露，化石晶莹透。天雕妙品，光华四射，灿如星斗。

水调歌头·西安钟楼长联赋

西安解放前夕,钟楼上挂出一副大字长联,上联：刘戡戡内乱,内乱未戡,刘戡身先死；下联：徐保保宝鸡,宝鸡不保,徐保命已亡。横批：纪律严明。①

天际炸雷响，平地起飚风。檄文凌厉，威慑秦汉古都城。胡马仓皇逃窜，不顾妻儿亲眷，兵败如山倾。自诩虎狼旅，亡命变蚊蝇。　扭秧歌，耍狮子，舞龙灯。西安解放，群众集会大游行。仰望钟楼华壁，回味长联韵律，妙趣自天成。谁可谱为曲，唱给后人听。

【注】

① 刘戡,国民党中将军长；徐保、严明均为国民党中将师长。

沁园春·读《甘肃军事志》感赋

汉塞唐城，宋垒清旗，遍布陇原。数万千志士，献身祖国，丹心碧血，浇铸边关。更喜红军，挥师北上，大纛岿然立陕甘。秦雍地，见百花争艳，映照山川。　欣逢盛世华年，蜂采蜜，花香心自甜。赖含情玉帛，抒怀铁笔，呕心沥血，修志维艰？时历八秋，行经九省，满卷珠玑出砚田。军事志，赠英雄战友，再谱新篇。

一剪梅·看老兵舞《上学路上》感赋

俪影飘移上学堂，迷彩戎装，时尚书囊。老兵结队步匆忙，踏碎晨曦，拥抱朝阳。　　六艺百科如食粮，灌顶醍醐，爽口琼浆。清风细雨润榆桑，老树葳蕤，晚节凝香。

八声甘州·反弹琵琶

看敦煌壁画色斑斓，石窟耀繁星。反弹琵琶舞，彩霞绚丽，萦绕长空。步履飘然云叆，神女自从容。天籁雄浑曲，震撼寰瀛。　　出塞昭君哀怨，江州司马泪，惜缺豪情。要铜琶铁板，高唱大江东。更配得、黄钟大吕，颂神州，改革巨龙腾。评音律、激扬正气，才是真声。

江城子·汉砖砚赋

天书一卷画祁连，月牙泉，玉门关，汉使张侯，万里动旌幡。瑟瑟秋风鸣觱篥，开拓曲，唱千年。　　今来琢砚弄朱丹，水仙妍，海棠鲜，竹菊兰梅、百卉缀桑田。亘古膏腴华夏地，甜日月，蜜山川。

真珠帘·张家界寄语

轻风飘洒潇湘雨，张家界，天造奇峰林立。似战将千员，守卫神州地。有贺龙排兵布阵，十万貔貅重相聚。[①]壮丽，看天门洞亮，银鹰比翼。　　牢记，好战狂人，正磨刀霍霍，伺机再起。须未雨绸缪，备战防妖蜮。盛世乐游寻妙趣，读水品山淘佳句。此去，伴亲朋，同悟名园寄语。

【注】

① 张家界天子山上，有贺龙铜像一尊，高6.5米，重约10吨。

杏花天慢·轮椅天使金晶赞

轮椅天使，飘逸潇洒，擎起祥云火炬。驰过埃菲尔铁塔下，遭遇狂徒侵袭。纯情少女，护圣火，临危无惧。笑藏独，螳臂挡车，骚扰当场平息。　　金晶赢得赞扬，笑容绽如花，更加妍丽。正义驱邪恶，奥运风，齐奏和谐旋律。蓬氏远旅，代总统，道歉赔礼。[①]共祝愿，中法情缘，彩虹旖旎。

【注】

① 2008年4月21日，来华访问的法国参议院议长蓬斯莱，向火炬手金晶转交了法国总统萨科齐的道歉信，并邀请金晶访问法国。

洪庭瑞

笔名泽湜，1933年生，甘肃临潭县人。大专文化，曾任中共甘南州委宣传部长兼甘南州社会科学联合会会长，甘南州副州长，现为中华诗词学会会员、甘肃省诗词学会会员。著有《洮翁斋札集》。

沁园春·抗震歌声

地震汶川，全国同哀，举世震惊。看灾区内外，山崩地坼；城乡上下，无限怆情。家毁人亡，妻离子散，鳏寡孤独遍蜀城。苍天哭，任撕心裂肺，难挽苍生。　　刹时传到京城，中南海、灯光彻夜明。爱民温总理，亲赴现场，千军万马，军队先行。民族精神，成城众志，友好邻邦献赤诚。重站起，我英雄巴蜀，重建繁荣。

沁园春·陇上春潮

大地复苏，残雪消融，柳丝吐青。看白龙江畔，人勤春早，祁连山下，布谷催耕。董子塬边，杏花天里，紫陌风光展画屏。凝望眼，见卿云好雨，滋润木坰。　　西陲聚会群英。建四化，挥鞭更远征。有贴心书记，驻村包户，无私公仆，竭力倾情。济困扶贫，多方致富。两会精神指向明。春雷动，喜丝绸新路，万马奔腾。

沁园春·重游甘南

身老金城，情系高原，寄意梦萦。忆韶华正茂，整装西进，挥戈跃马，雪域驰征。斩棘刈荆，含辛茹苦，踏雪披霜大半生。红心烫，任青丝暗换，为国安宁。　　而今战友重逢。同携手重温故土情。看莽莽郊野，林撑巨厦，格河两岸，桃李争春。指顾嫣然，老当益壮，馀勇猫堪迹后昆。开怀饮，莫叹逝流水，欢度余春。

沁园春·甘南草原

草地风光，千里茫茫，万顷碧洲。望甘南纵岑，雪山霭霭，黄河首曲，牧笛悠悠。郎木皎龙，草原鸟岛，则岔诗林叠石楼。到夏日，看百花吐艳，千鸟放喉。　　而今人尽风流。格萨尔沙场立教楼。宗喀巴古寺，革故旧貌；江河吐玉，路贯神州。绛帐菁莪，农奴子弟，莫怨当年万户候。跨新纪，牧区小康日，再展宏猷。

水调歌头·海南行

久有海南梦，此日夙愿还。四围汪洋一片，万绿撑蓝天。走尽天涯海角，到处花团锦簇，爽气润心田。仙境留赞语，碧海着诗篇。　八方客，陆空海，会琼天。共赞天降仙岛。沁似海云翻。苗女黎男向导，银浪飞鸥伴舞，游子乐陶然。谁把蓝图绘，遥念邓前贤。

满江红·贺甘南州成立五十周年

大衍州庆，正盛夏，狂欢彻夜。捧美酒，哈达飞舞，共向天悦。唱罢翻身奴隶曲，又吟开放改革乐。五十载，弹指一挥间，农奴别。　追往事，心潮叠，逢故友，豪情泄。忆曾经立马、斩荆踏雪。到往时狂风大处，似闻鏖战枪声烈。俱往矣，醒狮跃长空，朝天阙。

奥运开幕

奥运健儿会北京，燕都处处焕新容。
千街万圃花争放，四面八方宾客迎。
开幕欢歌惊宇宙，神州烟火震凌空。
百年期待终圆梦，今日中华举国荣。

奥运闭幕

全球盛会结硕果，烟火欢歌响四方。
百国三八新纪录，九州五一破天荒。
人文奥运扬天下，华夏齐心受赞扬。
举世佳宾都说棒，人多国众世无双。

黄昏颂

后身暗许杏坛身，甘作阶梯育后人。
艰苦清寒早预料，只为雪域断穷根。

夙 愿

从教半生岁不深，入门遂作老牛耕。
愿如夸父追炎日，燃尽身油化邓林。

师专咏

风雨征程忆旧踪，黉园非复故时容。
层楼高耸格河岸，教绩斐然扬陇中。
琅琅书声迎旭日，葱葱桃李沐春风。
杏坛喜见新蕾绽，春暖草原绿正浓。

梦草原

斩棘披荆踏雪回，长枪挑起彩云归。
韶华踏破云天路，身老仍系雪域晖。
铁马金戈成往事，小康路上树新威。
运筹帷幄决千里，再舞锅庄举酒杯。

梦下乡（新韵）

昨夜朦胧去下乡，翻山越岭足轻扬。
骄阳似火莫嫌热，骤雨淋身未受凉。
脚似小溪流四海，心如云雾裹八荒。
而今老态窗前望，步履维艰觉梦香。

冶力关吟

天公不吝展雄姿，冶力关幽一面旗。
黄涧松溪摩诘画，麝沟瀑布少陵诗。
天池陟觉廉颇老，歌咏休嗟宋玉痴。
观尽江南无数景，常池未必逊瑶池。

红色之旅到会宁（新韵）

全党保持先进性，清明齐上会宁城。
登楼犹见红军面，展室似闻先烈声。
转瞬恩仇已扫尽，胸中沟壑亦填平。
英雄光耀驱云散，立党为公贯一生。

十七大颂

茫茫长夜久封疆，锁国民贫怯列强。
腐败庸臣胡决断，赔钱割地乱丧邦。
人民建国歌解放，开放改革庆富强。
十七大旗吟特色，中华大业更辉煌。

郎木寺一瞥（新韵）

一江咆哮白云间，携陇倚青枕蜀川。
万绿丛中藏古寺，千层雾海露迭山。
凌空梵旆歌新貌，山洞蛟龙唱大千。
重上长征高速路，边陲兴起谢延安。

雷志学

字海清，1933年10月生，甘肃民勤人。中专文化。中级职称。从事教育工作，武威市老年书画协会会员，民勤县苏武山诗社社员。

春　竹

清晨朝露浥新枝，敢与夭桃媲艳媸。
欣得画师情意重，濡将椽笔绘英姿。

夏　竹

炎炎盛夏叶枝繁，伸向青冥直不歪。
劲节虚心身自瘦，凄风苦雨立瑶台。

秋　竹

秋声暮霭露华多，风雨敲磨舞婆娑。
遴取细枝杈作帚，祛腐除朽扫魑魔。

冬　竹

寒风霰雪乱纷纷，万杆千枝仍青青。
雨打霜摧随意过，高风亮节集一身。

丁亥新春贺马老维乾吟长

善政荣光岁月稠，治沙兴水纾众忧。
年高八秩思维捷，学富五车卓见幽。
咏讽人间怀皓月，讴歌盛世荡飞舟。
鬓霜不泯乘风愿，余热春泥豫晚秋。

南湖醒梦

瀚海黄沙映绿洲，青山绵亘遍荒丘。
无垠芳草腾青浪，满目蒹葭泛碧幽。
处处黄潮走驼马，星星白絮舞羊牛。
广平宝地沉酣睡，唤醒人间展大猷。

【注】
南湖，旧名邓马营湖，现为南湖乡。

摘果有感

梨果枝头映早暾，灼灼焕彩送芳馨。
金风轻拂彤颜笑，细雨涤尘色更新。
奇叶蓁蓁神入画，异香馥馥口生津。
十年树木深回报，绿玉红丹胜似春。

今日红沙岗

戈壁茫茫铁塔悬，敞宽马路入天圜。
逢春杨柳笑迎客，报晓金鸡唱盛年。
花果宅旁舒壮景，羊驼远野缀荒原。
今时此地非同旧，智绘边陲锦绣颜。

〖中华诗词存稿·地域专辑〗

中华诗词学会 编

甘肃诗词卷

卷二

陈田贵 编

目录

吴廷富

张秉忠

常正贵

刘恭

周笃文

杨义彬

梁起岗

方英华

马乾

许兴国

韦世福

何晓峰

申科

罗珍文

刘广训

沈思高

焦述祖

巩令媞

吴恒泰

齐培礼

孔晓风

邓德隆

王顺和

宁世忠

王振中

李中峰

高志鸿

从丹

师伯禽

陈文炳

伍鑫桂

常孝行

陈国艺

黄汉卿

姚文仓

张邻德

康世杰

康淑英

何明恩

李作辑

蒋祯

程天启

白庆生

秦天强

张光辉

鲁言

姚振华

刘光裕

颜江东

王长顺

郝琰琳

吴农荣

田春兰

张嘉光

赵逵夫

李作辅

郭嵘年

王以锐

把志先

李文玉

冯积贤

刘丹庭

任世杰

赵海琨

朱晓华

石廷秀

胡志毅

张克复

刘建荣

王铭

王巨洲

刘晓东

罗明孝

苟正翔

宋寿海

张国强

牛兆虎

马牧

窦世荣

吴廷富

回族,1934年生,甘肃省天水市人。大学文化。原任甘肃省委统战部副部长（正厅）、省文史研究馆馆长。为甘肃省诗词学会顾问、著有《古诗词暨自作诗选》《兰亭序及兰亭修禊图赏析》《草圣张芝传》,主编出版《甘肃历史名人画传》。

马占鳌述评

积石山峡黄河涌，禹公遗迹天下闻。
少年壮志蕴不平，长安求学轶侪伦。
同情贫民劝至亲，高利契约尽烧焚。
联络汉人反清廷，义旗高举聚万民。
东乡撒拉保安族，主帅素有名望人。
夺城肃贪风雷动，驰骋三州河洮岷。
清兵压境不足畏，黑虎掏心捷报新。
胜而求抚有远见，免遭毒手为图存。
七十年间无战乱，袍罕古城刀枪偃。
河州城乡得喘息，医治创伤务农桑。
斯人何曾梦帝王，解甲归田诵经忙。
一身交织功与过，功过难分数反降。
往事悠悠事历历，几度夕阳与沧桑。
秉笔直书叙其事，留与后人任评量。

冒雪迎新书有感

晨起推开门，大雪舞纷纷。
漫天皆素裹，玉宇绝烟尘。
冒雪奔书店，喜得书两卷。
朱总与郭老，新版诗词选。
恭读朱总诗，字字力千钧。
犹似风雷吼，鬼神惊狂奔。
喜吟郭老诗，巨笔任纵横。
感情如潮涌，爱憎何分明。
二书常研诵，每感力倍增。
横扫骄暮气，振奋洗心灵。

兰州赞

巍巍兰山下，滔滔黄河边。
白塔眺望远，五泉甘露甜。
铁路通四方，双虹跨北南。
高楼拔地起，林荫大道宽。
荒山披新绿，瓜果香满园。
百万各民族，团结兄弟般。
开发大西北，建设走在前。
丝路古城秀，壮哉我兰垣。
今朝看兰州，变化更超凡。
黄河风情线，赛过上海滩。
夜赏兰州景，仙境在人间。

回族历史感怀

回族先民始于唐，丝路海陆来东方。
根植华夏千余载，繁衍滋息民族强。
历经唐宋元明清，文臣武将多栋梁。
元有功臣赛典赤，治理云南称滇王。
明有大将常遇春，联手大海保朱皇①。
沟通中外有郑和，七下西洋航海忙。
直言忠谏夸海瑞，刚正清廉美名扬。
哲学史上树异帜，李贽著述真辉煌。
书法绘画高克恭，造诣深厚升艺堂。
著名诗人丁鹤年，评点古今留华章。
清代政策多歧视，回民起义风涛狂。
杜文秀与白彦虎，明心化龙义军张②。
近代史上多名士，马注马骏各有长。
抗日英雄马本斋，骁勇杀敌赤旗扬。
解放以后大翻身，数万干部得成长。
回首千年民族史，酸甜苦辣泪满裳。
惟有今朝春光好，黄金时代胜往常。
信仰自由讲平等，务农经商奔小康。
爱我中华大家庭，民族团结万年长。

【注】

① 海，即胡大海；

② 心、化龙即马明心、马化龙，为清代回民领袖。

张秉忠

1934年生,甘肃省岷县人。曾任地委副秘书长,地文教局副局长,县人大副主任等职。甘肃省诗词学会会员。

岷州晚眺

夕阳影里万家烟，树里高楼欲接天。
西岭余霞呈异彩，绿肥红瘦遍山川。

腊子口路上

四月风和岚气清，满山绿翠夹红英。
急车直上池梁顶，忽见流云脚底生。

新中国五十周年庆

五十征程喜兴多，风风雨雨有蹉跎。
邓公理论明航向，一路春风一路歌。

咏 菊

菊开三径赛金黄，嫩绿枝头带晚霜。
占尽西园萧瑟景，清风不让晚来香。

咏 兰

身细质柔淡淡妆，江南本是旧家乡。
温情总比他花重，时遣清风暗送香。

国亲两党大陆行

国亲两党步新程，气壮山河举世惊。
一笑相逢恩怨泯，为民福祉话和平。
岁月轮回六十年，江山一统梦魂牵。
沟通互动春潮涌，浪卷狂风到月圆。

登二郎山

山亭依岭秀，瑞气绕朱栏。
俯瞰三川翠，遥观四野宽。
明钟[①]悬古意，道观筑新坛。
伞底歌声起，花乡尽兴欢。

【注】

① 明钟，明代新铸古钟也。

重九登高

欲写幽怀苦未工，呼朋携酒上金童[①]。
三秋鸟语萦丹树，九曲羊肠绕碧丛。
云漫群山浮淡白，叶飞净土走残红。
茱萸插罢朝天笑，身正何愁两袖风。

【注】

① 金童，城南山名，亦称二郎山。

常正贵

1934年出生，甘肃临洮人。大学学历，高级讲师。退休前为县教师进修学校校长、县职中书记。

纪念毛泽东诞辰110周年（新韵）

日出韶山大地红，锤镰旗举耀苍穹。
赋诗挥墨千年最，殉难捐家六烈荣。
泽东思想指航向，推倒“三山”树大同。
中华复盛建新世，创业开国第一功。

清明悼周总理（新韵）

清明节日仰遗容，民富思源悼周公。
大智大德国典范，无私无嗣世尊崇。
十年国难稳局势，数护精英荐小平。
内政外交无伦比，遗辉常照华夏兴。

纪念朱德诞辰120周年（新韵）

千载难得一帅雄，运筹帷幄辅毛公。
草鞋扁担创天下，小米钢枪灭寇凶。
推倒“三山”启新宇，开国首帅盖世功。
硕德风范千古颂，与日同辉昭华隆。

青藏铁路通车吟（新韵）

茫茫雪域今唤醒，世界屋脊汽笛鸣。
唐古拉欣舒坦道，昆仑山乐贯全程。
文成喜庆娘家礼，松赞欢吟同祖情。
拉萨北京连纽带，民族谐盛永康宁。

颂景泰川

——庆祝景电提灌工程上水三十周年(新韵)

黄河腾渡西长岭，瀚海革为谷果川。
泵站三十攀百峻，亩田百万绿三县；
铁牛银线织洲绣，麦浪楼丛映树原。
乡市色一启富路，功称“华最”胜尧天。

谒景泰县人民公园西路军烈士碑（新韵）

烈士长眠在陇陲，公园岑上树丰碑。
条山鏖战开血路，西进捐躯显雄威。
徐帅题词思故友，李公①挥墨恸心扉。
缅怀先俊功千古，勋业英灵同日辉。

【注】

① 李公：即李先念。

刘 恭

1934年生于甘肃省武威市。历任中共民乐县委副书记、临泽县委书记、甘肃农业大学党委副书记兼副校长,中共嘉峪关市委副书记、市长,甘肃省农业科学院党委书记,甘肃省诗词学会副会长。著有《陇上行吟》《南北吟草》。

赞古凉州

(一)

汉开四郡通丝路，欧亚相连文化兴。
唐代凉州十万户，明皇梦幻到斯城。

(二)

大梯石佛历沧桑，海藏钟声绕远乡。
罗什云霄砖塔影，雷台奔马震重洋。

月牙泉

三面环山水一湾，状如明月半遮颜。
天天游客踩沙落，夜夜风吹沙上山。

咏古浪峡[1]四首

(一)

断崖古浪峡身斜，秦陇屏藩世所夸。
雾冲石门岚翠起，山歌飘出牧人家。

(二)

甘州石字废承乾，故事流传千古间。
拥立由来人匣定，岂关陨石示前玄。

(三)

锁钥河山控走廊，汉皇征伐战匈羌。
兵家自古必争地，凭吊至今珠泪怆。

(四)

幽谷深深卧宝藏，投资开发趁时光。
声声汽笛催人进，富国强民信有方。

【注】

① 古浪峡有一块白色巨石名曰甘州石或昌松瑞石，唐贞观十七年凉州刺史上疏，凉州昌松县有石曰：太平天子李世民，千岁太子李治，一时轰动朝野，太宗以天有成命表瑞点石，废太子承乾，另立晋王李治为太子。

刘家峡水库三首

（一）

闻说黄河十八峡，截留筑坝有谁家。
千秋事业功居首，四化情怀分外嘉。

（二）

百里平湖少浪花，碧波万顷映飞霞。
黄河驯服发光电，输送神州照万家。

（三）

匣起千钧白浪翻，红霞点点满长川。
风光最是迷人处，游客流连飞鸟旋。

游兴隆山

节日兴隆观胜景，穿云破雾半山中。
羊肠直上翠微路，石级跌层临绝空。
对峙双峰争秀色，争流碧水唱清淙。
荒凉旧殿剩余瓦，新庙敬神香火浓。

临泽鸭暖春景

清风细雨助春浓，花彩缤纷霞色红。
知暖鸭群欣戏水，采香蝶阵喜迎风。
青蛙跳跃游田埂，紫燕徘徊舞碧空。
景物如图看不厌，几疑身在馆娃宫①。

【注】

① 吴王夫差在苏州修“馆娃宫藏娇”被誉为中华第一美园。

成县鸡峰山

轻车直上鸡山冠，路转峰回数百旋。
川里麦苗妆碧野，云间松树接蓝天。
奇山不老画图秀，圣境常留意幻连。
村妇乡翁虔拜佛，神灵怎能把富添。

游黑山湖

雨后黑山净，湖光似镜平。
春风送暖意，绿树啭黄莺。
波起泛沙碛，船行妙趣生。
钢城赖此泽，铁水如泉倾。

河西走廊颂歌

祁连山下牧牛羊，千里走廊瓜果香。
致富农民歌盛世，齐心共建米粮仓。

长城博物馆①

秀纳长城一室间，广传文化五千年。
我因游馆思奋进，报国一心追昔贤。

【注】

① 1989年嘉峪关市建成长城博物馆，使我国历代长城，纵横十万里，上下五千年，收缩于馆，纪念前贤，启迪后人。

凤凰机场通航

扶摇直上九重天，万里航程一日还。
开放声中双翅展，凤凰飞出凤凰山。

酒钢重游

铁水钢花怀旧游，几人已去几人留。
千山叠秀故城在，一串明珠日夜流。

山川情歌

绿水青山处处歌，田家郎妹诉心波。
歌喉频唱酬知己，妙曲高飞伴月娥。

迎新春

新年春意满南天，酒绿灯红万户欢。
三亚笙歌阵阵起，万民祝贺太平年。

赞　牛

饮泉嚼草他无求，尽瘁为人不计酬。
勤劳美德千年在，负重精神万古留。

张掖望祁连山

地灵隆百业，人杰产粮丰。
山顶白银积，江南胜景同。

酒泉怀古

大将赴沙场，君王赐玉浆。
官兵同一阵，泉水溢余香。

周笃文

字晓川,1934年生,湖南汨罗人。教授。中华诗词学会副会长、秘书长,《中华诗词》顾问。著有《影珠书屋吟稿》等。

参加兰州敦煌文学讨论会感赋

三千里外远游身，词客初来事事新。
灯火万家光灿烂，楼台百丈气嶙峋。
斯文高会多才彦，盛业重光炳斗辰。
一脉敦煌天下壮，波长浪阔有传人。

杨义彬

1934年生，甘肃兰州市人。曾任白银市粮食局科长、甘肃省委组织部秘书、甘肃省百货公司副总经理、党委副书记，甘肃省纺织品商业协会理事长。中华诗词学会、甘肃诗词学会、毛泽东诗词研究会会员。著有《长乐斋即兴集》。

兴隆放歌

故地重游情激越，奇峰幽谷柳婆娑。
风云变幻通天柱，紫气氤氲落地坡。
吉鸟惊啼予报难，成灵迁息镇妖魔。
兴隆百鸟来朝圣，华夏长空奏凯歌。

白塔感赋

雨后青山彩韵鲜，今秋至美菊争妍。
龙归山涧呈祥气，鹤唳海天和紫烟。
白塔凌云下地起，黄河逐浪碧波连。
倚栏凝望金城秀，放眼神州一统天。

兰山远眺

燕穿翠柳似梭投，莺唱新歌悦耳悠。
天上婵娟辉玉宇，人间灯火照琼楼。
牡丹吐艳千重秀，桃蕊飘香十里留。
宾客四方齐聚会，金城揽景尽情游。

电视剧《林则徐》观感

乌云滚滚虎狼猖，心事忡忡历国殇。
一代忠良遭诬陷，千秋伟业任创伤。
昏君失道黎民怨，奸贼专权故国殃。
史可鉴来还鉴往，留予后辈著文章。
烟枪吸尽万夫血，鸦片侵吞千户园。
招募兵员无倚托，征收粮饷失根源。
上书奉旨狂澜挽，抗虏销烟世代传。
两袖清风馨大地，一身正气感苍天。
鸦片万箱销虎门，焰冲霄汉月黄昏。
眄观丑虏妖风尽，从使中华浩气存。
卫戍南疆何罪有？布兵粤海功至臻。
一生德业今犹在，千古流芳万世尊。
风尘过后艳阳天，壮丽山河更妖妍。
欢庆人民终做主，长吟民族大团圆。
陆台齐奏和平曲，港澳回归一统天。
告慰英灵频祝酒，扬眉吐气仰前贤。

北京奥运畅想（新韵）

同一世界同一梦，雅典北京天地亲。
友爱团结齐奋进，拼搏发愤长精神。
北京奥运仰珠峰，科技人文特色功。
圣火点燃传魅力，奖牌精致夺天工。
赛场凝聚鲁班智，体馆包容诸葛聪。
举世斐闻歌不绝，神州豪气贯长空。
亚欧拉美手牵手，黑褐黄白身并身。
国际频播胜利曲，全球共建太平村。

痛悼“5·12”汶川大地震罹难同胞

地裂山崩毁汶川，生灵涂炭一挥间。
同胞罹难躬身去，万众齐心阔步前。
红雨纷纷垂泪眼①，白花瓣瓣绽哀颜。
黄河怆浪横空吼，壮我中华步履坚。

【注】

① 红雨即落花。出自唐代诗人李贺《将进酒》“况是青春日将暮，桃花乱落如红雨”。

忆秦娥·悼念毛泽东主席

天地咽，巨星陨落情悲切。情悲切，九天挥泪，五洲伤绝。　　丰功伟绩凌天阙，文韬武略承马列。承马列，功垂天地，德昭星月。

清平乐·健儿悉尼凯旋

雄师振作，异国重拼搏。夺取金银铜闪烁，金榜甲三卓著。　　美俄顿觉怔惊，德英亦感名轻。华夏欢天喜地，健儿虎跃龙腾。

满江红·“情系西部,共享母爱”义演晚会观感

情暖西疆，京城里、募捐义演。惊回首，“两西”天地[①]，旱魔发难。企盼小康魂梦断，欲看流水望穿眼。蒙同胞、捐亿万支援[②]，情无限。　　深挖窖，储雨灌。消旱意，除忧患。急家园重建，万民齐战。大爱生花黄土变，浓情结果清流转。待来辰，百水灌良田，丰碑赞。

【注】

① “两西”：通指甘肃定西、宁夏西海固地区,泛指西部干旱地区。

② “亿万”：2000年12月20日,全国妇联、中央电视台等单位在北京联合举办“情系西部、共享母爱”义演晚会,盛况空前,当场宣布捐资11,600万元。

沁园春·咏“集雨节灌”

癸未端阳，柳暗桃明，喜还故乡。望苑川两岸，滔滔麦浪；三山五岭，郁郁流芳。布谷频催，紫燕穿梭，万物欣欣沐艳阳。人勤早，恰气清天朗，万马腾骧。　　纵观集雨池塘，引流水潺潺润四方。促山川锦绣，村庄变样；口碑铸就，游客徜徉。四海观光，五洲倾倒，杰构精工天下扬。天从愿，任陇原儿女，再造辉煌。

西江月·示儿

杨军参与的《中国钢铁行业研究报告》课题，获中国国际金融学会2001年度全国优秀论文评比特等奖。欣喜之馀，特填词一阕，以作纪念。

策论荣评特等，京畿捷报彪勋，合家同庆共欢欣，我自心胸振奋。　　仅仅一篇文论，孜孜几度耕耘，初胜尚待倍加勤，百尺竿头更进。

梁起岗

1934年10月生,甘肃岷县人。岷县乡镇企业管理局退休干部,岷县诗词学会会员。

老来乐

皓首余辉兴致稠，苍苍银发晚霞尤。
和谐社会国昌盛，幸福家庭万事周。
岂肯白头封故步，不甘老骥赶潮流。
闲情雅趣黄花秀，自得怡然度晚秋。

怀念先父（新韵）

痛感童年失怙早，时时刻刻缅先严。
为人本分堪垂范，处世忠诚品格端。
子女难忘父教诲，亲邻齐赞故人贤。
年华逝水常怀念，墓草萋萋地下眠。

怀 母

厄运堪怜失怙早，萱堂守寡忍饥寒。
含辛抚育娘恩重，茹苦攻读儿意坚。
结草无成今已晚，衔环未果意难安。
焚香告慰先慈母，凄切悲哀一惘然。

金婚

贫困家庭度日难，同舟共济五旬年。
齐眉举案孟梁意，相敬如宾伉俪怜。
岁月蹉跎无怨悔，金婚喜度亦欣然。
并肩相伴三生幸，携手再迎钻石缘。

老友聚会

欢聚倾心意趣投，难禁感慨鬓毛秋。
沧桑岁月烟云散，盛世残年雨露稠。
非望酒香图美味，惟祈谊挚上层楼。
轮流东道常来往，霞照桑榆胜宦游。

定风波·欢庆十七大

改革年华闹九洲，党为砥柱立中流。港澳回归欢乐奏，昂首，嫦娥一号月球游。　　幸福公平同享受，民有，中华特色小康优。科技兴国图锦绣，长久，民生五有惠民稠。

一剪梅·雪灾

大地茫茫暴雪翻。电断路瘫，灾害连绵，九洲命运紧相连。领袖身先，现场察看。　　抢险救灾冰雪间。浩气冲天，众志移山，八方救助物资援。各地情牵，灾域民安。

方英华

1935年生，四川营山人。中专高级讲师。临洮师范学校原校长兼党委书记，为甘肃诗书画联谊会顾问、临洮诗词学会顾问。著有《经纬诗稿》。

赞椒山[1]（新韵）

超然重建缅椒山，浩气冲霄谏佞奸。
耿耿丹心光万代，留得清誉在洮边。

【注】

① 杨继盛，字椒山，明朝人，爱国爱民，在临洮建超然书院，开临洮兴学办教之先河。

杨明堂[1]颂

临师创始杨明堂，陇上名庠首导航。
重教兴学功业在，生员逾万遍城乡。
前贤远志传青史，正体养心育栋梁。
更喜今园风景美，与时俱进续新章。

【注】

① 杨明堂，临洮地方先贤，近现代在地方私人办学校十余所。1916年创建临洮师范，首任校长，其办学思想为“养心存大志，正体作完人”。

砚池吟（新韵）

（一）

百年草圣字千文，于草吾临为入门。
形似龙蛇程是半，韵神悟到始芳芬。

（二）

书艺之峰不计高，寒窗十载半山腰。
抬头仰望云间路，风翥鸾翔玉树梢。

寄语泽义老表（新韵）

亲人赠我故乡兰，传递真情重泰山。
碧草馨花添媚丽，陇云川雨绣前缘。
神清气雅英姿秀，意静德高佳誉传。
寄语手足康乐健，八十同赏太蓬天。

读《告别夹边沟》感怀（新韵）

徒居明水弃夹边，滩上月残洒古原。
苦累饥寒煎百虑，孤伶冷冻泪含冤。
遥怜妻小失扶佑，近怯豺狼啮齿坚。
荒冢朝夕声泣诉，后人记取应潸然。

马　乾

字子峰,1935年生,甘肃岷县人。多年从事文教卫生工作。甘肃诗词学会会员。

喜迎奥运年

龙腾虎跃贺元旦，翘首喜看零八年。
盛世辉煌迎奥运，健儿骁勇庆团圆。
五洲朋友京城聚，四海球迷电视联。
促进和谐同发展，百花微笑艳阳天。

赞西部大开发

叠翠岷州碧玉雕，宏图大展更妖娆。
山清水秀药乡美，虎跃龙腾逐浪高。

缅怀私塾刘先生

皓月当空仰北辰，刘公半世主西宾。
百科经典皆通晓，同事名家常问津。
慢步吟诗留背影，勤劳育李情意真。
尊严师道人皆仰，俸禄细微安守贫。

参加端阳节咏岷诗会

群英聚会端阳节，玉润珠圆锦绣篇。
笑赏骚坛呈异彩，喜闻雏凤奏高弦。
书林漫步通幽径，诗海扬帆结喜缘。
首首高吟尧舜世，杯杯美酒敬群贤。

赠自学成才乡村医生

旭日东升夕照红，一枝独秀百花丛。
跋山涉水攀云路，时雨春风化育功。
野草香花觅上品，清溪绿柳蔚蓝空。
扶贫济危平生愿，自学成才看劲松。

陪老伴兰州治病

陪妻治病去金城，一路担惊如履冰。
手术成功堪自慰，信能伴我度余生。

休闲述怀

古稀岁月漫悠悠，案牍勤劳四十秋。
归去田园乐自在，青山夕阳荷锄休。

许兴国

1935年生，甘肃省民勤县人。从事医疗临床工作。甘肃省诗词学会会员、民勤县苏武山诗社副社长、副主编。

抗震救灾

汶川地震不寻常，四面八方遭受殃。
我省陇南伤亡重，军民火速赴前方。
争分夺秒抢时价，奋不顾身救老乡。
陆路航空齐运送，同舟共济抗灾荒。
火速救灾惊世界，八方援助力超天。
精英科技排危险，战士舍生冲阵前。
华夏同心清废物，全民动手建家园。
白衣天使严消毒，为保安康防疫源。

赞苏武山黑河滩农场科技示范建桑园

山麓荒坡换绿装，科研示范建沙乡。
园林馥郁生机旺，谷物芬芳长势强。
才见玉珠藏叶下，又观翠果满枝香。
眼前美景谁曾想，竟是当年狐兔场。

培育良种促小康

公司育种靠高科，绿色如茵放彩波。
架上葡萄招燕语，道旁垂柳引莺歌。
林园处处皆青翠，笑脸张张赞黑河。
景似苏杭源水缺，重来不识旧荒坡。

农业示范谱新章

驱车穿柳话农场，苏武山坡喜气扬。
林海风吹翻绿浪，棉田日照泛银光。
高新技术培良种，科学耕耘产越纲。
满地余辉收眼底，挥毫泼墨赋诗章。

千年荒滩改良田

万里鹏程生态变，荒滩秃岭建良园。
耕耘机动云霞暖，灌溉泉喷雾雨妍。
奔放诗情随意远，无穷景趣醉心田。
当今农技呈关键，日后科研更着鞭。

赞农业示范区垦荒者

勤劳奋战黑河边，开垦荒滩任务艰。
沐雨经风鏖酷暑，披霜踏雪斗严寒。
天凉黄菊香犹烈，地冻青松色更鲜。
一幅蓝图藏四季，科研示范建新田。

赞民勤县医院救死扶伤

起死回生技术良，实行人道救危亡。
时珍本草祛疴药，仲景伤寒治病方。
妙手精心除内障，开胸剖腹割脓疡。
悬壶济世情殷切，救死扶伤意远扬。

病树回春

白衣天使笑相迎，济世观音救众生。
双目凝神勤视病，一针倾注系深情。
银瓶玉液徐徐滴，病树枯枝渐渐荣。
纳诊除疴增寿命，施疗对症复康宁。

爱婴医院

半窗故纸防风进，一味乳香知母前。
妙药扫除千里雾，金针惠刺九重天。
行医固本延长岁，济世康民益寿年。
手术精良癌肿切，开膛剖腹母子全。

十佳医院

院科领导志坚强，改革潮中思远航。
二甲爱婴新建创，十佳医院更优良。
纤维胃镜观图像，起搏波形看吉祥。
除病延年功不小，眉开眼笑寿星乡。

农家姑娘

满眼生机竞物华，田园凝翠映奇葩。
迎风孕麦千重浪，向日胎葵万道霞。
点点红缨缠谷首，条条绿带裹金娃。
村姑不是名流女，身在农家赛画家。

浣溪沙·巨步奔小康三首

（一）

巨步随春奔小康，国兴特色放金光。干群全力建家乡。
百业辉煌民富裕，千山锦绣国隆昌。三中决策党威扬。

（二）

国策英明特色舒，中华改革有前途。脱贫致富万民苏。
祖国河山除旧制，神州大地换新符。飞船宇宙绘宏图。

（三）

革命征途壮志酬，人民事业展鸿猷。小康特色振神州。
伟绩煌煌惊四海，丰碑座座耀千秋。迎风硕果气香流。

韦世福

笔名旭华，1935年10月生，甘肃临洮县人。曾任临洮诗词学会常务理事、副会长等。

老龙头

老龙头望海疆东，三面伸延大海中。
锁控幽燕居险道，风萧雨骤九州雄。

冶力关

险峡东西冶力关，千年睡佛卧山巅。
冶河一派湍流急，老虎嘴中喷玉泉。

兰州南北两山绿化初见成效

昔年尽露秃山峦，风卷沙尘沟壑间。
植树造林葆水土，两山绿化翠珠添。

皋兰山远眺

金城五月翠峰峦，龙首山巅好听蝉。
九曲黄河滋塞野，三台阁项手摩天。

赞甘肃《老年博览》

老年博览焕然新，编辑选文重晚春。
文史志观知识广，诗词书画启思深。
趣谈故事多佳作，反腐倡廉指祸根。
常载良方堪治病，养生保健字千金。

赞临洮七诗友《洮河风》首发

金秋送爽喜眉扬，诗友宾朋汇一堂。
笔底洮河风有韵，诗中岳麓景流芳。
昔年曾历寒霜苦，今日欣尝平仄香。
洮水恩滋七才俊，绘描人世几华章。

贺陈星画展

陈星画展飞云阁，风雨人生几十秋。
千里洮河图锦绣，弘扬国粹壮神州。

何晓峰

（1935-2001），字冰河，号紫芝山房主人，甘肃天水市人。全国工艺美术大师。曾连任四届甘肃省政协委员。中国美术家协会会员，中国工艺美术家协会高级会员，甘肃省诗词学会顾问，天水市文联副主席。

水调歌头

游玉泉观感赋丹碧重檐起，翠柏走蛟龙。而今羽士何处，只有殿台空。控鹤鞭鸾佳话，惟剩荆棘古洞，老树自葱茏。偃卧苍松下，吹鬓有薰风。　　深谷底，桃万树，水琤淙。花香扑面，万树返照夕阳红。流的一沟月去，滋润千倾芳草，极目自蒙茸。蓦地微茫里，几杵落疏钟。

浣溪沙·无题

好梦惊回思悄然，无情无绪意阑珊。空将惆怅忆前贤。　　引凤碧霄邀弄玉，入山何处觅采鸾。此生只合效袁安。

桐 花

香魂直上碧霄长，三月桐花自作香。
无限相思无限意，忍将心事付黄粱。

申 科

1935年生、甘肃岷县人。历任康县县委副书记、县长、岷县人大常委会主任、《岷县志》编委会主任。甘肃省诗词学会会员、岷县诗词学会名誉会长。

斥美英入侵伊拉克

（一）

狂轰滥炸逞凶顽，施尽淫威“奏凯还”。
堪叹伊邦安乐地，头颅抛处血斑斑。

（二）

称霸争雄任逆行，无辜黎庶哭娘婴。
狼兄狈弟千夫指，世界为伊斥不平。

过岷县铁尺梁

路转峰回碧翠迎，云山雾海画中行。
松涛鸟语疑仙境，登上险巅红日明。

梅川索西城[1]

漫将词赋说荒凉，赤水咽喉旧战场。
戎马纷争成往事，古城风送腊梅香。

【注】

① 汉章帝建初二年（77年）羌反,汉将马防率兵三万平叛,并在现今岷县梅川筑索西城镇守。

秦长城残墟

铁门故址话沧桑，汉月秦关万里疆。
莫道残垣无觅处，萧萧古垒望中藏。

桑榆逸兴

风风雨雨四三秋，解甲归乡霜满头。
北水长堤晨散步，南山曲径晚常游。
养花种菜且为趣，书画吟诗亦自悠。
乐道安贫甘淡泊，人生有志此中求。

咏 春

风和日丽意悠然，信步寻芳度陌阡。
万木阴阴鸣翠鸟，千峰漠漠掩晴烟。
白鸥游戏三春水，红杏夭娇十里川。
饱览升平无限景，青山夕照画图妍。

岷州吟

玉女峰前洮水流，悠悠历史五千秋。
荒烟古垒湮陈迹，颓廓残垣起画楼。
光聚物华开放涌，小康路富万民酬。
甘霖滋润苍生乐，吟雨诗风壮岷州。

贺阴平诗社成立十周年

辛劳十载筑诗坛，风展吟旗画里看。
素岭奇花呈异彩，天池逐浪起晴澜。
笔酣墨饱瑶章秀，贝贯珠连意境宽。
翠染阴平山邑美，而今声誉入云端。

陋室吟

平房简陋向南方，冬暖夏凉浴艳阳。
金谷楼台空富贵[①]，霸陵风月足安康[②]。
坛边盆景婷婷秀，园内奇花冉冉香。
会友吟诗裁妙句，一杯浊酒乐榆桑。

【注】

① 金谷楼台：晋南皮人石崇，于河阳置金谷园，楼台连天，终以致富不赀被杀。

② 霸陵风月：东汉梁鸿，家贫好学，不求仕进，与妻耕织于霸陵山中，清闲安逸，为人称道。

贺“神舟六号”载人飞船飞天圆满成功

四代宏猷起酒泉，飞船神六复巡天。
俊龙玉宇登河汉，海胜蟾宫揽月还。
七夕嫦娥舒宿愿，九州黎庶喜空前。
中华科技甚精湛，欢庆凯旋人不眠。

罗珍文

字子清，1935年8月。甘肃榆中县人。陇西县退休干部，原任县民政局、劳动局副局长、局长、体政委主任等职。

兰州行

自古名城繁盛地，铁桥飞跨显神威。
大河浩荡东流去，阔岸霓虹送夕晖。
旧市楼台争艳丽，新区屋宇竟峨巍。
风光远景还清雅，开发引来群雁归。

颂十七大闭幕

万物生存向太阳，东风送暖著华章。
神州大地人人乐，创建和谐奔小康。

故乡巨变

山河旧貌已全非，秃岭泛青芳草围。
修整梯田功万代，旱川引水沐春回。
昔日无粮少穿戴，如今仓满换新装。
全村老幼齐勤奋，跟党一心奔小康。

李元[1]赴日求学感赋

赴日三年结硕果，同堂四世庆成功。
中华丽日禾苗壮，长岛晴空映彩虹。
千山万水绕穷家，古郡新奇发嫩芽。
终有书生初放胆，敢登长岛展才华。

【注】

① 李元，陇西文峰镇人，甘肃工大毕业后，2004年赴日本攻读研究生。

陈龙孙儿被评为全国优秀大学生感赋

清晨喜鹊鸣，电话报佳声。
迈步登金榜，中华优秀生。
华年志气雄，万木有奇松。
后者能居上，还登五岳峰。

七十抒怀

天高气爽日当空，漫步公园观彩虹。
知足方能心态静，安宁淡泊度余生。

老有所学

退休无事学诗文，气静心平度二春。
到老更知才识浅，余年又是读书人。

春满人间

新杨披绿迎东风，桃李争春满树荣。
农户田园新气象，小康大道放光明。

刘广训

1936年3月生，安徽省宿州人。教师，中华诗词学会、甘肃省诗词学会会员。著有《了梦集》。

月浣白塔

玉立亭亭画不赢，依依倩影自盈盈。
嫦娥脉脉温馨意，缕缕清辉为尔倾。

咏西部开发

九曲黄河金缕歌，清辉丽日昊天过。
丝绸古道新潮涌，商贾乘风剪大波。

咏白塔

览尽红尘万种情，苍天可鉴玉壶清。
霜凌雪虐冰心在，未肯随风逐利名。

观蚕吐丝有感敬呈王琦老师

一身清白不高攀，名利无求绣宇寰。
尘世营蝇羞为伍，丝丝缕缕遗人间。

塞外秋思

塞雁南飞景物幽，诗情浪涌意难收。
风敲秋韵声清远，雨沁黄花香暗流。
大地沧桑循正道，神州兴盛赖良谋。
群星环绕北辰灿，羌笛悠悠歌壮猷。

垓下放歌

英雄逐鹿战山关，说项称刘史有篇。
垓下放歌吟雅句，乌江和韵唱新天。
鸿猷大展标青史，伟业初开扬锦帆。
千古风流逐浪去，喜逢盛世赞英贤。

答友人

飘泊天涯一叶舟，千磨百折滞边陬。
世途多有惊涛险，尘海几曾搏浊流。
拂去风霜云鹤瘦，卧听夜雨沈心愁。
酸甜苦辣犹尝尽，剩有闲情可放讴。

七十自寿

斗转星移两鬓秋，人间苦旅稻粱谋。
红尘冷暖丹心在，世态炎凉傲骨留。
风云几度穷万变，诸奸作祟种千愁。
老逢盛世乾坤朗，诗苑书山作漫游。

中共“十七”大胜利闭幕喜赋

高举红旗仰邓公，励精图治气如虹。
九州乐奏升平调，四海讴歌改革功。
世纪宏谟同富庶，中华一统共繁荣。
承先启后开新运，南北腾飞一巨龙。

诉衷情·缅怀邓公

中流砥柱挽狂澜，起落意安然。宏图四化伟业，指引绘新篇。　　昭日月，吒风云，转坤乾。万民铭记，千载光辉，照彻人寰。

浣溪沙·仁寿山赏桃花

仁寿山前几度痴，武陵春色日熙熙，秦人迓客举琼卮。　　姹紫嫣红浑惬意，桃花人面惹相思。飞霞掩映摄魂时。

鹧鸪天·涉故台怀古

圣地光芒照世间，悠悠往事越千年。陈王抗暴风云骤，气壮山河首揭竿。　　狐鼠辈，涌波澜，赢秦苛政散如烟。故台千载今犹在，耳畔微闻潮水喧。

一剪梅·望乡

遥望南天万里长，身老西疆，魂绕家乡。千山万水路茫茫，寄意穹苍，眷恋难忘。　　改革年华谱锦章，诗溢琼浆，词韵铿锵。江淮大地散清香，惊喜沧桑，何计炎凉。

江城子·兰州南河新貌

南河漫步揽风光，碧波扬，水云乡。花团锦簇，两岸斗芬芳。白塔兰山争照美，鱼戏浪，鸟翱翔。　　素妆淡雅秀中藏，巧梳妆，正伸张。万态千姿，古郡韵悠长。把酒临风歌盛世，情涌动，赋诗章。

浣溪沙·读史

青史悠悠耐读研，沦桑览尽问高天，机关用尽几人贤。　　成败输赢皆轶事，功名利禄梦中烟。无私明月照坤乾。

夜半闻蝉

夜深蝉噪倍凄凉，似向尘寰说短长。
愁绪满腔谁解得，声声悲咽断人肠。

沈思高

1936年生，甘肃临洮人。西北师院毕业。原临洮二中书记兼副校长，中学高级教师，临洮县文史委员。

岳麓春游

莺啭如琴柳浪穿，燕飞似剑阁边旋。
峰屏苍翠入云断，宇殿巍峨立水边。
灿烂晚霞随日脚，朦胧晓雾绕山巅。
洮河千里向东去，天地无垠尘似连。

洮河秋感

行歌如许有何求？大好山川眼底收。
无语夕阳楼北照，有情洮水廊西流。
碧云聚散风前动，青鸟沉浮浪后游。
万事都随烟雨去，此身只感不知秋。

连战访问大陆感言

台峡风雨起苍黄，伫望何人渡远洋。
兄弟销福生剑戟，豆萁戳祸出萧墙。
诚心开辟新天地，高见平息旧战场。
随天人俊归来路，勿忘合家告祖堂。

过三峡

激水船头垂日红，不名客旅此心同。
巫山神女沾花雨，江上轻舟逆浪风。
万嶂青峰三峡外，千年大坝一湖中。
明灯两岸锦铺地，夜月乘风过巴东。

咏银川沙湖

黄河之水九天腾，千里平畴红日升。
南泛轻舟逐遏浪，北瞻大漠孤烟浓。
风清芦苇穿飞鸟，云断蓝天听啭莺。
闭虎张龙贺兰地，金戈铁马夏王陵。

答某博士

读书万卷雪萤功，笔透人寰神始通。
砥柱中流弄激浪，跃上高峰向远程。

焦述祖

1936年生，甘肃岷县人。曾任岷县财政局副局长，建行行长等职。岷县诗词学会会员。

祖国在飞腾（新韵）

自力更生展翅飞，九天揽月凯旋归。
科学引路人为本，勇创尖端不忘危。

长江更壮观

滚滚长江纳百川，造福永远在人间。
葛洲电网三峡坝，举世奇绩更壮观。

人间出奇绩

铁路交通西藏奇，谁攻冻土解冰谜。
中华儿女英雄汉，血筑长龙现彩霓。

纪念七一

南湖日出照人寰，星火燎原更旧天。
继往开来三代表，神州大地更娇妍。

永远怀念周总理

无畏无私典范存，清风两袖九州闻。
一腔热血为民洒，浩气长存留后人。

端阳怀古

饮恨汨罗江水寒，楚辞如日照人寰。
端阳佳节民凭吊，亘古骚坛一圣贤。

西安碑林

林立书碑气势宏，精工镌刻似天成。
珍藏瑰宝皆神品，艺术之宫享盛名。

正党风

立党为公效舜唐，倡廉反腐不平常。
征途坎坷有何惧，执政为民正气扬。

看电视《永远的丰碑》有感

血染丰碑永放光，坚持信念谱华章。
缅怀先烈为民想，构建和谐奔小康。

巩令媞

女，1936年10月生，甘肃临洮县人。甘肃教育学院毕业。退休中学教师，中华诗词学会会员，《洮声凤吟》编委。

纪念周恩来总理诞辰110周年

总理廉明只为公，一腔正气显豪雄。
外交风范世人敬，治国安邦忆伟功。

胡主席赴山西、河北考察

朔风怒号雪寒凝，鱼水情深晋冀行。
促电促煤兴百业，罹灾不忘察民生。

奥运年迎国庆

神州处处艳阳天，四海情真露笑颜。
港澳回归完统一，陆台握手盼团圆。
邓公伟策开新局，胡总兴邦举世欢。
接力长征途漫漫，辉煌业绩史无前。

欢歌北京奥运会

百年梦想已成真，奥运迎来盛世春。
目望鸟巢飞彩凤，波扬水殿壮诗魂。
礼花千朵明宵夜，捷报万张催晓暾。
体苑风流增友谊，国歌高奏振精神。

喜迎奥运

万国体坛同一家，健儿卫冕众人夸。
中华湔雪病夫耻，奥运扬威绽锦葩。

抗震救灾众志成城

地裂山崩毁汶川，同胞数万陷危难。
呜咽垂首肝肠断，众志成城抚国安。
疮痍满目雨风寒，大爱无疆献蜀南。
荡汰阴霾锄恶动，废墟之上建家园。

忆父白区工作十一年

寒流滚滚黑风旋，矢志白区斗敌顽。
每自刀丛觅英烈，满腔热血荐轩辕。
跋山涉水作群工，日夜辛劳思尽忠。
艰险征程无阻挡，慈翁含笑沐春风。

高原铁军

铁军英勇战昆仑，跋涉崎岖历四春。
生命禁区何所惧，建成天路为人民。

洋芋节[①]畅想（新韵）

陇右洮阳沃土多，马铃薯种可精播。
千斤亩产富桑梓，创汇争先特色歌。

【注】

① 2008年9月18日，中国·定西马铃薯大会，升格为“国家级”，马铃薯成为全国农业特色产业的知名品牌。

游冶力关

人间仙境气氤氲，大好风光耳目新。
天作穹庐遮雨露，地为茵褥暖心身。
百花齐放无同色，千鸟争鸣有异音。
茶座绿荫待君至，山清水秀醉游人。

嫦娥一号奔月

嫦娥一号舞苍穹，科技尖端唱大风。
逸兴骚人诗赋颂，吴刚捧酒庆成功。

学诗有感

花前月下咏徘徊，萤火流光映碧台。
笔底山川生异彩，窗前风雨煅庸才。
琢研妙句歌盛世，采撷华章抒壮怀。
未改雄心励宏志，学无止境迈诗阶。

临洮诗词学会雅集志感

东风时雨润诗坛，桑梓弘扬国粹妍。
岳麓巍巍臻盛世，洮河滚滚溉良田。
庶黎和睦生机旺，经济繁荣社会安。
情注杯中融玉液，心游物外展新篇。

清平乐·教师节赋

年年岁岁，从教情无悔。愿作春蚕丝吐醉，奉献人生不愧。　　初衷霜鬓不更，春秋默默耘耕。身献芬芳桃李，丰收硕果蜚声。

吴恒泰

字亘水,1936年生,甘肃天水人。1965年8月毕业于西北师大中文系。高级讲师。甘肃省楹联学会副会长兼秘书长,中国楹联学会理事。《中国楹联报》《对联》杂志记者。编著《中国甘肃名胜楹联》《甘肃名胜诗集》《吴恒泰诗墨集》。

挽双亲

春晖未报已西归，寸草情怀说向谁。
父卖新棉冬缺被，母还旧债夏停炊。
春风吹放花千树，苦壤生成果万堆。
饮水思源涕泪夜，心潮澎湃化惊雷。

奉和张济川诗翁

吟诵诗联心胆醉，弘扬翰墨树高标。
文章立意思韩柳，词赋传神忆固昭。
陇上诗林时雨润，中华艺苑郁香飘。
五洲四海玉珠萃，各领风骚颂舜尧。

奉和上海王退斋诗翁

松龄鹤寿庆无疆，书画诗词蕴一腔。
出口成章宗李杜，游龙飞凤法钟王。
冰清玉洁竹梅秀，情重艺高蕙桂香。
泰斗芳名传四海，大风一唱醉三江。

登黄鹤楼

黄鹤高楼耸九天，大江滚滚济风帆。
铁桥飞架通南北，仙境清幽无俗凡。
玉笛声声歌盛世，梅花朵朵庆长安。
灵山秀水情无限，化作诗文醉大千。

登西安大雁塔

雁塔入云空，唐僧译妙经。
西游中外颂，东渡古今崇。
八水长安秀，三秦法雨浓。
一诚偿夙愿，满目醉春风。

望江南·西部开发

民志壮，华夏巨龙腾。改地换天新气象，西陲开发播金声。马到大功成。　　春浩荡，奉献为国兴。抓住时机排险阻，移山倒海跃新程。青史永传承。

醉花阴·园丁颂

绿水青山旭日红，桃李春风劲。大地遍飘香，绛帐传经，学海千帆竞。　　园丁挥汗春潮涌，任务双肩重。莫道苦辛劳，兴教立功，援业民崇敬。

浣溪沙·中华颂

盛世清平百族吟，中华崛起五洲钦。东风浩荡壮民心。　　万马千军齐奋战，改山治水换乾坤。辉煌伟业沐长春。

菩萨蛮·笔耕乐

人生易老天难老，砚田忙碌身心好。梦笔醉生花，名山接彩霞。　　欲求心手巧，感悟文星照。墨海济风帆，波涛壮大观。

齐培礼

字齐斌、号阴平石寿，1937年生，甘肃省文县人。大专文化。曾任甘肃省军区政治部副主任、大校军衔。甘肃诗词学会会员。

觅石归来

雨润山川秀，黄河踏浪归。
临风觅奇石，心伴石魂飞。

咏洋汤天池[①]

水天蓝一色，山树翠无尘。
花果香千里，鸟虫犹唱春。

【注】

① 天池，位于文县天池乡，系全国四大天池之一，现被列为国家森林公园和联合国人与生物圈保护区。

战士抒怀

百万雄师一小兵，关山戎马矗长城。
风餐露宿何言苦，销尽烽烟看太平。

祁连雄姿

群山万壑拥祁连，逶迤雄姿锁百川。
远眺长城荒塞外，丝绸古道入西天。

咏回归

当年清府太庸昏，港澳离娘国失尊。
雪耻今朝龙翼展，联珠合璧话同根。

咏碧口水库

潋滟平湖景万千，宛如仙境置山川。
屏连陇蜀开青幛，瀑挂悬崖起素烟。
坝锁高峡成碧海，船游玉镜鉴蓝天。
文州[①]锦绣何增彩，览胜观光忆众贤。

【注】

① 文州，即文县之古称。

颂毛泽东

一代伟人毛泽东，奇才盖世展雄风。
胸中韬略兴华夏，掌上貔貅缚孽龙。
推倒三山征路阔，迎来九域艳阳彤。
无私奉献千秋颂，伟绩丰功四海崇。

石痴自嘲

堪笑平生未觉痴，沙坑河畔乐难疲。
冰霜冻雪仍无阻，风雨阴霾常猎奇。
手脚碰伤何言苦，衣鞋屡破有说辞。
顽石拣得殷勤看，奉在案头躬拜师。

忆江南·文县好

文县好，阔别五十年。雨露阳光知时润，而今已改旧时颜，陇上看江南。　　文县好，绿水映蓝天。碧口茶香名省外，天池景色醉神仙，无处不留连。　　文县好，最好玉虚山。殿阁千层凭眺远，朝阳艳艳沐林园，心境海天宽。　　文县好，灵地毓良贤。喜看文才前代众，今朝兰蕙栽满园，强县好争光。

孔晓风

1937年4月生于甘肃省平凉市。曾任中学校长、平凉崆峒诗词学会会长。现为中华诗词学会、甘肃省作家协会暨诗词学会会员、平凉市作家协会名誉主席、平凉崆峒诗词学会名誉会长。出版《晓风诗词》《毛泽东颂诗一百一十首》《崆峒揽胜》三部诗集。

寺沟农田基本建设工地

彩霞欲出一天霜，万马千军改土忙。
漫卷红旗山畔舞，闪光铁镢岭头扬。
鸡啼夜锁人下地，日坠霞飞月满床。
捷报频传农事乐，山河穿上女儿装。

石油城

祁连雪岭解冰流，瀚漠通渠玉带柔。
八瓣梅开风送爽，波斯菊艳露迎秋。
老君古庙传佳话，戈壁新城献石油。
创业摇篮功业大，玉门更上一层楼。

风入松·华家岭变迁

烟村零落大风寒，百衲袄还单。低楣破败啼鸡哑，那堪忍、满腹心酸。苦甲定西华岭，往时混沌荒峦。　　绿波林带展新颜，雨骤雾云欢。清秋丹叶翻飞舞，喜今日、山菊斑斓。黛柳丰姿百里，红瓴松竹千竿。

忆秦娥·雪

晶莹露，冰清玉洁风流驻。风流驻，珊瑚如素，飞雪狂赋。　　西风北国津无渡，岁寒残腊花千树。花千树，崆峒银岭，寺阶徐步。

忆秦娥·毛主席遗容前的怀想

永决别，神州万里声声咽。声声咽，巨星殒落，杜鹃啼血。　　超凡智慧铮铮铁，清风两袖终身洁。终身洁，明灯一盏，岸巍师哲。

月牙泉

泠泠淖泊苇修长，洒落瓜州居八荒。
碧落半弯云跌水，鸣沙山顶送斜阳。

香莲观音殿

夕照大龙河浪浅，东升朗月一轮圆。
山中古寺供陀佛，世外桃园隐道仙。
沟壑千层岩滴露，涧渠百丈水浇田。
紫霞暮霭凝祥气，菩萨观音乃九天。

春 归

清明谷雨连，物竞报平安。
煜煜和阳暖，涓涓嫩水寒。
晨霜辞垄亩，夜露降山峦。
弱柳纤纤绿，春桃阵阵丹。

哈密农家小院

葡萄满架院清凉，哈密瓜园接漠荒。
西域顿开茅塞路，甘甜本不惧风狂。

酒 泉

祁连千仞砌寒冰，银岭横空日月擎。
羽檄不传边塞鼓，长波频递睦邻声。
酒泉月色婵娟秀，大漠风光处女情。
嘉峪雄关宿星斗，钢城崛起碧云轻。

莫怨残瓣随水去八首

桃

三春时节蕾初缤，雨露晶莹润小唇。
莫怨残瓣随水去，花飞却见子成真。

柳

柳絮飘摇是处生，高山吐翠满腔情。
颠狂矫捷遭人怨，却是刚柔自在行。

杏

夏果春花霜叶红，谁能敢与决雌雄。
浅痕残雪无寻处，冬止阳生始有终。

杨

直上云天岂等闲，扎根黄土不扶攀。
莲心碧叶遮凉好，逸品婷婷自淑娴。

槐

叶盖阶台荫爽凉，庭前挺立气轩昂。
花飘七月金铺地，惹得雏鸡啄食忙。

榆

榆荚漫天作雪飞，素餐厨下久相违。
生根结实成梁栋，试问春风几度归？

枣

莫笑微花淡淡黄，甘甜子食映秋阳。
透红坚木常为耒，敢比青松作栋梁。

竹

都道饥年竹有花，今诂悲壮走天涯。
操完后事方休死，留得青葱一片芽。

邓德隆

字龙石，自号陇上洮人，斋名松影书屋，1937年生，甘肃临洮县人。中华诗词学会会员、中国书法美术家协会理事，临洮诗词学会理事。

赞濮阳市

当年盐碱与沙滩，今日米粮瓜果甜。
地下油田龙口吐，群楼栉比艳阳天。

咏 菊

芳华谢艳菊花开，独立婷婷绝代才。
点染秋光妍大地，豪情羡竹永难衰。

白牡丹

风姿淡雅舞东风，惟妙娇容春水生。
国色天香心蕾绽，芳魂圣洁引诗情。

画 竹

寒窗画竹两三枝，正茂风华显墨痴。
翠意诗情邀客赏，入神唯见笃天资。

画　虾

长须银色敏修身，双臂轻灵几度伸。
潇洒风流扬特色，一池虾路亦莘莘。

画雄鸡

华冠昂首立山冈，炫耀一身锦绣妆。
春晓高歌三遍唱，农夫锄动种田桑。

登岳麓山

巍巍岳麓惠渠滨，芳树葱茏笔塔彬。
画苑诗黉诱客醉，临巅俯瞰县容新。

丙戌中秋夜

坐看天际白云深，莫笑老夫酒细斟。
小女身边尝果品，不由思念众儿孙。

王顺和

甘肃民勤人，1937年生。大专文化，退休中学教师。甘肃省诗词学会会员，苏武山诗社社员。有诗文集《沙漠驼踪》《噩梦初醒》《尘寰淡痕》等问世。

民勤绿洲咏

沙海绿洲

三面环拥尽是沙，茫茫瀚海一奇葩。
风狂难折蒹葭草，旱烈仍开紫柳花。
麦海高低腾碧浪，瓜田明暗映红霞。
层林灌木为屏障，防卫绿洲好住家。

大漠景象

似海黄沙接远空，怒涛汹涌气溟濛。
丛丛灌木漩涡里，簇簇野花急浪中。
驼队铃声闻隐约，羊群远影现朦胧。
苍鹰展翼云天外，罩野穹庐酷似弓。

蜃楼奇观

晨曦欲露泛微红，大漠天边气象雄。
峻阁高楼浮玉宇，青松翠柏沐和风。
巍巍宝塔烟云外，隐隐人群树木中。
旭日渐升倏散失，蜃楼幻景化空濛。

瀚海驼铃

自古沙原驼队行，铃声隐隐甚凄清。
千年苦难风中诉，百样悲辛梦里听。
朝代沧桑吟怨曲，关山杳渺叹征程。
踏平坎坷霞光现，喜奏欢歌颂圣明。

农舍留春

沙枣白杨掩围墙，门楼耸立向朝阳。
窗纱翠映庭花艳，衣镜凝光壁画香。
灯火辉煌明院落，荧屏美妙怡心房。
家家户户春无限，四季和风暖塞乡。

杨　树

堤畔地头道路旁，巍然屹立接穹苍。
挺拔傲岸防风暴，翠碧葳蕤护稼桑。
轻絮漫飞妆大漠，粗干笔直作栋梁。
农田卫士名声重，可与青松比短长。

沙枣树

干如钢铁体如铜，枝叶葳蕤气势雄。
甘处贫瘠妆大漠，笑迎强暴战狂风。
小花香溢千村醉，佳果晖凝万树红。
卫护农田多奉献，嘉操美德胜青松。

胡 杨

荒原大漠看胡杨，布阵排兵斗志昂。
密叶凌云风铩羽，浓荫蔽日暑收狂。
衍生无需人栽培，蓄息全凭自毅强。
无限生机难抑制，英雄卫士护农桑。

咏红沙岗镇建设（新韵）

昔日荒凉不见春，今朝瑞翠物华新。
规划建起繁华镇，容纳众民五万人。
各业各行负信任，齐头并进凿乌金。
茫茫大漠勤发奋，万苦千辛变化深。

宁世忠

1937年生,甘肃省西和县人。原为西和县文联主席,中华诗词学会会员、曾任甘肃省诗词学会理事,仇池诗社社长。

丁亥十月悼亡十绝句(新韵)

莫从镜里看人生,镜里人生无影踪。
都向深潭捞皓月,力心耗尽一场空。
后路茫茫前路清,百年夜幕蔽双睛。
此身不是弄潮手,有味生涯只梦中。
孤灯关后夜初长,掩被不闻书卷香。
唯有月光乘隙入,一丝伴我到潇湘。
多情原本是无情,情淡情浓一笑中。
还我青春三十载,何堪飘絮任西东。
着意寒风摇翠篁,添衣我自检冬装。
合身难觅新衫袖,对镜无心试短长。
踏破小桥寻旧踪,槐枯柳落绿尘封。
不知何处堪留步,十字街头望路灯。
难舍东篱疏世姿,花残霜下赏秋菊。
此心未解何滋味,一任西风叩款曲。
恨我心肠似铁石,此生何有泪一滴。
忍看百卉凋零尽,不吊春殇半句诗。
天有风云不可测,滂沱大雨劈头来。
风停雨过洪波静,一叶孤舟自徘徊。
破船载我泛中流,双桨欲达无尽头。
无奈夕阳红上脸,秋花一树映双眸。

为纪念改革开放三十周年而作（新韵）

振兴华夏始何年，全会三中发快帆。
计问小岗施惠政，鉴从大寨解民悬。
三十年路风同雨，十二亿人苦变甜。
从此饱温迎刃解，小平妙计天下安。
百年忧患恨难消，枷锁重重任宰敲。
虎视强邻吞半壁，鼠窃污吏餍民膏。
病夫身变成骁勇，天马声嘶腾九霄。
试看飞龙云海上，影同日月共低高。
改革之路势必由，决胜中枢运远筹。
越岭无须涉险径，过河还应摸石头。
中国特色为根本，世界趋同是主流。
尚有长途待奔走，成城众志铸金瓯。
丰碑大字忆南巡，开放疑释路更平。
首辟特区看深圳，继发良港算浦东。
货输四海中国造，人闯五洲天下通。
何用世人刮目看，百年青史页新更。
举国跃起势如虹，万仞高楼转瞬兴。
粤海先鞭争首富，沪宁后劲挽强弓。
神舟七号美欧噤，巨坝三峡银汉通。
更喜健儿多壮志，奥运五环展北京。
建国四纪重三农，力尽千方未脱穷。
开放先行致富路，承包再解捆仙绳。
皇粮蠲免春秋债，低保平添骨肉情。
青史新章书大事，田园畅想梦真成。

流金岁月叹峥嵘，卅载年华似火红。
十万生灵伤地震，三员飞将赴天巡。
大江北调济齐鲁，航线南通走台澎。
黄帝子孙连骨肉，呼吸患难此身同。
如丝路网遍寰中，称富生民嗜旅行。
若赴京华只一瞬，欲观宝岛有三通。
穷乡僻壤车辙远，商埠通都飞驾轻。
四海一家随我走，江南塞北皆弟兄。
山乡巨变看仇池，冠冕一新花缀枝。
公路伸出岭中岭，小楼倒映溪外溪。
打工成就外来妹，下海娶回异地妻。
相比东南还落后，布棋理应占先机。

王振中

字明壶、愚翁，号卧龙山人，1937年生，甘肃临洮县人。原临洮诗词学会常务理事，甘肃省诗词学会、中华诗词学会会员，著有《道壶集》《明壶集》《金壶集》。

山菊花

轻红冉冉彩霞飞，未到中秋缀满枝。
难了今霄春夜短，温良香气护花蓁。

龙颜慈母心

绿草如初难舍亲，北京奥运健儿拼。
公平竞赛新风尚，融会五洲四海人。

题温家宝视察边疆

黄鹤视察边塞月，白云必护大千春。
夹山红叶斜阳摄，曲涧长流总报恩。

好风二首

（一）

荡尽人间假乱昏，呕心华彩索奇珍。
拂墙红杏得宗气，养老归田致富人。

（二）

悬崖远走始觉亲，染指曾尝鼎里鳞。
墙外绿杨花影动，偏偏此子梳绿荫。

乡　野

东风吹醒也花开，姹紫嫣红不断来。
天朗气晴人可喜，莺歌燕舞畅胸怀。
绿扬飘曳燃情谊，神采飞香盖世才。
车辆支农耕者闹，田畴降雨饱和肥。

李耳风骨

老子道风仙骨然，荣光故里数东川。
西湖秀水群鸥浴，南岭高峰溢惠澜。
庶人日日如蜂涌，今喜山山景物妍。
争传无怨伯阳事，泼墨砚田人又还。

寄怀《剑乐集》刊梓丁亥秋

民瘼运筹盈富路，国家昌盛旺兴邦。
高吟喜口洮河水，巨眼识贪纲纪彰。
公正无私谁不晓，东岩舞剑健身强。
书房有益匡时备，诗艺常研饮月光。

剪朝霞·怀人

世路崎岖暗访查，清歌远念性灵花。一川风卷拦河坝，七彩人生怎奈她。　　长打算，介朝霞，夕阳红里幼芽发。消魂一曲飞天梦，万里诗肠意未赊。

阮郎归·寄情有托

翻山过岭踩云端，为何倾诉难。鹤栖原地几十年，此行无阻拦。　　花护岸，水择田，顺风摇荡船。一心陶醉和璧联，曩时桃李萱。

鹧鸪天·感念

芳草还秧思念她，梅开桃蕊绽奇葩。杜翁泉下当欣慰，宝鼎青云溅浪花。　　追往事，忆仙家，长扬去影透窗纱。莫提吐韵心灵敏，一缕羞情应诺霞。

喜朝天·扑足

纵在常核，修桥铺路，让成此恨从前误。绿扬矢志百花开，莺啼伴我田园赋。　从政为民，会元津渡，奔腾跌宕城乡富。京畿盛会选人才，而今豪迈群英布。

一剪梅·为庆祝中华人民共和国成立六十周年

龙卧祁连峻岭中，难舍乡音，未改真情。十年琢玉亮晶晶，日久天长，牧放菁菁。　菩萨修成古刹封，佛理生灵，骚赋莺鸣，钓鱼台畔锦涛衡，政党英明，家宝国兴。

醉梅花·春

冬转春台绿意融，飘然信步入花丛。淡云萧洒开山雨，笑眼迎来世纪风。　莺喜戏，雁排空，村姑俊巧秀千峰，仙家着绿时装艳，朝旭展眉挂彩虹。

李中峰

号霁雪楼主人，1937年生，甘肃民乐人。大专学历。曾任民乐县人大常委会副主任等职。为中华诗词学会会员、甘肃省诗词学会理事、张掖市诗词学会常务副会长、民乐县文联名誉主席。著有《霁雪楼诗稿》《紫箫室闲吟集》《霁雪楼辞赋集》等。

塞上行

塞上风光改旧颜，春来瀚海泛波澜。
行人欲问桃花信，昨夜翩翩过玉关。

黑　河

黑河似蔓扯天涯，两岸烟村蔓上瓜。
莫道龙沙荒漠漠，柳林荫处有人家。

绿色长城

左公杨柳碧盈盈，绿色长城雨露荣。
千里河西花似锦，春风原自手中生。

裕固人家

茵茵嫩草绿天涯，碧海白莲裕固家。
活水铜壶煮日月，闲鞭野调牧云霞。

肃南草原放牧图

滩平草碧羊群白，谁拥彩云款款来？
裕固女儿装束美，红莲一朵绿中开。

祁连山下

祁连山下草如烟，滴翠飞红景色鲜。
遍野牛羊迎晓日，山川涌动彩斑斓。

乡村五月

莺飞蝉叫五月天，绿染沙洲迷霭烟。
责任田头春色满，柳荫下面枕锄眠。

山 行

十里虫声野草花，羊肠小道走蚰蛇。
小牛独饮清溪水，山妹行云割紫霞。

农家

门对青山野趣多，宽天大地过生活。
鸡鸣狗吠农家乐，嚼碎辛劳便是歌。

晚归

一路欢歌唱到家，清泉配乐伴鸣蛙。
山歌本是心中话，一遇春风就发芽。

时尚

拆除泥屋盖洋楼，陌上耕牛换铁牛。
老汉也崇时尚好，广开眼界北京游。

串门

柳翠花明扉半开，媪翁相伴串门来。
闻声老狗懒睁眼，棋友诗朋不用猜。

高志鸿

1937年11月生，甘肃民勤县人。甘肃师范大学外语系俄语专科毕业。原任民勤二中校长。民勤苏武山诗社会员。

赞江山美酒

江山美酒郁浓香，润泽晶莹琥珀光。
尽兴畅饮神志爽，沙乡特产盛名扬。

山村教师

油灯豆焰顺额行，眼睑双纹又增层。
嘴角深窝充笑意，睫毛闪焰到天明。

咏摘棉姑娘

日照沙乡晨雾开，摘棉伙伴喜红腮。
时髦衣服闪光彩，尽是辛劳地里来。

秋 景

遍地棉花翻银光，心急如焚采棉忙。
百里纵横如白雪，九天上下裹素装。

端阳节感悟

汨罗千古流不尽，屈子幽仇万丈深。
五月端阳传统节，龙舟竞渡念诗人。

清晨目睹

十月金秋气朗清，遥听霄外响晨钟。
车辆如梭笛令紧，人流健步广场行。

中秋观月感

佳节中秋望碧空，今宵月色分外明。
忠心赤胆如明月，默默祈求祝福平。

访沙生动物园

丽日天晴百草香，沙生园内共菲芳。
满园春色关不住，万亩群芳任赏光。

夜住武威老龄公寓感

满院春光处处花，热情周到万人夸。
喜笑相逢都是客，春浓小住胜于家。

咏红沙岗创业见闻

餐风露宿雪围窝，戴月披星夜奔波。
力尽疲惫沙上坐，团结共过最难坡。

读钱氏《千古一族》感

钱堂氏族代生香，辈辈儿孙有俊良。
连冠“三强”①功卓著，诗侠泰斗大名扬。

【注】

① 三强”系指三钱,即钱学森、钱伟长、钱三强。

丛　丹

女，籍贯辽宁凤城市，满族，生于1938年。系中华诗词学会会员、甘肃诗词学会会员、甘肃作家协会会员。著有《苦竹吟》、《苦竹草》和《苦竹词》。

春　晓

风雨又春晓，寂寞无啼鸟，
昨夜子规声，唤回花多少。

深巷知秋

露蝉声渐细，容易又秋风。
曲巷深深院，墙头枣实红。

到山丹有怀

初到兰池感莫名，祁连山下暮云平。
扫眉才子知多少，底事阏氏不再生。

河西行

高唱岑参出塞诗，河西旧貌换容姿。
大楼新厦连云起，遮断东山月上迟。

银川小住

河套平畴谷正黄，青铜峡外柳成行。
贺兰山下牧歌起，疑是江南鱼米乡。

夏游焉支山

万方多难登此山，为报隆情一往还。
纵使上清无限好，难忘忧患满人间。

蝉

五更咽冷露华滋，冬雪秋霜总不知。
忘却淤泥曾寓寄，只因身在最高枝。

故乡凤城即景

闻说辽东灵气钟，凤城春色万千重。
江潮起落市声闹，花树参差日影彤。
带水飞桥通远道，连云广厦换新容。
山川处处浑含笑，别样风光似酒浓。

颂东风航天指挥站

长空广漠气清新，拔地霜戈显巨身。
极目南天探虎穴，寄心北海跃龙门。
多年科技攻关劲，一代精英得意春。
先辈回眸应笑慰，航天自有后来人。

游览石佛沟森林公园

欢声旋上石佛山，满目青山叠翠峦。
风送风迎枫叶路，雾濛雾绕碧云端。
灵泉清澈人酣饮，花海浮香鸟倦还。
万国宾朋寻胜地，归来却道入仙乡。

秋日陇南行

沉沉电缆贯新楼，隐隐农机古渡头。
塘静小鱼吹皂沫，谷黄大地染金秋。
声吹落日围前鸭，哄叱归途陇上牛。
昨夜河桥谈笑处，灯光和月水在流。

游焉支山

腼脂着雨最堪佳，胜似园中二月花。
风过浑如红蝶舞，雨余偏似夕阳斜。
秋前喜见千林碧，霜后欣看万壑霞。
引得游人痴复醉，颠狂一路到山家。

鹧鸪天·夜宿小山村

碧柳烟凝陇南游，黄花摇落一天秋。逐门小径家家竹，荡月清溪片片舟。　灯已暗，梦方幽。晴空惊起对沙鸥。黄鸡白酒朝来醉，辜负山村不久留。

清平乐·登山丹大佛寺

云迷雾布，隐约西山树。莫道山深天已暮，红叶争来引路。　达摩坐授真诠，禅房文物衣冠。岁岁登临此日，钟声远送高天。

满江红·龙汇山黄河楼

百尺楼高，五云起，倚天拔地。凝望远、明湖秀水，一川晴碧。绿染青山春有色，风生高峡秋无际。好烟霞、气象万千千，姿娇媚。　　黄河水，千古事。诗赋咏，文为记。又沧桑几度，待君评议。波撼气蒸豪士语，先忧后乐仁人志。仰弥高、怀抱似天宽，添新丽。

南歌子·咏兰

对月逞风骨，林溪展素心。山间谷里好栖身，不问离离原上草枯荣。　　骚继三闾唱，芳承九畹馨。漫云尘世少知音，我亦行廉志洁似兰芬。

唐多令·荡舟

漾漾晓云轻，翩翩小舸迎。正片片帆影趁湖平。墨泼山行如国画，花合岸，鸟衔汀。　　钓尽水天澄，鱼翻叠浪声。最难萦是少年情。一碧烟波空荡去，留得住，几峰青。

念奴娇·嘉峪关

倚山沙海，矗雄关千尺。行云高栀。多少神工多少血，凝就民族魂魄。铁骑凭凌，凄迷风雨，万代城萧索。当年燕子，再来无视金革。　　雕栋飞雨流丹，秦时明月，遥挂岑楼侧。万里苍龙昂巨首，奋起横空鹏鹗。姜女扬眉，杞梁饮恨，喜对优游客。澄湖晴塞，尽收天下春色。

一萼红·游览刘家峡水库

柳成荫，正桐花无数，姝丽竞相簪。绿遍平原，红生高树，满池金鲤浮沉。远天际、烟波荡漾，穿石径，亭外听鸣禽。燕语呢喃，莺声婉转，飞去还临。　　谁道流年似水，任霜飞鬓染，仍是童心。休忆吹箫，何妨击剑，惯随春梦追寻。畅怀处，开襟极目；思大禹、当惜寸金。更看长河落日，一往情深。

南歌子·晚晴

雨过花容淡，风来蝶翅轻。呢喃小燕问流莺，谁在芙蓉国里唱新声？　　水碧涵云影，时消恋晚晴。如何请得一长缨，挽住高空斜日不西沉。

师伯禽

字瞻远，1938年2月生，甘肃临洮人。本科学历，中学高级教师。1999年退休于兰州职业技术学院。临洮诗词学会会员。

文乡临洮

(一)

洮水清悠祖上明，学文识字重庠黉。
昔年载誉崇文县，造就英才四海行。

(二)

大地丰腴洮水清，孩童进校读诗经。
陇乡处处呈诗画，盛世高歌华夏情。

新疆天池

山环玉镜敞胸怀，云影天光映日来。
游客翩然临水照，犹如仙女拜瑶台。

农家诗五首

锄禾春景

田苗碧绿菜花黄，大地犹如金玉镶。
万物苏生千卉发，农家锄草护禾忙。

采茶及时

红衣少女碧涛园，巧手纤纤采翠尖。
上品春茶凭嫩叶，及时采取勿休闲。

咏山村李花

山村四月踏青忙，李树花繁遍野香。
游客行来心欲醉，闲情雅趣任徜徉。

葵花向阳

朵朵葵花喜向阳，身随日转沐春光。
秋来孕育千盘籽，奉献城乡供客尝。

盛赞土豆

蛋淀糖脂[1]富有之，酸甜苦辣总相宜。
一年四季餐盘见，作菜当粮金口碑。

【注】

① 指蛋白质，淀粉、糖、脂肪。

五泉拾贝四首

掬月泉

月透林稍映碧潭，名称掬月有佳传。
一池清澈明如镜，三五宵临月更圆。

卧佛寺

昼宵长睡数千年，缭绕香烟无日闲。
莫道人生多苦难，心存信仰寄情缘。

青云梯

昔人修炼欲成仙，停步回头天地宽。
高处何如低处好，毋将幻景比人间。

猛醒亭

古刹楼台遭寇残，太和一殿大钟全。
警钟日月催民醒，富国强兵永泰安。

南海佛教文化园

“不二”法门芳匾悬，观音瓶里柳枝鲜。
清塘绒草红莲绽，古树幽庭佛殿连。
斗大心经镌石刻，无边海浪接云天。
分明善恶言行正，笃信参禅少苦艰。

陈文炳

字廷彪，生于1938年8月，福建省安溪县人。原中学生导报社总编缉、兰州市教育科学研究所副所长、兰州市中学语文教学研究会副会长、甘肃新闻工作者协会理事、甘肃省报业管理协会理事、中国少儿报刊工作者协会理事。临洮诗词学会会员。

河滨新韵

滨河一线绝沙尘，绿树红花百里春。
水榭亭台添丽景，霓虹灯彩耀黄昏。
飞驰快艇游人乐，盛意楼船茶客尊。
黄河母亲应笑慰，开来继往有儿孙。

盼亲归

吾兄1946年赴台，逾半个世纪未能回大陆探亲，逝于台，遗嘱将骨灰撒入台湾海峡，以寄托他魂归故里的宿愿。

一海隔离两渺茫，弟兄难聚泪沾裳。
痛分手足南天祭，悲问苍天北国郎。
山水相依原一统，烟尘难阻叹重洋。
何时海峡风和日，来往自由慰爹娘。

芦沟祭

中华奋起斩阎罗，桥上石狮欲跨河。
激愤群情纾国难，雄豪义凛历炼磨。
八年抗战穿腥雨，万众同心驱日魔。
寄语儿孙当警醒，太平犹记枕长戈。

狼牙山壮士祭

神州大地起狼烟，百姓遭殃国运艰。
华夏同仇抒义愤，长戈奋挺斗凶顽。
倭妖舞爪人神怒，壮士纵身胆气全。
盛世焉能遗国耻，民族正义大于天。

沙 尘

狂风挟土作乌云，压向黎明变黄昏。
掩面行人无躲处，鸣音车辆欲迷魂。
江南三月观飞燕，塞北斜阳罩雾尘。
冀望天公长美景，同迎天地四时春。

五泉山

古城名刹出五泉，琼楼碧树隐南山。梵钟悠远荡浊气，玉佛高香祈平安。曲径通幽听鸟鸣，茶座放眼品山泉。山高气爽宜放歌，树荫泉洌好休闲。依坐古槐半闭目，强抑静心学参禅。尘缘未了非仙客，耳畔依然闻管弦，慢步石阶凌绝顶，俯瞰金城灯火烂。人非佛祖难脱俗，下山更比上山难。

白塔山

重楼叠闪金城关，林木葱笼白塔山。滔滔黄河奔脚下，浩浩人流勤登攀。象鼓铜钟镇山宝，碑木奇石添景观。稳坐缆车看风景，品茗高论赏牡丹。金钩垂钓白马浪，登楼观花景万千。俯瞰金城小香港，高楼林立换新颜。滨河风情收眼底，绿树红花赛江南。一桥飞架通南北，往来自由万民欢。

学电脑

年趋古稀赶时髦，眼花手拙操鼠标。敲击键盘写心曲，装卸优盘乐逍遥。查阅美文开眼界，浏览风光上碧霄。世纪论坛看才俊，博客天地赏阿姣。网上旅游省资费，逛遍全球不疲劳。海角天涯近咫尺，交通你我一只猫。老夫亦逞少年狂，试上QQ做陪聊。虚拟世界真奇妙，令你如跨彩虹桥。

颂长征

万里长征万里情，雪山草地育群英。
艰辛播火经风雨，璀璨开花映夜明。
不灭精神人共敬，长存伟业世深铭。
中华浩气传千古，展望神州乐太平。

天　路

旗飘绝地众英雄，天路千年一线通。
雪域飞虹惊宇宙，云天掣电走蛟龙。
多方协力生奇迹，汉藏同心建伟功。
似镜圣湖迎远客，轻盈哈达舞苍穹。

晨练

朝阳驱晓雾，红裳满河滨。
彩扇迎升日，清歌伴妙音。
太极舒筋骨，健舞娱身心。
美鬓拂银剑，微汗涤凡尘。

逸楼

历经多难亦岿然，沐浴朝阳格外鲜。
碧水清涟留倩影，楼亭翠拥春满园。
一经律令布恩泽，更引游人驻足观。
先祖有灵当笑慰，故居旧貌焕新颜。

安宁桃花会

十里桃园生紫烟，葱茏仁寿作云山。
花香阵阵游人醉，鸟语啾啾童稚欢。
曼舞联翩舒彩袖，轻歌妙曼伴丝弦。
桃花人面又重会，愉悦身心春驻颜。

伍鑫桂

字月秋,1938年生,甘肃省陇西县人。毕业于兰州大学中文系。原陇西师范校长、党委书记。著有《月秋四季草》。

夜读《聊斋》

夜梦难成读聊斋，寒光缕缕渗灯台。行间顿响声声笑，字里详观艳艳态。明镜高悬屈良善，孤坟草掩瘗奇才。正人君子披迷彩，牛鬼蛇神号楚哀。狐怪却为痴爱种，妖魔也要美人陪。贞情可破生死限，忠义能赢富贵胎。鬼则不鬼怪非怪，曲直是非在轮回。人间万象非虚幻，终究烟云化细埃。

遮阳山（新韵）

自然造化最精良，千态万姿施妙妆。
彩耀山巅冰结涧，云腾远岫露凝霜。
一年四季天光短，十二时辰黑夜长。
草树绝崖荫丽景，佳山总是巧遮阳。

首阳山（新韵）

山因高峻受阳先，誉为夷齐旷古传。
义冢双丘存壮志，青松万树仰苍天。
须怜劝阻曾牵马，可怨西来过自虔。
遍野白薇绿万载，不独养济两哲贤。

莲峰山（新韵）

五峰天造耸如莲，紫气微微映翠巅。
林畔风来涛啸邈，庵中僧去磬声闲。
鳞鱼结对溪中戏，锦鸟成群树底眠。
远市不存浮躁调，幽幽旷古隐神仙。

贵清山（新韵）

欲觅清凉何处寻？贵清峰顶一登临。
树树苍松如翡翠，丛丛野卉似金银。
回心石草拂尘净，转树山风唱妙音。
胜境画图清为贵，浑如世事赏人心。

“八荣八耻”颂（新韵）

三月时和丽日曛，八荣八耻倡新氛。
以人为本谐永泰，科技发展富黎群。
守信诚实促时事，怜民勤政建奇勋。
雨润禾苗涤陋气，人立懿德世清芬。

常孝行

1938年生,甘肃省渭源县人。副研究员。曾任甘肃省陇西县文化馆馆长、甘肃省作家协会会员、定西地区第三届文联副主席、陇西县第二届文联副主席,著有文学作品集《绿梦》。

河西抒怀

嘉峪关

石涌沙推耸九天，雄关横压万重山。
飞阁揽日斜晖度，古垒掩星暮霭寒。
戈壁马踏紫燕落，碉楼箭霹白鸥旋。
江山胜迹留千古，奇彩风流一页砖。

莫高窟

身登灵境洞天长，舞佾仙子下壁墙。
九阁霓云降花雨，三危紫雾泛青光。
逾城跨马释迦乐，静坐菩提饮玉浆。
万里归来心似醉，中华几多“神笔张”。

月牙泉

一泓波翠荡芦花，星草芳菲笼碧纱。
利刃横天鸣山峭，飞沙旋谷镜月斜。
梦驰天马云仙苑，神临嫦娥古潭家。
酒逢吴刚千樽少，香溢大漠醉天涯。

青岛三章

观　海

嫦娥犹是自多情，伴我乘风到海滨。
远眺万家灯火灿，近聆溯汐弄弦琴。
浪卷豪气千堆雪，月涌柔情万缕金。
缱绻娇娆涉水浴，飘然脱俗净凡尘。

游　海

栈桥飞阁回巨澜，琴屿灯绚壮波旋。
红瓦绿树相迭萃，碧海蓝天浑色圆。
仙境人间飞旧韵，层楼古刹谱新篇。
神随浩淼天边去，心系烟云返故园。

品　茶

崂山峰顶有茶楼，胜迹品茗雅趣悠。
窗外嵬石衔雾坠，门前索道缆空游。
云开齐鲁腾飞景，日浴海天博浪舟。
道士穿墙今何在？蒲翁志怪耐推求。

万年欢·莲峰揽秀

结伴登临，莲峰山、窈窕犹带羞涩。古寺钟声悠远，大佛慈悦。小鸟凌空展翅，几处叫、芳音辽绝。悬崖畔、携手轻蹑，步撩茵草青叶。　　欢歌笑语绚岳。化民讲易道，珠玉悬泻。游目骋怀，一揽故园风物。多少青春往事，潜腹底，潮夕奔跃。美景良辰，与朋齐享同乐。

踏莎行·并马井峡

画壁屏合，天峡一线，美奇险绝眼撩乱。千尺白练峭崖垂，缤纷珠泫扑人面。　　曲径通幽，啼莺鸣燕，高山流水天籁漫。遐情万种人痴醉，长啸并马诗一卷。

临江仙·会川惜别

桃李春风一杯酒，兴犹未尽酣绵。滴滴点点涌心田。惜君客路去，折柳灞桥边。　碧树西风千行泪，何时再话灯前。依依娓娓夜难眠。年年盼仲夏，碧翠映花繁。

陈国艺

1938年生,甘肃省民勤县人。中小学教师,民勤县苏武山诗社社员。

游文化广场随吟

夕阳金辉无限好，文化广场任逍遥。观舞听歌随欲至，聚友招朋尽意聊。古墙面前观八景[①]，状元桥头议三考[②]。红花绿树影摇曳，作歌吟诗起心潮。

【注】

① 八景,即古城墙新嵌八大浮雕图景：红崖映月、古堡远眺、圣容晚照、沙城明珠、勤锋叠翠、煤城新姿、柳湖金色、苏山新韵。

② 三考,即高考、中考、初考。

汶川地震感咏

坤轴突倾举世惊，天崩地坼巨灾临。家毁人亡惨万状，抗震救灾涌千军。攻坚排难倾大爱，救死扶伤争秒分。灾魔无情人有情，危难又见子弟兵！　　铮铮一语铭我心，善恶报应皆有因。怒向苍天何罚我，夺走蜀中万千人！天崩地裂血泪流，四海九州齐援救。情系汶川开望眼，倾囊尽捐毫无留。

热烈欢迎温总理视察民勤

总理情系我民勤，一语惊破罗泊梦[①]。三十万人展宏图，根治石羊今启动[②]。

【注】

① 温总理说："决不能让民勤成为第二个罗布泊"。

② 石羊,即石羊河流域。

人民总理来民勤，绿洲上下齐欢腾。兴水治沙欣有望，搭棚节水得春风。访贫问苦晓民意，致富奔康指航程。林茂粮丰春常驻，百里沙乡代代荣。

黄汉卿

（1938—2012），浙江绍兴人。曾任民盟甘肃省委宣传部副部长，《甘肃盟刊》总编，甘肃省书画研究院副院长，甘肃楹联学会名誉顾问，中华诗词学会会员，甘肃省文史馆研究员。

雨中花·插秧

春雨侵田欲漾，布谷山林远唱，男女播秧明镜里，足浣桃花浪。　　十里江村开画障，古树下，共茗同饷。暮雨歇，牵牛归路晚，垅水添新涨。

一剪梅·别后遥思

玉桂花凋小院阴，墙角蛩吟，窗下闲吟，飞鸿递简胜千金，云散微霖，心润幽霖。　　人值秋深思亦深，烟幂疏林，叶落枫林。寒斋冷月弄箫琴，词寄乡心，曲寓归心。

声声慢·游颐和园感怀

迷迷恋恋，赞赞叹叹，停停走走看看。玉带桥前孤立，赏春惊惋。晴湖处处靓美，惜世间，屡生波旋。夕照里，鸟归林，倒是自由相伴。　一路飞红凋漫，芳草外，鸦噪引侬心乱。怯步回思，动荡令人怅倦。惊魂此时静寂，夜灯明，烁烁闪闪。旅枕上，记取白天喜与怨。

摊破浣溪沙·游行中见郭沫若先生

东驶街心众相围，两旁花簇沐芳菲。一代风流今日至，仰文魁。　从政京都无尽意，领军文域数全才。书道冠群心爱慕，梦追随。

卜算子·赠谜友啸天翁

风雪下山来，啜茗论诗谜。北派南宗各有情，才子钟佳丽。　窗上白梅开，笑赏同凝睇。深夜归山离别去，寒月悬天际。

西江月·渔溪春日

山岭杜鹃开遍，山塘牛犊成群。绿蕉红杏傍柴门，时有杨花飘进。　　登上小楼弄墨，燕来勾起吟魂。堂前呼客共清罇，窗外飞红阵阵。

浣溪沙·床当书案

寒夜走毫在敝庐，缘贫床上苦耕锄，长从废纸任兴涂。　　昼览夜披钻六籍，慎临勤写惜三馀，天酬万琢出琼琚。

浣溪沙·学书偶感

三秩临池总不如，忙馀莅案苦中娱，万摹应信落毫殊。　　难得慎临千种帖，何须奴守一家书，酣挥频入夜窗虚。

摊破浣溪沙·金昌会见方毅副总理并与书画界同仁合影留念

相见方公着素装，领军人物亦寻常。书室无华书体美，慕容光。　　风雨一生为革命，长征万里历沧桑。夸我笔雄心暗悦，共倾觞。

伤春怨·重读柔石选集

(一)

雾锁窗前树，晓诵伤心名著。叙事寄情深，泪逐春风追慕。　　只为民生故，热血抛征戍。倘若在今生，绿满野，花无数。

(二)

月暗思情远，几许才华浪捲。怪底道人生，究是谁殃千冤？　　夜窗生星汉，掩卷愁无减。倘若驻谐和，尔可喜，长庚焕。

【注】
五四年初读柔石选集,八四年重读此书。

青玉案·去海南

涛翻南海人初渡，远凝睇，飞鸥鹭，寄旅浮生随浪去。晓恋红日，暮怜微雨，千里风波路。　　寻思学海多甘苦，五秩春秋垒心句，霞照华轮倾肺腑。清澜帆影，东郊椰羽，浑向心魂驻。

酹江月·海上遐思

静思寰宇，万千载，多少阴晴寒暑。瀚海茫茫，曾有过，无数狂飙黑雨。两岸涛惊，千船雪抚，但见鸥穿雾。凭栏望月，隐呈琼岛椰府。　　遥想古往今来，有雄狮奋跃，英才豪举；也有狼蛇，逢暗处，频起营私从恶。兴废于怀，随华轮远驶，扣舷独叙。丹心思国，盼来南海天曙。

鹊桥仙·中秋思亲[①]

危楼远眺，夜空悬镜，万里山川浩瀚。汝居琼岛我居兰，眸随月儿望断。　　鸿传思念，情留佳梦，三载又长又短。两心贵在共遥牵，哪怕海泓天远！

【注】

① 妻在海口照看孙儿

鹧鸪天·深宵忆昔

眷忆当年少女姿，静娴正是同窗时，竹林含泪言家史，深巷依依道别迟。　　怜往事，两心知，人生转眼鬓如丝，花开花谢存悲喜，春梦惊醒意若痴。

浣溪沙·月夜[1]

痴弄琴箫五秩零，黄昏白夜最生情，遏云绕树透魂清。　　心寄二泉凝月影，指萦三弄起涛声，清光正好砌幽庭。

【注】

① 二泉映月、梅花三异。

浣溪沙·聊赏晨雪

晓看村鸡过雪滩，宛如缟绢写幽兰，天然画面百寻宽。　　溪岸红梅凝秀色，山前翠柏浴清寒，玉铺阡陌接云端。

醉春风·观北山碑林感怀

人逐山楼旋，心向碑林转，千年墨宝倩长廊，恋恋恋。一路推敲，暗摹狂草，张芝称冠。　　清似山中涧，雄若沙场汉，欲追雅逸利名抛，羡羡羡。回顾平生，风风雨雨，临池不倦。

唐多令·举家八口,十年来首次团聚,新春同游水车博览园

春雪映千楼，鸂鶒鹏浴浅流。水车园，老小兴游。岸泊金轮寒柳舞，虹桥外，百灯幽。 轻浪逐飞舟，两孙乐未休。十年来，圆梦方酬。留影合家冰雪里，归路上，思悠悠。

渔家傲·观河抒怀

东去黄河回紫燕，桥前赏识春风面。堤岸水轮时泻雪，红雨里，绿杨牵客舞金线。 五秩搏兰光似箭，一生心血融毫砚[1]。踏破寒冰迎暖日，斜照处，情随游艇飞涛溅。

【注】

① 1956年来兰,屈指五十年

姚文仓

1938年10月生,甘肃省宁县人。历任中共甘肃省委组织部副部长、甘肃省委宣传部部长、甘肃省第八届、第九届省人大常委会副主任,第十届全国人大代表。中国作家协会会员、甘肃省诗词学会顾问。出版诗集《行吟集》。

河西即景

(一)

二月河西暖复寒，男耕女播在田间。
祁连难阻春风讯，一夜悄然绿玉关。

(二)

春宵一刻值千金，播种分阴亦必争。
下地无须鸡报晓，三更已听喝牛声。

(三)

良时静日常怀远，每逢岗岭好登高。
天际红云飞似马，祁连山里响松涛。

游卧佛寺有感

双眸似闭又如睁，春来整日睡昏昏。
信女善男任参拜，问而不答腹中空。

咏庐山

鄱阳湖水映庐山，一日风云变万千。游客年年千百万，几人得道可成仙？人间四季有晴阴，秋雨喜风总挂心。　　不识庐山真面目，只缘肉眼看红尘。庐山风雨系神州，几度阳春几度秋。虎斗龙争空自了，青山隐隐水悠悠。

登山海关①

千古幽燕地，雄关自此延。
云开水无际，潮涌浪冲天。
城阙千夫泪，安危一将官。
清兵铁骑入，毕竟赖圆圆。

【注】

① 1994年5月1日吟于山海关。

赠苏莎蕊女士并序[1]

是日也，余率甘肃省政府代表团，与世界银行东亚及太平洋局局长马克·威尔森先生和首席经济学家苏莎蕊女士等在华盛顿举行会谈，中午，他们设宴欢迎我们。席间，我送给苏莎蕊女士一本我的诗集《行吟集》，她要求我在诗集上题诗，并把她的名字写进去，我遂即席题赠之。

园内红香哪枝最？兰之英兮花之蕊。
世行细雨声莎莎，迎面似来苏小妹。

【注】
① 2002年5月在华盛顿世界银行总部午宴会席赋。

谒包公祠

清廉一包拯，铁马逍遥津。除暴阎罗气，爱民菩萨心。青松躯干直，翠竹好风清。浊气熏人日，并肩谒此公。　　庐阳有正气，山水亦仁廉。关节谁能到，铡刀芒自寒。百年立遗训，千载仰先贤。脏滥贪奸辈，此来可赧颜？

观 钓[1]

世道多艰险，丝纶岸上稠。
玉竿系长线，香饵缀弯钩。
动向风前看，影踪雨后留。
鱼儿莫贪食，贪食有殷忧。

【注】

① 2002年8月17日吟于兰州。

游颐和园[1]

寻乐不须行世外，昆明湖里可扬帆。
爱莲未必真名士，采菊何需向远山。
举杯摇碎杯中玉，戏水还怜水底天。
笑问慈禧今可在？回首唯馀万寿山。

【注】

① 1963年10月2日中秋节吟于北京

咏庆阳

凤城虎卧又龙藏，崛起周秦自庆阳。
麦熟风吹千叠浪，叶红云化万层霜。
守边有道范文正，妙手成文李梦阳。
四化而今壮猷展，陇东自古有才郎。

同诸友登皋兰山

云中联步三台阁，造极方知壮景多。
万仞昆仑立天地，亿年河水起澄波。
逶迤遍踏千寻路，坎坷迎来百世哦。
出水青龙峰叠翠，昂头高唱大风歌。

登岳阳楼

九月巴陵云气蒸，岳阳楼上论英雄。
长江高唱出三峡，湘水奔腾泻洞庭。
后乐先忧天下系，高吟低咏念民生。
叶零莫怨秋风冷，过尽寒冬草又青。

观莫高窟法事活动

高僧海外至敦煌，佛祖窟前作道场。
日月同辉天地久，磬钟齐奏乐音扬。
茶呈三盏禅心静，烟袅一炉院宇香。
气接阴阳达中外，神驰六合到仙乡。

登嘉峪关长城

明朝当日筑坚城，卧虎蟠龙气势雄。
黄沙万里风尘暗，高阁千寻内外惊。
暗壁明墙应永固，飞禽走兽只悲鸣。
抚今追昔兴长叹，得失输赢细说评。

登华山

一柱擎天形势险，凌空太华绽芙蓉。
朝霞尽染仙人掌，云路遥通莲蕊峰。
嗜睡陈抟今未醒，博棋宋祖古称雄。
华山自古无凡路，欲造顶巅须趁风。

张邻德

字明峰，号五木荣夫，1938年12月出生于甘肃省临洮县。著有《绿叶集》。

自　奋

平生翰墨醉书山，写就华章数百篇。
皓首学吟平仄韵，身躯虽苦梦中甜。

退休抒怀

提笔诗来写数篇，退休归里享天年。
晚景夕阳今入画，老牛蹄奋自扬鞭。

回乡偶得

姜维墩顶望环川，沧海桑田忆故园。
岳麓百花争吐艳，万民歌颂舜尧天。

忆母亲

父病多年姐妹小，千斤重担累娘身。
炎炎烈日还耕土，凛凛寒风也拣薪。
稀饭三餐煮枯叶，豆灯半夜补罗围。
如今乘鹤归西去，每思音容泪满巾。

退休归里

弱冠辞乡花甲还，不觉青丝发已斑。
同窗故友难相识，邻舍幺童诧眼观。
昆仲寒舍忆往事，父母陵园泪湿衫。
双亲休将儿埋怨，古今忠孝两难全。

仰首阳双冢

两堆黄土埋首阳，芳草凄凄话短长。
不慕昆仲高风亮，愿效汉祖与唐王。

缅怀毛主席

更阑夜静缅恩师，佳咏豪吟举世稀。
马背成诗诗意壮，火中铸句句情奇。
开书似见风雷动，闭卷犹闻战马嘶。
武略文韬惊四海，宏扬国粹树丰碑。

康世杰

字界三,1939年生,甘肃陇西人。1963年毕业于西北师院地理系,长期从事基层行政工作。著有《晚蚕集》。

耘圃新韵

风翻杨柳初飞燕，时令迎春妩媚来。
况是小园新雨后，更兼幽草细心栽。
昔年做客忙公务，今日挥锄乐沁怀。
是处休闲天地下，莳花遣兴任安排。

诉衷情·秋思新韵

秋风秋雨露痕深，枯叶早归根。枕边夜夜携梦，总不见郎君。　花已谢，掩涕痕，雁声岑。登高极目，荒野茫茫，烟锁黄昏。

咏　蝉

带露蝉声苦，环棚野草深。
风狂惊破翼，唧唧向隅吟。

似梦非梦

——“文革”后放下牛鞭回单位前省亲而作

似梦却疑非梦身，模糊泪眼认亲人。
容如乞丐儿遥望，父母贤妻热泪淋。

笼中鹦鹉

锁向笼中愁四季，心灵舌巧叫声柔。
纵然学会列国语，檐下栖身不自由。

阳关吟

昔日阳关连夜过，节操壮志未消磨。
虽为落魄戍边者，难抑诗情亦啸歌。

雨雪初深

雨雪霏霏凛冽风，腊梅犹是万枝红。
玉关荒野奇痕在，渭水依然泻向东。

思　乡

秋风飒飒雨潇潇，静坐寒窗望远郊。
黄叶风吹逐地落，故乡思绪乱飘摇。

清晨从武汉到九江舟行途中

万里长江似镜平，清流浩浩送舟行。
天公似助游人兴，破雾穿云旭日生。

遣闷并赠内

坎坷生平逐逝川，同舟风雨意缠绵。
披星戴月苦耘耔，育女教儿任在肩。
吞菜食糠伴我苦，昼缝夜缀悯余寒。
牛棚共历羞和辱，缱绻相依度晚年。

康淑英

女,1939年生,甘肃渭源人。1964年毕业于甘肃师范大学中文系,临洮诗词学会会员,《洮声凤吟》编委。著有《经纬诗稿》。

渔家傲·城管应该人性化 (新韵)

白日青天头顶挂,丽容市井屏风画。农贩猫腰偷眼怕。蔬果大,战战兢兢祈心价。　忽灌凄啼间叫骂,大沿盖帽严执法。桃杏狼藉倾地下。光天化,“创收”罚没把人吓。

怀屈原 (新韵)

未酬壮志付东流,悲恨千年嗣后稠。
不厌离骚绝古唱,金销玉碎几人求。

唐太宗 (新韵)

真龙水月共天清,人鉴屈身负盛名。
叱咤疆场风猎猎,洞察暗火亮晶晶。
老臣仁震溅河泪,青史钟鸣饮苦情。
询古问今君几许,魏公再安可清明。

油菜花（新韵）

报春不亚腊梅花，岂傍高门小篱笆。
大野荒郊约有信，金身只聘草根家。

扶桑（新韵）

将冬一夜醉芝酒，容貌酡红绘晚秋。
恋故依依枝上秀，春回北岭影长留。

题女皇无字碑（新韵）

千古红妆则武皇，横刀碧玉两重光。
有痕功过石头记，无字留昆论短长。

问苍穹（新韵）

从来忿切问苍天，矿难何时得了然。
雷滚涛拍冲浩汉，铁骝总不过奸权。

【中吕·山坡羊】·书卷芬芳容自美（新韵）

兵刀相见，肉毒菌杆，眉间注射肤光灿。比貂婵，意犹酣，笑非笑比哭难看。更有终残伤讼案。心，穿万箭；人，泪满面。

菩萨蛮（新韵）

帐篷安就战洪水，个中多少辛酸味。烟雨注新愁，兵娃人不休。　　休时敌不住，数万亲人故。许身以何图？天国一纸书。

何明恩

笔名林鹤，1939年5月生，河南省社旗县人。林业工程师。现为中华诗词学会、甘肃省诗词学会会员、平凉崆峒诗词学会副会长。著有《林鹤吟草》《粤海吟踪》。

临江仙·新居赋感

忆昔迁居曾几度？家徒四壁相仍。逝年流岁去无声。蓬门疏影里，听雨到深更。　五十余年成一梦，清风好月盈庭。连绵春色看新晴。居安宏雅量，迟暮露华凝。

挚友重逢

昨日烟尘今日风，舒眉笑皱老来容。
满天霞落杯中尽，一棹笛声泾水东。

卜算子·足浴情

拥彗客盈门，濯足春光润。推拿捻捏爽舒筋，拂煦和风蕴。　衿曲任温存，手力知分寸。嫣然四座尽开心，深巷传诚信。

【黄钟·人月圆】读《散曲》抒感

（一）

山藏胜景云藏画，诗眼望天涯。语林乔木，怡声兰蕙，吟薮奇葩。　绮帘窗下，满屋书香，皓月凝华。心情好似，龙泉酿酒，晨露煎茶。

（二）

萋萋芳草春云弄，飒飒夕阳中。西山玄鹤，东湖画舫，南岭苍松。　一声莺啭，一帘星雨，一阵清风。缤纷满目，风光深处，摇绿飞红。

（三）

唐风宋韵元庭梦，山色润葱茏。村溪柳陌，青楼丝竹，俚语民风。　梨园音律，诸般造就，心事谁同？烛萦娥影，诗融夜曲，色染丹枫。

诉衷情·抗震救灾

（一）

山崩地裂奈何天，震叠骤然间。巴山变色惊梦，蜀水起悲咽。　民患难，国情牵，动天颜。解危纾困，果决枢庭，力挽狂澜。

（二）

伞兵神降九重天，生死等闲观。高空缺氧何惧？身纵雾云穿。　凌厉影，似鹰鸢，勇无前。往来深谷，斗险争锋，奋翼山巅。

（三）

四方军旅急驰援，十万勇当先。舍生忘死开路，履险踏重关。　连昼夜，奋摧坚，战汶川。百千生命，分秒营救，奇迹生还。

（四）

党员垂范重灾前，生命大宣言。含悲忍泪无畏，浩气恸苍天。　残壁下，废墟间，断崖边。转移群众，舍己为人，砥柱中坚。

（五）

一方有难八方援，举国克时艰。五湖四海联袂，凝力震瀛寰。　　舟共济，手相牵，爱心连。九州同唱，和曲江河，大爱无边。

（六）

白衣天使意拳拳，救护奋争先。真诚写作真爱，巴蜀续新篇。　　祛病瘼，慰伤残，恤孤寒。复苏营缮，温煦扶危，澍润心田。

（七）

感天动地六洲传，慷慨急支援。真诚报道称许，情意满人寰。　　纾国难，企春还，地天宽。睦邻为善，海内和谐，丽日明蟾。

【正宫·伴读书】夜雪

窗外鹅毛下，帘卷冰纨挂，浑如碧落梨花谢。玉镶抹重画。心情喜就新诗话，韵宇瑶华。

【双调·新水令】病中除夕

交子夜，零点钟，雪映帘栊。医楼外，爆竹隆。鼠将春断送[①]，春把病搬弄。白衣病榻悬壶共，驱尽愁肠燃烛红。

【注】

① 鼠年两头无春。

李作辑

字宝祥，1939年8月生，甘肃省临洮人。高级讲师。临洮诗词学会理事和会刊编委。著有《教余吟》（诗词集），《师苑求索》（诗文集）。

黄鹤楼抒怀

（一）

黄鹤声传满九州，江城雄踞两千秋。
金沙汉水东归去，笑看龟蛇荡寇仇。

（二）

一声铁笛醒前人，三楚风雷震后昆。
壮丽江山呼画笔，当酬华夏众英魂。

华清池

璀璨明珠嵌骊山，闻名遐迩沐芳园。
幽王始建离宫殿，嬴政狂淘神女泉。
出浴杨妃魂已远，钻山蒋某影堪怜。
一池太液黎民赏，千载风流望九天。

夜观西固音乐喷泉

赤橙黄绿青蓝紫，七束彩虹谁巧思？
歌曲如潮浪如迭，飞花溅玉婀娜姿。
红霞远眺雾迷漫，蓝雨近观倾盆凄。
现代高科结硕果，公孙泉下赞神奇。

游刘家峡水库

接天峡水恍如川，风送轻舟上坝塬。
夹岸刀峰双塔列，分波云海一湖蓝。
炳灵石窟扬四海，善佛慈眉抚万山。
百舸争流回首处，凝神移步梦魂牵。

新中国五十周年感赋

井冈星火定燎原，遵义城头挽巨澜。
徒步长征二万五，延安宝塔耀人寰。
持久战车擒日寇，运动巨轮碾三山。
天安门上红旗展，五亿同胞笑开颜。

酒泉公园

(一)

古邑公园不见边，八朝五代伴戈滩。
粗狂豪放西风劲，雅致玲珑赛江南。
月洞金珠相掩映，双清花月蝶蜂怜。
登坡卵石祁连路，青帝携风度玉关。

(二)

北地莲花移酒泉，广州毛竹植戈滩。
异形泉水喷丝路，彩色射灯射碧天。
仿古亭台迭塔起，标新楼阁入云端。
草坪花海踏轻步，留恋徜徉兴正酣。

学书“毛体”感怀

一代天骄挽月弓，劲挥椽笔若游龙。
魏碑唐楷苦修炼，怀素二王并蓄容。
掌上春雷惊鬼魅，砚池墨浪卷罡风。
诗词豪放抒胸臆，震古烁今响巨钟。

邓小平百年诞辰祭

（一）

博大胸怀心志坚，三升三落任翻旋。
改革开放强国路，振兴华夏荐轩辕。

（二）

指挥若神敌胆寒，刘邓大军定中原。
南巡一曲万民和，基本路线唱百年。

游遮阳峡谷

十里画廊十里亲，千峰万仞古松林。
银花飞瀑溅葱野，精项攀岩壮士心。

老伴花甲之庆

青春妙龄别沿川，淡妆寒舍月同圆。
清贫稼穑历磨难，洁白教子银丝添。
家和事业天天盛，国兴黎民岁岁安。
儿孙满堂庆华诞，夫唱妇随逐笑颜。

蒋 祯

1939年9月生，甘肃临洮人。甘肃农业大学兽医系毕业，历任技术员，高级工程师、总工程师、厂长、现为甘肃省诗词学会会员、临洮诗词学会理事。合著有《牧闲集》。

三 亚

老伴双双三亚游，天涯海角鹿回头。
椰林信步沙滩侣，浪首高飞水上鸥。
前世有缘同万里，今生无价贵千秋。
旅程五日匆匆过，夜半涛声月似钩。

兰州滨河路

一阵秋风一阵凉，金城明月夜如霜。
天空星斗影何淡，街面霓虹光自强。
少女时髦人抱狗，老翁崇武手劈墙。
花花世界花花景，滚滚黄河滚滚长。
老伴夫妻两鬓斑，一前一后走无言。
千年等到同船渡，万世修来共枕眠。
远去黄河追往事，频来风雪报冬寒。
人生尚有夕阳美，快马加鞭莫下鞍。

临洮凤台怀古三首

（一）

老子论坛时下多，声名又起遍山河。
出关归隐洮阳路，举步飞升驻凤坡。
清静文章穷哲义，无为理念小干戈。
高台胜迹今犹在，咏唱当年证道歌。

（二）

西望洮阳烟雨中，前朝情调此时同？
老翁已乘青牛去，留下凤台花树丛。
道德千秋文史哲，人间百态资修封。
沧桑已昔山河在，麦浪年年唱古风。

（三）

凤台前面缅君颜，回首沧桑岁两千。
司马陋闻归隐后，青牛长伴老翁先。
中原逐鹿儒僧道，域外争锋科技关。
同到人间新世纪，全球欢喜看航天。

一剪梅·烙葫芦

大地春来似海潮。雨也飘飘，花也佼佼。毛毛生日又今朝。祝愿迢迢，电话叨叨。　　买个葫芦把字烧。你也瞧瞧，我也描描。毛崽欢喜上眉梢。小辫摇摇，小样娇娇。

江城子·怀兄

成才路上赖相帮，意长长，事桩桩。家境艰难，共度苦时光。六十多年弹指过，人已老，鬓如霜。　　同胞生死两茫茫，每思量，倍愁伤。人各天涯，依旧老山庄。柳色年年肠断处，黄土地，小河塘。

虞美人·中秋

二〇〇二年九月，出差南京。逢中秋。子天舒在马来西亚，不免儿女心态。

春花秋叶风光好，无奈人儿老。月牙湖畔古城东，桂树飘香到处月明中。　　世间冷暖成和败，都到流光外。天涯儿女盼重逢，云淡天高千里共长空。

虞美人·癸未中秋接孙女电话

潇潇秋雨晴空后，秋月明如昼。秋虫漫唱夜朦胧，信步花田人在画图中。　　铃声响起新生代，别有情和爱。天涯今夜盼团圆，电话轻柔万里报平安。

蝶恋花·兰州经贸洽谈会

百里风情河岸柳，座座虹桥，南北通衢久。闪闪灯光连北斗，金城夜色浓香酒。　　西部紧跟东部走，陇上开发，项目年年有。节会官员忙乱久，可惜还在别人后。

蝶恋花·听雨

夜雨临窗声不住。洒洒潇潇，飘尽天涯路。已把人间风雨度，情怀多少成诗素？　　无悔此生将日暮。走过崎岖，每见坦平处。风雨漫天如战鼓，催人奋起和云翥。

木兰花·超然阁落成

莺歌燕舞林间道，画栋雕梁迎客俏。江山雨过彩霞飞，胜友云集人气闹。　　超然高阁构思妙，暮鼓晨钟传喜报。洮阳才俊聚来多，争唱大风扬古调。

木兰花·兰州春游

江山雨过心情好，洗净春光河畔草。护堤垂柳换新妆，绕岸桃花开口笑。　　复苏大地为春俏，结伴踏青兼老少。且将满目聚春光，多与人生留彩照。

临江仙·海南

人面涌，月自海中生。心系北方黄土地，陇山陇水关情。长河落日是边城。甜甜游子梦，眷眷故乡行。

浪淘沙·登山

回首望平川，春意盎然。洮河北去水蜿蜒。喜见千村新雨后，薄雾炊烟。　　少小爱乡关，追忆年年。走南走北好江山。难有家乡风景最，梦绕情牵。

唐多令·暮春

春雨贵如油，春花插满头。把春天，写上歌喉。十里春风骋望眼，人尽在，画中游。　　往事任回眸，身闲陇上鸥。看孙儿，电话轻柔。浪漫天真孩子语，情一片，醉千秋。

程天启

字容易，1939年生，甘肃天水人。高级讲师。天水诗会、杜甫研究会、中楹会会员。著有《容易斋诗文联墨集》《羲皇故里程氏世系图考》《天水历史名人画传》等书。

羲皇故里奇观

龙凤奇典

龙凤呈祥天作美，天水注水子孙荣。
娲生陇坻山飞凤，羲养渭滨领舞龙。
水兽无情龙灭种，羲娲有虑妹适兄。
两山合磨凤龙配，万代龙孙叩祖宗。

议事奇厅

凤龙居处何方是，大地湾前议事厅。
柱起明堂巢穴废，基开宝地“水泥”青。
陶浮日月图文始，石化畜谷农牧荣。
寒暑八千真迹现，龙孙十亿叩龙踪。

画卦奇台

羲观赤县心腹地，龙首高台近北辰。
龙马负图天数悟，凤石参象地文真。
卦中葫渭太极转，台外陇卦八卦陈。
天造天书天道显，易悬日月照龙春。

万古奇书

双鱼妙运阴阳理，八卦深藏天地机。
宇宙方程谁个解，古今奇画哪人题。
圣贤鼻祖陇山右，文化源头渭水西。
光照高科寰宇探，读书恨晚学仲尼。

麦积奇艺

若问东方雕塑馆，请观万佛会云端。
身分大小山丸异，容现笑嗔冬夏悬。
启性佛光闻宇内，飞天素肉鲜空前。
妙哉烟雨轻纱笼，疑是西来瑶岛帆。

南郭奇柏

南山古柏齐佛老，陇上奇观四海钦。
铁干参空诗圣咏，柔枝垂碧太白吟。
慈悲槐手双扶体，孝义朴须千保根。
奇寿奇姿奇善性，灵山慧树象观音。

净土奇幽

鹤立松崖鸣绿海，云游净土化白莹。
观音坐纳十八拜，地藏出迎万众诚。
翠壁千重幽静静，慈佛万载笑盈盈。
陇原仙境游成梦，野鹤闲云伴我行。

玉泉奇仙

心系柏泉五十年，凡人难见洞中仙。
泉游乐府诗如火，柏笼名山史似烟。
昔日苦读混沌地，今朝喜悟太清颜。
一生万象柏泉外，笑貌无极是自然。

文庙奇师

心中文庙师容善，阶下白发童梦温。
展转老槐思化雨，徘徊翠柏忆春魂。
诲而无倦生奇乐，学也忘食探妙新。
屈指手载桃万树，花果世代慰师尊。

石门奇月

纵游天水奇观遍，莫望石门玉兔圆。
天上双锋画弥勒，人间一口唱婵娟：
年年天赐团圆夜，个个心尝桂酒甘。
此刻嫦娥真美妙，善哉欲辩已无言。

春如海试问津

一、春何在

桃询柳问春何在，春在病房母子心。
顺耳春风言蜜蜜，润心春雨饭殷殷。
扶脚扶手春花放，同笑同哭春浪奔。
谁有回春天地术，孝心笑脸胜阳春。

二、春何求

求春千万计，谁向两联寻。
书养英雄胆，善生富贵根。
胆由勤内壮，根在舍中深。
过恶随时改，好求不逝春。

三、春何憾

小康花放春无限，静夜思娘苦百痕。
房压血迷天赦命，产盲疫窒子牵魂。
几求投刃心腹痛，数觅吊绳血栓昏。
若遇今朝康乐道，普天老母笑如春。

四、春何根

日月光常照，爹娘爱永存。
娘留渭水乳，爹望卦山心。
养子思亲养，爱亲如子亲。
此心及大众，四海永恒春。

五、春何播

沉雷动地吊恩公，痛忆播春求是人。
悼语千悲常泪落，念心万幸浩劫甄。
小康花放神州舞，平海港归环宇钦。
恩似春阳温十億，公如北斗指长春。

六、春何生

刃按心头忍，冬春一忍因。
封门开便道，冤狱不尤人。
外郁疼娘子，内忧痛子亲。
卅冬关九度，风雪自生春。

七、春何如

晨光招我读山水，汗笑饱尝天地珍。
陋室心花孙逗放，乒台汗雨兴催霖。
粘须漫步改革韵，挥翰乐描开放云。
笑足晚生极乐梦，愚心昼夜谢和春。

八、春何养

止口足生乐，过为病祸因。
乱食身命损，妄语是非临。
足步泰山道，忍追南海云。
欲魔难犯我，廉口养真春。

白庆生

1939年生，甘肃民勤人。原任民勤县人大常委会副主任，现任苏武山诗社社长、《苏武山诗词》主编。

霜雾天

弥天白雾凌霄汉，漫地银霜树挂幡。
广宇浩茫观混沌，曙光逐出满天蓝。

春　雪

时过清明春欲归，梨花绽放雪花飞。
陇原草木争滋润，田里麦苗喜雨肥。

三北防护林

万里长城万里林，黄龙锁定不南侵。
层茵深处春常在，塞北风沙莫暴尘。

瓜田夜灌

瓜田夜灌晴，月照水中明。
寂寞开无伴，林南偶有声。

摘 瓜

怀中兜日月，手里揽星辰。
满圃金光闪，丰收喜上云。

棉 田

万亩棉田百里娇，秾秾绿叶拥棉桃。
金花谢落银花绽，丰产丰收胜券操。

南涝北旱

江南泽野水防洪，塞北荒原沙暴尘。
安得长鞭云雾撵，笼蒙大漠雨淋淋。

苏武山万亩葡萄园观

绿叶垂荫风咏诗，珍珠碧玉压枝低。
行间瓜蔓蜜蜂舞，畦旁树头喜鹊啼。
辛劳一年何所有？卓勋四野眼中奇。
酒家酿造企希大，玉液琼浆待榨期。

霜冻夜

天公五月强降霜，弱嫩禾苗遭冻殃。
县长指挥前线上，人民群起保棉粮。
薪烟滚滚连天半，暖气微微盖八方。
篝火千重霄汉亮，明珠瀚海昼如长。

太空飘起五星旗

神舟五号冲天起，华夏威名俄美齐。
宇宙遨游杨利伟，太空飘起五星旗。

玉帝惊

神舟云起九霄腾，碧宇轰鸣玉帝惊。
忽报人间游客到，天门摆驾率臣迎。

嫦娥喜

寂寞嫦娥悲奔月，广寒宫里独凄栖。
神舟射出惊伊喜，希冀省亲定有期。

南国行吟

过兰州

风驰电掣过兰州，阴雨绵绵旅意惆。
两岸高山云里锁，一河洪水雾中流。

过南岭

云绕千峰飘大蓬，田悬万壑吊锦屏。
水流沟底潺潺过，车走崖中起劲风。

过珠江口

百派三江倾海口，千洲万渚碧连绵。
星罗棋布民生息，仙阁琼楼筑上天。

登西安城堞

巍巍西北古都新，赫赫威名始大秦。
熙熙攘攘看闹市，斑斑点点是楼群。
滔滔渭水东流去，隐隐骊山绕雾云。
极目秦川秋雨润，低眉第一古城门。

游秦陵

一峰独立刺青旻，叠叠层层梯陟云。
嬴政扬鞭天一统，秦皇入土筑雄坟。
观天瞰地苍苍碧，巡冢赏花处处春。
史蕴开掘添胜景，财流纷涌赚游人。

参观华清池

地热华清泉水温，腾云喷雾骊山吞。
贵妃昔日濯香渍，百姓而今浴疾痕。
一代风流传古誉，千年往事化烟尘。
游人追慕美人俊，裸体池边塑一尊。

登苏武山（古风）

苏武山上望乡台，老翁凌顶乐似孩。
胡杨芨芨诱风摆，桂柳梭梭满山怀。
瓜果累累葡萄串，黍林滚滚碧浪排。
千里故乡千重色，八月秋风八面来。

宋和赞[①]（古风）

昔日狂风掀大漠，沙尘万里草林枯。
田园宇舍留踪影，失所流民走江湖。
困境磨搓豪杰汉，磐石矗柱顶梁躯。
两千勇士斗沙魔，五十春秋绘锦图[②]。
不服酣战经百折，层林成锁浩沙孤。
遮天翠幕皆葱树，盖地青衾尽绿蒲。
阡陌纵横林荫道，花红柳绿风景殊。
云端喜煞孙行者，错认宋和为故都。

【注】

① 宋和村是全国治沙典型。

② 内嵌治沙英雄原宋和村支部书记石述柱的名字。

秦天强

笔名沁添,1939年12月12日生,甘肃临洮人。高级教师。曾任中学校长,广河县教育局督导室主任,现为临洮诗词学会副会长,甘肃省诗词学会会员。著有诗词作品《心潮集》。

总设计师的歌二首

(一)

风摧万木乱云翻，天降雄才挽巨澜。
铁帚荡涤天宇净，巨手拨乱正航船。
南巡讲话播火种，红花绿草遍地燃。
华夏潮汐迭次涌，小康拂煦颂尧天。

(二)

神州振奋恃风雷，海晏河清众望归，
元戎谋高天漾彩，群贤襄举地生辉。
春潮浪涌征帆竞，万象峥嵘金凤飞。
放眼中华崛起日，炎黄子孙喜扬眉。

纪念杨椒山临洮兴学450周年

寄情陇上古城垣，遥望洮流绿黛间。
岳麓扬眉舒正气，卧龙盘尾欲翀天。
文明教化先河创，道义千钧铁肩担。
遗爱临洮高义在，名存千古数椒山。

重 逢

教坛文擘已残年，劫后重逢梦寐间。
满架藏书心劳瘁，映雪鬓发志弥坚。
修文论史泛学海，走北经南荦大端。
回溯昔年搏浪史，长嗟短叹泪潸然。

乡村所见

微风细雨浥尘埃，陇上初妆越女腮。
地膜翻波天外去，夭桃溢彩眼中来。
高楼突兀呈新貌，乐曲萦回抒壮怀。
商贸竞荣通八面，小康岁月雀屏开。

颂保尔·柯察金

革命熔炉煅造深，腥风血雨见精神。
斗争惨烈决生死，危殆关头辨假真。
钢铁铮纵抒壮志，英雄砥砺慰忠贞。
浩然正气披肝胆，高耸丰碑煜后人。

夏日过新添镇

风和日暖北乡川，小镇新添放眼观。
人沸货丰别样火，瓜熟菜绿应时鲜。
已撩地膜白纱帐，早漾长廊翡翠田。
回望车流天际去，兴农正道数科研。

迎春梅

袅娜纤细欠深沉，檐下颦眉半隐身。
果脆花繁难媲美，风清月晕总凝神。
从来大器多磨砺，到底功夫不负人。
君看霜天冬未尽，黄梅吐蕊早迎春。

咏绣球

素无品第自平庸，懒与群芳竞俏容。
匪妒夭桃招粉蝶，堪嘲玉李惹狂蜂。
繁叶披拂迎阶绿，丰韵妖娆映日红。
不惧严霜寒峭迫，花蝉四季笑隆冬。

张光辉

笔名张桄桧，1940年4月生，甘肃泾川县人。兰州交通大学副处长、副教授，甘肃省老教授协会理事，甘肃省诗词学会会员。编著出版《情绪与健康》，主编《校园琼华》《难忘的岁月 胜利的记忆》。

红叶颂

满眼山枫树树红，秋光岁岁认非同。
芳龄早逸荒烟处，声泪交融雪雨中。
叶落归根魂不断，踪虽飘泊意常通。
红颜尽是心头血，浪水斜阳对小桐。

兰州植树有感

煦煦东风拂两山，逢春植树又三年。
左公栽柳垂千古，我辈承宗破百关。
亿万愚公齐上阵，九州荒壑变桑田。
遥看灯火阑珊处，尚想来年食野鲜。

陇南行

此日春风唤陇原，绿茵深处笑声喧。
相传盛世唯尧舜，怎比农收上万元。

秦王川春讯

羊鞭绸带鸣声脆，马跃犁欢地埂宽。
桃李花开春讯早，秦渠汩汩上荒原。

家乡行

明时新策致繁华，处处高楼处处花。
水秀山清春色好，绿阴深处是吾家。

忆江南·兰州

兰州好，最好大河桥。白塔青山笼月影，两山游艇逐波涛。丝路望中迢。

兰州好，游兴永无穷。盛会名园观美景，桃花依旧笑春风。更比去年红。

兰州好，玉宇蔚蓝天。百里滨河横绿翠，一山仕土出城环。壮丽自天然。

兰州好，到处见文明。正值尧天兼舜日，煌煌四化着先声。百卉簇金城。

鲁 言

本名焦多福，1940年7月生，甘肃张掖人。曾任甘肃省引大入秦工程指挥部文史办公室主任。中华诗词学会理事、甘肃省作家协会会员、甘肃省诗词学会常务理事、甘肃省诗书画联谊会顾问。著有诗集《怡清轩诗稿》《怡清轩诗稿二集》。

武夷山陆游学术研讨会诗草

读放翁

读罢少陵读少游，双峰高并壮神州。
奇诗不朽三千岁，大气凌云几百秋。
未定中原谁领罪，虏拘君主国蒙羞。
从来治乱非无策，不得儒冠一举头。

又

一树梅花一品题，放翁荣辱两由之。
西川跃马披坚日，闽北抽刀切恨时。
历尽官场言酿祸，参详禅佛理忘机。
散人劫数知多少，高占吟坛极上枝。

武夷山陆游国际学术研讨会

八百馀年纪放翁，骚坛一代一颠峰。
剑南遗稿昭青史，蓟北硝烟落笔中。
咳唾希声惊海浪，养成襟抱唤天风。
恨无铁甲吞胡虏，独自横流识大公。

又

大王楼里舞翩翩，醉手弹冰妙不言。
花树迎宾星在水，清风送句月临山。
幔亭酒美逢人醉，玉女姿丰逼雪寒。
初识武夷文化味，者番行旅足陶然。

九曲溪漂流

九曲溪边上钓船，竹排争水后超前。
奇峰突兀呼名姓，野老逍遥垂钓竿。
精舍谁人传易理，幔亭有客续韦编。
烟云千古难凭定，且重今生嗜胜缘。

武夷山问津亭

秀气蜿蜒仔细寻，烟霞深处印仙痕。
樊笼脱却无拘管，一树香樟一问津。

玉女峰

玉女伤神究可哀，憐渠万里挂帆来。
书空垂泪冰弦断，曲水投簪秀发衰。
银汉鹊桥犹可渡，天生情种岂容埋。
人间悲剧多如是，报与东皇一并裁。

步放翁韵

感愤

汉唐文武胜周宣，拓域开疆草创难。
万众同心尧胄裔，九州一统汉江山。
人谋倚重和平策，天定欣开锦瑟弦。
大政符民扛钟鼎，雄才直觉后空前。

客思

裘马生涯乐胜游，山林高卧向兰州。
满川冰雪分津日，三卷诗书翰墨秋。
不复城中惊市虎，欣临洋外看奔牛。
退身离得樊笼远，四海逍遥系钓舟。

初入武夷山

未到天游梦已新，绝岩如削玉嶙峋。
九溪流水清如酒，来洗骚人十日尘。

秋夜书怀

幽居数去尽缥湘，新月弯弯画满廊。
海远每生劳燕梦，雨悭未放竹林凉。
青骖老后情千里，白发添来梦几场。
寄意寒星应可察，八闽两广系征航。

姚振华

1940年生，甘肃岷县人。甘肃师范大学中文系毕业，中学高级教师。岷县文联会刊《叠藏河》编辑，岷县诗词学会理事，《岷阳诗词》编委。

中医院内笑声扬

车鸣夜半叫门慌，重病昏迷急救忙。
护士全心详护理，医生尽力细查伤。
打针输水筋骸健，起死回生药力强。
叠成河边红日照，中医院内笑声扬。

抗击“非典”（新韵）

虽无战火枪声响，不见行踪性命伤。
瘟疫猖獗成大难，中央号召灭灾殃。
白衣天使忙围剿，赤县人民速武装。
讲究卫生除病患，驱逐“非典”享安康。

贺神舟五号飞行圆满

腾空升起神舟号，华夏英雄访九霄。
浩浩银河波潋艳，茫茫宇宙任逍遥。
舟飞三界人歌舞，嚆矢长天众首翘。
俄美无须称霸主，炎黄儿女志行豪。

参观东关小学“金秋菊展”有意

（一）

菊展金秋月正圆，黄红绿白互争妍。
少年每日勤培育，幼小心灵爱自然。

（二）

连日风寒霜满地，百花凋谢菊花开。
嫣红姹紫迎人笑，原是儿童着意栽。

西江月·澳门小女始归宁

往事不堪回首，只因慈母患贫。殖民强盗任横行，小女含悲饮恨。　　雪霁天晴日出，山明水秀林蓁。梳妆打扮始归宁，老母欢欣振奋。

渔家傲·观雅典奥运会有感

体育健儿飞雅典，雄心奇志浑身胆，勇斗高强鹏翼展。千日练，攀登何惧征途险。　飒爽英姿神彩焕，顽强拼搏频夺冠。祖国人民含笑看，情振奋，五星旗帜迎风卷。

江城子·赠高中学生

少年理想在明天。不辞难，苦攻关。博学知识，贡献建家园。为育自身成大器，生活俭，志更坚。　求知路上不平坦。勇朝前，战风寒。春夏秋冬，记诵趣犹酣。学海无涯勤荡桨，登彼岸，百花鲜。

苏幕遮·校对《岷县文学作品选》第五辑有感（新声韵）

汇诗篇，文选卷。一字一词，都是珠玑艳。夜半明灯详细看。只怕疏失，手眼无歇慢。　漏言添，舛句撰。差错剔除，书出同声赞。锦绣华章光彩焕。始觉心安，真意传长远。

刘光裕

笔名一浪,1940年生,甘肃岷县人。中华诗词学会会员,甘肃省诗词学会会员,岷县诗词学会学术顾问。出版有诗词集《爪痕指螺集》和散文《三研斋随笔》一至四集。

题画五首

(一)

风动青青树，山河寂寂春。
有诗何处觅，烟水淡如尘。

(二)

点线横斜处，诗情逐浪飞。
谁知云水远，全藉一毫挥。

(三)

始信莲花两峻峰，茫茫云海隐真容。
谁能拽杖高巅上，山外奇峰更几重。

（四）

岷山雨过也生愁，回首流云四十秋。
路运天台幽梦断，黄粱未熟白了头。

（五）

桃源谜路早模糊，仙境人间觅得无。
草色遥看春梦远，空留向往到荒图。

过南京

四次匆匆过，金陵未畅游。
九朝亡国处，一望石城秋。
谁复临亭泣，人都说莫愁。
风流金粉尽，胜迹可遗留？

车过南京

浪涌前朝去，沦湮六代宫。
胭脂枯井在，孙楚酒楼空。
明月秦淮水，桃花扇底风。
车轮飞速转，一啸大江东。

无 题

富春江上把渔竿，浪簸波颠不觉寒。
二两清风红蓼岸，一蓑烟雨白沙滩。
酒沽茅店秋江冷，月上东山网未干。
伸腿翻身酣睡好，小船应比帝床宽。

无 题

敢把离骚作恋歌，美人香草有谁和。
吟来句句柔情少，听去声声怨愤多。
已见双行清泪赤，未阑一曲鬓毛皤。
回车复路吾将返，千古伤心吊汨罗。

和王渔洋秋柳

(一)

唱到阳关合断魂，先生今已老柴门。
一春啼鸟连江雨，六代繁华只梦痕。
摇落章台谁系马，萧条陌上远荒村。
闺中少妇离楼去，悔恨几多何必论。

（二）

离情忍折灞桥霜，黄叶纷飞落浅塘。
倩影曾贪临玉镜，罗衣早锁镂金箱。
飘零满目怜苏小，无力垂堤想魏王。
尽日无人西角里，春风已老永丰坊。

（三）

无复纤腰舞翠衣，倚楼傍户应知非。
三春陌上人多少，一夜霜催叶已稀。
菊绽东篱连露采，雁辞北国与云飞。
西风瑟瑟斜阳路，鞭指长安意更违。

（四）

漏泄春光最可怜，藏莺待月事如烟。
今来飒飒伤萧瑟，昔别依依忆渺绵。
三起三眠成往事，一枝一叶看明年。
又营绿梦秋声里，非为离人守路边。

满庭芳·七九年重阳菊展

雁叫长空，霜林醉染，雨后欣又重阳。九州苏醒，山水焕新装。胜事重临赤县，征途上、步步康庄。西风起，悠然落帽，捷足响高岗。　　难忘、摧百卉，商声八板，艺苑都荒。记烹鹤焚琴，燕隐莺藏。持蟹俱来下酒，庆佳节、六亿飞觞。君看取：霜威凛冽，翻使菊凝霜。

满江红·过农村旧居怀旧

（一）

棘笼低墙，随风仰，白杨树叶。荒园寂，一畦春韭，依然生发。十五年间愁万种，半生难解情千结，最不忘，长夜北风号，千山雪。　　头常缩，腰未折，唇含笑，心流血。所欣无遗憾，还像人活。九眼泉边牛喝水，五台山下人望月，五千日，一日一沟坝，都踰越。

（二）

茅舍三间，小院植，苍松矗矗。人一个，豆棚瓜架，瘦如青竹。下地始知牛马苦，长空雁过望鸿鹄。问苍天，万岁比神灵？苍天哭。　抄揪斗，打砸逐，黔首泣，红羊毒。看千山万水，干涸荒秃。真话正行全是罪，秋来麦豆粒粒数。归去来，赤县已回春，千山绿。

（三）

芳草连天，东风暖，春天有约。研朱墨，挥毫快写，胸中丘壑。斥退喳喳枝上雀，招来落落云中鹤。百花开，天雨洗千山，今非昨。　倩浊酿，浇寂寞，寻净水，冲泥脚。大河流日夜，绿笼群岳。已到春深花似海，莺歌燕语迷天乐。看扶摇，神箭上云霄，争飞跃。

小重山

绿浪摇翻十里堤，杨花如雪舞，柳丝低。杜鹃幽怨问晨鸡：惊春梦，究竟是谁啼！　　春梦付流溪，落红千万点，化成泥。天涯绿到草萋萋，来时路，风雨已凄迷。

望海潮·金陵怀古

石城王气，金陵春梦，已成逝水沉沙。如血夕阳，乌衣巷口，燕归百姓人家。听厌后庭花。看朱雀桥畔，噪晚昏鸦。城下潮头，拍碎千古旧年华。　　秦淮船影横斜，听桨声还忆，歌女娇娃。金粉六朝，花飞叶谢，钟山风雨堪嗟。残照幻绮霞。铁链锁江水，妄想常赊。昼夜江流滚滚，奔涌到天涯。

颜江东

1940年生,甘肃兰州市人。原为中学物理教员,甘肃诗词学会会员。

南望岷山

千里望岷山，亘横天地间。
石门开壑远，雪岭闪光寒。
人事区区窄，乾坤荡荡宽。
登高通化外，回首白云闲。

秋游腊子口

红军越天险，一战立奇功。
腊水欢波碧，岷山醉叶红。
清明今日旅，感慨昔年忠。
纪念碑高矗，虔诚致礼恭。

评项羽（新韵）

乘时竞逐鹿，楚孽作枭雄。
徒有拔山力，终无王霸功。
分封贪复古，郡县势行通。
莫叹乌江刎，江流总向东。

六月莲花山

果似莲花插九霄，灵光熠熠彩云飘。
魂惊一径悬崖险，佛拜三天殿宇遥。
客旅花溪流去水，松涛碧海卷来潮。
千人唱和欢声动，六月花儿格外娇。

洮河九甸峡

滚滚洮河九甸冲，遥闻十里闷雷轰。
排空巨浪英雄志，拍岸惊涛猛士风。
冻月流珠冰激水，石门金锁峡飞虹①。
引洮枢纽功成日，造福于民万世雄。

【注】

① 洮水流珠,石门金锁为洮河名景观。

桥山思绪

九派昆仑溯上源，中华民族祭轩辕。
高碑巨匾歌功德，翠柏苍松护墓园。
偶有奸民时裂土，从无国贼久称番。
黄钟大吕和谐日，可问何时斩孽鼋①。

【注】

① 孽鼋指“台独分子”。

兵马俑

两千岁月暗藏锋，出世当然气势雄。
序列兵精动眉宇，驰奔马烈试蹄风。
生灵有幸开疆域，造化无情入地宫。
风雨陵原依旧是，功垂一统誉寰中。

昭君墓

忆昔萧萧马趱前，朔原千里是穷边。
旗旌色暗秋深日，鼓角声沉雨暮天。
为报君王筹远略，无由弱女味腥膻。
云中草地萋萋色，青冢高碑树笼烟。

黄河壶口赞

凌空一跃势滔天，浪竞龙槽勇向前。
悬瀑势高能量猛，奔雷激电彩虹圆①。
千秋民族摇篮曲，万古英雄胆剑篇。
壶口声威如感染，国门御侮必歌旋。

【注】

① 借用物理现象，高而势能大落地转化动能大，效果作用大。

忆八·二六兰州解放

当年鏖战正金秋，蒋马军魂散不收。
地动山摇狐鼠窜，风声鹤唳鬼魔愁。
红旗指处乾坤变，败虏逃时日月悠。
历史风云虽一瞬，人间大道始从头。

王长顺

笔名蒲风，晚号磨砺斋主人，1940年生，山西省万荣县人。原就职于甘肃第二汽车修配厂。系中华诗词学会、甘肃作家协会会员。曾任甘肃省诗词学会理事、甘肃陇风诗书画社常务副社长、秘书长、《陇风》诗书画刊主编。

桃花源

一片桃林吐异香，嫩红万朵压低墙。
时人不解避秦事，侧帽归来带夕阳。

上海豫园点春堂

——小刀会遗址

宏丽轩昂一画堂，刀光剑影忆刘郎。
强权不惧披肝胆，为国为民百世芳。

重游颐和园

雨洗千峰翠，雾湿身上衣。
浮图横黛色，紫海映晨晖。
澜室忆新政，寿堂斥帝妃。
京华留此景，愧我少诗归。

电影《一盘没有下完的棋》观后感

腥风万里天，禹甸起烽烟。
草木馀秦火，平民怨铁鞭。
东林传教义，长夜结棋缘。
慢举枰中炮，息戈泛画船。

谒龙门石窟

一水澄清望不穷，长桥飞架带霞红。
石窟肃穆云天外，佛塔威严风雨中。
弥勒玉雕惊俗眼，遂良墨舞蕴神功。
灵山毓秀华胥境，景物长招瑞气融。

故里村西烽火台

亘古烽台沟壑边，游踪纪胜入吟笺。
积年淫雨荒苔老，奕代榆关燧火传。
晋地三分悲裂国，汾阴四幸[①]忆先年。
劫灰销尽龙蛇杳，动我乡心感逝川。

【注】

① 指汉武帝刘彻四幸汾阴后土祠拜祭土地事。

长坂坡颂三国名将赵子龙

功勋显赫仰英名，一片丹心两代倾。
巴蜀安民兴汉业，当阳救主振军声。
冀州潜迹逢贤哲，箕谷全师翼孔明。
百胜将军应饮恨，忍教邓艾渡阴平。

满江红·登嘉峪关城楼

天下雄关，忆往昔，战鼓声急，干戈舞、猩红匝地，杜鹃啼碧。猿鹤虫沙悲故国，凄风苦雨哀陈迹。喜而今，万众卫长城，乾坤立。　　祁连秀，千峰白。波似染、荒原麦。望琼楼广厦，丽人吹笛。铁水滔滔残梦断，石油滚滚千金积。振中华，击楫更长征，豪情激。

沁园春·绵山怀古

揽胜寻幽，歌山吟水，步履险艰。看群峰苍翠，云缠雾绕。峭岩绝壁，拔地擎天。栈道凌空，浮图隐现，挂壁悬泉乐驻颜。斜阳外，见玉虚宫阙，怀古思贤。　　人生忠孝难全，忆往昔，几人入史篇。记唐营傲立，旌旗招展；朱家凹内，戏说皇权。介子陵前，仰公刚烈，惟信惟诚孝道传。赏明月，叹夜阑风静，灯火绵山。

八声甘州·谒朱仙镇岳庙

正碑林如海障群峦，青松入云端。怅当年河洛，狼奔豕突，遍地烽烟，报国男儿几许，百战剑光寒，直指黄龙府，还我河山。　可叹康王昏昧，竟丧权辱国，媚敌偷安。恨擅权枭獍，罗织覆盆冤。奋天戈，风鹏正举，起悲歌，慷慨别人间。风清日，千秋正气，永照尘寰。

张德华

字灼如，笔名洮川。1940年12月生，甘肃省临洮县人。大专文化。从事甘肃水文工作，任基层领导多年。现任临洮诗词学会秘书长。

沁园春·喜庆十七大（新韵）

破浪引航，旷古辉煌，富我中华。看神州大地，莺歌燕舞，城乡巨变，沐浴金霞。免除田赋，种粮直补，舜日春风人万家。更堪喜，望安居高厦，芳草繁花。　群贤聚首京华，共商讨，宏图柴米茶。保中国特色，改革教育，情倾农业，科技追加。西气东输，南流北调，地覆天翻再开发。从头越，奔小康大道，盛世昌达。

踏莎行·海峡两岸（新韵）

雨过天晴，阳光灿烂。岛民众怒斥阿扁。台湾大旱望云霓，江山一统千秋冠。　伟大祖国，城乡巨变。腾飞科技西方赶。蒸蒸日上慕尧天．前程似锦中华赞。

浪淘沙·奥运圣火传（新韵）

圣火五洲传，五彩斑斓。全球火炬已传遍。绿女红男歌舞伴，天地人间。　　梦想北京圆，华夏拳拳。举国上下笑开颜。美丽京城迎奥运，无限江山。

“边城”美酒醉蟠桃（新韵）

八仙赴宴紫云飘，月静长天风自消。
玉女翩翩轻曼舞，嘉宾款款品佳肴。
琼浆玉液誉南北，商贾云集狄道郊。
美酒金樽心酿造，开怀畅饮醉蟠桃。

感怀母亲（新韵）

天涯儿女感慈母，坠地血浓裂痛中。
风雨雪霜春意暖，征程俭朴梦思惊。
盖棺不到躬身瘁，终寿难休骨肉情。
常忆萱堂挥泪苦，百年茔殿孝慈诚。

国家森林公园—冶力关（新韵）

青松赞

茫茫林海滚苍烟，季季常青耐酷寒。
霜剑风刀何所惧，挺拔傲骨入云端。

冶木峡

蜿蜒峡谷燕难穿，廿里风光入眼帘。
绮丽嶙峋人自醉，莲峰耸秀媲华山。

月亮湾

月亮湾湾灵秀苑，绿山碧水密林间。
瑶台玉女作陪伴，不是神仙胜似仙。

写在香港回归十周年之际（新韵）

隆贺十年莺百啭，港人治港气昂然。
金融独秀全球冠，经贸腾飞百姓安。
四海五洲承纽带，千家万户饮甘泉。
坚强后盾春风劲，再展小龙锦绣天。

八一建军节抒怀（新韵）

起义南昌军务忙，向敌宣战第一枪。
井冈山上朱毛汇，遵义曙光指引航。
灭蒋驱倭功卓著，援朝抗美俩安邦。
江山万里边防固，捍卫国家世代昌。

吴辰旭

1941年9月生，甘肃临洮人。甘肃日报社原高级记者、少年文摘报原总编辑。《甘肃经济日报》高级顾问、常务副总编。已结集出版的有诗集《鸿爪集》、散文诗集《西出阳关》、诗歌评赏集《风流诗人风流诗》、诗论《中国新诗建行艺术初探》等。

兰州吟颂

山　赋

春雨潇潇起岫岚，大河滚滚卷狂澜。
北山塔染千坡绿，南岭阁挥万顷烟。
卅载荒芜变碧玉，一朝尘垢改容颜。
绿风百里爽心肺，翠岭连绵应住仙。

水　赋

一水中流冠神州，两山对峙翠屏幽。
虹桥座座如琴架，楼厦层层似林稠。
转车戽水泻琼浆，飞艇穿梭浣戚忧。
最是羊皮筏子客，涛头欢笑满河流。

城 赋

夜雨无声洗梦魂，晓来薄雾吐香芬。
康衢车辆驰龙马，小巷人流涌捷踪。
旧忆风尘随史远，新欢笙鼓带情浓。
应邀班马[①]撰新赋，陇上千秋一望空。

【注】

① 班马，汉代班固和司马相如，均以善赋而闻名。

人 赋

曙光新纪大潮摧，着意春阴最早来。
靛丽轻裘飘紫陌，时髦华轿塞红埃。
情依大漠襟怀广，心染陇云意念开。
纵览五洲勤创业，春风秋雨润蓬莱[①]。

【注】

① 蓬莱，传说中的仙岛，喻指小康社会。

读史杂感

天　理

长假无聊读史书，时光隧道任闲足。
兴衰朝代似潮涌，荣枯人间类昆木。
谁主沉浮玩腐草，胡裁达蹇转轱辘。
从来民众如盲蚁，惟有天公决斯谋。

人　性

人性善恶相永违，良材巨擘亦存亏。
韩非罹祸李斯罪，贾子遭谪绛灌非。
兔死狗烹如走马，祸来福去似烟飞。
劣根人性诚罪首，幸有明达赖天规。

天　机

短暂人生望千秋，荣华福贵愿长留。
魏食三国狼喋血，司马蹂曹虎吞牛。
天纵秦王求不死，地怜胡亥尸难收。
滔滔信史传千载，资鉴玄机几人酬。

悲剧

一自王权美成鹿，人间血腥便相逐。
宫帏杀气藏笙鼓，帐外奸谋起忠都。
顺训赵高竟惑众，谦恭王莽更迷孤。
凄惨最是陈王镜，悲剧轮番演何足。

欲祸

读书体道看时局，休笑灌园拙弃机。
私欲难却杀身宴，贪心岂异吞钩鱼。
人谋缜缜弄无尽，天算察察胜有余。
福祸尽说天下事，沧洲鲜见隐钓矶。

灵肉

苍狗白云漫玄黄，出尘入世两茫茫。
全身岂肯弃权柄，垂钓焉甘草藿香。
怵看白屋贫洗泪，惊闻宫阙祸莅墙。
神仙都在云山外，灵肉相博烟水长。

出　窍

万象人间置何如，声色犬马竟相逐。
灵魂出窍人岂救，利欲熏心祸焉除。
贪厌不足吕后悲，妒谗无度爱姬诛。
世间滚滚红尘里，能有几人醒而殊。

史　惑

迷惘信史观亦惊，满纸杀戮血无垠。
晁错因忠含恨死，扶苏缘憨目难冥。
含冤怒起子胥涛，吞悲郁结贾傅吟。
休怪浮云总蔽日，老天偏爱马屁精。

天　道

天道茫茫运始终，无私大爱不居功。
范蠡睿在知进退，陶令智存懂倨恭。
狂狷祢衡庭下死，欲贪韩信身前空。
竹林归路亦多险，乱世无风雁惊弓。

归　去

烟雨空蒙隐钓舟，湖山绰约种瓜侯。
何来盛世清平乐，未必承明赤子酬。
无愧蹇达即晏处，扪心顺逆当自由。
沧桑人世宜放眼，山海翩跹有沙鸥。

秦州吟

贺新郎·天水市

梦绕秦州路。叹秋风、一行红紫，高速弛渡。几曾颠沛过群岭，如今坦砥神舞。渐青霭河山如故。孤城一片新楼簇。叹人生易老情难诉。觅旧踪，了也无。　　满城嚣攘赚残暮。亮广场、霓虹幻彩，世间天上，人尽闲度。古风犹存羲皇里，中外游人争顾。抬望眼，新楼灯树，旧匾老柳怀今古。正把酒临风兴谈吐：疑是梦，阑珊处。

巫山一段云·南郭寺

古寺依青山献，老树扫云流。晋柏唐愧岁月稠，往事思悠悠。　　诗壁映日矗，泉声草堂幽。阅尽人间几春秋，古风撩客愁。

阮郎归·麦积山石窟

万山深处麦垛竖，断崖烟雨疏。云梯佛龛人初度，绮梦世外无。　　乡心断，陇山孤。碌碌岁又除。黄河远上千里殊，积庆天下足。

鹧鸪天·伏羲庙

几度和梦谒人宗，古柏森森万世风。卅五岁月匆匆过，一世情缘几回同？　　无一语，敲心钟。窃窃体悟到黄昏。中华永纪龙为祖，宇外霓虹耀千门。

郝琰琳

1941年生，甘肃岷县人。曾任禾驮中学、蒲麻中学、茶埠中学教务主任、副校长、校长等职。现为岷阳诗词学会会员，岷县政协文史资料员。

惜阴苦读（新韵）

苦读伏案在灯前，发奋芸窗夜少眠。
致力三余[1]惜壮岁，纵情九鼎爱华年。
欲泅书海日光淡，未上学山月色残。
心愿未央人已老，聊习诗词度悠闲。

【注】
① 冬为岁余，夜为日余，雨为情余，总称三余。

岷州四季

山青水秀古岷州，物候难改四季幽。
夏雨蒙蒙丰稼穗，秋霜点点染峰丘。
春风穆穆含淑气，冬雪皑皑使暑休。
最有菽麦溢浪处，杏甜莓香味全收。

歌颂改革开放

泱泱华夏几千年，溢美流芳春满园。
幸喜改革除旧弊，欢欣开放纪新元。
星辰耀彩群山秀，日月联辉众斗旋。
政治清明生瑞气，风骚独占盛空前。

登山眺望

无事登山赏晚秋，含情梓里望岷州。
江天锦绣臻淑气，胜景奇观放眼收。

故乡情

身在宸垣念故乡，寄情梓里爱岷阳。
江湖处处多真味，不比家山苦李香。

赞合作医疗

杏林溢美满山村，橘井飘香万户欣。
但愿歧黄除病苦，普天妙手早回春。

蠲免田赋

四海升平春满园，当今明主胜前贤。
蠲除田赋开先例，盖世英名万古传。

园 丁

半生设帐育英华，不为束脩扣剑铗。
赍愿黉门传浅技，寄情庠序培奇葩。
倾心催绿园中柳，决意浇开苑内花。
待到杏坛桃李笑，余辉散尽始还家。

卜算子·春日山村

扶耒起欢歌，黎遮重农时，挥锄惊飞鸟。勤奋春来早。　　喜气洋溢笑语中，篱下稚子学种瓜，野风光好。村舍闲人少。

吴农荣

1941年生,甘肃民勤县人。中医主治医师。为中华诗词学会会员。合著《苏山诗友诗词选》、《民勤吟》。

渔家傲·大漠情

—2007年10月1日 温家宝总理视察民勤

(一)

匝地浓云连晓雾，飓风漫卷狂沙舞。疑是西天倾砥柱，尘满目，寒烟衰草愁何诉？　万木萧疏迭叫苦，漠原难挽春光驻。众目悬悬思雨露，肠断处，望尘兴叹嗟何补！

(二)

谷水断流尘暴起，绿洲难觅春消息。朔漠情牵温总理，千忙里，忧怀常系布衣意。　一路春风催万绿，几番时雨滋芳芷。塞上愚公齐奋臂，警策立[①]，童山秃岭葱茏蔽。

【注】

① 温总理多次指示：“决不能使民勤成为第二个罗布泊”。

西江月·欢庆北京奥运

东亚百年遗恨，刘郎孤掌难鸣[1]。神州岁岁盼龙腾，情注一圆好梦。　　今日睡狮猛醒，五环壮我豪情。体星荟萃勇攀登，闪亮中华胜境。

【注】

① 刘郎：刘长春,中国参加第一届奥运会运动员。

街头修鞋工

低处生涯味自真，街头巷陌补鞋人。
一根缝线全家梦，尺幅缪绡四季春。
寸寸分分裁日月，零零碎碎补光阴。
临街厌看升平曲，鞋底风光别有神。

废旧捡拾工

小车不倒尽心蹬，垃圾堆中捡此生。
背影拉长惨淡日，车轮砸碎奈何星。
拾来旧梦原无意，抛去炎凉别有情。
多舛人牛勤作补，赵公元帅不怜穷。

城市送水工

这楼更比那楼高，肩扛水桶举步摇。
汗水何如纯水贵？乡民怎比市民娇？
想家未及思千里，口渴岂曾饮半瓢。
我是来城工仔族，那能买水润心焦。

废止农业税法

中枢频颁惠农诏，僻壤荒村颂舜尧。
休向武陵寻乐土，欣看赤县免征徭。
房前麦野丛丛碧，坡后枣林叶叶娇。
销剑铸犁今日事，小康日月乐陶陶。

中西部免收义务教育费

雪里殷勤送炭来，黉门免费育人才。
书声一片晴窗暖，桃李三千笑口开。
无限春晖怜弱草，多情雨露润芳苔。
穷乡从此开鲲路，雏凤清声着意裁。

丁亥重阳

露重蝉卢湿，长空雁几行。
黄花思晚节，枫川着红装；
鸟恋篱边树，蛩惊瓦上霜。
郊寒心未冷，浩咏过重阳。
苍昊终难老，闲云逐日长。
秋深浑未觉，梦短竟何妨？
浅唱多新意，高吟似旧狂。
挑灯无俗累，犹恐负流光。

田春兰

女，1941年10月30日生于甘肃临洮。临洮一中毕业。

贺夫君张邻德《绿叶集》付梓

（一）

根在临洮业在环，风风雨雨卅馀年。
归根倍觉乡情暖，学海书山任陟攀。

（二）

春雨春风滋绿树，枝枝叶叶有光辉。
峡高岂束江河水，雪大难凋松柏枝。
两袖清风多赞誉，一身正气有威仪。
刚强不屈男儿气，敬业爱民志不移。

携手并肩四十年

四十春秋一瞬间，夫妻恩爱鬓皆斑。
战天斗地长携手，共苦同甘永并肩。
万里春风双紫燕，一塘碧水并蒂莲。
夕阳晚照秋光好，欢度相依盛世年。

三年祭父

跪拜茔园泪湿衫，一生几道鬼门关。
人逢盛世情无限，墓草萋萋色正鲜。

通往海口的轮渡上

乾坤无际海茫茫，万斛楼船百丈樯。
云脚四垂天作界，浪头双卷水分洋。
碧波雾帐托金鸟，玉兔云霓焕彩装。
如幻如摩神似醉，仙凡难判簸心扬。

登莲花山望玉皇阁

玉皇高阁插云端，刀削石崖天半悬。
两次登临娘娘岭，望之兴叹气昂轩。

和政滴珠山

花繁木盛雨中行，遮日浓阴寒意增。
飒飒林风送绿味，啾啾鸟语转琴鸣。
奇松岩壁千般现，飞瀑流泉百态生。
天丽甘南美如画，怡红快绿拥泉城。

沁园春·故园东峪沟抒怀

狄道东川，峰秀林葳，滥水荡盘。看长城坡下，高楼栉比；平川百里，麦海桑田。古堡书声，花妍槐里，汉墓巍巍耀史坛，更有那，古鲁班背土，周蔽一山。　　故园如此情绵，育代代丹心文武元。昔文颐雨民[①]，瑞潭建党，世恒学忠[②]，热血儿男。佼佼学子，一峰蒋祯[③]，锦秀诗文誉陇原。逢盛世，恰政通人乐，峻岭登攀。

【注】

① 张文颐、田雨民（吾父）为瑞潭乡地下党书记。

② 张世恒、孙学忠，政要，学者。

③ 孙一峰、蒋祯，政要，知识分子，学者，诗颇有建树。

张嘉光

女，瑶族，1942年生，广西恭城人。原甘肃省科学院干部。甘肃省作家协会会员，中华诗词学会会员、甘肃省诗词学会常务理事、《甘肃诗词》主编。

风

渐逐青萍之末起，难从空穴辨行藏。
偶经水面千纹皱，才过山头万壑凉。
排闼直来寻旧识，穿堂径去访他乡。
游踪莫道无凭信，二十四番花事忙。

花

四时循序领风骚，秀面含羞意态娇。
装点不分乔灌草，裁成多类素纨绡。
浓香引得蜂群舞，残萼储将果实饶。
盈尺如丁皆可爱，缤纷五彩总妖娆。

雪

花飞六出满群山，扑面沾衣报岁寒。
田野茫茫铺白玉，湖塘静静嵌银盘。
冰封万径鸣禽少，雾锁千峰走兽单。
忽听农家鞭炮响，漫天祥瑞兆丰年。

月

碧海青天孤一轮，流光千古照乾坤。
婆娑桂树摇身影，寂寞嫦娥拭泪痕。
玉魄无声窥绣户，清辉有意入柴门。
总循朔望亏趋满，圆缺攸关陌上魂。

戊子人日悼亡四首

新正初四，外子林树勋因病溘然辞世，摧肝裂肺，爰成律，长歌当哭，以悼斯人。

（一）

奇冷严冬史上无，冰天雪地送吾夫。
逍遥骑鹤君归去，锋刃穿心我痛呼。
九转回环肠欲断，千行泣下泪应枯。
今生缘尽来生续，任汝画眉深浅涂。

（二）

静坐思君常欲哭，百年好合忆当初。
人间正是崎岖路，心底偏多锦绣图。
弱冠谁怜加桂冕？腹中自恨少存书。
经纶满腹稍施展，又见崦嵫夕照铺。

（三）

百年真是不多时，倏忽盈头杂雪丝。
儿女债多同负欠，夫妻恩重共扶持。
输它覆雨翻云快，笑汝奔驱避走迟。
才道黄昏斜照好，却从生死证长辞。

（四）

君去西方极乐天，我垂清泪倩谁怜？
三更窗外风摇影，万里长城雪掩关。
但愿幽魂来梦寐，得凭青鸟报平安。
儿孙自有儿孙福，再莫操劳久挂牵。

暮 春

风送残春云送雨，满园落瓣乱堆红。
花铃若系千千万，四季凡尘锦绣中。

紫 薇

旖旎风光绽锦英，紫茸明艳自含情。
裁成碎叶堂前绿，掩映芳菲月下清。
霞拥新妆宫里艳，愁生粉面俗尘萦。
低昂映水凝珠露，星宿同名列八瀛。

一七令　四阕

春。草长，莺勤。催布谷，备耕耘。清溪涨水，远岫浮云。长堤垂柳翠，芳甸绽花新。紫燕方寻旧垒，塞鸿暂驻河滨。好雨知时滋万物，东风着意抚乾坤。

夏。青纱，庄稼。卧瓜棚，听夜话。扇借风凉，虹随雨跨。淡月满荷塘，疏星垂四野。萤火微明低窜，霹雳惊雷猛炸。晴岚晓雾半山环，溅玉飞珠长瀑挂。

秋。果熟，香流。望陇亩，喜丰收。吴刚酿酒，嫦娥怀幽。金黄涂菊秀，丹赤染枫羞。静夜寒蛩鸣砌，长天征雁过楼。细听万籁随风至，更觅新诗和醉讴。

冬。冷雨，寒风。鸦阵噪，地冰封。纯醪新熟，炉火正红。飞花看六出，饮酒尽千盅。溪畔寻梅淑女，江边钓雪蓑翁。劲节凌云夸绿竹，虬枝盘曲挺青松。

【仙吕·一半儿】·贪吏

身居官爵自当珍，面对钱财应不昏，索贿贪赃欺世人。枉沉沦，一半儿聪明一半儿蠢。

【仙吕·寄生草】·秋

金风起，菊蕊黄。醉人香气天公酿。野塘细浪轻风荡。　　山陬红叶彤云障。重阳把酒共从容，开怀莫把清樽放。

南乡子·游和平牡丹园有感

花蕊露新娇，绿叶迎风舞倩腰。画兴遄飞诗兴起，滔滔，敏捷才思似涌潮。　　欢乐语声高，郁商忧伤喜尽抛。白发簪花君莫笑，陶陶，来岁春归再度邀。

念奴娇·黄果树瀑布

银河倾倒，看飞流、万练竞奔深谷。十里群山皆振动，更听焦雷声促。霞蔚云蒸，鲛绡轻漫，中有虹桥筑。人间仙苑，画图高手难足。　　天下泉口诚多，雄奇壮美，冠首黔州瀑。荡魄销魂清俗虑，忘却穷通荣辱。浪迹平生，寻幽揽胜，应数黔之腹。西南瑰宝，当教寰宇瞠目。

赵逵夫

1942年12月生，甘肃西和县人。现为西北师大文学院教授，博士生导师，甘肃省先秦文学与文化研究中心主任，省学位委员会副主任，省文联副主席，中国诗经学会副会长，中国屈原学会名誉会长，全国赋学会顾问，省诗词学会学术顾问。出版《屈原与他的时代》等学术专著3部，主编《诗赋研究丛书》和西北师大教师诗词选《世纪足音》。

追　忆

追潮悲流十五载，同莩俱作无根蓬。
孤灯冷照孤儿面，慈闱忽失慈母容。
夜半哭娘风嚎啕，梦中唤父月朦胧。
谁人味得离母泪，铁肺铜心也化熔。

庆祝国庆

（应校学生会刘占英之请在学校过道后黑板上写）

华夏昔遭外寇分，铁蹄踏碎万人心。
揭竿南昌宏图展，聚义井冈大旆擎。
扫尽群魔五岳唱，重兴百废万花呈。
欣逢建国金牛岁，进校喜闻读诵声。

候人三里铺望岷郡山有所感

疏条树下迎风望，山在两河交处青。
漾水穿林波明灭，炊烟笼树村窈冥。
东山晚照凝眸见，萨殿残钟侧耳听。
惆怅前行何处是，独持杜若伫沙汀。

忆仇池

危矣名山天下中，人文始祖化青峰[①]。
形天古史烟云邈[②]，老杜诗章日月同。
云外川原福地广，望中墟寨翠霞重。
夜来方有东坡梦[③]，杨将祠堂响暮钟[④]。

【注】

① 仇池山上有伏羲崖，为山之最高峰。传言伏羲生于仇池，长于成纪。

② 先父子贤公有《形天葬首仇池山说》，言《山海经》等所言“常羊山”即今仇池山。见《西和史志》及《甘肃民族研究》1988年第1期。

③ 苏轼《和陶〈读山海经〉》

“在颍州梦至一官居，顾视堂上，榜曰“仇池”。觉而念之：仇池，武都氐故地，杨难当所保，余何为而居之？明日以问客，客有赵令畤者曰：此乃福地，有小有天之附庸也。杜子美云：‘万古仇池穴，潜通小有天。’”

④ 据载，仇池山上宋时有杨将军祠，今圮。

感事兼酬青海昆仑诗社

其一

卅五年间暑复寒，阆风灵薮梦中看。
尝闻龙驾越西溟[①]，更喜神扉启雪峦[②]。
同是艰难云万里，且酣墨翰竹千竿。
回眸崄巇烟云罩，清泪穿空涨海澜。

其二

芸编缥帙有深缘，汲取汪洋驹隙间。
午夜披书游八极，良辰闭户即深山。
江河巨浪来天地，意气锋芒破隘关。
一路虫声成绝唱，芒鞋直上取琅玕。

【注】

① 青藏铁路已越过青海湖延伸至格尔木。

② 锡铁山等处矿藏已得开采。

西北师大古代文学博士点成立纪感

其一

一闻确信尽欢颜，再闯崎岖敢谓艰。
前代手开云际路，今朝春到玉门关。
穷经半百已霜鬓，抱瓮十年总汗颜[1]。
不论行程甘共苦，登临又上一重山。

其二

兰台议事感群贤，回首行程路杳漫。
九过崦嵫登远路，十临白水叹疾湍。
阆风继佩当时愿，东海延才此日难。
悬圃堪伤零异草，兰州固应早莳兰。

【注】

① 《庄子·天地》言，子贡过汉阴，见丈人将为圃畦，“抱瓮而出灌，搰搰然用力甚多而见功寡”。此处喻设备差，只知下笨功夫。

台中游日月潭

其一

潋滟湖光耀远波，明珠点点缀青螺。
随船渐入前头画，红瓦白墙罩绿莎。

其二

日月双潭水面明，当年平寇动天兵。
湖边杜宇悲鱼鸟，首向河源远岸鸣。

登兰山抒怀

车辗春风上绮峦，琼楼玉宇有无间。
柔条舞翠连青霭，茂树涌涛下陡山。
蝴蝶亭边庄叟梦，三台阁上季凌攀[1]。
黄河九曲入沧海，万里诗情逐海澜。

【注】

① 王之涣字季凌。其《登鹳雀楼》诗云："欲穷千里目，更上一层楼。"

五十七岁初度在日本箱根温泉

青山围馆阁，野墅自清幽。
汩汩温流涌，濛濛热气浮。
地炉千丈下，汤谷万山陬。
爱此天然惠，百疴俱可瘳。

省委组织部、宣传部、统战部、省人事厅、广电局联合举办“春之咏”吟诵会感赋

新正月满照通寰，人向小康意芳妍。
巩洮花卉香南海，岷阶归芪乘云軿。
两个文明山川美，三优环境凤凰旋。
擎旗有志筹高蹈，千万英雄奋勇攀。

陇南师专挂牌志禧

陇南山翠好风来，地跨雍梁万象开。
绛帐蓄才龙影渚[①]，少陵留句凤凰台。
风淳善养千年志，土厚堪滋百丈材。
新垦兰畦佳气满，梗楠无数入云栽。

【注】

① 东汉时著名学者马融避大将军邓骘招聘，客于武都。龙渚：指龙峡之万丈潭。

将至伦敦飞机上作

腾空如夸父，逐日四时辰[①]。
银翼穿云海，西天看邓林。
中华今昌盛，往岁路蹉蹭。
巨手开新纪，飞龙起亚东。

【注】

① 12时48分由北京起飞，经10小时到伦敦，而时伦敦方15时许。时差8小时，即四时辰也。

两次迎元旦随想

12月31日下午游格林威治公园。16时5分在格林威治天文台大钟前留影，时国内已2004年元月1日零时5分。晚饭后到鸽子广场看市民迎新年联欢，人极多，据云因前年、去年广场维修未得举行，今年盛况空前。因天冷，也怕再迟坐不上车，未等至新年钟响，于当地22时45分返回宾馆，成诗一首。

先此迎元旦，中华得日早。十亿人静听，零时过一秒，欢声动地起，礼花入云表；楼阁红灯明，街巷彩棚绕；横幅带晨曦，鞭炮迎拂晓。红霞映山川，大地披春草。如闻欢笑声，互道新年好。身似临其境，春意诗肠搅。此处雾朦朦，家中日杲杲。更爱我中华，物华并天宝。

西和一中六十周年校庆志禧

上庠初创事惟艰，抗日中原战正酣。
陇坻新开乏砖瓦，神州重建望楩楠。
后生有志薪传火，至德唯望青胜蓝。
六十年华行履健，新功旧史照层岚。

文溯阁《四库全书》馆竣工志禧二首

(一)

九州台上起飞甍，画栋雕梁意匠宏。
下入山中成禹穴，高凌云际展华棂。
身依翠岭岚光照，目览黄河壮志生。
回藏英才来展卷，弘扬传统举虹旌。

(二)

有清一代珍文献，鸿硕云屯成是编。
文溯迁秦合本意，弘历如料换新天。
车通青藏来才俊，地接新宁播舜弦。
开馆今朝行典礼，河清山秀锦云妍。

晨起口占

行善岂非佛，年高即是仙。
仁心自可圣，何必问苍天。

贺中国人民大学新风雅诗社成立

俊彦京华挺秀姿，欣逢丽日展华辞。
切磋诗艺开新纪，砥砺操持举大旗。
国学风流江汉永，诗骚凤藻云霞奇。
新传风雅千年后，可证今朝奋进时。

李作辅

1942年12月生，甘肃临洮人，大学文化。曾任中学校长、甘肃省兰州市职业技术学院高级教师。甘肃省诗词学会会员、临洮诗词学会副会长。著有《教余吟草》。为《洮声新韵》副主编。

从教述怀

商海不谋不做官，甘为孺子献朱颜。
振兴华夏崇科技，化育英才执教鞭。
桃李今朝开满地，栋梁他日立新天。
欣看弟子知书礼，报国殷勤廉且贤。

陇原揽胜

春风绿染玉门关，游客观光至陇原。
壁画敦煌莫高窟，佛洞天水麦积山。
武威燕托铜奔马，酒泉舟载太空船。
祁连雪酿葡萄酒，大漠怀拥月牙泉。
千年古道丝绸路，万里长城嘉峪关。
月影投湖炳灵寺，黄帝问道崆峒山。
兰山忽起千层碧，黄水摇来一片蓝。
陇原自古风光好，而今处处赛江南。

自度曲·咏临洮

人杰地灵，物华天宝，陇右临洮。看青山雨润，洮流水碧；东岩阁秀，西岩榭高。玉井峰翠，卧龙林茂，每逢佳节人如潮。喜今日，我人民作主，山河更娇。纵观文化名城，忆历代贤才胜舜尧。考唐皇宗室，发祥狄道：李氏先祖，各领风骚。后世子嗣，不乏俊杰，海内海外逞英豪。树宏志，为人类进步，再立功劳。

纪念杨椒山

超然会诗友，共仰杨椒山。读书勤且苦，为仕正而廉。贬官充边塞，教书兴陇原。岳麓办书院，临洮改旧观。名利轻烟雨，气节重泰山。两疏斥奸佞，一身反霸权。燕市忠魂泪，西川水晶丸。丹心照千古，浩气飙九天。承君爱国志，润我中华田。铁肩担道义，匕首刺贪官。文章著辣手，彩笔绘新篇。

望台岛

同根共文化，本是大中华。
海峡难分断，亲情缘一家。

临洮赞歌

省会卫星县，金城后花园。都赞临洮好，骚人更当先。春到百花艳，夏日草木繁。秋月挂杨柳，冬雪映红颜。岳麓东岩寺，卧龙西山献山。日照南屏暖，雪落北道寒。鲜菜生四季，优果产高田。粉丝换外汇，土豆变金钱。三甲蓄水电，百卉赛牡丹。高路架洮岸，地毯出海关。乡乡校园阔，村村书声甜。从来重教育，自古出俊贤。彩陶吟古韵，洮珠唱奇观。书画传海外，诗词颂家园。

采桑子·园丁颂二阕

（一）

诲人不倦勤耕种，情撒人间，爱撒人间，七彩犁头从未闲。　　育才何惧风和雨，风劲一天，雨骤一天，风雨兼程守杏坛。

（二）

红灯高照童心亮，开启心田，化育群贤，济济英才满校园。　　蚕丝吐尽终无悔，到老挥鞭，大计百年，科教兴邦一挺肩。

忆江南·临洮好五阕

临洮好，山水赛江南。岳麓翠微扶古刹，珠流碧水润桑田。春日牡丹妍。

临洮好，名胜誉陇原。四寺坐观天地景，一江飞奏古今弦。花月映红颜。

临洮好，灿烂有承传。辛店文明垂史册，马窑陶器耀人寰。风采几千年。

临洮好，灵地聚英贤。弄墨舞文唱吴镇，育才办校颂椒山。诗酒醉神仙。

临洮好，烽火忆当年。举义旌旗挥陇右，冲锋鼙鼓动甘南。碧血换新天。

采桑子·三峡水电

巫山云雨谁截断？当代禹公。华夏英雄，喝令江河顺我通。

三峡竖起千秋坝，大显威风。大现神功，光照神州一片红。

三峡水电中华梦，情动三公①。告慰三公，今日巫山锁巨龙。

湖光山色重描绘，不似仙宫。胜似仙宫，神女当惊天地同。

【注】

① “三公”指关注长江三峡的历史伟人孙中山、毛泽东和邓小平。

郭嵘年

1943年生，甘肃古浪人，医师。中华诗词学会及中国楹联学会会员，武威市老科协诗联社副社长。著有《寸心苑诗联文稿》。

退休逸兴

家在砚山[1]畔，人居漪水边。
楼台藏绿树，曙色染红天。
庭苑芝兰秀，膝前子女贤。
文昌荣笔架，梦里得诗篇。

【注】

① 砚山、漪泉、文昌、笔架为家乡历史景观。

步瞿茂松先生《感事》原韵

黎民怨恨气如烟，世事玄乎谲诈玄。
违法卖官清誉吏，凭权受贿黑心钱。
求真务实靠边站，拍马溜须坐上船。
肱股何如屁股俏，正途不抵佞通天。

【注】

瞿诗载《中华诗词》2007年第8期。

读《明史·张居正传》感题

振纲剔弊荣华夏，谠谏君王远辟邪。
夜寐夙兴匡社稷，未思殁后难罹家。

赠治沙英雄石述柱

红柳柠条万亩林，青枝绿叶竞争荣。
谁言草木无灵性？奉献人间尽是情。

盼

他乡卖力汗如雨，田里耕耘苦未思。
不计饥寒与功利，心期子女榜名时。

中秋寄台胞

一轮清月共欣赏，两岸同根何阋墙？
兄弟联芳华萼秀，海台携手九州昌。

哺　婴

笑对樱桃小手攀，涓涓甘露润心田。
浓浓香乳娘亲血，应是人间生命泉。

榆叶梅

清香招蝶翩跹舞，叶未生时花闹枝。
娇蕊凌寒报春至，瘦红肥绿总相宜。

王以锐

1943年生，甘肃民勤人。现任民勤县苏武山诗社秘书长。

自　勉

闲来敲韵自陶然，欣对黄昏志未残。
韵府敞怀情益笃，吟坛学步意犹酣。
好诗偶得苦中乐，佳句每成梦里欢。
探索艰辛君莫笑，奋蹄老马志如磐。

捐弃前嫌促祖国统一

何故炎黄共仰崇？只因两岸本同宗。
阋墙事过泯恩怨，并蒂花开乃弟兄。
毋效成诗行七步，须思辟径促三通。
神州一统金瓯固，青史当书不朽功。

赞道德模范殷雪梅

为人师表献终身，危急关头气如虹。
大爱彰扬无限勇，舍生忘死救孩童。

巍巍师魂[1]

奉献杏坛教育人，震灾袭来不惜身。
生死关头显大勇，毅然舍己护爱生。
动地惊天浩气在，巍巍丰碑励国人。
崇高形象垂千古，心香一瓣慰师魂。

【注】

① 汶川大地震中，谭千秋、张未亚、苟强超、吴忠洪、杜正香等教师，为保护学生，献出了宝贵的生命。

举国上下悼英灵[1]

捐躯为国颂英魂，虽死犹生名永存。
战火纷飞伸正义，锐锋椽笔战娇氛。

【注】

① 邵云环和许杏虎夫妇为驻南联盟首席记者，北约联手侵略南斯拉夫时，导弹将我国使馆炸毁，三位不幸牺牲。

赞幼儿教师

幼儿园里做园丁，厚爱深情为启蒙。
细雨潇潇芽茁壮，清泉汩汩叶葱茏。
汗珠浇灌枝条艳，心血润滋硕果红。
待到栋梁长成日，幼师情意母恩同。

咏民勤红崖山水库

清波浩淼映蓝天，倒映青山白鹭翩。
苹果枝头红欲溢，参天杨树坝堤边。

喜迎温总理视察民勤

心系沙乡万里巡，不辞辛苦为人民。
农家炕上嘘寒暖，踏遍神州送福音。

赞松柏

高山峻岭矗天长，凌雪傲霜称树王。
寒月严冬不改志，常四季青溢芳香。
狂风暴雨从无惧，屹立巍然郁郁苍。
处世为人当似此，精神永在放光芒。

神州同庆迎奥运

百年期盼终圆梦，圣火传来禹甸行。
四海五湖同接力，和谐美好永传承。
神州黎庶迎盛会，华夏人民归赤诚。
奥运一流昭环宇，热切殷殷东道情。

把志先

字士心，1943年生，甘肃永登人。副编审，高级法官。原甘肃省高级法院研究室主任，现为甘肃省诗词学会理事，《甘肃诗词》副主编。主编出版《甘肃省志·审判志》，著有《把姓广谱》。

步宋寿海副会长七绝韵同贺甘肃省诗词学会四大在通渭召开

喜诵《长征》转锦程，金风细雨蕴新生。
歌吟正值擂天鼓，百鸟颉颃万壑鸣！

敬步鲁言公赐诗原玉二首

（一）

如峰吟作万山尊，休戚与民大爱存。
喜拥君歌圆一梦，诗家最是有心人。

（二）

亦把丹诚输鼎尊，天风侠骨世当存。
先贤不屑攀贵胄，我益宗钦素心人。

捏泥人

菓园孙女捏泥人，面似桃花用力真。
待到泥人开豆眼，大睛小目两逡巡。

致孙儿芳墨

男儿十五到西洋，吐纳瀛川学也狂。
不日当闻飞鸟赋，穿云破雾九天翔！

玉宝将军野泉省亲[①]

把氏宗祠半落成，两厢拱殿起雕甍。
捐赠助建宗亲福，紫气氤氲祭事明。
家传贵奉哪片心？代代当知祖地村。
戎马匆匆军旅远，归来细诵不祧尊。

【注】

① 2010年12月27日，把玉宝将军到野泉省亲。

重修宗祠落成感抒

门　楼

祠堂未入意先牵，彩色门楼朱匾联。
挈拥儿孙来拜谒，影留祖地念绵绵！

柱　联

楹联对对追心路，柱字荧荧綴紫珠。
拙朴雕镌堪气韵，平民祖庙莅鸿儒。

匾　额

祠堂金匾挂红霞，瑞气祥云照祖家。
万语千言凝福字，心思近月折琼花。

谢王传明先生赠诗步原玉

秋尝清庙穆，百烛照心灵。
姓祖慈睚目，宗颜有造型。
诗嘉先德业，画赞祭祠馨。
伦理亲情显，和风沐万庭。

无 题

白羽晓天漫，暮加十度寒。
年来春踯躅，雪阻路蹒跚。
降暖三更快，升温十日难。
犹如熊市里，连岁不回弹。

蟹爪莲

喜见阳台蟹爪莲，一排花盏四争妍。
飘红绚紫婵娟韵，绕翠围珠阆苑仙。
临牖倾听春穆穆，垂华付悦意绵绵。
何须总向高枝望，俯撷葳英抚雅弦。

兴凯湖[①]

湄沱近代痛华图，内陆之湖变界湖。
断裂怀琴悲杜宇，无迁祖茔睡狸狐。
宗牢禹甸遭蚕食，末世皇家切玉珠。
国内干戈烟瘴日，趁危恶狗咬吾肤。

【注】

① 兴凯湖，唐代称为湄沱湖，形似月琴，金代称北琴海。1860年中俄《北京条约》后被沙俄强割大半。

星光村感怀[①]

轻风薄雾早霞嫣，水网稻香阡陌田。
碧瓦红墙棋格路，时花绿草艳阳天。
蓝图再看兴农计，新景当吟壮志篇。
忽见村边一茅屋，依稀四十二年前！

【注】

① 星光村，黑龙江省密山市和平朝鲜族乡。四十多年前作者曾在此乡政府工作。

七 夕

星桥欲渡凭青鸟，倩影重重爱恨河。
天路幽峦多坎坷，人寰芳草尽婆娑。
拚为乞巧赢风采，靓目红妆映碧波。
七夕微茫何所诉？江河万流满情歌。

皋兰什川夏日

车跃峦岘下什川，人间胜景叠层天。
晴空夏日无纤洗，四面童山嵌白边。
河揽梨园湾银雪，伞撑翠盖绿云悬。
酒旗瓦舍风荫蔽，笑语喧哗游客绵。

自题《把姓广谱》二首

成吉思汗

不特弯弓射大雕，情仇爱恨铸天骄。
孝慈救眷如生命，敬远尊先视枭标。
祖讳麟麟能熟诵[①]，渊源炳炳自清祧。
惊天伟业跨欧亚，侪世无间说裔苗[②]。

【注】

① 成吉思汗一口气能背诵其祖先二十五代名讳。

② 报纸载：全球每二百名男性中,便有一人是成吉思汗的后人。

把都

明皇敕选鲁家军，随驾亲征漠北平[①]。
扈将家兵堪勇士，帅旗耀眼缚朔鲸。
锋连阵结号笳啸，箭雨刀风神鬼惊。
拓土开疆承袭远，江山一统祖孙耕。

【注】

① 明庄浪鲁土司兵,英勇善战,号“鲁家兵”。永乐十九年明威将军鲁贤率土军随扈皇帝征阿鲁台。把都为鲁贤扈将。

中共九十华诞感抒

庆生九十举金樽，海瀚山高知大恩。
昊宇飞天慰英烈，红歌动地颂昆仑。
家兴岂忘寒霜苦，国裕同享岁月尊。
感赋铭心由肺腑，东方红日暖乾坤。

李文玉

1943年生，甘肃民乐人。为海潮诗社、张掖市诗词学会会员。著有小说散文集《黄土地的呐喊》。

巨 变

碧瓦红墙水绕亭，花繁草茂鸟争鸣。
不看峰顶千秋雪，北国江南分不清。

上 坟

步履荒冈踏草丛，孤坟一座伴寒风。
孝心未尽儿犹记，野地凄凉咋过冬！

白云观

危岩峭壁建雄观，暮鼓晨钟来自天。
曲径通幽凌险境，白云带露落双肩。

新 村

原是一荒村，今朝面貌新。
高楼连广宇，手可摘星辰。

蜀道即景

（一）

翠竹隐石屋，古松藏木楼。
青山环绿水，盘道九回头。

（二）

车缓弯道急，悬崖百丈馀。
依窗望巨浪，白云把眼迷。

冯积贤

1943年6月出生,甘肃甘谷人。曾任中共张掖地委组织部科长、张掖地区统计处副处长等职。中华诗词学会会员。

天香·缅怀西路军英烈

八表瀛寰，九州川岳，缅念俊豪雄杰。志拯黎元，复兴华夏，撼地震天宏业。虎韬龙略，通古道、势情期切。云萃英才劲旅，气冲霄九威烈。　　祁连斩顽伏桀，染疆场、丹心碧血。回首横流沧海，国殇长阕，光耀千秋日月。慰忠骨、瞧神剑腾越，锦绣山河，康庄韵绝！

烛影摇红·览路易·艾黎捐赠文物

良友挚朋，播传薪火重洋涉。萍踪浪迹谱虹霓，彰善瑶章烨。硕学鸿儒懿德，为吾邦、拼将热血。奠基工合，创始培黎，功昭日月。　　博爱绵绵，毕生忘我英名烈。悃忱殊眷乃山丹，萦系神州结。文物珍奇萃绝[①]，尽捐输、光华爚爚。高风雅范，四海钦崇，丰碑镌刻！

【注】

① 1944至1953年间,路易·艾黎在甘肃山丹县创办培黎工艺学校。1953年艾黎定居北京后曾先后七次访问山丹。他所藏文物3700多件全部捐赠给山丹,展出于艾黎捐赠文物陈列馆。

歌甘州南关社区精神文明建设四首

（一）

和谐建构丹心曲，瑰丽琼葩绽满枝。
广结诗缘歌不尽，怀馨布雅纂新辞。

（二）

恤弱扶贫德韵彰，悯民忧国播芬芳。
栉风沐雨清平乐，凤翥鸾翔绣锦章。

（三）

褒荣贬耻夸诚信，化雨春风扑面来。
气象焕然心血系，艰辛儒志涤尘埃。

（四）

老骥奋蹄情不已，检声敲律吐朝阳。
祥风助骋秋光好，读破诗书万卷香。

【双调】百字折桂令·感怀焉支山

不虚传、景胜蓬瀛。墨俊诗仙，撷美歌婷。霍将鏖兵，炀帝临峰，古韵悠声。碧海茫、松涛漾潆，万壑千崖、霞蔚云蒸。獾羊獐鹿，觅偶追朋。流泉奔咏，花野飘馨。风摇翠翠屏殊景，雨洗青青壁彩虹。名利场终多懵懂，清凉界自少颓风。驹光过隙人生梦，唱我山河潇洒行。

登泰山二首

（一）

天光瑞霭千峰泻，鸟语祥风万壑谐。
极顶望洋观宇内，九州春曼遍蓬莱。

（二）

石勒骚风光岱岳，丹青摹写史斓斑。
钟灵毓秀腾蛟虎，品水听山追古贤。

谒杜甫草堂三首

（一）

花木摇春梅苑秀，蕙薰兰泽瑞香流。
高楠修竹多神韵，子美骨风冲斗牛。

（二）

颠沛一生留圣迹，史诗遗帙璨珠辉。
针砭翰墨伤豺虎，爱国忧民千古师。

（三）

绝章佳句迄新鲜，裕后光前硕德绵。
万古流风耕藻韵，才人接力领骚巅。

咏怀莫愁湖三首

（一）

缱绻幽情追粉黛，怆然枯骨诉夷蛮。
潮连沧海飙涛怒，恨满金陵湖色寒。

（二）

倭贼屠城天地昏，湖山是处有残痕。
亡魂卅万滔滔血，举世千秋警后人！

（三）

辛亥摧枯歌逸仙，殊勋伟绩沐坤乾。
攆狼驱寇中华颂，党引征程禹贡骞。

刘丹庭

生于1943年,甘肃高台县人,大学文化。曾任高台县副县长、县委副书记、张掖地委宣传部副部长等职。现任张掖诗词学会副会长。

关心下一代工作感赋

情系未来志向宏，滋梅润柳喜耘耕。
弘扬传统强筋骨，构筑桥梁促壮行。
献策建言谋大业，扶贫济困保安宁。
倾心共奏春光曲，破浪迎风赋晚晴。

红色旅游

春潮涌动传芳讯，红色旅游跃上台。
耀眼丹霞鲜血染，康庄大道忠魂开。
陵前翠柏凝情义，室内留言抒壮怀。
战地新花千里艳，长存浩气育英才。

任长霞赞

嵩岳低徊送彩霞，长街十里尽披纱。
一身正气光金盾，三载登丰绽异葩。
荡涤阴霾千里碧，斩除妖孽万民夸。
青山不老春长在，耸立心碑壮婉华。

喜县志纂讫

新修县志八年情，四度增删稿始成。
探宝民间凝硕果，求珠瀚海现峥嵘。
详今察古歌声颂，略果明因脉络清。
史镜高悬辉大道，是非功过任君评。

汶川地震感赋

地裂山崩一瞬间，腥风苦雨毁乡关。
中枢抢险争分秒，劲旅救灾斗劣顽。
十亿连心凝伟力，五洲驰援越重山。
纾难壮举催人泪，磨砺回天展笑颜。

北凉古都骆驼城

丝路北凉地，沧桑阅历程。
黄沙迷古道，紫燕泣荒城。
改革来歌乐，人民有唱声。
多情春最秀，喜看彩云生。

游北戴河鸽子窝公园

毛公曾惠顾，大作美名留。
塑像传神韵，拓园壮旅游。
风轻海气冽，雪涌碧空秋。
极目千帆发，鸥翔竞自由[①]。

【注】

① 1954年夏，毛泽东主席在鸽子窝公园一带极目远眺，感慨万千，欣然命笔，留下《浪淘沙·北戴河》这一不朽篇章。

巴黎塞纳河夜游

华灯刚闪烁，揽胜急观风。
秀色迷心尽，佳音入耳聪。
横空龙戏水，夹岸虎争雄。
人在画中乐，船行梦幻宫。

观北京奥运会开幕式

心驰锦绣篇，早候荧屏前。
瑞气嘉宾乐，文明画卷妍。
群英风韵绽，圣火神工燃。
辗转眠难入，犹思不夜天。

改革颂

动地惊天三十秋，千帆竞发展鸿猷。
富民强国开新纪，万里鹏程耀五洲。

登天安门城楼

魂牵梦绕天安门，携伴登临喜欲昏。
五彩秋光迷望眼，凭栏击掌笑乾坤。

谒中山先生故居

腐恶清香不共天，终生奋战斗凶颛。
推翻帝制天荒破，至理明言代代传[1]。

【注】

① 广东中山市孙中山先生故居围墙上镌刻先生手书“天下为公”四字。

给媛媛、婧婧

一山过后又高山，踏上新山别有天。
不老青山花烂漫，征程笑对勇登攀[1]。

【注】

① 2008年孙女媛媛考入大学，外孙女婧婧上高中学习，喜而赋此小诗。

谒岳飞墓

报国精忠志未酬，英雄浩气耀千秋。
奸邪铁铸千夫指，切齿三言怎不休[①]？

【注】

① 《宋史·岳飞传》载，岳飞被秦桧等诬陷下狱，韩世忠为之不平，去找秦桧。“桧曰‘……其事体莫须有。’”后以三字狱指无罪被冤。

白 杨

俏枝铁骨刺青天，叶茂根深气象妍。
牵手长城春色秀，栉风沐雨护田园。

文 竹

一身碧绿溢生机，甘愿阳春献一枝。
不与时花争艳丽，亭亭玉立媲松姿。

中吕满庭芳·猫鼠欢

欢欢喜喜，猫随鼠舞，鼠赞猫姿。冤家缱绻如兄弟，实在稀奇。偷美食安危一体，玩花招冷暖相依。无廉耻，谋私噬义，活活将人欺。

贺新郎·迎战低温雨雪冰冻灾害

雨雪狂飚卷。势吞天，声威地颤，世人惊见。万里长空罗网织，千里冰封顿现，截铁斩钉犹拂面。枢纽瘫车流阻塞，断能源伤体飞刀旋。抗灾急，食难咽。　　安民通路保供电。令如山，风行雷厉，八方鏖战。棋一盘同心携手，合力凝成巨变。热血沸腾春雷滚，旭日升耀眼红梅绽。辉禹甸，谱新传。

剪朝霞·张掖诗词学会成立有感

春满人间万物苏，碧空丽日展新图。东风缕缕催花放，春雨甜甜润地腴。　　排险阻，理荒芜，求珠艺海自驰驱。耕耘乐洒千锺汗，共著诗犁竞拓书。

越调天净沙·马蹄寺风光旅游区

苍松碧草朝霞，马蹄千佛云崖。曼舞轻歌奶茶。风光如画，名扬锦绣中华。

任世杰

字子卓，号苦乐斋主人，1944年生，甘肃陇西人。曾任陇西县教委主任，陇西一中党支部书记等职。中华诗词学会会员、甘肃省诗词学会会员、陇西县诗词学会顾问。著有《苦乐斋诗抄》。

贵清山写生

贵清山色秀，飞瀑入漳河。
湿气笼青野，流云漫碧坡。
斜风掠花影，密树透光波。
画笔随人意，新诗入竹箩。

雨中游永登吐鲁沟

胜境寻幽趣，霏霏雨雪扬。
山随林木黯，路绕涧溪长。
“半月”天光透，“独龙”身影藏[①]。
沟名何吐鲁？竟夕费思量。

【注】

① “半月天”“藏龙洞”皆为沟中景点。

新楼入住致书协诸友

新楼工已竣，古砚置书房。
室小乾坤大，毫柔翰墨香。
清茶我先饮，醇酒待君尝。
诗就寄朋辈，何时醉夕阳？

观电视连续剧《甘肃米案》

甘肃人穷灾害频，纳粮捐监本为民。
谁知食米无贫汉，岂料贪银多大臣。
廉出公门能盛世，赃存私屋必殃身。
虽云故事亦真事，观剧诸君当自珍。

游寒山寺景区

姑苏绿水绕西郊，铁岭关前客似潮。
画舫泛波惊野鸟，竹楼映月起吴谣。
禅房人静闻钟近，曲径虫鸣觉路遥。
千古名篇说张继，寒山寺外一枫桥。

六三生辰述怀

嘉辰美酒满金樽，快乐声声排稚孙。
事过如烟终老我，血浓于水总为根。
不求富贵人常在，但得和谐风永存。
烛影摇红歌未已，明年还饮杏花村。

听三弟拉琴有赠

指音如诉起波澜，三弟持弓动二弦。
风啸空山惊宿鸟，云凝长岭落飞鸢。
凄凉泪洒江河水，辽阔神驰大草原[1]。
琴韵悠长随月影，曲终遗响入残烟。

【注】

① 二胡曲中有《江河水》及《草原上》。

拙作《苦乐斋诗抄》发行式后作

日华不我待中天，每堕西山只等闲。
唯惜韶光酬冗事，且持诗稿慰心田。
个中苦乐谁知味，五内酸甜自付铅。
霜叶萧萧北风起，归来独坐望青山。

蒙赠《补拙医庐诗存》敬酬岷州王学勤先生

闻名即欲识荆州，律韵传情两唱酬。
一册诗存君厚意，半瓶水溢自惭羞。
何期把酒岷山醉，更冀随鞭雁塔游。
万苦千愁化飞絮，闲来洮水甩鱼钩。

有 感

岁逢本命觉天凉，昏眼老妻纫布忙。
赠我一条红裤带，欲言又止更柔肠。

杏 花

薄粉轻红不染尘，愿承梅后吐芳芬。
一枝已见满园色，更领春风万树欣。

题画鹰

引首长天振羽衣，江山万里白云低。
凌空自有碧霄路，不与檐前燕雀飞。

冒雨参观引大入秦渠首工程顺道兼游天堂寺

探胜寻源到渠首，丝丝细雨洒天堂。
沐民最是佛恩远，未若秦川碧水长。

蓦山溪·苏州怀古

树围水绕，依旧吴宫草。那舞榭歌台，好风华，莺啼春晓。园林山石，处处缀姑苏，侬语巧，船娘俏，胜迹知多少？　　云烟缈缈，却把灵岩眺[1]。谁见馆娃宫，有西子，红颜一笑。倾城倾国，抵百万雄兵，佳人杳，五湖淼，更几人凭吊！

【注】

① 苏州西郊灵岩山有吴王宠西施所建馆娃宫。

念奴娇·登徐州云龙山

华中形胜，逐鹿地、千古战场遗迹。登上云龙回首望，百里风烟咫尺。放鹤亭前，人怀隐士，更有东坡笔。文章不朽，世间多少碑立。　　南麓戏马荒台，败兴刘与项，豪雄曾出。仗剑江东，谁忍见、霸业徒成空忆。胜地之游，还看淮海战，最堪寻觅。巍巍高塔，英灵依旧持戟！

满江红·观电视连续剧《大宋提刑官》

扑朔迷离，案中案、环环紧逼。可能解、冤情哀恨，鬼狐踪迹？绿水青山藏陷阱，刀光剑影飞鸣镝。怒难平、要扫净阴霾，谈何易！　仕途险，民情急，屈魂怨，谁人释？但昏官酷吏，岂闻悲泣。义愤填膺持利剑，从容出手评疑脉。震朝堂、有大宋提刑，乾坤碧。

沁园春·丁亥春日入住翡翠新城感怀

时序轮回，冰雪消融，旧岁去哉!望晴川碧草，阳光雨露，小溪流淌，漫过青苔。又见溪边，依依杨柳，任着春风去剪裁。天行健，那华年似水，但寄吟怀！　堪叹人事荣衰。最欣喜、新城翡翠开。幸老而身健，粗蔬薄酒，亲朋好友，倍感和谐。宇宙无穷，光阴易逝，书写馀生苦乐斋。更何憾？置古陶几片，一架盆栽。

汉宫春·戊子端阳

今又端阳，看风摇粽叶，香草悲凉。汶川地震，祀龙节日难忘。山崩地陷，屋夷平、多少人亡！家国难、诗人若见，汨罗泪洒清江。　短哭长歌过节，取青蒲绿柳，驱走凄惶。全民爱心接力，抹去哀伤。龙舟竞渡，更朝前、百炼成钢。何况是、无端风雨，从来多难兴邦。

赵海琨

1944年12月生，甘肃临洮人。大专文化。副编审。1962年毕业分配内蒙古军区，先后任排长、指导员、师团组织股长、军报编辑。1978年转业，任校长、政策研究室主任，临洮诗词学会会员。

望洮河

云白西倾绿满山，一流奔涌水连天。
富甲一方琼液尽，羌笛悠悠杨柳娴。

边塞曲

声声号角催人急，坑道森森列阵齐。
摸黑行军不落伍，剑影刀光隐漠西。

金银花

春意未浓情已浓，枝头碧玉早妆成。
素颜换得风姿秀，引蔓攀条散郁馨。

昙 花

百卉争妍性独居，含香秽地不能栖。
只怕艳光惊四舍，夜中悄绽现奇姿。

白杨树

亭立田头与路边，风姿萧洒孰齐肩。
天生便是梁和栋，敢上九霄云外天。

写 字

偷暇挥毫半味斋，或行或楷不须裁。
全凭童子砖头力，写尽兰亭灵感来。

六十抒怀

荏苒光阴半纪空，迎来花甲意从容。
星移斗转随天运，物换人非任世风。
春蚕无意绕丝尽，蜡矩有心燃泪终。
不学霸王苍昊怨，挥师轻骑过江东。

学诗

退居陋室学诗词，不附风雅不猎奇。
难求字句多工整，只为身心少乱迷。
下里巴人常自乐，阳春白雪偶为时。
常将工部警言记，笔底风雷现异姿。

修志

事务频繁竟日忙，十年赢得满头霜。
史笔文心沧海事，忠肝义胆日星光。
常患秃毫难尽意，为求正果费思量。
释怀感慰平生志，青史流芳扑鼻香。

见发有感

临窗起卧见兰山，雨夕朝晴送绮年。
尽日奔波生计苦，半生奋斗内心甜。
青山白首只因雪，我鬓添霜何以堪。
暮岁常怀千里意，老骥嘶鸣望远天。

朱晓华

字秋辰，女，1944年生，甘肃文县人。曾任小学校长、中学教导主任。陇风诗书画社副秘书长、《陇风》诗书画刊副主编。

咏黑板·写在教师节古风

半亩方塘青，一划启童灵。
岁岁显本色，朝朝展风云。
质朴心灵美，何计面上尘。
方正涵文韵，堂堂无私心。
鼎力勤奉献，黑白自分明。
惯听师生语，默然守清贫。
文明须弘大，薪火赖传承。
为建擎天厦，园丁结友邻。
冬夏耐寒暑，春秋喜丰盈。
恭迎童稚子，放飞明日星。
知识如烟海，渐进每常新。
网屏时幻彩，莫忘黑板情。

过古浪峡

深谷危峰峙，拓疆溯汉唐。
驿亭连郡辅，峡口控西凉。
坚壁远山垒，暮烟斜日彰。
悠悠戎马去，绿毯撒牛羊。

鹧鸪天·游青海湖

万顷烟波水接天，飞舟破浪白云边。晴岚遍绕湟源水，碧草浑连日月山。　横牧笛，举羊鞭，藏包添彩金银滩。边陲烽火何年事，车马喧阗闹海湾。

水调歌头·贺建党八十五周年

华夏沐春雨，世纪送流光。乾坤巨擘同挽，马列放光芒。共仰启明星座，正本清源之路，浩气盈八荒。众志齐奋战，九域赤旗扬。　兴改革，搞开放，固边疆。一国两制，超越历史聚炎黄。廿载奇勋卓著，描绘宏图伟业，书写大文章。祖国腾飞日，黎庶颂安康。

望海潮·香港回归十周年喜赋

香江拍浪，紫荆吐艳，回归荏苒十年。携手共裁，花明柳暗，明珠碧海晴天。四海炎黄煊，看烟花绽放，与月同妍。两制辉煌，建奇功洗尽尘孱。　回归之路艰难，想米旗蔽日，雾障云山。家国离散，同胞受辱，金瓯劫后难全。慈母岂能安？喜英明决策、谱就新篇，亿万神州，永歌青史仰先贤。

满庭芳·谒武威文庙

万代文宗，金匾璀璨，古槐荫护年年。仰高弥远，圣像屹高坛。宏论金声玉振，合乾坤、道播人寰。驰中外，名垂万世，礼德启后天。　　流连。文物古，夏碑汉简，光照河山。览进士名榜，誉满西垣。儒院文光射斗，毓丝路，辈出才贤。今朝看，荣华翰苑，天马又飞攀。

水调歌头·教师节感赋

粉笔轻轻划，刻绘稚子魂。无声润物春雨，薪火永传承。黑板平凡虽小，犹可包容宇宙，映出烛光心。倾注绵绵爱，学海领航人。　　夜已静，灯未灭，伴星辰。殷殷伏案，勾画圈点总关情。冬夏春秋何计，历尽艰辛不悔，两鬓雪霜盈。德厚果繁茂，立雪仰程门。

水调歌头·游三清山圣境

破雾上清岭，神韵别开天。巉岩突兀群起，栈道绕峰峦。巧石奇松飞瀑，海岸画廊舒展，十里漫云烟。犹上太虚境，暂作小神仙。　　登天门，揽云海，听鸣泉。松涛雷动，霞红云锦是杜鹃。随景徜徉所至，四海游人如织，任往不知还。纵写河山美，游赏一欣然。

水调歌头·神六载人航天圆满成功

明月金秋夜，翘首望苍穹。千年圆梦今日，天地已相通。开启航天新篇，展示中华风采，再度叩天宫。一剑刺环宇，潇洒御长风。　　迎旭日，瞰凡界，意从容。千番磨砺，神圣使命在胸中。为举和平开发，身献巡天伟业，双勇建奇功。但愿青霄路，万里总飞虹。

石廷秀

笔名陇山石人，1944年生，甘肃天水市人。原任天水市麦积区文体局党委书记。中华诗词学会、甘肃省诗词学会会员、麦积山诗社副会长。著有《陇山小草》。

题“摘果图”

万亩果园一架山，村姑摘果地欢天。
香飘玉宇重霄殿，惹动神仙争下凡。

摘棉妹

俊俏姑娘天水娃，天山脚下捡棉花。
出门千里乡音在，思母怀亲念陇家。

登嶓冢山

巍峨嶓冢顶蓝空，麓涌三江各去东。
登顶远察天地小，千山俯首拜神龙。

诗 缘

锦绣山河乐老翁，诗缘难解又春风。
推辞王母瑶池宴，敲句折声韵正浓。

老农心愿

子作城官女富商，爹娘守土恋山岗。
播雨耕云流大汗，不教一块地荒凉。

和谐山村

鱼塘北岸几农家，屋后竹林檐下瓜。
燕舞莺歌蛙护夜，清风细雨润山花。

归凤山吟

前观渭水涛，足踩白云飘。
侧目卧牛近，抬头蟠冢高。
圣僧修寺雅，古树映山娇。
钟唤十方醒，凤鸣百鸟朝。

遣　怀

才思跨月游，惊叹自白头。
未化五洲怨，空遗满腹愁。
诚实承祖训，正义毕生求。
今见神舟箭，国强志亦酬。

长江赞

滔滔大浪向东流，起自昆仑壮九州.
川纳溪归成一水，波伏澜涓数千秋。
奔腾万里群峰醉，直闯三峡百鸟啾。
鱼荡虾游齐踊跃，船来舶往笑秦楼。

仙人崖吟

花香草绿鸟啼林，岭秀峰奇路入云。
洞挂石崖佛隐寺，舟游湖水客涤尘。
英雄正气何愁鬼，恶汉屈膝枉拜神。
登顶环察天地广，古亭诤友会贤人。

村头小景

古槐树下老王家，屋傍果园梨绽花。
唤友呼朋观美景，弈棋布阵品新茶。
时闻喜鹊传佳讯，又见兰天放彩霞。
妪妇一旁聊盛世，也评奥运话桑麻。

忆童年

桥头柳岸望江流，追忆童年趣事稠。
院内合家抓硕鼠，岭前携侣牧黄牛。
攀崖赤足不知险，游水裸身难顾羞。
似箭时光容貌改，天真少虑梦难求。

赞宝天高速公路建设者

任凭酷暑朔风狂，筑路英雄日夜忙。
直道穿山开洞阔，横渊越水架桥长。
馒头适口凉青菜，野岭欢心简易房。
叠幛层峦披玉带，畅通天宝树辉煌。

汶川抗震救灾有感

汶川四月降天灾，华夏山河泪满腮。
灾难无情人有爱，家园破毁自节哀。
军民振作腰身挺，党政关怀旭日开。
万众一心齐抗震，恶魔将送斩妖台。

解放军汶川抗震救灾颂

地陷川西日月寒，兵行暴雨闯重山。
涉险抗灾争昼夜，舍生救命抢时间。
孤儿寡老温心护，瓦砾废砖热手板。
誓斩震魔平玉宇，忠贞赤胆照人寰。

论藤蔓

风生土养命顽强，见雨蓬勃叶乱昂。
倚立躬身根系浅，攀援附势秆茎长。
遮阳敢把阳遮尽，绕树非将树绕亡。
倘若不除藤与蔓，建楼难找栋和梁。

唐多令·《三国演义》歌

明月照长城，冬往又春迎。魏蜀吴、虎斗龙争，无数黎民因丧命，黄土地、血腥腥。　　华夏五千庚，何年有太平？破江山，屡竟输赢，谁是英雄谁是匪？看今日，草荒茔。

渔家傲·《水浒传》歌

一百零八条好汉，不分富贵和贫贱。树大旗梁山水岸，共患难，替天行道踏州县。　惩暴杀奸神鬼颤，撕枷砸锁乾坤变。济困扶危民解怨，煦日灿，鱼腾泊浪欢银燕。

临江仙·《西游记》歌

涉水爬山征万里，心中自有明灯。风餐露宿取真经，人人都友爱，乐作苦行僧。　七尺身躯非属我，为超度众而生。蛇穴虎洞也前行，真诚成正果，玉宇庆升平。

胡志毅

1945年8月生,河北永年人。1968年毕业于解放军后勤工程学院。解放军68070部队政委,大校军衔。中华诗词学会会员、解放军红叶诗社特邀编委。甘肃省楹联家学会副会长,兰州军区边塞诗社副社长。《边塞》诗刊主编,《甘肃诗词》主编,著有诗词集《戍楼望月》集。

夜游大雁塔广场

盛唐气象萃长安，百里皇城夜未阑。
坊肆豪商皆醉酒，花丛佳丽尽凭栏。
征尘已绝咸阳路，别梦无寻灞柳烟。
更见芳郊争破土，神州缩影看秦川。

长安怀古

黄鹂争唱草争芳，乍忆唐妃哭上阳。
长恨一歌靡市井，幽怀千结断肝肠。
江山鼎固忠臣死，日月昏沉奸佞狂。
休谓裙钗皆祸水，当从天道论兴亡。

长安农家乐寄怀

香风乍袭豁眸开，别墅玲珑次第排。
车水马龙夸富丽，桃花人面靓裙钗。
田园昨变农家乐，黎庶今成商市才。
漫道山中无隐者，且看松下钓鱼台。

再登华山感吟

再游华岳壮怀胸，百里秦川一望中。
挥斧沉香留胜迹，盘莲圣母认芳踪。
抛书贤哲惊魂动，出岫烟云玉阙封。
破险当年凭智取，今乘索道得从容。

有感司马迁含垢著史

任降斯人路舛乖，苦心劳骨必生哀。
直言乍累李陵祸，孤愤敢超西伯才。
忍辱事君非苟命，含辛修史独蜗斋。
终成绝唱昭千古，一部春秋任世裁。

咏宝鸡

雄城锁钥固金汤，势冠陕川名久扬。
千古兵家争战地，三秦宝地水云乡。
岐山鸣凤过青鸟，崇岭盘龙迎穆王。
一自韩侯曾暗度，中华智慧话陈仓。

游乾陵咏武则天

一碑无字立斜阳，仰望堪怜武媚娘。
裙下权臣斶八老，眉间经略失三唐。
登基忍毁麒麟阁，终死幽归寂寞乡。
女杰从来不容易，缘何独捧骆宾王。

靳琨兄送别感吟

千里暌违一念牵，重逢唯叹细纹添。
半杯薄酒消残梦，十载寒窗叙旧缘。
大义同餐瓜菜代，宏文共读老三篇。
关河此去经年事，再望太行空对烟。

洞庭湖揽胜

连天浩淼水云乡，亘古吟坛曲未央。
澄海扬波歌屈子，君山蔚竹掩娥皇。
襟连南岳烟霞渺，人近名楼忧乐长。
胜境蕤葳育英杰，神州气色看潇湘。

岳阳楼兴怀

登临尽揽洞庭春，无际烟波一水分。
东控吴山浮日月，西吞蜀水洗乾坤。
盈腔忧乐同云涌，奕世兴亡随浪沦。
再咏名篇思盛世，英雄无复泪沾巾。

屈子祠有思

屈子祠前叹未休，汨罗遗恨贯千秋。
问天台上彤云涌，独醒亭边古柏修。
王近佞奸家国破，朝无梁栋庶民忧。
中华不泯先贤志，竞渡龙舟争上游。

七夕感吟

夜观斗转感尤多，鹊助双星已渡河。
王母无情难断线，天孙有恨不停梭。
碧虚冷看鸳鸯侣，寒殿悲吟牛女歌。
乞巧居然难得巧，人间好事总常磨。

解放军某部“阳光活动室”

风光一角借瑶台，亭榭玲珑次第排。
古木清溪真世界，拱桥曲径小蓬莱。
鱼翔浅底添高趣，露浥花枝涤俗埃。
休道当兵唯尚武，也从此处看梅开。

金缕曲·写在抗战胜利六十六周年之际

怒发冲天矗。忆当年，家园破碎，江山遭辱。“东亚共荣”弥大谎，万里林焦岭秃。亿万众，向天齐哭。扫荡“三光”何忍睹，露恶魔咀脸如牲畜。真乃是、大和族。　　风云六秩兴邦国。看今朝、高桐引凤，碧川鸣鹿。频见东瀛犹拜鬼，靖国幽灵又复。培鬼域，何其荼毒。虎视中华窥舜土，保江山再把长城筑。应唱响，大刀曲。

琴调相思引・长城

横贯中华铁脊梁，千秋雄峙固金汤。残垣犹在，无语诉沧桑。　　何必唯怜姜女泪，神州一统忆秦皇。登临怀古，赤子自思强。

金缕曲・夜行军

饮罢西行酒。夜衔枚，银河浴鹊，碧空参斗。三月春寒犹料峭，渐把胶鞋冻透。铁脚板，疾行依旧。前路迢迢知几许？急匆匆直指天山右。惊隼起，遁霄九。　　当年战事堪回首。看今朝，争雄局部，打赢谋就。坦对风云翻诡谲，再焕青春抖擞。为固我，江山恒久。漫道当今拼科技，可曾知科技由人构。凭热血，凯歌奏。

金缕曲・参加首届军旅诗词研讨会感记

远望楼台处。看当年、风云老将，复操机杼。气势挟雷奔腕底，化作枫红叶舞。焕异彩，西山霞吐。振臂一呼麾下竞，大江东千里风帆举。扬赤帜，壮军旅。　　烽烟几度荣诗树。似这般、吟坛盛事，古人曾否？阅尽宋唐边塞咏，空有一腔愤怒。可惜了，英雄无数。家国兴亡匹夫责，拨尧弦再作长城赋。凭热血，沃疆土。

一剪梅·登日月山

千古悠悠日月山。上有青天，下有青川，而今身在彩霞边。远也云烟，近也云烟。　　赴藏文成别梦牵。情涌波澜，泪洒山川，睦边未辞旅途艰。近望祁连，遥望长安。

青玉案·战友情

边关风雨青春路，纵千劫，何言苦。横槊深山谁为侣？兀然凝思，哨楼酹月，曾是销魂处。　　乡思入梦情无数，临别叮咛岂能负。锦瑟年华能几许？云霞明灭，浮生一瞬，休把佳期误。

沁园春·春望思

柳笼隋堤，花簇唐陂，草没汉关。信东君有约，秋翁醉矣；青山无恙，庄蝶翻焉。羁旅如萍，宦游似絮，心迹鸿泥任自然。春无计，奈红消绿褪，霜浴婵娟。　　曾经饮马关山。叹射尽天狼虎未眠。忆焉支月魄，戍楼剑气；西凉烈酒，北漠孤烟。甲解人归，吴钩犹看，万里长城几度攀。无悔也，望遐昌古道，慨有三千。

张克复

1945年11月生，河南伊川人。中国人民大学本科毕业。正厅级。研究员。甘肃省作家协会会员、省书法家协会会员、中华诗词学会常务理事、中国地方志协会理事、中国楹联学会会员、甘肃省诗词学会会长，甘肃省地方史志学会会长。主编《当代咏陇诗词选》、《龙之吟》等诗集12部。

踏 春

草嫩翠堤长，泥新紫燕忙。
坐听春水涨，行看柳花狂。

河西武威道上

长城迤逦走东西，点点鸿痕印雪泥。
居上后来情更好，缤纷五彩入眼迷。

读 史

沧海化田桑，悠悠岁月长。
高文载方册，大乐合宫商。
笑看尘世客，逐追名利场。
几多英杰泪，无奈付残阳。

临泽吟

伫看炫双眸，烟霞一望收。
皑皑祁岭雪，黝黝黑山头。
碧涌银光闪，翠飞金欲流。
潆洄浸泽国，旖旎蔚芳洲。
网叠蔬果圃，纵横粱稻畴。
枣梨探叶外，葭荻秀湾陬。
长带柔条舞，方塘肥鳜游。
野花香亦艳，堤草嫩且稠。
堧畔牧牛马，汀中嬉鹭鸥。
胡笳扬激越，树鸟啭啁啾。
淑瑞晴空丽，清和爽气浮。

乡　思

心怀故里地和天，梦绕魂牵伴我眠。
南岭芊芊牧牛马，西洼沃沃种禾棉。
冬看社戏游村寨，夏闹河溪捉鲤鲢。
最惜满坡梨柿杏，毁于大炼钢铁年。

游苏干湖

轻曳煦风芦荻花，白云苍狗水中斜。
碧湖飞艇劈波碎，曲岸踏青惊鸭麻。
缭绕琴声伴胡舞，酣畅酒意啜香茶。
升平景象康庄路，百族骈骈共一家。

再遭佞人驱青蝇构陷感怀

纵横意气对苍穹，常虑无为叹逝匆。
甘效精诚酬祖国，耻弹长铗索鱼公。
寒霜三度砺高志，热血一腔歌大风。
功过任由评与说，人生无谤不英雄！

哭祭哥哥

天公洒泪地昏黄，祭奠胞兄上北冈。
土掬一抔圆冢首，酒倾三盏断肝肠。
幼年慈失历千苦，中道身殂倍感伤。
无力回生空泣血，哀歌一曲寄悲怆。

美帝北约轰炸南斯拉夫联盟（新韵）

美帝北约挑战衅，南盟遭劫滚黑云。
战机隐形凌空炸，导弹巡航彻地焚。
意欲恃强霸世界，岂为扶弱救科民？
齐心打铸倚天剑，惩恶除魔靖宇氛。

水调歌头·毛主席诞辰100周年感赋

湘水惊涛急，井冈赤旗翻。壮心收拾金瓯，挥众倒三山。村镇包围城市，赢得乾坤旋转，功高盖九天。雄著昭今古，万众颂诗篇。　　千秋业，征途远，代代传。邓公承志，振兴华夏耀瀛寰。九派大江横锁，银汉神舟往返，盛世更无前。日月经天地，光彩照人间。

刘建荣

字幽石，号屈吴居士。1945年生，甘肃省临洮县人。甘肃诗词学会会员、中国民间文艺家协会会员。著有《墨云居诗词集》。

和涤尘《黄河奇石梅·赠建荣兄》

片石浑然一树青，嶙峋逐浪度幽溟。
丰姿倩影生孤傲，造化钟情见性灵。
不用补天升梦幻，何愁煮海卧烟汀。
白云苍狗桑田改，敢问当时可有形。

法泉寺

五月阳和柳色新，法泉聚会采风人。
松篁满路摇青韵，碎玉连池鉴古甄。
道祖茅庵翻碧瓦，龙门守护换麒麟。
通天塔下味凉爽，此水明眸更养神。

靖远怀古

武帝西巡过六盘，崆峒走马累千官。
曾经迭烈桃花渡，欲觅虾蟆野麋川。
祖厉至今留兽瓦，鹳阴终古葬衣冠。
河湟涌翠浮华絮，谱入瑶琴陇上弹。

砥柱岭

嶙峋石炬几千秋，挺秀神姿挽逆流。
造化诚心磨铁脊，钟情致意豁星眸。
补天梦幻空传恨，填海痴顽肯破愁。
休道阴晴圆缺事，纵然劫火亦难收。

黄　湾

甲盔山下水冲怀，柳岸梨花夹道开。
野马滩头生皓月，龟蛇背上起莲台。
银潭赤鲤呈龙跃，玉帐青椒翘卖乖。
殷切一湾红枣树，年年白露献珠来。

满江红·民族器乐颁奖会

百族同堂，献新艺，宇宙来风。凤凰叫，九天擂鼓，万马嘶空。锦瑟声波传海内。梅花散韵启鸿蒙。听流水，穹碧荡高情，乐天翁。　邀司吕，抚蕉桐；开御宴，酒正浓。铗团天孙舞，星满杯中。韶乐清泠溶太极，楚辞炫耀广寒宫。看嫦娥，再把玉弦调，焕苍穹。

满江红·谒潘将军墓

蓝鸟兼程，河靖坪，麦垄初黄。云角下，野荒胚土，石门断墙。道是英雄星宿墓，当年叱咤土番疆。日月行，上将可平安？敬醇觞。　　挥泪眼，祭端阳。呈词赋，颂忠良。鳌龙封爵在，现景凄凉。碣墓横遭狐鼠毁。天心恻隐我情伤。归去来，一曲大河吟，供檀香。

念奴娇·独石头

大河隽永。浪排空，耗尽禹王心力。浒海桑田经几更，丑石悠然屹立。砥柱中流，云襟下揽，浑若千人敌。铮铮铁骨，韵通三陇琴瑟。　　安靖陂岸沉吟，本邑丞园璧。无意补天娲女恼，不惧神鞭驱策。独惠乡邻，盈渠沃土，呵护闷雷霹。嶙峋挺秀，短歌长奏羌笛。

沁园春·堡子山遐思

绿盖荒城，莲峰九垒，熙染霜枝。望乌金峡口，腾波滚玉，剪金吐瑞，演化虹霓。铁锁寒粼，树红元帅，岸织银棚万卷诗。哨马营，摄天然盛景，切莫生疑。　　尧根衍溯西岐，鉴彩陶纹鱼证衲衣。记慧光摇落，城隍默许，冥心方寸，探爪鸿泥，都作烟岚菊梦思。飞霞起，看翠华牵马，龙子扶犁。

沁园春·乌金峡记景

金峡淘金，快艇分粼，搅碎怒涛。约坡仙弟子，冲汤虎跳；雷霆不喧，敖广移礁。灵石砌霞，吹箫引凤，学他艄公敢弄潮。情绝处，听袁翁谐咏，惊起藏蛟。　　驹光挚会逍遥。令龙上塬将块垒浇。看红肥绿瘦，粉堂眩耀；青桃嫩果，挂满山腰。谁筑虹堤，凌空崛起，遍洒明珠璨坝桥。河湟水，润西岐故土，永靖狂飚。

王　铭

1945年生，甘肃省陇西县人。曾任陇西县国家税务局兼职监察员，税务所长等。

抗震救灾众志成城

天将神兵下了凡，恫瘝在抱倾心丹。
泪痕顿壮英雄胆，重开旗鼓建家园。

庆回归

治国安邦画卷新，沉浮大地顺民心。
江山统一百年计，港澳同胞手足亲。

神舟号

九霄揽月瞰神州，捉鳖五洋瓮内留。
壮志凌云天外去，今朝骄子逞风流。

奥运会开幕式

鸟巢似网比精雕，刮目相看共折腰。
喜我中华重崛起，风流人物在今朝。

溪水

山涧湾湾，流水潺潺。
鸟鸣啾啾，晨光冉冉。
春意融融，凉风飕飕。
行行走走，信步悠悠。

王巨洲

1945年生，甘肃榆中人。中国画研究生毕业。曾任甘肃省政协民主协商报副总编，甘肃省书画研究院副院长。出版《王巨洲诗书画》、散文《别释散集》、《别裁散集》、诗《别拾平仄》、《书法门径》等。

读父亲遗作

人去唯留物著真，华章依旧胜时臣。
囊中滚滚俊贤策，胸次滔滔医国津。
镇地银锄耕日月，惊天椽笔绘年春。
往来屈指亏冤数，多少世间巨匠人。

念慈母

儿衫一褂旧谙衾，片片层层补暖襟。
缀衲丝毫抛不忍，铭留慈母密针心。

黄山人字瀑得稿

宿雨拦云排浪翻，摧冰碎玉汉河悬。
顶天立地擎椽笔，晳写人文挂世间。

题钟馗图

造就和谐世道春，护巡法剑斩妖尘。
情真意切貌身丑，赤胆忠心难作人。

观京剧真假美猴王

三藏是非混佞贤，忍看真假乱云天。
观音法释断无奈，自有如来参眼禅。

暮岁拈花

岁熟心明透世歧，沧桑底事暗操持。
时时遇假岂为怪，事事见真反觉奇。
入老衰惊年月速，仿童稚气续春期。
不图客显樽中酒，但爱情平致远诗。

独 钓

禅心天眼尽精微，自有菩提释是非。
茅屋寒江垂识钓，不依鳞甲断鱼肥。

世路摭言

坑蒙拐骗渎良仁，济困扶伤反祸因。
世路惊魂颠踬步，不寒恶犬却防人。

书画个展即事

客流穿见垢襟踽，日日临观神驻屦。
怜暖寒颜解蹙眉，挑墙下画送褴褛。

猫图补白

日见鼠群扰未休，咬书穿舍窃厨油。
回廊庭院呼猫觅，闲卧云天屋顶头。

兰州软梨识

陇梨秋子压群芳，正在寒冬数九场。
棚霭杀青霜露罩，盆凌著化雪冰装。
盘盈灿灿胭脂韵，碗绽莹莹琥珀光。
褴褛谁知囊锦绣，不须衣貌识君郎。

见庙堂补塑神像

金尊金座度凡人，烟过台空缺一神。
木草泥巴正塑半，佛原尽是捏成身。

厨中吟

红绿菜丁拥浪翻，眼花缭乱逐汤煎。
勺操锅底沉精肉，却看葱花浮面旋。

写在爱鸟月

提羽竹楼撞扑疯，云乡檐下两殊同。
天高林阔蓝连绿，宁死不栖金屋笼。

写 真

穿窗蜂蝶似飞箭，遁入丹青踪弗见。
逐查穿搜墙数图，不知哪羽生吾砚。

真假僧道

禅僧敲诵木鱼孤，长道云鞋轮念珠。
依祥画瓢羹盛满，诚端金钵碗无糊。

老 闲

岁甲闭门足懒闲，花聋眼耳却心宽。
唇僵齿缺舌根硬，说假吹风艰又难。

山寺静适

星晨清舍敬香明，扫叶煨炉茶沏新。
物外心期花一界，禅音提里继修身。

甲秩行律

皓首丹心系国安，文光射斗赋华翰。
身经实感壮豪胆，色历正言涂脑肝。
身缺权钱章不显，砚深杂楚墨浓酸。
风霜岂损贤良笔，管鉴分豪朱墨端。

芸窗闻秋雁

雁阵秋声穿笔锥，灯花无语映诗楣。
名垂毕竟奴颜累，归去何知身后碑。
浊水池中污杂溷，清风路上沽无卑。
元经底事馀生对，自爱年光答晚绥。

刘晓东

字宝泉,1945年9月生,甘肃民乐人。大学学历。曾任张掖日报社副总编辑。为甘肃诗词学会、中华诗词学会会员,张掖诗词学会常务副会长,《张掖诗词》主编。著有《清音阁诗稿》《祁峰谷吟草》等诗集。

民乐县城

民生仙境里,乐在画图中。
城接芳菲绿,霞迎灯火红。
出门清爽气,入眼玉青峰。
天地情依旧,人文更显荣。

乡 村

年来淑气融,极目意无穷。
喜雨嘉禾翠,兴粮日月红。
一分真事业,千古实耕功。
广建新楼舍,拓开路万重。

归路新景

铃荡清香蹄荡花,高扬头耳眼流霞。
分明旧路曾来处,绿水青丘不见沙。

乡村记实

耕馀携酒踏青游，一路歌声小放牛。
旭照泥香禾也贵，光阴如意有过头。
今日乡村换物华，红云白雾漫无涯。
风滋雨润桃园地，种把情丝也发芽。
绿树红楼双弄色，本田奥迪竞豪华。
眼前非梦经年现，福气祥光醉彩霞。
筑池后院喜心头，此日无柴再不愁。
醉听灶神歌沼气，开关一扭乐悠悠。

黑　河

大江东去尔西流，一路高歌意韵悠。
欲问君心谁解得，居延笑指绿沙丘。

看北京奥运大写真

琳璃画意凤还巢，世仰东方文化骄。
赤县千年挥彩笔，龙人八月架虹桥。
祥云圣火珠峰秀，紫焰红光赤帜娇。
万国情融明理念，飞翔梦想共弥高。
山河壮丽慰炎黄，笑绽心花百岁长。
十六天中酬赤胆，五千年后看尧邦。
一张名片情圆满，卅载图治国力强。
特色感召威力在，雄狮崛起著天章。

罗明孝

字方池,1945年生,甘肃临洮县人。临洮诗词学会常务副会长,《临洮诗词》主编。

梦中得句

白发读书叹夜短，文章辣手岂栽梅。
几杯浊酒摇魂乱，冷月藏诗入梦来。

游莲花山途中醉酒

游山但为舒心胸，乐在杯中忘酒浓。
笑倒斜阳贪于我，洮河饮水挂云峰。

迎接新世纪放言

风雅承盛世，铁树竞飞歌。
大道休明遇，青山恣肆哦。
推窗迎旭日，拍马驱神魔。
又见斯文贵，诗坛趣事多。

负薪紫松山

踏雪羊肠路，寒山极目空。
林疏奔白兔，日暖笑青松。
翠竹随风舞，清泉顺石冲。
长缨何处有，背走此山峰。

观皮影戏有感

借影精神显，雄姿弄舞翩。
奕棋柯已腐，旅月梦难圆。
苦被经书爱，聊为孽债牵。
人生多少事，几处影中缘。

马啣山书写万亩退耕还林标志牌

石岭巍巍夏日寒，黄花点点几回看。
溪流汩汩青峰落，嫩革油油白雪残。
一字难成三避雨，千牛忍屠九归栏。
痴人喜作风流梦，欲拜金花问孽缘。

临街楼房噪音烦不忍听遂自嘲

高楼懒上耻为家，地处通衢昼夜哗。
脾气三斤泡药酒，微官九品卖侯瓜。
闲心爱对飞天雁，老眼贪看破雾花。
食少偏思鱼得水，谁怜策问贾长沙？

沁园春·游青城后山

嫩草凝香，乱树牵衣，信步逐芳。踏冰凉曲涧，清流漱石；鱼虾戏水，蛙鼓锵锵。打擂黄莺，求偶鸳鸯，雾白崖红秀色藏，微风起，十万蜂蝶舞，一路清狂。　梦想美景当床，惧五斗、青城称大王，道术修未得，贼名空负；苍天老去，冷月留光。量体裁衣，与时论世，漫说方正自是刚，动情处，觉平生快事，八九荒唐。

观县城南街哥舒翰纪功碑遐思

砂飞草动千骑出，匝地秋声起怒潮。
鼓角蹄翻红雪冷，刀枪阵接白云遥。
长留战梦三关路，固守河山一代骄。
把酒乘风鞭日影，霞光起舞唱临洮。

水龙吟·乙酉除夕一城烟花迎新春

万家灯火呈祥，夜风吹放花千树。琼枝初露，惊雷乍响，漫天星雾，织女散花，牛郎击水，长空飘絮。渐杏梨带雨，探春映雪，高天远、欢歌度。　装点洮河娇妩，喜麓山、陇原独步，灵猴辞岁，金鸡贺春，披霞争富，算得来年，群芳竞怒，巨福入户。八方财源进，描红雕碧，再创新路。

苟正翔

（1946-2003），字秋潭，号抱一斋主，甘肃省陇西人。陇西诗词学会理事。著有《秋潭诗文集》等。

鹤鸣

孤鹤鸣九皋，清悲唳松风。
羽振一宇志，足攀五岳峰。
空天大放任，旷野卷禾丛。
月涌江波雪，日出海浪红。
千山伏复起，万水流奔东。
碧草尽丰茂，青松显苍雄。
妖娆图画外，锦绣暗罗中。
鹤翔尚无止，哀声彻夜洪。

书怀

稚子喜挥毫，丹青独所爱。
乘风激海波，沐雨听天籁。
写月清泉中，涂云苍岭外。
临摹笑四王，创法崇八怪。
惜墨若惜金，去浊如去债。
冕池志化工，日日迎春霭。

画牡丹绿竹题句

谋生怜计拙，岁岁抱饥寒。
壁室常清冷，自添春牡丹。

题山水画

苍山舞素练，屏后挂红霞。
云气接天近，秋风乱叶花。

忆旧游

暮秋采药去深山，霜叶红花乱石间。
雾海茫茫隔远道，烟江冉冉袅飞泉。
苍松翠柏环峦后，瀑布穿云吼岭前。
遥望南峰云暗处，山中欲雨起浓烟。

春　色

昨日拉车过北庄，偶闻阵阵透花香。
飞灵引语园中望，红杏一枝出女墙。

明珠归怀

海晏河清会有时，天山积雪可融之。
香江一洗百年恨，碧港重归万舸弛。
大夏统基邓老志，虎门拜祭林公迟。
高招可致全盘改，两制弈棋巧构思。

滴水崖

声吼轰轰十里天，飞泉倾泻下寒渊。
银花喷溅疏疏雨，石路飞腾淡淡烟。
霜色平铺云路上，孤松潇洒水帘前。
山禽至此惊相走，峻险无穷供我观。

宋寿海

1946年10月生，福建省莆田市人。1970年毕业于西安交通大学动力机械系，甘肃省科学技术协会原副主席，现任甘肃省高级科技专家协会常务副会长、秘书长，甘肃省老科技工作者协会、甘肃省诗词学会常务副会长，甘肃省特种设备协会副会长。

秋风词

秋风消息未多逢，梦断关山路几重。
照眼冰晶明有影，漂河墨渍淡无踪。
辞乡月下铜人瘦，承露盘中铅泪浓。
惆怅蹊山回首望，当时来路已云封。

落实政策感赋

深夜灯明阅卷宗，辽天时听一哀鸿。
冤魂带泪期昭雪，笔底千钧拨乱中。

宿南普陀寺

暮宿禅厢侧，晨闻鼓磬鸣。
经声连远梦，月树散寒檠。
欲正三摩性，来空五蕴情。
传灯感心绪，若与法舟行。

念奴娇·木兰溪

江河看遍，木兰溪，犹自眷然回顾。两岸荔枝红蘸水，雾里橹声低语。青石桥来，古榕村过，曲港浣纱女。绿阴堤外，平畴金碧随处。　　天马山路迢迢，上游应是，雷瀑飞云注。最喜钱妃陂堰筑，更有沟渠塘库。旱涝从人，洪潮可御，禹力千秋护。香山依旧，双灯风雨来去。

南歌子·青海湖

日月山头过，西行客路长。高原秋重菜花黄。忽见湖光一抹，映斜阳。　　鼓棹凌波去，沧溟放眼量。酣歌心醉水云乡。塞上鱼龙世界，任诗狂。

香港建筑署邓伟民先生托人送来照相机,借香港工程师学会同仁访甘归港之机,回赠洮砚一方,诗以纪之

香江紫塞两心知，赠得时新照相机。
投李报桃洮砚在，我留倩影你题诗。

观黄果树瀑布

伟哉黄果树，瀑布下千寻。
泻壁疑天漏，倾潭觉地沉。
四时梅雨袭，终岁蛰雷侵。
欲向水帘洞，齐雄大圣心。

卜算子三首

自贡嘎至拉萨途中见雅鲁藏布江

融雪万峰巅，瀰瀰来天半。波浪连兼云浪翻，又向丛山转。　　我欲泛仙槎，直达崦嵫畔。忽见虹桥横九霄，拉萨新城现。

布达拉宫

圣殿起巍峨，依岭悬天籁。碧宇云开化境生，信是华藏界。　　且喜结缘来，金顶随登迈。立极回观拉萨城，乐土人间在。

拉萨至贡嘎路上奇观

客路向东方，朝雨濛濛下。一刹窗前旭日升，万斛金光泻。　　道暗急停车，又看云天画。七彩虹霓似拱门，咫尺疑能跨。

贺新郎二首

因特网

电脑互联网。善缘盟、手拉着手，地球村逛。点击鼠标通四海，雅虎搜狐路畅。不用等、任非非想。股市商场随意进，好莱坞、梦露频寻访。伊妹儿，正时尚。　　倾心我亦胸襟旷。挂平台、来将信息，八方开放。且喜时新多媒体，影像声文豁亮。觅师友、殷殷其望。掌上乾坤驰日月，大风歌、流韵钧天唱。潮汛趁，快冲浪。

基因工程

造物听夸口。已寻常、移花接木，种瓜得豆。莫道吹毛孙大圣，百万猴儿变就。论复制、基因更骤。已有工程增殖术，瞬时间、千亿君来瞅。还省念，几声咒。　　显微镜下移酶手。似剪刀、DNA上，接裁重构。不慎苍蝇飞进屋，误让其生人首。但赢得、才高八斗。一夜成名多莉识，克隆羊、惊倒神明胄。欣再世，女娲秀。

人月圆·颁发首届国家最高科技奖感赋

新元科苑春来早，豆蔻竞芳华。阳和初起，寻红探绿，鸣鹊谁家？　　吴君神算，袁郎稷契，折桂堪夸。黄金台上，儒冠逸兴，放眼天涯。

赏环县民间皮影戏

牛皮刻绘竞风流，倩影凭灯亮布投。
锣鼓声中乡调足，胡琴曲外伴腔悠。
自须直道张弦直，何妨柔情绕指柔。
今夜悲欢同俗赏，倾心随拍共民讴。

谒澳门妈祖阁

搏浪诚知海路难，心祈天后佑安澜。
行香利涉开洋望，酬愿宁亲归信看。
圣迹初膺桑梓福，神灯早拓水云宽。
南行又向澳门见，妈阁流丹倚翠峦。

华清引·残荷

清风朗月忆荷塘，泛绿沉香。只今残梗如弃，寒摧瑟瑟黄。　　翠华褪去苦谁尝？自留莲子经霜。更遗生死恋，全作藕丝长。

天仙子·别故乡

何事出门门又叩？故园今夕频回首。乡情收拾满行囊，眉犹皱，君知否？月色一庭难带走。

蕃女怨·睡莲

冷香凝露秋梦瘦，惜别时候。送归舟，空翘首，一川烟柳。月华如水枕边流，忆回眸。

西溪子·瑞士四森林湖晚眺

一水犹涵山雪，树色四围稠叠。白天鹅，游艇伴，晚霞灿，海市蜃楼奇幻。暗里自寻思，到瑶池。

贺新郎·祝贺中国科协“七大”召开

极目祁连雪。耸雄关、长城万里，悄然西歇。却是炎黄圆梦处，霹雳神舟电掣。新起点、嫦娥奔月。又忆天光氢弹爆，卫星随、凯奏歌三叠。人几辈，奋英杰。　　自强不息遥承接。聚群贤、京都盛会，壮怀激烈。志在创新强国力，心系小康建设。送科普、亲民情结。且喜宏图希世展，济时才、正合输光热。争华夏，早隆崛。

张国强

1946年生，甘肃天水人。天水诗词学会会员。

拉萨漫记

瀚海云端一望收，消残烽燧绿阴稠。
秦关汉月依然在，往事如烟去不留。

过拉吉山

白云深处两三家，野旷牛羊傍日斜。
路转峰头天欲近，高原绝顶过轻车。

日月山怀文成公主

镜落尘埃眉不描，山分日月马萧萧。
从今不忍回头望，家在烟云第几桥。

谒韩城司马太史祠二首

（一）

高山伟岸仰高风，太史祠堂斜日红。
无术回天当一恸，庙堂一任毁黄钟。

（二）

离骚无韵擅情长，史记真堪号断肠。
日落孤城存姓字，千秋绝响汉文章。

弄孙 五首

（一）

华甲得孙不算迟，百般珍爱近于痴。
成龙成虎非我望，一世平安愿已随。

（二）

弄孙之乐若含饴，学步扶床憨态痴，
四世同堂明月夜，团团围坐耍孩儿。

（三）

拈来笔管乱涂描，满室童音不寂寥。
手脸顿时成邺锦，全家老少笑弯腰。

（四）

在野而今乐事长，稚言出语便哄堂。
虽然引退成员外，今日荣升作侍郎。

（五）

春来柳色暗千家，二月暖风苏草芽。
向晚携孙长巷过，隔墙一树碧桃花。

牛兆虎

1946年生,甘肃武威人。大专学历。曾任武威市人大常委会主任。甘肃省诗词学会会员。

新凉州九咏

文庙览胜

陇右学宫何处是，晋参孔庙武威城。
尊经阁宝传文道，西夏碑文负盛名。
至圣殿前行教像，状元桥畔读书声。
长江后浪推前浪，奠念宗师继学风。

白塔斜阳

古塔倾残新塔升[①]，废兴千载过匆匆。
凉州盟会留遗迹，华夏版图归大同。
铜像凝神犹说法[②]，阔端不朽永铭功。
喜看白塔凌空立，永续弟兄难了情。

【注】

① 白塔寺古塔基已被保护,并在附近照原样复制一尊新塔。

② 指萨班铜像。

皇台远眺

雪映祁连晓色开，皇娘旌节照云台。
香醇巧配蓬莱曲，微醉豪吟李杜才。
昔睹魏文葡酒诏[①]，今看北国武凉牌。
辉煌壮丽京都赞，般若汤招万客来[②]。

【注】

① 魏文帝《凉州葡萄酒诏》云：“且说葡萄……酿此为酒，甘于曲蘖，……（《魏文帝集》卷一）。

② 赵朴初先生曾为皇台酒厂题写“青醇般若汤”的名句。

罗什塔影

梦醒高楼听磬钟，遥看古塔矗苍穹。
昔时罗什葬舌地，今日南无颂梵宫。
艳夜泉喷蓝色曲，清晨剑舞白头翁。
中华特色荣光耀，国运兴时佛运通。

黄羊新貌

秋高气爽访三农，彩绘黄羊映宇穹。
阡陌田间金菊艳，葡萄架下串珠红。
楼高路畅机声乐，渠直畴方麦黍丰。
迎送互行招手礼，俄而隐入绿荫中。

天梯古雪

莹莹白雪隐红尘，润物无声献爱心。
盛世兴修陈列馆，尧天喜谒佛精神。
平湖千顷扬波浪，金龟万年播彩云。
游客过时鸥鹭起，天梯胜境最消魂。

海藏神韵

海藏钟声响遏云，荡舟游侣意欣欣。
苍松翠柏傲寒暑，神井牌楼道古今。
禅院深深分僧俗，澄湖荡荡隔幽林。
虔诚最是焚香客，一念悠悠想出尘。

雷台胜景

萧萧铁骑出凉州，天马冲飞志欲酬。
园内景观呈万象，地宫汉墓越千秋。
将军威武浮石壁，殿宇巍峨耸土丘。
借得东风绘新意，禅师闻道也仙游。

大云晚钟

西凉尚显古民风，户户端阳杨柳青。
大吕洪钟鸣塞上，唐音汉韵响龙城。
荷包香漫游人醉，米酒味醇情意浓。
崛起武威今胜昔，欣听催步大云钟。

民勤调水工程三咏

咏工程

验收聚会正初冬，滚滚寒流瑞气融。
辐辏蜿蜒颠朔漠，群贤俯仰识天工。
时而堆雪时银泻，忽似潜龙忽彩虹。
五载淋漓甘露到，沙乡处处变黄金。

咏干部

喜闻景电济西陲，盼水百年梦始回。
徒步当车选佳线，冷馍填肚筑丰碑。
明渠暗道清波荡，朔漠荒滩绿浪催。
科技神工欣合力，李冰父子又重归。

咏进城务工者

惜别妻儿辞众邻，盖天铺地亦甘心。
骄阳灼烤茧层厚，汗水沾衣感慨深。
苦干能通温饱路，勤劳可跨小康门。
工棚聚首乡音熟，伏虎降龙谱好春。

马 牧

原名马纪梁,1947年生,河南洛阳人。毕业于兰州大学中文系。曾任甘肃人民出版社副编审、中华诗词学会顾问,甘肃省诗词学会理事等。著有《马牧诗文选》等。

高原黄河咏

奔腾万里气何雄，为我高原系彩虹。
今日金城关下过，明朝飞至泰山东！

登嘉峪关城楼

飒飒秋风上峪关，高楼耸入白云间。
祁连头顶千年雪，映照中华万里天！

雁滩牧鸭图

湖平水碧鸭群白，啄日衔云款款来。
晨牧女儿船上立，红莲一朵雪中开。

酒泉咏

金泉何故永青春？赖有芳香御酒魂。
美德英名传万代，至今犹唱霍将军。
御酒佳谈直到今，官兵一致最情真。
千秋典范彪星月，羞煞贪赃腐败人！

咏 梅

不慕雕栏玉砌中，经霜斗雪恁般红。
孤身挺立寒郊处，亦唤春风作画工。
露唤霜邀始绽开，红颜粉蕊自羞腮。
身摇薄暮轻风里，疑是美人赴约来。

洛阳牡丹

雍容秀美赛云霞，洛水之阳本是家。
身带九都灵俊气，芳名无愧牡丹花！
日丽风和四月时，牡丹花绽闹新枝。
姚黄魏紫皆成韵，吟得洛阳满地诗。
名扬四海洛阳花，美比西施裹玉纱。
再看芳枝摇曳处，昭君月下抱琵琶。

奔马咏

翘首扬蹄一抖鬃，追风踏燕箭离弓。
人中伯乐常稀有，马里良驹素不穷！

鹰

雄视长空振翅鸣，吓呆鼠类可怜虫。
平生虽有超低落，一举腾飞万里程！

伏羲八卦

宇宙洪荒百变身，全凭八卦定乾坤。
文明始祖当谁属？华夏伏羲第一人！

兰州太平鼓

太平鼓籍在皋兰，擂响一千八百年。
矫健形姿追日月，雄浑声韵震山川。
虎狮欢跃迎佳气，龙凤腾飞庆凯旋。
誉满京华居首席，黄河儿女好欣然！

陇南道上

云里太阳雾里山，果真陇右少晴岚。
和风吹送缠绵雨，沃野嵌镶翡翠田。
昨日微醺轻遁逝，陈年积虑渐松宽。
喇叭声急车身晃，始觉新过一道湾。

嘉峪关怀古

塞上边关动视听，心潮澎湃意难平。
胡笳唱落高楼月，羌笛吹停大漠风。
月落应非思绪落，风停未必怨愁停。
惟祈战火烽烟散，将士还乡罢远征。

黄果树瀑布

一瀑飞泻势奇雄，百丈银帘挂碧空。
动地惊天声十里，喷珠溅玉雾千重。
骄阳竟伴濛濛雨，翠草时迎习习风。
名不虚传黄果树，赫然称冠亚洲东！

巴马游

畅游巴马最情浓，美景奇观果不同。
傍水瑶村镶翡翠，出山明月透玲珑。
盘阳河畔人增寿，赐福湖中蝶恋风。
惊赞吆牛耕地者，年过百岁白头翁！

四野秋韵

雨霁天蓝草木萋，庐前舍后淌清溪。
有闲欣赏燕双舞，无虑静观犬独栖。
树下娃娃鼾噜噜，枝头蝈蝈叫叽叽。
金风十月秋阳暖，粲照田园翠绿衣。

窦世荣

1947年3月生于甘肃宁县城。副编审。任甘肃省庆阳市文联副主席、《北斗》文艺期刊主编。为中华诗词学会会员。出版有小说散文集《五味集》、《窦世荣诗词》、报告文学集《杏坛烛光》、《白衣天使的风采》，主编《庆阳新剧作》。

主编《北斗》感怀（新韵）

北斗系魂十数载，几多苦涩几多甜。
夜思警句床当案，饭忆华章醋作盐。
就简删繁双鬓瘦，除陈布异两眉宽。
新刊每遇争先睹，似海心潮雪浪翻。

伏羲文化会感赋（新韵）

伏羲女娲巍如山，始创人文万千年。
兄妹联姻成神话，泥土造物作奇传。
炼石补天立鳌脚，演易推卦分坤乾。
华夏文明能鼎盛，原由圣祖开舜天。

庆阳香包（新韵）

巧绣香包古味浓，端阳节里展新容。
婴背五毒驱邪恶，童佩双狮择吉凶。
昔巧似桃供佩戴，今凭工艺脱贫穷。
香包虽小神通大，走州过省出陇东。

庆阳佛塔（新韵）

庆州有佛佛皈依，历代浮图闪金辉。
四面唐塔领风物，八角宋雕立砖锥。
石像一对夜半泣，姊妹双塔劫后归。
最喜黄昏高原上，塔顶聒噪暮鸦飞。

庆阳市正月二十

社火调演即兴（新韵）

老城庙日雪飞绵，庆阳城里鼓喧天。
泥湿村村社火腿，雪白队队秧歌肩。
似龙彩车游新景，如鹅人群仰鼻尖。
头戴雪帽足踩水，仍踮脚跟望后边。

北石窟寺[1]（新韵）

覆钟草绿水流长，水绕山环护宝藏。
石窟孪生南北卧，魏唐造像左右镶。
佛高九丈立一殿，洞多千龛布两厢。
陇上奇迹孰开錾？北魏刺史一奚康。

【注】

① 北石窟位于庆阳市，与平凉市南石窟同为奚康生督建。覆钟，山名。

王符读书台[1]（新韵）

临泾古邑出文星，读书台上卧隐人。
情醉宏论驰竹简，墨泼丹青发哲音。
邦国关心抨时弊，百姓萦怀倡安民。
于今潜山夜松吼，犹似王符读节声。

【注】

① 读书台位于镇原县县城北潜夫山上。

周祖遗陵（新韵）

周王坐庆斩龙脉，掘山为城似凤飞。
陶复陶穴窑为室，貉衾貉裳裘作衣。
教民稼穑兴禾谷，拓疆北豳奠周基。
农耕文化长流水，周祖遗陵第一碑。

重庆忆（新韵）

山城如龙卧双江，三十一年忍向往。
歌乐曾诉红岩血，新华犹闻周公腔。
盘坡街道费步履，环都清流好荡桨。
晨昏浓雾还罩否？蜀犬可再吠日光？

说长安（新韵）

长安古都举世闻，秦砖汉瓦铸国魂。
方城女墙砖色老，兴庆湖畔烟柳青。
南北十字秋气爽，东西井街春光新。
西安遍地都是宝，一寸黄土一寸金。

致书（新韵）

自幼与君结情缘，行同身影卧同眠。
饥渴吮汝长精神，忧闷阅公解愁烦。
眼界随子日日开，佳梦凭你朝朝圆。
世间万物多土粪，惟您才是真侣伴。

咏明代前七子领袖李梦阳（新韵）

梦日堕怀成奇闻，阳刚正气荡腹胸。
贫困长就高傲骨，缧绁养成廉洁风。
诗效盛唐去谀病，文法秦汉倡真声。
七子雄心今安在？挟腐悯农满空间。

祭父（新韵）

栽桃育李三旬春，师表为人世所钦。
联对写红城内外，美名传遍县西东。
恭兄友弟胜足手，爱侄怜生若嫡亲。
假冤未明身先逝，儿孙常忆泪沾襟。

爱孙两岁喜赋（新韵）

乖俊无须多形容，人见人爱喜由衷。
哭如玉珠敲银镜，笑似荷花映日红。
亲孙常怕须扎脸，喂饭尤恐面烫唇。
解愁何必再添酒，只消戏弄窦星星。

新春抒怀（新韵）

佳节思亲年复年，港九回收费周旋。
长安代代盼鸿归，新亭载载泣齿寒。
手足音断深圳水，魂魂梦萦太平山。
神州骨肉团圆日，携酒邀友祭轩辕。

新剧目调演（新韵）

庆阳戏苑多奇观，群芳吐艳色味鲜。
汉卿神笔写盛世，兰芳玉腔唱丽天。
梨园新秀竞折桂，艺海老手争扬帆。
孰云舞台看客少，满城炒票喜空前。

贺宁县文联成立（新韵）

泥阳四月柳色新，文苑群芳竞争荣。
北湾大梨沐雨脆，西河金枣经霜红。
南山碧李白照艳，东川黄桃水育名。
待到重九登高日，秋实满眼香满城。

〖中华诗词存稿·地域专辑〗

中华诗词学会 编

甘肃诗词卷

卷三

陈田贵 编

中国书籍出版社
China Book Press

目录

王智华

尹占华

高仁山

陈廷栋

高治海

邓明

米嘉迎

郭子栋

温继忠

张宏峰

陈希儒

李枝葱

陶斯海

孔祥元

李斌武

苏时修

贾德

张树兴

郭兰芳

阮莲芬

侯怀巍

陈瑞珍

杨树林

柳祥麟

石爱玉

田沐

牛居俊

杨继胜

杨学震

程分圣

万全琳

王玉学

张根存

杜松奇

黄永健

杨克勤

穆明祥

陈辉

杨兴普

周鹏

吴萍兰

董竹林

周三义

胡喜成

陈田贵

张永祥

王琪

张柏年

赵永朴

王泽起

李蕴珠

王传明

刘治洋

王小全

杨民升

尚墨

王洪德

宗孝祖

高财庭

李政荣

周宏伟

高建林

武建东

李翔凌

董蕴青

萧雨涵

陶琦

李明

廖海洋

樊泽民

傅伯平

陈永红

何海源

王智华

笔名王木、大壤,1947年生,甘肃静宁人。甘肃医药集团平凉分公司干部。中华诗词学会会员、甘肃诗词学会理事、平凉崆峒诗词学会副会长。编著(合)《诗咏平凉》。

赞绿色环保组织

穿绿怀丹主义真，敢将正气抗嚣尘。
魂牵大地江河碧，梦系长天日月新。
破阵乃知觞勇士，发家安忍毁芳邻。
多情名利无情斧，砍向自然伤自身。

崆峒山

王母绿裙碧树穿，瑶池玉液醉流泉。
千峰雾锁蓬莱气，百殿香生大漠烟。
南鸟争啼新岁语，北花静绽旧时颜。
轩辕问道知何处？车水马龙漫陇山。

雨夜收香港

彼旗降落我旗扬，更有紫荆花正香。
同是百年同落泪，两般滋味两肝肠。

天 山

身与昆仑万古延，胸怀猛士镇西天。
云生冰雪披银甲，树障沟坡锁铁关。
南北水滋千里富，东西路系万家安。
横空捧起天池镜，照亮苍穹人世间。

造林护林吟

退耕一计振西疆，万里东风绿韵长。
旱柳逢春情袅袅，胡杨吐絮气昂昂。
松如翰墨泼童岭，草似丹青涂漠荒。
他日家乡花似海，喜看苍莽托朝阳。

春日题杨柳

万木丛中飞箭长，雕弓力挽射天荒。
居延沙退碧云落，南海风来白絮茫。
树对狂飚伸铁臂，苗逢汗雨起铜墙。
鸿图大志托泥土，敢教黄河不姓黄。

题北京奥运

冠冕如星挂月边，夺魁猛士向云攀。
高标远在金牌上，要铸民魂柱昊天。

秋日枫寄同仁

风箭霜刀对冷霞，碧纱一夜变殷纱。
心中有苦不言苦，常伴唐诗悦万家。

沁园春·故乡颂

陇上风光，山舞长龙，坡卷巨澜。望梯田飞带，云飘上下；老牛吻土，犁走蜿蜒。春种山歌，夏收笑脸，秋送香风天地间。迎冬雪，借寒宫桂粉，再润芳颜。　　故乡娇美如婵。惹多少名人登赋坛。昔文王伐密，诗经唱凯；崆峒颂景，太白怀先。一颗明珠，光华四射，湲谷诗文万古传。明朝事，问陇原琴瑟，更待谁弹？

水调歌头·治黄吟

九曲清波水，慈面几时黄？当年谁震龙胆，泥沙走汪洋。最恨狼烟鼙鼓，更怨吴刚巨斧，童岭哭春殇。泪眼望寒月，心事九回肠。　　旌旗奋，山河动，谱新章。镐锄声撼牛女，携桂助家邦。树挽绿云藏雨，草织青毡纳水，热土不离乡。壮士圆清梦，夜夜枕沙场。

尹占华

1947年生,河北省故城县人。现为西北师范大学文史学院教授、硕士生导师、博士生导师;甘肃省文史馆研究员;甘肃省诗词学会副会长。著有《诗词曲格律学》《律赋论稿》《张祜诗集校注》《王建诗集校注》等。

晚登银滩黄河大桥

上得长桥势驾鸿,灯明地外夜涵空。
索连两岸迷冥处,星落一河动荡中。
过眼青黄惊异世,倚天西北起雄风。
恍如银汉乘槎客,漫认当窗织女宫。

题泾川县王母宫

回山竦处亦通神,窟中阿母不可人。
穆王车去何时返?泾汭千年水复尘。
竹柏虚遮庭落寞,藤萝漫护洞嶙峋。
门前多少农家舍,未认瑶池作比邻。

题武都万象洞

洞里浑如梦里游，天工开物任钻求。
高低梯道才投足，俯仰岩宫又碰头。
是路旁通谁敢探？成形尽像总难尤。
道人错认乾坤髓，窃去人间作药收。

登景泰县黄河石林风景区观景台

观景台上碧落扪，径折峰危浩气屯。
壁立千仞下飞鸟，河萦九回冲石根。
漂星落天日洒影，山阵列城沟开门。
羲和朝驾出暝海，先抹崖颠一缕痕。

北京恭王府

荣华无奈未常何，迹有珅訢岁月磨。
阔府人生频易主，高枝乌树尚遗窠。
因缘得地畦中菜，处闹不惊池里鹅。
去亦摩肩来接踵，我抒游兴不悲歌。

八声甘州·游兰州石佛沟

问深山法相自何年，凝情坐岩峣？阅山升山降，石生石烂，云长云消。万壑千岩藏秀，一径绝尘嚣。泉响休惊了，伏貉蹲雕。　　会见长风乘势，撼红亭画阁，草树翻涛。俯深潭试觑，不是月星宵。望辽空，杜鹃声里，正蓝天白影梦同飘。争如上、悬崖纵目，松比云高。

东风第一枝·咏武昌东湖梅

雪絮飘寒，冰澌泄暖，流光欲送冬去。芳菲已绽梅园，竟来春容先睹。横斜照水，又正是纤云迎暮。渐暗浮阵阵幽香，剩怪月华迟误。　　红未见，寂寥杏坞；青尚断，冷清柳浦。倚他绿竹篱边，本非孤怀待诉。临风呵笔，且再把凌寒重赋。幸落时落在东湖，怕入路间泥土。

渡江云·什川访梨花

缘河幽曲路，引人渐入，梨树盛花中。蓦然惊邈缈，地簇白云，仿佛认瑶宫。芳蹊置酒，捧素萼、暗诉情衷。君休问，春秋几度，河水去匆匆。　　难逢。故园漫远，老树新庐，剩依稀旧梦。犹记得、燕蹴花团，今可犹同？如今见此当如彼，禁不住、泪眼朦胧。春且驻，莫教吹落从风。

沁园春·酒泉赋梦效后村体

何处相逢？临玉门关，走嘉峪东。望高山耸障，祁连戴雪；奔云似马，大漠兴风。举夜光杯，酌皇家酒，汉武嫖姚入话中。民情好，道至今泉水，醇味犹浓。　　饮酣睡意朦胧，便驾泛仙槎上渺空。见白榆结子，钱飞作雨；银河浴鹊，桥架成虹。织女操厨，吴刚侍宴，捧出依然是御封。忽惊醒，怪雷霆却在，城鼓楼钟。

庆宫春·武夷溪泛排

半篙溅珠，平排冲浪，沿溪峭壁嶙峋。骇目伏岩，拂头欹树，迅然水底游鳞。稍停细雨，峰顶裹、巾纱幻云。一声欸乃，成片茶园，排靠园滨。　　泛槎未入天津，曲曲成环，终始如邻。山色能新，水流依旧，谁漂也自因循。往来上下，原尽是、匆忙客宾。雾衣露袜，湿迹为凭，记到西闽。

高仁山

1947年生，甘肃省武威市凉州区人。甘肃省诗词学会会员、甘肃省楹联学会会员，武威市老科技工作者协会副会长、武威市诗词楹联社副社长。

和嵘年

凡事较真多是累，清心寡欲自生闲。
襟怀朗朗同天阔，铁骨铮铮比玉坚。
不羡权门车似水，但求陋室德如山。
休言今夜星光淡，十六城头看月圆。

六十书怀（新韵）

风雨沧桑六十年，如烟往事荡胸间。
厄遭幼岁天摧羽，运转盛年海济帆。
籴米卅春知米贵，涉商五载识商奸。
如今乐在书斋里，觅句寻章诗梦圆。

回乡即景

故地重游叶正黄，农家户户喜洋洋。
流金玉米檐前笑，耕浪铁牛屋后忙。

攻 书

年少时因岁月寒，壮心佳梦淡悲欢。
夕阳老骥尤蹄奋，长夜攻书忘晓阑。

重阳答同学联友

勤俭巷中初识君，谈联话对见高情。
重阳相聚欢声里，锦绣华章唱晚晴。

重阳寄嵘年联友

初访恰逢麦绿时，柳荫树下话联诗。
重阳赏菊难寻影，短信声声慰我思。

陈廷栋

字翼之，1947年生，甘肃成县人。成县师范学校毕业。曾任成县文联主席，现任《同谷》杂志主编。甘肃省诗词学会会员。著有《荷梦馆词稿》《荷梦馆诗存》等。

题书斋

权将寻丈作书城，艳想奇思伴醉醒。
满架图籍沉晓日，一窗烟雨唤啼莺。
地临闹市心偏远，座有良朋眼最青。
万卷罗胸非养望，峰摧岳堕不须惊。

喜　雪

霜霰初飞渐纵横，繁花旋绽万枝樱。
苔痕绕砌层冰合，雀语当窗晓梦惊。
灯影长街迷晻暖，园庭大木看轮囷。
高标自有袁安在，莽莽偏多畎亩情。

海　市

海市蜃楼逐岁新，黄尘似雨总愁人。
烟云黯黯垂天末，世事悠悠问水滨。
地僻犹能作书蠹，心清讵肯拜钱神！
欲凭藕孔成三岛，历落街坊任笑颦。

奉赠乔无疆先生武汉

芳躅遗世记流年，波外楼高怅远天。
幸有文姬存手泽，长同屈子照人寰。
思牵汉皋秋峰翠，梦绕蜀江夜月寒。
展卷萧斋劳盛意，吟情遥寄楚云端。

秋 感

菊蕊斑斓万里秋，高城雁叫晓云稠。
长宵汲古凭修绠，向晚清吟上小楼。
税驾崦嵫途尚远，浮舟沧海意难休。
纷纭多少闲生事，覆鹿蕉荫梦倘留。

新年感怀

怪它春讯尚迢迢，雪霰中庭乱眼飘。
着意兰菊伤濩落，剧怜松桂耸孤标。
登高倘自抒慷慨，纵酒凭谁破郁陶？
直道忧思了无益，未妨惆怅卧书巢。
欣看瑞雪上阶墀，小院腊梅竞放时。
万巷寂寥天似醉，一灯明媚梦回迟。
祈福问道都因病，养性怡情总是诗。
预想春来寻丈地，好花争发艳阳枝。

念奴娇·忆夏日鱼窍峡访《西狭颂》摩崖之行

重林清翳，向寒潭欲问，黄龙闲话。磊落苍崖精铁铸，碧水一泓如画。鹊噪新晴，蝉鸣细路，独鹤归应诧。星霜百纪，栈痕犹护岩罅。　　当日道劈西狭，途开东郡，险虞从人下。高咏惠泽怀牧守，五瑞同歌德化。喜诵鸿文，惊扪奇字，洒泪曾盈把。飒然风起，仿佛猿乌相迓。

念奴娇·己巳年夏读《史记·屈原列传》

郢都望断，诧南天又是，残霞明灭。遥想三湘萦梦地，过了鹃啼时节。鼍怒龙悲，鲸吞虎噬，长夜人伤别。寂寥门巷，大旗惨澹如血。　　难忘咏橘深情，怀沙哀怨，汨罗声呜咽。哭叫帝阍元懵懵，遗篇空识奇杰。我马玄黄，关河迢递，心事凭谁说？栏干拍遍，还看乱云千叠。

蝶恋花

九十春光容易过。细雨斜风，伴我芸窗坐。百感苍茫云影破，粼粼渌水星初堕。　　自笑疏狂谁似我？乱絮飞花，看它从颠簸。淡恨清愁都尽锁，重敲险韵添吟课。

金缕曲·读丛碧词即步翁题寒云词集元韵

转瞬归尘土。怅词仙，风流曾记，展春歌舞。遽尔京门骑鹤去，上苑千红无主；剩满纸绮思哀楚。管领骚坛称绝代，促悲凉、旧恨兰成赋。持渌醑，对眉妩。　　盱衡世事怀今古，算先生，高情逸韵，啸龙吟虎。散尽千金惊醉梦，肠断王孙末路；但换得羁愁难贾。日朗天清人老矣，更回头自省谁能语？把卷处，且听雨。

玉楼春

雨歇烟敛新凉好，暧暧城头岚雾绕。窥棂晴黛入重楼，忽讶宵来秋讯到。　　缥缃满架迷昏晓，浩气灵氛相映照。茫茫浊世几多愁，我自朗吟花自笑。

金缕曲·丁丑早秋同谷杜少陵祠雅集

溽暑销长夏。喜今日，新知旧雨，草堂迎迓。竹影松声祠宇古，绕屋重峦如画。拂青鬓、凉风潇洒。玉带萦纡青泥水，叹今来古往情堪诧。谁竟是，知音者？　　星霜几许渔樵话。想先生，满怀忧愤，惊涛悲咤。浩荡云雷嗟往事，不尽风樯阵马；只剩得、虫吟屋瓦。无那酒酣歌欲阕，仰高仪清泪如铅泻。霞似绮，凤台下。

八声甘州·建村道中问修路事

叹十年首夏我重来，百鸟奏笙箫。看连云翠壁。接天绿树，雪浪滔滔。崖畔娇黄腻紫，风柳舞刁骚。对几多烟嶂，不怕迢遥。　　犹记林魈木魅，共榛芜丛莽，占断晴朝。喜红旗展处，万炮震重霄。漫比拟，五丁神勇，坦途开，豪气压惊涛。繁花灿，偕三四子，吟啸江皋。

瑶华·辛巳仲春小川下峡村赏樱桃花

琼瑶万树，艳雪千堆，怅前游曾记。繁香清影，掩畦垅，照眼荣华绮丽。相邀胜友，伴仙姝，缟衣霞袂。盘桓处，魂牵梦绕，日暖风暄人醉。　　此时待展吟笺，看一朵娇云，笑临春水。千门万户，惹紫燕双双，呢喃檐际。晴光斓缦，已换了人间新纪。忽凝望，片片花飞，恍似银星轻坠。

唐多令·癸未秋谒杜少陵祠

孤鹤过沙洲，高台阻碧流。倦寻芳，重赋前游。殿宇恢弘松柏翠；栏畔树，已鸣秋。　　丹桂暗香浮，薜萝积雨收。叹千年，往事从头。飞瀑数叠檐际落，云似梦，月如钩。

念奴娇

昆曲入选联合国教科文组织首批人类遗产和非物质遗产代表作项目，感赋

长笛呕哑，正红氍毹上，舞衣轻袅。疾管繁弦流雅韵，共庆神州春早。旧曲新声，溢霞焕彩，天外馀音绕。梨园盛事，喜来舒展怀抱。　　迢递六百年间，移宫换羽一，兰苑积鸿宝。争忍薪传成绝响，长记花吟玉笑。燕剪莺簧，黄钟大吕，擘划千般好。葱茏佳气，看它腾蔚云表。

金缕曲·咏庭前腊梅

腊蕊拂檐放。睨霜风，枝头万朵，气清神朗。料峭祁寒新岁近，雪霰冰绡相抗；蓦见它奇馨摇漾。梦冷苔荒帘垂地，伴绮霞深喜嘉辰降。阶砌静，待珍赏。　　广平赋笔添惆怅。抚琴樽，修竹标格，劲松骨相。夏紫春红何足数，见惯尘容俗状；好共我低吟浅唱。海立山飞阅世久，痛当年慈爱馀悲怆。花澹雅，意泱漭。

金缕曲·再哀汶川

造物偏多忌。叹遭逢、千劫百难，人间何世?簇锦团花巴蜀土，寸寸奇山秀水。看刹那城隳人毁。猿鹤沙虫俄顷事，痛仓皇无路堪回避。洒不尽，滔滔泪。　　昏昏敢怨天沉醉。恨今朝，疮痍满目，家园荒圮。绿树红云摧折了，多少嫣然桃李？问数万孤魂何寄？我比罗含虽濩落，抚诗书犹有盈阶地。长伫望，肝肠碎！

高治海

1947年生，甘肃省平凉市崆峒区人。曾任平凉市崆峒区商业局局长，现任崆峒区诗词学会副会长。

有感于黄帝崆峒问道

九五之尊至贵身，江山一统出凡尘。
神州社稷终成夏，华胄文明自此春。
金阙难眠图国泰，崆峒不耻问山人。
寻真务实求开拓，化作清风万古新。

秦始皇崆峒祭轩辕

始祖轩辕济世雄，秦皇首祭上崆峒。
承前启后开鸿业，固本兴邦化昧蒙。
华夏文明黄帝绩，江山大统祖龙功。
千秋一部兴亡史，都在文张武弛中。

麦积山

众星捧月一奇峰，麦积山前秀色浓。
石窟千年神不老，悬梯百丈步从容。
凌空揽胜师飞燕，绝壁寻仙效劲松。
愿佛慈悲多赐善，风调雨顺保粮丰。

龙门洞

万里关山气势雄，龙门都说接崆峒。
险峰探秘秋风爽，细雨寻幽碧叶红。
洞口无痕通崖底，画楼有色挂高空。
怜民弃恶终成道，何必深山拜佛宫。

黄河壶口瀑布

一别巴颜不复回，邀同万水向前开。
腾龙啸虎云中过，抱晋携秦塞外来。
裂峡排空吞玉宇，雄涛拍岸震惊雷。
飞流顿入天壶口，只把东洋作酒杯。

近访曾带硬骨头六连上老山前线的朱喜才连长

已逝青春白发吞，惊心往事印深痕。
洞藏猫耳晨收月，关过鬼门碗代樽。
勇冠三军华夏气，擎天一柱老山魂。
凯旋不恋西湖美，解甲崆峒正气存。

嘉峪关

（一）

三十年前此点兵，野营夜练到长城。
雄关月冷三军动，大漠星稀百里行。
断壁残垣风带剑，飞沙走石雪啼声。
孤楼四望荒滩远，只有酒钢灯火明。

（二）

今日西行别酒泉，蜃楼海市出关前。
新街绿地如深圳，广厦湖光比大连。
只道轻车迷错路，莫非大漠遇瑶仙。
疑团未解身先至，事实当真换了天。

过武威

北出萧关大道游，黄河西渡入凉州。
雷台汉马蹄飞燕，文庙唐碑诉画楼。
天祝新城拔地起，金昌镍阜白银流。
连天一片金秋色，往事今情久不收。

从临泽到高台

三十年前正入冬，飞尘滚滚雪花浓。
车行大漠人烟少，营扎荒滩黛霭重。
秋去天地成一色，春来土雾漫千峰。
如今草木葱茏处，百里黄沙不见踪。

邓 明

字亦农，青海循化人，1947年生于兰州市。张掖师专毕业。曾任兰州市地方志办公室副主任，甘肃省诗词学会副会长。著有《兰州史话》。

波斯菊

薄如蝉翼绣成堆，款款凌波往复回。
气度汉家恢廓甚，驼铃伴得野花来。

桥陵暴雨

夜空掣紫电，天外震惊雷。
呼啸倾河汉，溃崩涨岸隈。
石窑悬瀑布，草履泛流杯。
脑畔排洪后，心头一阵悲。

观电影《小花》

横起悲笳噪乱鸦，小街阴郁野人家。
浮萍奇遇交贤友，侠骨柔肠采药花。
秀发忍抛泥土去，明眸遽令雾烟遮。
曾经浩劫多泣下，各自追寻岁月赊。

引大入秦渠首枢纽工程

天堂寺畔看飞霞，掩映双楼野草花。
一坝抬高千尺浪，三槽澄清万钧沙。
清流汩汩神渠走，洪潦滔滔雄闸遮。
夏禹今朝成伟业，秦川从此变桑麻。

九州台

万丈高台凌紫霄，九龙腾雾雨潇潇。
导洪大禹神州望，播绿人民志气豪。
阵阵惠风叩孔庙，滚滚碧浪走河桥。
深情总理植松处，喜见山林秘阁遥。

兰州碑林

垂钓金汤白马浪，栽培苹果背冰长。
老成擘画建高阁，贞石蒐罗镶曲廊。
鸾舞蛇惊恣翰墨，史存文萃庋琼章。
挥毫草圣蓝天上，也赞陇人奔小康。

兰州后五泉农舍雅集

梨花方罢牡丹开，美酒新蔬迎客来。
拇战正浓透屋瓦，墨飞恰好走风雷。
灰楼久居摧生气，绿野时游涤尘埃。
半塌灵岩难有雨，浩亹春涨费疑猜。

皋兰什川梨园

屯戍移民洪武策，大槐树下徙兰坡。
披荆斩棘昼开地，击柝巡更夜枕戈。
打造水车河倒挽，栽培梨果树中歌。
民风淳朴绿洲美，人寿年丰收入多。

西江月

今见（1995年）北方亢旱，庄稼几无收。然河西走廊赖雪水灌溉，丰收在望。可叹近年无效开发，圈占良田，植被破坏，沙暴频起，生态环境日趋恶劣。爰填是词，略陈杞人之忧。

碧树锁拦戈壁，清泉绕过人家。风吹麦浪到天涯，旱魃逞凶不怕。　　珍惜人间胜景，提防北部流沙。五凉永葆此繁华，节水护田绿化。

八声甘州·天祝

看山峦起伏绕华藏，冷龙朝南翔。任马牙啮雪，金盆闪烁，十欢唱。到处林幽草碧，汉塞走牛羊。孔道乌鞘岭，锁钥甘凉。　　丝路今胜昔，听呼啸火车，驼影远飏。起幢幢华屋，驿递已茫茫。忆周公，谆谆垂询，各民族，团结一心强，抓机遇，控驭天马，驰往辉煌。

米嘉迎

1948年1月生,甘肃省陇西县人。原陇西县建筑公司第一工程处处长、工程师。甘肃省诗词学会会员,陇西县诗词学会理事。

游太白山途中即景（新韵）

才过三河水，又经五竹原。
何方寻胜境？云隐太白山。

过大宁河口远眺神女峰（新韵）

船过宁河近东巴，巫山神女沐云霞。
为识伊面千回梦，相见缘何捂缦纱？

丰都游“鬼城民俗园”（新韵）

山城枕岸水迂回，日落冥都冷气摧。
满巷招摇魑魅过，青山何处隐钟馗？

过梅川（新韵）

遮阳西指锁石关，木寨凌云鸟不旋。
洮水蜿蜒天际下，绿阴映眼到梅川。

苏州太平天国忠王府怀古（新韵）

天国风雨黯硝烟，王府春深梦半残。
纵有雄才能灭虏，太平未必换人寰。

游青海民和花儿会（新韵）

湟水迂回绕北郭，春风送我进民和。
满城花馥催人醉，游女街头竞对歌。

秦陵兵马俑怀古（新韵）

兵行车阵蔽旌缨，威扫六合宇内清。
众反总因民意背，楚虽三户会亡秦。

忆秋容（新韵）

五载相思付霭烟，痴心不改藕丝连。
水流人去空遥望，花落燕来难入眠。
疏雨曾牵断肠念，残更还梦碎魂颜。
只缘此恨如芊草，秋萎春荣未始闲。

姑苏行（新韵）

梦萦吴越共欣游，江左风光放眼收。
水巷纵横桥曳彩，林园错落木叠幽。
寒山皓月浮橙雾，虎阜霓虹映碧湫。
醉后谁歌采莲曲，天堂日暮亦生愁。

金陵怀古（新韵）

凭堞远眺渺吴山，六代繁华入暮烟。
霸主浮沉离旧阙，朝廷迭替换新幡。
长堤春晓经沧岁，故垒秋深感变迁。
自古兴亡难论定，残阳逝水老江天。

春游西湖（新韵）

四年两度西湖梦，为觅清姿万里来。
曲径雪残缘客扫，孤山梅盛为吾开。
鱼游花港鳞迷眼，莺啭柳廊春沁怀。
灵隐欲寻无岔路，云松九里傍天栽。

游和政松鸣岩（新韵）

自恨平生未早临，人间胜境此中寻。
松鸣峰壑翻今韵，泉下云霄抚古琴。
满目青山谁作主？一川碧草我为邻。
相别已诺它年愿，流水高山存素心。

汶川大地震捐款（新韵）

楼坍地陷瞬息间，巨祸如魔降汶川。
惨景怵心哭弱势，真情凝众励人寰。
学生罹难身难替，校舍垮塌谁负嫌？
愧我无力亲救助，仅凭寸意祷平安。

回归颂（新韵）

神州多难遍烽烟，清室无能屡丧权。
蒙辱百年国破碎，望归亿众志弥坚。
金瓯一统圆长梦，宏策两猷开丽天。
台澳有知齐翘首，龙人十亿舞翩跹。

临江仙·新婚别

雾隐朦胧村影，风吹杂树低鸣。相依无语怕君行。秋寒霜冻路，程远月亏盈。　　此去身如飞絮，休提花沁春明。碧云望断梦飘零。不应言有恨，回首是离情。

一剪梅·忆燕子

燕子来时红杏天，春意阑珊，人影翩跹。同吟新曲醉南园，容映花前，心诉琴弦。　　别后经年寄素笺，欲写难言，欲忍情牵。人生聚散是前缘，缺月如圆，应照无眠。

清平乐·夏旱

骄阳如焰，初夏连旬旱。抽穗麦青花欲绽，只盼雨来浇灌。谁知祈雨难临，旱情似火焚心。人道长晴甚好，正宜公费旅行。

行香子·送别

春闹枝头，水戏清柔。长相忆、此地曾游。林间鸟语，塘内蛙讴。正桃花浓，梨花绽，杏花稠。　　杨梢飘穗，柳岸停舟。愁难诉、去意难收。云山渺渺，逝水悠悠。渐声儿悄，人儿去，影儿留。

相见欢·春播

群山乱抹烟云，雨纷纷。布谷田间轻唤快春耕。　　农家愿，久期盼，是初春，籽粒见墒即梦四时新。

郭子栋

1948年2月生，山东临清人。原兰州诚信税务事务所有限公司经济师。中华诗词学会、甘肃省诗词学会理事，甘肃陇风诗书画社常务理事。

献给汶川抗震救灾的英雄

震魔凶狠汶川来，怅惘人呻动地哀。
队队战神身抗险，翩翩天使手医灾。
山岩百丈咆哮下，楼舍千间化作埃。
大爱无疆相护守，高歌一曲献英才。

故宫感怀

云蒸霞蔚上凌霄，犹感忠良竞折腰。
御苑三春藏什景，迷宫重锁贮千娇。
飞檐斗拱琉璃瓦，紫阁丹墀白玉桥。
龙榻垂帘今尚在，迎门细细识前朝。

浣溪沙·春色

惬意蓝天抹绿云，毵毵柳眼万条新。河光闪烁水流银。　得体时装裁剪瘦，宜人色彩淡浓匀。千枝竞发向阳春。

纪念周恩来总理诞辰110周年

中原问鼎仰宗臣，旷达胸怀济世人。
虎帐运筹沧海变，尧天长系五洲亲。
平生仆仆垂风范，报国拳拳不惜身。
百拾周年思总理，周公功绩感黎民。

念奴娇·迎奥运感怀

五环旗下，体坛上，多少风流人物。祝福神州，迎奥运，心里由衷喜悦。火炬频传，珠峰绝顶，塞北江南粤。时钟敲响，正逢零八年月。　编织情梦期间，鸟巢丹凤落，弯梁钢铁。水立方中，晶剔透，如是龙王宫阙。为了金牌，辉煌须再创，健儿英发。泱泱华夏，感怀今古豪杰。

柳梢青·望月

月起云随，水浮银颤，地洒清辉。今夕何年，照伊阁上，转影窗低。　婵娟歌感心扉。听桔颂，君知为谁。共赏中秋，感怀苏子，不了情思。

沁园春·莲

雪艳冰肌，洗净铅华，粉白淡妆。感凌波迟步，太真出浴；露珠圆滑，玉体清凉。舒展轻绡，镜心初照，一曲菱歌情意长。吾君爱那脱凡洁骨，千古留芳。　　奴儿本在潇湘。遇亭院，无言对俏娘。昔浣沙村女，归来采撷；风流才子，豪放诗章。碧水青盘，连天翠伞，常伴娇容入梦乡。日久矣，忆相逢时节，一缕魂香。

水调歌头·游兰州水车博览园

游客敞门入，恰似到田边。数条郊野弯径，铺石彩圆圆。涧水澄明流绢，碧草轻柔织缎，农舍在其间。拾阶磨坊处，追忆百年前。　　广场上，观段续[①]，仰先贤。晚明进士，重返乡里在东川。研制翻车[②]提灌，造福金城如愿，绿色染童山。木架吱吱转，扬臂向蓝天。

【注】

① 段续，明朝进士，兰州水车的发明人。

② 翻车：水车。

有感丁亥年羲皇故里公祭伏羲大典

中华民族逐源长，鼓震钟鸣动四方。
古柏千年迎赤子，高香一柱敬羲皇。
抚弦司管阳春奏，夹板玄音舞袖扬。
颂赞祭文崇始祖，和谐共创步辉煌。

美石赞歌

本为青埂峰[①]中住，造化修行万古时。
艳绿祭红黄似粟[②]，海蓝纯紫白凝脂[③]。
莹莹水碧胧胧彩[④]，闪闪猫瞳缕缕丝[⑤]。
独爱雍容高格调，千枚百样有相知。

【注】

① 为红楼梦中贾宝玉的道灵宝石来源地。
② 艳绿指翡翠,祭红指红宝石,黄似粟指和田。
③ 海蓝指海蓝宝石玉等,纯紫指紫晶,白指和田羊脂玉。
④ 水晶,月光石。
⑤ 猫眼石和玛瑙。

温继忠

号静谷居人。1948年生，甘肃陇西人。任陇西广播电视台副总编辑兼总编室主任。甘肃省诗词学会会员、杂文学会理事。著有《威远楼下》、《酒史传奇》、《陇西民间故事集》、《追日集》、《奔月集》等。

高原风五古

雄哉高原风，天地精华生；飘渺聚虚灵，浩荡隐魂声。
初则起青萍，盘旋上九重；矫捷恣飒爽，漫步邀太城。
落之居空谷，万簇广廖程；才子颂清平，萧韶奏九成。
动则群峰撼，鬼神潜迹形；阴阳交汇兴，玄黄脉息承。
飔撩尧崮震，翅扫雪岭晴；高岳呻叹轻，渊峡啸音鸣。
嵯崖石崩滚，脆者成粉丁；气摄猿猱号，威逼虎豹疯。
或者入莽林，摧枯拉朽朋；卷起腐败者，入湍化泥蓬。
或者下汀洋，掀得排浪升；惊涛拍危岸，翻江倒海腾。
或者临大漠，掠沙挟砾行；千骑卷平岗，移山填壑径。
或者傲袤原，狂飙驱浊腥；挥臂劈闪电，举拳炸雷霆。
慨愤瓢泼憎，疾步破凌冰；刚烈直如此，训顺不同型。
泰和应韶华，钦欣酬万盟；调节乾坤气，输送日月精。
六合得运转，四时持鲜恒；摇禾交穗蕊，麦谷得饱丰。
通息下矿圄，长帆挂衷情；集飔变电能，冶金炼钢晶。
芳草亦知意，百花争相迎；抚荷弄涟漪，宇宙享廉清。
如此浩然风，扶摇临边庭；鼓旗壮军威，凛冽入阵营。
铁血铸胆魂，惊世万里征；换肤骨成钢，气壮河山灵。

故有大风歌，千秋呼杰英；武穆填新词，东坡赤壁评。
苏武节绒舞，天祥正气铿；意如松柏茂，志盖关山横。
毛诗不朽章，千里咏冰封；豪情揽日晖，奇文映霞澄。
故谓高原风，只堪英杰咏；壮士放长歌，豪洒守边棚。
勋绩载史册，功业绘丹青；唯将凌云志，化作一盏灯。
亿万好儿女，皆饮高原风；草原驰骏马，长空击雄鹰。
大漠淘风彩，昆仑树伟亭；青春献边疆，丹心报国诚。
中华有此风，当入同胞膺；中华长此风，当为世界颂。

仁寿山七古

仁寿岗峦似卧龙，气吞渭水吐长虹。
相传高士斩龙脉，五百年前刘伯温。
南掘桦岭回龙池，北开高台破龙沟。
项下黄泥锁浴河，脊上二坪压蛟龙。
我今重来读山川，登峰踏岭祭母魂。
他日挣脱捆龙索，驾乘腾蛟翱青云。

张宏峰

字守仁,1948年生,甘肃省陇西县人。甘肃省诗词学会会员。

樱 花

玲珑一树粉妆成，梅启桃承百鸟鸣。
四季江山需点缀，时辰各占毋须争。

自君山望洞庭

身临此境顿清凉，答唱渔歌自抑扬。
一线沾青濡翠笔，划开天色与湖光。

无字碑

叱咤风云登帝阁，贬褒纷议论争多。
一方磐石平如许，留待后人道几何。

瞻聊斋

先生笔下事，万物俱生情。
嘻笑评青史，诙谐喻众生。

过马嵬怀古（新韵）

（一）

本是灵根仙界葩，不该身许帝王家。
自从玉貌溘然逝，尘世即无解语花。

（二）

世上原多淡薄郎，痴情倩女断柔肠。
长生殿畔双飞燕，独卧香茔自怆凉。

（三）

兴衰天定也由人，功过难能仔细分。
为尽君王沉溺事，女儿却落祸国身。

甘南草原

夏末草原增暮寒，炊烟袅袅牧人还。
牛羊恋草难围拢，萧瑟风中两少年。

迭部大峡谷

白龙激荡浪滔滔，石罅嶙峋万仞高。
触地轻岚挨树近，抵天峻岭透云遥。
洮州重镇声千里，腊子襟喉路一条。
铁尺方翻即豁朗，轻车直抵野狐桥。

示 儿

狄道羁居河作邻，远离嚣市近山林。
敲诗推韵三更短，习字临帖半夜深。
晨起越栏传啼鸟，晚来蛙鼓伴操琴。
案牍虽巨仍能理，寄意儿孙可放心。

读《明史·宋濂传》

勤学苦读夙成名，难得残年识尽空。
笔底文章撑巨擘，胸中经略贯高风。
屡经羁祸知规避，仍患秧灾赴徙程。
历数从来诸俊器，伴君能有几善终。

双调夜行船·彭定康自忖

上任之前忙问卜，谁说是暮日穷途？发誓赌咒，挺胸凸肚，把港督威风留住。

【乔木查】这沉浮谁主？怎能让飞地归旧土，将帝国面子丢给汝。要打起民主旗，拼命相扑。

【庆宣和】有个疑团费猜度，劳神伤腑，中国人竟然难摆布。奇乎？怪乎？

【落梅风】直通车，被拦住，都是我一人心数。原想压北京让步，却招来港人嗔怒，反被聪明误。

【风入松】心想长此歌金缕，幽梦倒金壶。梦中又游港督府，香江渡，酣梦迷糊。倒计时，忽打住，问今朝梦醒何处？

【拔不断】数肋骨，问赢输。铁娘子堂前闪了步，梅总理乏了大选术。彭督我肚里灌满醋。只留得后人斥数。

【离亭宴煞】昔日里米旗翩翩舞，今儿个怕问不忍睹。无奈何蒙皮作虎。急切切想建功，恨悠悠没路数，空荡荡心中苦。接连算度失，怎样搁赌注？硬瞅着一局不糊。娇滴滴掩袖弥工谗，滑溜溜巧舌翻簧鼓，眼睁睁狡兔连失窟。呕心沥血贫，刮肚搜肠枯。只落得鸡飞蛋打，只凭怨气数天时，归程叹无路。

风入松·夜宿德累斯顿新城别墅

欲往窗外数繁星，又见月已盈。叶涛溪泻交相唱，浑如画，思绪无垠。灯火遥接霄汉，恍惚步履天庭。　　重峦叠嶂翠层层，野墅气息清。小桥流水人家近，竟然忘，一往深情。素幔轻帘挑处，悠扬欧域琴声。

卖花声<小令别格>·悼效舒

想见伊人，难见伊人。阴阳生死隔几重。别梦依稀今又是，何处相逢？　　欲忆斯情，怕忆斯情。搅起酸楚万千寻。撞落心头滴滴泪，肠断黄昏。

陈希儒

1948年生，甘肃山丹县人。山丹县人大常委会副主任、张掖市美协副主席，中国书法研究院委员、甘肃省诗词学会会员。主编《山丹史话》、《山丹放歌》。

山丹怀古

焉支旭日映山丹，弱水悠悠晓狼烟。
四坝遗存史镌册，长城迤逦若龙蟠。
汉皇马场今犹在，穆帝威仪驻驾銮。
旧事千年成古迹，今朝泼墨写新篇。

焉支山

一曲匈歌万口传，千年争唱焉支山。
谁言妇女无颜色，胭脂绽蕾辨媸妍。

咏峡口

驱车峡口旧时关，云笼石崖大漠南。
铸铁砖城虽故址，“锁控金川”字犹班。
龙头翘首甘凉望，万壑低眉戈壁穿。
扼道咽喉今可在，一通高速过楼兰。

咏长城

（一）

明边汉塞古城存，静卧荒原奥秘深。
一座露天博物馆，悠悠历史任钩沉。

（二）

迤逦长城半掩埋，陆离斑驳染莓苔。
尘封历史烽烟靖，留作景观喻未来。

过山丹

一路轻车到河西，山丹处处有神奇。
长城并列擦肩过，大佛分忧善目低。
国际友人留故居，无垠马场骏骑驰。
寻君不在也留步，调转车头上焉支。

春 晓

又是一年绿柳摇，祁连冰雪化春潮。
涵养水源保生态，汩汩流泉汇碧涛。
焉支山下碧波平，冰盖消融映月明。
白浪飞驰洞帘外，春雷滚滚有余声。

砚边感怀

供职画坛四十年，凝神不觉一挥间。
宣纸铺路追羲献，灯烛清心读圣贤。
艺海无边勤补拙，兰亭路远苦当先。
学书静笃臻佳境，海墨畅游心自闲。

参加赴日画展有感

2007年4月10日，应邀参加纪念中日邦交正常化35周年中国书法美术代表团赴日交流展览。

中日邦交卅五年，应邀东渡结新缘。
樱花漫卷名古屋，笑语欢声画展间。
直管悬针垂露态，疾风劲竹傲霜寒。
挥毫泼墨抒心意，纽带惟期代代传。

周庄赏牡丹即兴吟

夏日南湖百舸摇，周庄牡丹赛双乔。
赏花莫叹春光去，把酒吟诗意趣高。

李枝葱

笔名成蹊、晨曦，1948生，甘肃庆阳市人。研究生毕业，高级工程师。历任甘肃省科学院副院长，《甘肃科学》主编，甘肃省科学技术协会副主席、甘肃省诗词学会副会长，甘肃省科普作家协会会长，中国创造学会理事等职。已出版《西行诗草》、《江花边草》两部诗词专集。

狗牯脑茶歌[①]

子葳江西行，闻见感纷呈。
人杰开百代，地灵风物盛。
访茶狗牯脑，饮重有美名。
迢递出深谷，馨香天然生。
孕当一芽叶，开园值清明。
摘带岳华露，揉和山川精。
采制依古法，腴瘠千万形。
姿如琼英秀，色似岫玉菁。
精工七经月，封装八品成。
正品号无双，极品谁能争。
天教得珍品，急冲露华盈。
一瓯收云液，三啜神愈清。
解闷消残酒，去邪除恶腥。
思想迸火花，吟咏出新声。
百味人间世，细品有余情。

【注】

① 狗牯脑茶乃茶中珍品，产于江西省遂川县狗牯脑山之云壑岩峰之间。

唐蕃古道[①]

邀友渡河湟，情深古道长。
登山扪日月，绕海溯隋唐。
公主和亲路，哥舒饮羽场。
春风知进退，一夜过洮阳。

【注】

① 唐代有一条从长安出发经甘肃、青海至西藏的道路，称唐蕃古道。

新世纪献词

赫赫沧桑变，骎骎岁月迁。
山河迎旭日，杨柳带春烟。
入贸鸣锋镝，飞船响劲弦。
宇开新世纪，国运小康篇。

2008端午感怀

粽香香入户，公假度端阳。
奥运中华热，震灾巴蜀凉。
全球伸援手，举国吊黎殇。
宗旨人为本，民生未可忘。

二十岁初度

云断关山雁去悠，古原无语暮烟流。
饥肠未改初时愿，浮世难明复曷求。
乍暖还寒狂岁月，才晴又雨醉春秋[1]。
几回惆怅灯花梦，二十头颅独自忧。

【注】
① “狂岁月”、“醉春秋”指“文革”。

六十岁初度

故里墙颓旅梦残，荒鸡啼破五更寒。
阅人倍感人缘贵，涉世方知世路艰。
冷血怜成纨绔恼，虚衔卸去素心安。
伦常天理倾谁耳，六十头颅顺自难[1]。

【注】
① 《论语》有“六十而耳顺”语。

大漠龙卷风

远望云一抹，旋踵入鸿蒙。
卷地风吹起，扶摇上太空。

戈壁海市

渺渺晴云外，天光渡细埃。
仙山疑海上，白日梦蓬莱。

洮砚[①]

鹦哥绿石出洮州，巧借雕工入一流。
眼底龙翔搏凤翥，磅礴万象墨花浮。

【注】

① 洮砚产于古洮州，即今甘肃省卓尼、临潭、岷县之域，为中国古四大名砚之一。

陇西堂[①]

仁寿峻峋松柏苍，青山雄屹陇西堂。
匾联古朴宗风厚，庙貌雍容世泽长。
理道先师开绝代，汉唐史册竞辉煌。
轩辕苗裔三千载，李氏名门十万房。

【注】

① 陇西堂在甘肃省陇西县仁寿山。

兰州龙源[1]

一龙高举万龙腾，河水汤汤雪浪崩。
石破天惊嗟草昧，龙翔风翥悟风鹏。
千龙可证千年史，九子能衔百福膺。
源远流长龙出岫，龙图龙象日初升。

【注】

① 兰州龙源始建于2001年,是集中展示中华龙文化主题公园。

黄河首曲秋色选二

(一)

银丝金髻对斜晖，曲水依然接翠微。
袅袅暮烟秋畹上，仙源行尽不知归。

(二)

诗中秀水溯流长，画里秋山五色章。
草上飞来河曲马，白云散作欧拉羊。

沙塞子

骆驼草[①] 骆驼

白雁天边寻遍，风作助，过高丘。只有倦沙寒谷，任淹留。　　大漠真魂谁识？蹄影瘦，辔铃悠。肠断天涯归路，意难收。

【注】

① 骆驼草为沙漠戈壁中的绿色植物。

城头月·月泉赏月[②]

奇沙一脉天山雪，造物弯新月。桂影婆娑，蟾光叆叇，夜夜清秋节。　　瞻华当领鸣沙绝，白鹤飞银阙。皓月常晴，神泉应满，休教牙儿缺。

【注】

② 月牙泉在敦煌鸣沙山下，是一弯形似月牙的神奇的沙中泉水。

永遇乐·雪

翻手为云，覆来为雨，谁能如雪？絮软浮烟，冰清凝玉，天地生奇绝。梅花点点，梨花片片，本色都无区别。又乘风，玉龙千里，江山一夜寒彻。　画堂沉醉，娉婷顾影，好梦枕寒犹热。寡和阳春，东皇还妒，难得常相悦。随形赋物，应时留去，千古韵堪明月。去时静，来时悄悄，亦称亮节。

木兰花慢·读汉班彪《北征赋》①

游子多感慨，况故国、正逢秋。望赤坂原高，天苍云淡，雁去声留。北地粮仓偌大，要连绵林莽变平畴？水土千年流失，又添干旱新忧。　遥想天地赋奇尤，旷古有公刘。念农耕文明，艰难步履，遗德堪讴。生态万年当护，问残山剩水共谁游？欲唤牛羊夕下，重招绿水长流。

【注】

① 汉末，班彪避难，“发长安，至安定，作北征赋。”

望海潮·西夏王陵咏古[1]

地襟河漠，疆分凉朔，兴灵自古咽喉。风吐紫崚，烟吞翠山献，贺兰遥接云头。渺渺古陵丘。惜残垣断壁，荒塔颓楼。窸窣秋风，黯然情似说蒙酋。　　百年王土封侯。有千营铁骑，万里疆畴。挥戈雪山，弯弓瀚海，轻师独取甘州。青盖映骅骝。看少年元昊，一代风流。鼎足当年胜事，辽宋共春秋。

【注】

① 西夏王陵在宁夏银川贺兰山下，为西夏历代帝王陵园。

陶斯海

字广谋，号五柳后生，1948年生，甘肃漳县人。民盟甘肃省委艺术家工作委员会副主任、甘肃诗书画联谊会常务理事。

有感

五斗轻抛风范垂，六旬虚度梦重追。
萍踪从此天涯外，陇亩躬耕育蓓蕾。

遣怀

一事无成两鬓斑，辛酸历尽志犹坚。
修身少小仰三五，不慕浮名慕前贤。

咏石

有志舍身填恨海，无私慷慨补情天。
凄风苦雨等闲看，毁誉荣枯自坦然。

题骆驼图

红柳白沙朔风狂，长河落日野茫茫。
唯存一志昂头去，万里孤征向远方。

题牡丹图

微醉挥毫意兴狂，数枝娇艳赞花王。
不须青帝添红紫，国色无双王者香。

初 雪

一夜寒风送雪花，玉龙飞舞漫天涯。
无枝无叶无根蒂，朵朵晶莹落万家。

题雄鸡图

日升月落复东西，报晓司晨最守时。
且喜退休居二线，林泉栖隐不迟疑。

题群驼图

茫茫戈壁走群驼，妙笔何须着墨多。
只要心中存信念，风狂雪猛任雕琢。

题龙图

泼墨画龙醉意微，疏疏几笔已腾飞。
卷中一段昂藏气，直入云霄起巨雷。

题梅图

铁骨崚嶒槛外斜，暗香浮动到天涯。
幽姿未许俗人见，高格长留居士家。

孔祥元

1949年3月生,甘肃省兰州市人。中医主治医师、中华诗词学会、甘肃省诗词学会会员。

浮尘（新韵）

清明已过未清明，四面尘沙视线蒙。
愁叹蓝天何处有？孙儿小手指荧屏。

带孙玩碰碰船

共驾圆舟把浪冲，转弯进退自从容。
人生碰撞寻常有，不及此间乐趣浓。

喜迎北京奥运会

五环如愿耀神州，万里江河热泪流。
昔日病容犹在否？龙腾虎跃看金秋。

往 事

淡云高树对斜阳，往事悠悠暗断肠。
一片家山游子泪，三间土屋活人堂。
春风好种林中杏，秋雨难栽陌上桑。
自笑多情常做梦，额添沟壑鬓添霜。

九寨之水

秀貌雄姿举世睽，静如处子动如雷。
群湖倒映千峰翠，叠瀑争流万马飞。
浴日火花光灿灿，腾空雪浪雾霏霏。
桂林休恃甲天下，后起精英欲夺魁。

青藏铁路通车喜赋（新韵）

喜看云程上九天，铁龙盘过地球巅。
哈达高举银峰项，美酒浓斟碧海间。
莽莽荒原通富路，咴咴骏马跨征鞍。
他年再摆庆功宴，醉舞锅庄颂大千。

沁园春·盼雪

气候乖张，累岁冬干，不见雪飘。只梦中洒落，琼花闪闪；心头漫卷，玉浪滔滔。一觉醒来，茫然四顾，依旧群山瘦影高。待何日，再银装素裹，重现妖娆？　　天公底事藏娇，把白雪仙姑锁住腰？使乡村市井，平添焦躁；诗坛词苑，顿减风骚。疫病流行，苍生困顿，无力弯弓去射雕。齐声唤，降铺天盖地，瑞絮连朝。

沁园春·观油画《开国大典》

故国清秋，万里云天，玉宇无埃。看天空门上，红灯高挂；玉栏杆畔，黄菊初开。一代元戎，庄严宣告：中国人民站起来！欢歌动，庆天翻地覆，喜泪盈腮。　　群英纵目楼台，算革命征程未有涯。况豺狼未灭，岂容懈怠；金瓯尚缺，怎可徘徊？百废欲兴，万端待举，改造山河战鼓擂。重抖擞，率千军万马，再展雄才。

满江红·观油画《狼牙山五壮士》（新韵）

立地擎天，好一组，英雄雕像。矗立在，狼牙山项，亿民心上。昔日烽烟虽已灭，当年豪气依然壮。问缘何，岁月渐遥深，眸尤亮？　看华夏，清波漾；观世界，风雷荡。见东洋魑魅，又掀浊浪。罪史重修翻铁案，妖神屡拜摇幡幢。告儿孙，旧耻要常温，休都忘！

沁园春·兰州中山桥百年纪念

万里洪涛，日夜奔流，两岸难交。唯筏排可渡，波凶浪险；行人仍叹，路隔山遥。铁柱曾牵，钢梁又架，始建黄河第一桥。从兹后，看车轮滚滚，马队萧萧。　百年逝水滔滔，历雨雪风霜色渐凋。幸韶华虽去，黎元永记；功勋自在，史册常标。乐伴雄关，喜陪白塔，笑卧金城亦自豪。更欣慰，有新桥座座，各领风骚。

李斌武

字杰夫，1949年生，甘肃静宁人。1982年兰州大学哲学系毕业，学士学位。曾任平凉市劳动和社会保障局局长。

师生团聚

别时匆遽见时难，团聚师生喜泪酸！
重访五泉寻旧梦，亲临母校赏新园[①]。
春花绽放春光暖，秋叶调零秋果繁。
安得夕阳神手笔，喷霞吐彩绘奇观。

【注】
① 新园，指兰州大学榆中分校。

登崆峒

秋高气爽望飞鸿，同学西游到陇东。
野菊著花迎远客，雄鹰展翅击长空。
隍城神挂天梯上，翠柏仙移塔缝中。
玄鹤不知何处去，惹来百鸟闹皇宫。

宝塔颂

大明宝塔[①]耸城东，气势巍峨入太空。
经历沧桑逢盛世，梳妆容貌沐春风。
胸怀旷达云天外，根脚深埋泥土中。
菩萨何须香火旺，佛光普照乐融融。

【注】

① 宝塔，位于平凉城东宝塔梁上，气势宏伟，为平凉八景之一。

苹果之乡赞

羲皇故里治平川[①]，苹果之乡美誉传。
谷雨繁花香雪海，秋分硕果艳阳天。
古城富士金钱树，成纪品牌幸福泉。
昔日穷山荒野地，今朝康泰乐无边。

【注】

① 治平川，在静宁县西南治平乡，有省级文物汉代古成纪遗址。

闹元宵

元霄明月夜，满眼彩华灯。
神箭冲天吼，嫦娥卫星升。
雄狮逐虎跃，鬼鼠戏龙腾。
奥运润春色，福娃邀远朋。

圣火传甘陇

圣火传甘陇，祥云化彩虹。
飞天舒广袖，神箭舞东风。
丝路扬旌帜，黄河腾巨龙。
北京圆梦日，含笑上崆峒。

秋思

晚秋枫叶漫山红，野菊花黄映碧空。
翠柏逢霜神气爽，莫讥小草畏寒风。

圆通寺

消夏圆通寺，月明淡汉河。
闻风厮密语，胜似听仙歌。

回文诗二首

柳湖

柳湖波浪戏肥鹅，浪戏肥鹅隐碧荷。
隐碧荷花红似火，花红似火柳湖波。

秋霜

晚秋霜染菊花黄，染菊花黄忆故乡。
忆故乡儿思母泪，儿思母泪晚秋霜。

苏时修

女，1949年生于兰州市。甘肃中等职业学校教师。甘肃省诗词学会会员，临洮诗词学会理事。

十六字令·为汶川大地震遇难同胞致哀

（一）

灾！地震汶川天地哀。家园毁，一片废墟埋！

（二）

灾！地裂山倾日月哀。乾坤黯，赤地尽阴霾！

（三）

灾！胡总察灾会议开。中枢令，四海震民垓！

（四）

灾！总理亲临善指挥。全民应，鱼肉筑家宅！

（五）

灾！塞北江南捐献财。爱心献，携手表衷怀！

兰州九洲台赏杏花

（一）

一枝独秀绽春蕾，兴致勃勃恍若飞。
翘首雾中窥瘦影，红云漫卷尽芳菲。

（二）

嫣红姹紫醉绡扉，占得枝头雪儿堆。
妙境无形难费解，绿帏枕卧一奇瑰。

（三）

唇脂翠叶展蛾眉，点染九洲青黛晖。
聊借东风诗囊饱，素衫落瓣迓春归。

鹧鸪天·汶川大地震寄远

地裂山崩赤地灾，哀鸿遍野废墟赅。田园华夏瞬间毁，穆穆苍生葬尘埃。　　温总理，赴灾垓，指挥战斗妥安排。江南塞北齐携手，帐蓬衣物滚滚来！

沉痛悼念汶川地震罹难同胞

汶川地震破天荒，七万同胞瓦砾亡。
为悼罹灾亡众魄，半旗三日吊国殇。
黄河挥涕槌胸吼，泰岳哀沉顿足伤。
华夏人民滴泣血，昊天悲恸泪汤汤。

奥运圣火照耀全世界

奥运健儿志气豪，熊熊火炬若狂潮。
祥云照耀乾坤烂，群力相传赤县骄。
雪域草原传喜报，五环彩练艳京郊。
骚人长啸升平曲，笑语殷殷震碧霄。

贾 德

1949年生，甘肃陇西人。从教40年。中华诗词学会会员、甘肃诗词学会会员。

国庆感怀

绚丽红旗耀九州，民康国泰固金瓯。
巨人站起擎天立，猛吼雄师震地球。

“神舟”5号载人航天感赋（新韵）

嫦娥起舞吴刚宴，欣喜乡亲过广寒。
鼎立三足今有我，来朝华夏首扬帆。

观威远楼感赋

巍然屹立市中央，历尽沧桑风雨霜。
过客谁无翘首仰，雄威壮丽誉遐方。

咏榆树

随遇而安居野荒，枝繁叶茂御飙狂。
不华不丽结硕果，任屈任折见顽强。

荷花（新韵）

——参加海峡两岸荷花诗书画大展

花中君子赛佳人，抗垢拒污洁自身。
天下阿准无注目，只能崇尚不能侵。

过童年求学处缅怀齐作寿老师（新韵）

当年负笈此山庄，幸遇良师父母肠。
桃李天涯怀绛帐，春风化雨世无双。

徐 母①（新韵）

徐母何逊孟母贤，为抚二子呕心肝。
良才育就容憔悴，勤快乐观仍未迁。

【注】

① 一位艰辛育儿的农村妇人。

园丁乐（新韵）

清明时节赏花园，姹紫嫣红景壮观。
惟欣春风勤雨露，何忧冬雪压华颠。
年年总赋园丁乐，岁岁常偕桃李欢。
要是人都能至此，谁还羡慕做神仙。

故乡昔日拟古（新韵）

祖籍僻陋一山村，断壁残垣掩草棚。
野菜充肠难解饿，鹑衣蔽体不禁风。
半犁黄土拉春夏，一条扁担扛秋冬。
大雪封门千岭暗，人携柳杖万家行。

故乡今日拟古（新韵）

鳞鳞宅宇赛公园，瓷地瓷墙瓷对联。
大理茶几盛酒馔，康佳彩电看瀛寰。
农机拥道道嫌隘，粮袋盈仓仓愿宽。
曾羡城郭是仙境，原来仙境在家山。

张树兴

字芮谷，别署迟园。1949年生，甘肃崇信人。1974年毕业于西北师范大学美术系。甘肃省诗词学会会员、崇信县美术家协会主席、芮鞫书画院副院长。

南　山

一溪轻雨转斜辉，绿树青山横翠微。
小曲时闻人不见，羊鞭惊起白云飞。

谒唐帽山程咬金庙

孤身救驾破重围，挂帽林梢敌胆摧。
河马潭声吞日月，五龙山色动风雷。
将军一战大唐固，香火千秋小庙嵬。
万木霜天红欲醉，与君共享太平杯。

鹧鸪天·农家即景

竹挑翻飞妙手轻，珍珠露出绿衣层。檐檐玉米金龙舞，满院清香笑语盈。　　青杆杆，紫缨缨，扎枪摆线半中庭。小丫叫卖音方落，响起男孩喊杀声。

临江仙·山中写生

空谷鸣泉流水，斜阳野岭孤云。丹青写罢杳无村。顺风寻犬吠，拨草辨牛痕。　　瓦舍坳间忽现，山民敦厚殷勤。炕头品画笑声淳：眼中闲景致，笔下培精神。

沁春园·崇信咏

风翥登临，关陇山高，泾渭水悠。想公刘鞠芮，子民繁衍；秦皇巡猎，城堡初筹。唐建军营，宋行县制，奋起工农争自由。山河改，数红旗万杆，绿浪千畴。　　东风又放歌喉。话改革，嘉宾遍五洲。步莲台观日，千峦溢彩；龙泉听雨，百练飞流。林海藏珍，煤田聚宝，粮满川塬蔬果优。同开发，看宏图再展，壮志欣酬。

写生途中

雾访农家去，迷蒙一路秋。
风吹千树响，谷渺半山浮。
吠旷惟闻犬，铃清不见牛。
俄而红日起，已觉到村头。

幽谷

幽谷雪融细草生，春光半掩已多情。
荆榛鸦黑山山暗，杨柳鹅黄树树明。

题画

麦田新绿遍山涯，夜雨悄然放杏花。
户户春锄闲日少，沟边寂寂是人家。

题暑假牧犊图

复习牧犊两无违，雨润苍山草正肥。
小曲悠然信口唱，满头插得野花归。

悟画

悟得自然造化功，心源开处荡清风。
不从唐宋搜奇句，诗在深山褶皱中。

地膜种植

麦田地膜垄行匀，三月风光最可人。
桃杏枝头闻笑语，绿衣少女白纱巾。

鹧鸪天·忆大湾岭铺砂

挨户公差又值冬，知青三载暂为农。粥稀常映荒山月，窑破难遮野岭风。　　莫叫苦，且安穷，惟盼铺砂早交工。无钱忍省精粮面，换炭归来大雪中。

游龙泉寺

重阳携友上高林，一夜秋风红叶侵。
云锁回峰藏古寺，泉鸣溪谷响流琴。
心诚石虎佛非远，灵动柏龙雨自深。
棋乐茶香兼有味，和诗难得共登临。

再游龙泉寺兼赠诸友

其一

春光荡漾又重游，杨柳婀娜桃杏羞。
千古鸣泉飞爽雨，十分美景洗清流。
翔鱼洁净添高趣，啼鸟悠闲去俗愁。
环几茗香飘四座，引杯酬唱润诗喉。

其二

贯珠漱玉露华浓，芮谷听泉细雨濛。
绿水流琴尘俗远，青山滴翠梵音空。
藏龙仙界何须大，训虎佛门不恃雄。
殊世陶然天外客，心源开处有清风。

作画

信手层峦写叶黄，皴擦点里纸如霜。
归思忽向心头涌，一抹山溪似故乡。

灵感

奇观每在山中见，好句忽从梦里来。
一夜东风花信至，诗人未必是天才。

中秋

天上一轮满，人间万里秋。
银辉弥广宇，沧海泛孤舟。
昨梦遣青鸟，今逢已白头。
浮生难得意，来世更相求。

题崆峒秀图

崆峒天下勇，雄秀出苍穹。
纵艇穿青浪，驱车上碧峰。
轩辕千古事，问道一宫崇。
回望来时路，茫茫云海中。

蝶恋花·有感于中国画争鸣

笔墨挥来何式样？时雨春风、百卉齐开放。造化心源生万象，三山五岳等闲望。　　守线说零抒浩唱，纸废途穷、故作惊人状。传统新潮相碰撞，未来国画谁能量。

郭兰芳

女，1949年生，甘肃平凉市人。原供职于平凉市崆峒东关街道办事处。平凉市作家协会会员、崆峒诗词学会副秘书长。

沙海行吟

置身大漠畅情怀，不尽金涛拥日来。
热浪蒸氤连蜃境，驼铃阵阵向轮台。

登崆峒皇城

皇城峰顶接星辰，梦里天台见写真。
紫气瑞虹笼绿雾，攀登敢惜苦吟身。

柳湖仲夏

波连柳影荡湖光，乡女婷婷对镜妆。
浪溅船摇传笑语，垂钩沙岸纳清凉。

柳湖秋月

银盘一只湖心里，万缕清晖映水明。
碧波荡柳拂星月，嬉捉牵牛织女星。

题武都万象洞天宫

云隐瑶池雾掩门，叠峰重阙梦深深；
谁将日月精华塑，神韵千秋惊世人。

阮莲芬

女，1950年，江西兴国人。北京体育大学毕业。甘肃作家协会会员、中华诗词学会会员、甘肃诗词学会副会长。著有《紫塞清吟集》《紫韵闲吟集》。

沁园春·论诗

世界文坛，诗史寻踪，独秀汉唐。有黎民疾苦，皆成力作，田园山水，尽入琼章。乐府清音，建安风骨，魏晋吟旌一代扬。金声振，擅苏辛气韵，李杜锋芒。　　今朝曲换新腔。放异彩、情怀更激昂。看诗惊天地，千秋彪炳；词悬日月，旷世辉煌。共写宏图，同讴勋业，时代强音震八方。歌不断，似江河滚滚，源远流长。

沁园春·黄河吟

天降神龙，腾越险滩，环抱中州。卷狂澜怒水，涤除污淖；巨川激浪，载送飞舟。历阅沧桑，曾经战事，九曲回肠世路悠。留绝唱，纪峥嵘岁月，烟雨春秋。　　东行独自遨游，浩荡荡沉浮天尽头。更长河上下，群山，草盛；大桥南北，两岸花稠。广漠情怀，高天胆魄，滚滚惊涛哮不休。归大海，挟炎黄文化，万古奔流。

望海潮·黄河放歌

巨川如泻，气吞天地，狂澜腾卷奔流。穿岭越山，飞涛溅雪，激湍浪遏飞舟。千古自悠悠。哺炎黄裔胄，重写春秋。泽润良田，滔滔不尽向荒陬。　　当年决水难收，似脱缰野马，肆虐无休。拦坝筑堤，苍龙俯首，从今凭使沉浮。欲往觅深幽。正溯源而上，揽胜遨游。翘望东方，茫茫一线贯神州。

水调歌头·黄河秋韵

白雾迷幽岸，绿鸭戏金滩。奔湍翻浪飞雪，灏气纳山川。伫望黄龙吞吐，涤尽浊泥污淖，无语泻清寒。桥影横秋水，鱼梦枕长澜。　　凝眸处，波光映，景悠然，结庐此境，何必世外觅桃源。纵使情怀渐老，尚有三分情致，歌赋送流年。水调当渔唱，钓韵碧波间。

鹧鸪天·题《清江一曲抱村流》图

鸥鹭无猜结伴游，长风吹老五湖秋。应知故土胸中系，但看诗情笔底收。　　山寂寂，水悠悠，天涯放棹泛轻舟。纵然心有千千结，一曲清江洗尽愁。

一剪梅·西湖漫兴

一径明幽蔓草盈。山也青青；水也青青。琼林秀竹掩芳亭。枝上流莺，楼上听莺。　　出水新荷露欲凝。千种风情，万种柔情。柳绵拂面暖香萦。不是人行，便是舟行。

高阳台·芙蕖

莲立高墙，仙标玉质，娇容不染风尘。天降丹霞，九光尽透罗裙。淑姿微步凌波里，浣荷衣，泥淖无痕。枕涟漪，绿伞红裳，闲雅清芬。　　生来袅娜矜持貌，又孤怀澹泊，抱朴含真。不占高枝，但求碧水存身。枯荣随遇冰心悟，纵凋零，香魄归根。到秋时，雪藕盈盈，聊慰花魂。

蝶恋花·独对绿窗新雨后

独对绿窗新雨后，几盏清茶、聊作青梅酒。往日疏狂曾记否，缘何又为伤春瘦。　　只道红尘皆勘透，一念犹存、情愫还依旧。溪梦兰桥抛却久，小城故事休回首。

念奴娇·闻秋声有作

一帘幽寂，望兰山缥缈，雾迷楼堞。几度芸窗秋色暮，又听寒蛩凄切。疏柳参差，蓬蒿深浅，萧瑟凝霜叶。晚来风急，惊飞檐下啼鴂。　　诗情更比秋浓，愧无奇句，偏是心痴绝。惟有天边星耿耿，长伴孤灯明灭。竹影梅魂，雪泥鸿爪，多少清吟惬。新词赋得，晓钟敲落晨月。

鹧鸪天·又辞旧岁

难驻韶华付水流，黄花霜叶已成秋。观心无意祈新愿，对月依然忆旧游。　　吟白雪，唱红楼，放怀诗酒换貂裘。孤芳自赏雕虫卷，瘦句长歌乐不休。

侯怀巍

字散石。1950年生,甘肃陇西县人。陇西诗词学会会员,甘肃农民书画研究会会员。

夜读

影弄窗前窥探久，诗心澎湃欲操觚。
老妻怨诉焚膏贵，吟到唇边却又无。

桦岭行

桦岭雪崔嵬，残林鸟兽微。
羊径翁负水，瘦马带斜晖。

山岔路遇

拉车老汉力非轻，左右孙孙奋扯行。
咬档破珠惊宿鸟，滴滴汗水到天明。

忆旧

凛冽西风岸，拾柴穷汉愁。
栖鸦惊冻柳，雪落老翁头。

题 像

孙怕爷胡吻扎他，摇头躲闪手推抓。
莫云影照爷孙丑，逗乐天伦解困乏。

卓尼行

群峰垂首拜尼山，古道峻岩飞鸟旋。
壁立千寻红日碍，松涛万壑月光寒。
酥油芳草侵毡帐，牛粪悬壶煮晓烟。
禅定钟声浮四野，沧沧洮水保平安。

学书自勉

借来米氏线条波，打垒春光入砚磨。
学海津梁放大眼，书山探索破陈模。
莫云鬓发桑榆晚，自跃霜蹄奋力搏。
取立旨归抽象美，墨池荡桨渡新河。

开放竞争

改革潮声涌，歌吹谱八荒。
启星红日出，冰释下土疆。
笔走繁英处，笺留稻谷香。
凭栏极远目，晓岸健帆张。

农家乐

玉烛草药发奇葩，彩电传呼山野家。
老妪观屏遮赧脸，儿媳效步舞拍差。
爷爷欲看秦腔戏，孙稚频调手乱抓。
自在逍遥乐盛世，油馍罐罐煮清茶。

陈瑞珍

女，生于1950年，甘肃临洮人。大学文化。曾任临洮县洮阳镇副镇长、县妇联主任等职。现任甘肃省马家窑文化研究会副秘书长，临洮县诗词学会常务理事、副秘书长。

诗十首新声韵抗击冰雪颂二首

（一）

暴雪无情人有情，一方有难八方应。
解囊捐物援灾地，赤子爱心融厚冰。

（二）

人定胜天天让路，天兵铲雪变通途。
雪灾冻雨从兹去，众志成城灾祸除。

游深圳笔架山

笔峰突兀云天外，杜宇紫荆百卉红。
天堑鹊桥霄汉架，牛郎织女梦中逢。

春光好 ·边城春晓

风煦煦，水涓涓，洮水启风帆。古城风物数梯田。秃岭变青山。　　云袅袅，鸣翠鸟，种草造林春晓。北国洋芋财源，花卉赛江南！

更漏子·边城西湖美

水盈盈，湖畔醉。杨柳丝绵绵翠。双情侣，恋依依，泛舟身影迷。　　云袅袅，春光报，西塞边城春晓。湖水碧，水潺潺，桃源伊甸园。

深圳街头一瞥

香江水畔紫荆馨，细雨濛濛草埔村。
鸟语莺鸣争暖树，蜂飞蝶舞驻三春。
百花烂漫云缥缈，椰树婆娑雾发纷。
遍地春光关不住，南天烟雨乐销魂。

调笑令 ·抗震救灾

急救，急救，地裂山崩雨骤。解囊捐物支援，根绝地震祸端。端祸，端祸，胜利归来庆贺！

十六字令·援三首

（一）

援！会议中南号令传。巨人莅，坐阵破难关！

（二）

援！大战三军肩并肩。奇迹现，百姓再生还！

（三）

援！塞北江南携手欢。贻温暖，重建好家园！

杨树林

字泰文,斋号藏真苑,1951年生,甘肃陇西人。陇西县招商局正科级干部。甘肃省诗词学会会员,陇西县诗词学会理事。

白帝城

蜀汉托孤处，江围白帝城。
孔明唯谨慎，保主枉成名。

杜氏牡丹园

碧叶俏枝花怒开，流芳吐艳醉人怀。
满园国色蝶蜂舞，骚客闻香觅句来。

蜘 蛛

巧筑迷重八卦城，养精蓄锐坐中营。
恢恢法网无归路，魍魉贪虫何处行！

海棠花

一片情思洒郁芬，丹霞似火映黄昏。
绿肥红瘦消残酒，清照梦中牵韵魂。

过荆州城

血色夕阳里，荆城图画中。
大江分绿界，平野接苍穹。
霸业争雄地，波涛思绪重。
兴衰三国史，成败话关公。

长江三峡行

西陵拦大坝，高峡出平湖。
目逝烟波淼，船行碧镜舒。
青峦屏对出，神女影单孤。
天堑疏通道，禹王惊欲呼！

香港回归感怀

王朝腐败任人宰，乞约南京辱百年。
华夏痛心声泣泣，英皇加冕血斑斑。
神州霄汉飞龙起，帝国长河落日残。
台澳回归终有盼，金瓯一片慰前贤。

登崆峒山

西镇奇观万壑幽，登临绝顶眼前收。
聚仙桥上烟晨静，禅教林头涛暮愁。
泾水云飘天处逝，老君香绕殿中悠。
广成玄妙谁相识，黄帝何曾问道由①？

【注】
① 相传远古时黄帝曾去崆峒山向教主广成子问道。

西夏王陵怀古

蒙骑横行征腐朽，夏邦王气黯然收。
断垣痕记贺兰梦，荒冢伤留霸主头。
一代枭雄何所在，百年帝业几时休？
夕阳欲下照陵顶，飒飒漠原无尽愁。

游银川沙湖

何处平湖来宇外？瑶池借与半清湾，
芦苇丛束藏鸥鸟，碧镜波光荡画船。
屡屡鱼穿浮水面，声声铃响走驼连。
余晖一抹书奇景，边塞遐思望远鸢。

岷州惜别

古城孤旅瞬三年，自愧中途笨鸟迁。
心系岷山青壑里，情留洮水绿波间。
偕朋浪迹花儿会，邀友声吟八景篇。
难舍长堤君折柳，感伤惆怅别群贤。

重 阳

风轻云澹任舒怀，骋望登高伫阁台。
霜叶殷红霞片片，壑溪清素水洄洄。
千年骚客和诗唱，万里疆图乘势开。
秋暖黄花无尽赏，放歌一曲醉盈杯。

中秋思念正翔兄

中秋佳节,皓月当空,思念兄长,梦中乍醒,再难入寝。仁兄时年纵横书坛画界,才华横溢,聪慧过人,然英年早逝。惜哉！痛哉！

陇山崩坼恸悲音，渭水流殇泪洒琴。
椽笔能行九州远，才诗更入五湖深。
携书布展京畿地，赴会酣游越秀林。
魂绕中秋明月夜，哭兄梦里几惊心。

李白

诗坛百代为师表，四海游仙望月乡。
斜觑权臣轻粪土，正悬帆挂破流荒。
功名未就拔青剑，壮志难酬放夜郎。
斗酒击壶真雅士，风流彪史显豪狂。

杜甫

骚章高耸尊诗圣，一世飘零无处生。
国破哀伤愁万里，城春惜别泪三声。
秦州悲愤兵戎乱，蜀地号呼茅屋倾。
万古江河流不废，龙文虎脊耀空明。

念奴娇·山海关怀古

长城蟠曲，蟒蛇动，楼上尽观华物。关内云蒸连广宇，塞外残阳如血。海浪滔滔，青山莽莽，鸥鸟横飞越。咽喉锁钥，雄关形胜如割。　　秦皇汉武当年，筑城墙御敌，防兼征伐。吴贼引狼，轻夺隘，一路中原灰灭。修抚民心，固中华壁垒，永存伟业。国威强盛，江山坚实如铁。

念奴娇·神六巡天

神龙腾起，碧空去，十月西陲奇迹。云路征途新旅客，浩瀚银河落籍。桂子飘香，吴刚捧酒，玉兔金蟾跃。嫦娥问候，霎时情暖心切。　　追忆赤县当年，任人屠宰割，鳞伤流血。天地沉沦，民奋戟，魍魉魔妖齐灭。今日遨游，须澄清玉宇，气吞强敌。射光牛斗，中华儿女同悦。

蝶恋花·无题

秋雨秋风何日了，愁绪翩跹，惹动凡心躁。黄叶枝头吹落掉，寒霜浓雾沾枯草。　　远去故人伊可好，崎路遥遥，冷暖谁知晓。关隘重重波淼淼，天涯访尽归期早。

六州歌头·戊子端阳感怀

今逢端午，心事复难平。追屈子，如潮涌，满胸膺，发悲鸣。地动山摇烈，汶川陷，万人毁，柳叶败，香草黯，百禽惊。举国哀伤，半帜凌空抖，痛悼亡灵。倘诗人重现，泪洒汨罗泠。《天问》之声，入霄冥。　　尽全民力，旌旗奋，风云动，胜雷霆。齐解救，凭神策，出雄兵，靠枢京。火炬相传送，遍华夏，爱心凝。捐巨款，慰饥暖，献深情。更有龙舟竞渡，风帆正，一路前行。长中华志气，化劫难为零。景象光明。

柳祥麟

号半斗斋主，1951年生，陕西华阴人，大专文化，政工师。甘肃省作家协会、甘肃省诗词学会会员。著有《柳祥麟诗草》《羲皇故里寻根记》。

小平颂

求经万里下西洋，一代精英聚圣乡。
右水红潮惊八桂，入湘铁马壮罗冈。
摘冠不坠凌云志，坐帐重呈济世肠。
天佑雄才终展策，中兴大业赖公昌。

改革新政廿年硕果累累喜赋

中兴大业始鸣钟，令出宗师十亿从。
富国丰民仁厚施，惩凶纠错义重逢。
川江坝锁千寻水，雪域云随百丈龙。
宿喜神舟游宇宙，康庄道越万山峰。

三峡大坝封顶喜赋

禹王治水十年功，坝筑川江接碧空。
法器欢生千邑电，平湖笑纳百年洪。
荆扬去险畴翻浪，峡海平波舰乘风。
举世工程长梦现，惠陵遥望告孙公。

谒人民英雄纪念碑怀念毛主席

远谒高碑热泪潸，毛公圣手医邦瘝。
吊民铁戟来潮疾，伐罪吴钩胜月弯。
均地终须驱四户，立公最要倒三山。
新华雪尽清民辱，不许西夷视等闲。

“嫦娥一号”发射成功喜赋

卫星坐箭去西昌，探月追风乐路长。
翼索阳光添体力，意遵讯令报远洋。
广寒宫影归原像，青女身姿着旧裳。
播罢乡音仙子笑，省亲明日有飞舱。

五六自寿赋四律其三

回头往事结心言，学做真人悟在前。
野铁成钢需百炼，散砂作范要凝团。
养家莫喜脏钱至，布道留心大义肩。
正气一身清满袖，儿孙得此乐天年。

忆朱德等元帅屡视西固石化城有感

古城何事动元戎，地展蓝图喜报重。
塔擎苍天衔静月，管盘碧野引飞虹。
肥丰稻谷充高廪，油饮银鹏击远空。
寄语当时心润久，黄河激浪向洋冲。

抗2008年雪灾中赋十三首选一

狂风暴雪虐南深，三楚消灾事易寻。
装甲剥冰车怒啸，援军踏岭缆低吟。
郴州有讯驱寒夜，黔邑添衣融慄心。
京广龙飞瑶道贯，战天是处满捷音。

拉萨“3·14事件”后感赋

谁对珠峰祭逆风，爪牙欲夺裂疆功。
冲天火焰垂云黑，扑地生灵溅血红。
奴入王宫心有恨，龙飞雪域眼偏空。
凉州石记元盟在，左道登坛路早穷。

奥运圣火内地开传喜赋

雅典春阳生圣焰，金乌送凤入青天。
炬传列国推红浪，烟漫珠峰造赤巅。
大匠营巢才洁手，健儿备战早摩拳。
祥云引领英雄起，舞乱环旗祝梦圆。

石爱玉

女，1951年生，甘肃平凉市人。文科大专学历，中学一级教师。平凉崆峒诗词学会副秘书长。著有小说散文集《海韵文踪》，同何明恩先生合著诗词集《粤海吟踪》。

教师节随兴赋感

（一）

无悔青春执教鞭，朝朝暮暮讲台前。
粉尘化作心田雨，春色昭苏百卉园。

（二）

一生桑土又如蚕，吐尽茧丝心亦甘。
只以真诚天自信，不平凡处也平凡。

退休遣怀拟杜诗七歌古风

（一）

源自陇山泾水清，行年不觉五五整。
车到终点须下站，船泊码头依岸横。
讲台惜别虽无憾，枕上萦回依旧梦。
闲读圣手七歌诗，偶思古风惹新兴。
呜呼一歌兮歌开怀，椰风为我送韵来。

（二）

走出校门工作初，泾川桥头杨柳绿。
故乡城郭十八载，陆地物探千百度。
辗转中原星与月，驰骋汴梁风和雨。
逐鹿南北勘油井，始为工人复教书。
呜呼二歌兮歌飞杨，青春似火度韶光。

（三）

海滨寥廓望云舒，艰辛岁月忆当初。
基业创始东风劲，学海泛舟拓新路。
伴随油井潮头浪，常向船帆彼岸渡。
手援笔楮倾江海，心注沧波挂云图。
呜呼三歌兮歌三叠，天阔鸥飞未停歇。

（四）

痴执教鞭海风吹，百花园里心欲醉。
讲台喜结师友情，新知旧雨亦欣慰。
登坛授课层梯上，攻读大专夜不寐。
踌躇满志知难进，风雨晨昏诚可贵。
呜呼四歌兮歌几多，乐道园丁喜劳作。

（五）

技校中学勤从教，又获文凭自钧陶。
无奈诗赋难酬愿，频抒情怀墨砚消。
游记诗歌融胜景，影评小说兼报导。
笔耕不坠青云志，《海韵文踪》荐全貌。
呜呼五歌兮歌不够，阳光彩虹风雨后！

（六）

海滨廿载几春秋，形单影只半月钩。
欲觅知音结连理，孰料返乡逢邂逅。
天赐际遇神情会，诗文晤面喜相投。
无巧难成心上事，有缘方得意中偶。
呜呼六歌兮歌六阕，结伴岭南赏新月。

（七）

君不闻足下成蹊道不改，桃李无言亦生彩！
更不闻潮涨潮落须有时，直挂云帆济沧海！
行览风光乐山水，坐望苍松生豪迈。
携手红尘人不老，留取青山春常在。
呜呼七歌兮歌年华，退休遣怀满天霞。

田 沐

字玉林,1951年出生,辽宁海城人。中华诗词学会会员、甘肃省作家协会会员,省诗词学会常务理事、副秘书长。

浣溪沙·盼奥运

默数光阴倒计时，频翻日历引神思。心期奥运惹情痴。　　共创辉煌抒壮志，同开纪录展雄姿，百年圆梦喜吟诗。

台湾两党主席大陆行

茫茫烟水恨难航，骨肉分离各一方。
鸿雁年年思故里，杜鹃夜夜恋家乡。
亲人远去难相聚，游子归来易断肠。
认祖归宗圆旧梦，不堪回首话沧桑。

咏嘉峪关长城

定国安邦巧设防，凭高据险筑城墙。
东临沧海修关隘，西出阳关守土疆。
昔日边陲驰战马，而今塞外放牛羊。
重峦起伏神龙舞，首尾连绵万里长。

过 年

午夜钟声十二敲，迎春喜气涌如潮。
冲天爆竹通银汉，彻地烟花映碧霄。
有趣顽童玩昼夜，无眠亲友乐通宵。
炎黄儿女同欢庆，祝愿中华更富饶。

江城子·汶川地震

灾魔突发降汶川，似天旋，立身难。剧烈颠簸，摇晃荡秋千。房倒楼塌只一瞬，生死界，鬼门关。　　亲人消息倩谁传？对残垣、更无言，满目疮痍，心碎泪痕干。纵使生来心似铁，当此刻，也应酸。

望海潮·哀悼日

车船鸣笛，神州悲泣，哀哀泪水长流。遥念汶川，情牵骨肉，忧伤笼罩心头，灾难几时休？震魔降临后，生路难求。华夏含悲，国旗半降寄哀愁。　　今宵不忍登楼，看荧屏画面，阵阵心揪。焦土废墟，残垣断壁，荒郊遍布坟丘。往事梦中留。亲友今何在？午夜神游，从此生离死别，思念自悠悠！

浣溪沙·贺兰州军区《边塞诗社》创刊

铁马金戈入梦遥，沙场烽火久烟消。廉颇莫道已年高。　　边塞诗刊承雅韵，军营佳作续离骚。风流人物看今朝。

获奖感言

莫谓书空难解因，偏多怪事到如今。
成名自付成名费，获奖反交获奖金。
显赫头衔登艺苑，至高荣誉载诗林。
加官晋爵封称号，文化商人苦用心。

鹧鸪天·登山

树巷荆丛绕几层，登山更觉有诗情。白云锁径迷幽谷，乱叶铺阶碍路程。　　休却步、且徐行，神清气爽性空灵。林亭小憩休闲处，泉水烹茶细品评。

无 题

荣辱兴衰读史书，古今宦海几沉浮。
富春江上钦垂钓，西子湖边羡结庐。
寄意林泉神气爽，钟情山水慧心舒。
闲来分享渔樵乐，亲近自然赏画图。

咏风筝

借势乘风向碧空，扶摇倾刻入云中。
出尘恍若离三界，绝影犹疑上九重。
仰望蓝天寻自在，神游碧海得轻松。
踏青郊外添情趣，日丽风和雅兴浓。

无　题

感慨人生岁月侵，恍如昨日忽成今。
情随流水思千里，客恋韶光惜寸阴。
苍狗翻空云易变，白驹过隙影难寻。
依稀往事留残梦，编缀诗篇喜自吟。

戏咏老花眼

视力当年敢逞强，贪书凿壁借微光。
孤灯渐尽浑无碍，蜡炬将残夜未央。
岁月难留惊巨变，人生易老感沧桑。
如今阅读装洋相，两片玻璃架鼻梁。

浣溪沙·情缘

或许人生各有缘，痴男怨龙枉缠绵。几多离合与悲欢。　　莫笑男儿迷色网，堪怜女子恋情关。传奇故事总凄然。

——读《唐宋传奇故事》有感

浣溪沙·虎年迎春

王者归来挟虎威，烟花爆竹满天飞。万千气象伴春回。　　北国风光夸白雪，江南秀色赞红梅。东风应律育芳菲。

鹧鸪天·名人虚假广告

毕竟名人有效应，传媒广告上荧屏。不思荣辱留千古，只认金钱是万能。　　多假话、少真经，生财无道必无情。代言形象污形象，寄语明星要慎行。

西江月·感怀

不羡灯红酒绿，羞贪纸醉金迷。功名富贵更休提，只有傲然骨气。　　身似闲云野鹤，意如流水东西。兴来松下一盘棋，胜过神仙皇帝。

南乡子·酒

玉液润腮红，诗酒结缘雅兴浓。各显豪情夸海量，英雄！慷慨高歌唱大风。　　世事古今同。身似浮萍寄浪踪，逝水流年惊巨变，匆匆！往事依稀绕梦中。

鹧鸪天·短信垃圾

短信如潮浊浪高，荒唐乏味更无聊。先施获奖金钩钓，再设情关诱饵抛。　　侵话费，骗腰包，处心积虑想邪招。贪财恋色迷心窍，错把贼船当鹊桥。

电视购物广告

商品宣传各有招，离奇广告最无聊。
轮番演示同尖叫，反复折腾共促销。
既可防潮凭水泡，亦能抗震用锤敲。
谁知货到非原货，真假临时暗调包。

牛居俊

女，1951年生，甘肃榆中人。高中文化。临洮诗词学会副秘书长、甘肃省马家窑文化研究会副秘书长。

沁园春·兴隆山赏红叶新韵

日丽风和，天高气爽，诗友采风。看漫山红遍，洋洋洒洒；铺天盖地，万木彤彤。霜叶如花，层林尽染，堪与香山媲美红。春潮涌，更浓妆淡抹，五彩霓虹。　　北国秋色融融。跨广袤陇中似巨龙。览红叶簇簇，赏心悦目；粲然巨龙，烈焰熊熊。远眺马啣，如痴如醉，携手吟朋情趣浓。惊回首，叹山花烂漫，梦在兴隆。

游冶力关森林公园感赋

风景悠悠似画屏，苍松谡谡喜泉清。
青山郁郁连云海，湖水粼粼耸榭亭。
十里翠峦如巨虎，千流飞瀑宛白绫。
今朝陶醉蓬莱梦，来岁携朋冶力行。

神六双雄航天成功

（一）

“神六”双人上太空，俊龙海胜两英雄。
安全着陆预期返，圆满功成誉国中。

（二）

华夏飞龙喜讯传，神六上天赖科研。
九天揽月功圆满，胜利返航耀世间。

战雪灾

（一）

百年未遇雪灾生，江南兀见万丈冰。
路阑电断灾情急，万壑千山结凇凌。

（二）

高压铁塔瞬间倒，电业职工奋力行。
铲雪寒天心似火，刨冰武警乐盈盈。

（三）

暴雪无情人有情，江南塞北拧成绳。
中央领导亲临阵，众志成城战果赢。

地震感赋

地裂山崩房屋毁，同胞罹难废墟埋。
哀鸣遍野呻吟痛，肉骨伤残泣血哀。
总理灾区鼓士气，雄兵十万战魔豺。
捐钱捐物真情重，三日半旗吊逝骸。

赞李剑英烈士

剑英驾翼护蓝天，飞鸽撞机遭祸端。
十六秒钟一刹那，死生抉择在瞬间。
飞行日夜国防固，视死如归品格贤。
永铸丰碑耸霄汉，致哀烈士继航天。

游兴隆山

兴隆云雾漫登攀，岚气腾腾锁翠峦。
青松谡谡风物美，幽幽仙境胜黄山。

杨继胜

字仰椒，1952年生，甘肃陇西人。建筑工人。甘肃省诗词学会会员、陇西县诗词学会副会长。

公安客语

今日闻客语，令人长叹息。客为公安人，昨夜抓娼妓。
抓来卖春妇，神情大相异。其中时髦者，供词都统一。
不劳求享乐，追逐钱与欲。唯有一妇人，无语掩泪泣。
已是徐娘貌，脂粉饰娇媚。问讯再三过，还是默不语。
问者大震怒，斥之厚脸皮。人应知羞耻，何况四十余。
突然悲声放，嚎啕声惨凄。“我也知羞耻，只因生活逼！
诸位且息怒，听我话一席。家在乡下住，勤耕安乐居。
膝下有一子，勤奋好学习。不幸天降难，车祸遇夫婿。
腿断身残废，悲痛诉与谁。一家全靠我，拉粪又扶犁。
今年高考后，吾儿数第一。大喜转为悲，学费难凑齐。
只得将粮卖，让儿安心去。卖粮难持久，还得顾夫饥。
无奈到闹市，忘耻卖身躯。今日被捉住，身遭五雷击。
还望好心人，勿问姓和籍。吾儿正念书，顾他嫩面皮。”
闻者大震动，卑视转敬肃。放汝回家去，别处寻生计。
再莫卖言笑，为儿应珍惜。不知伊归去，以甚渡危机。

情系汶川（新韵）

地裂天崩震汶川，无情灾难降人间。
无眠总理民心系，万众同悲忧倒悬。
生命垂危分秒争，八方援助夜兼程。
倒塌何故多学舍，长叹一声泪眼红。

香港回归感赋（新韵）

英帜终垂落，国人热泪流。
百年圆一梦，两制炳千秋。

偕诗友访仁寿山圣泉（新韵）

夜雨洗轻尘，头坪去踏春。
山湾绽嫩蕊，泉水润诗心。
荒草含朝露，野餐迎故人。
周遭禾稼瘦，一路叹斯民。

咏卵石（新韵）

默默幽居亿万年，沧桑几度现深山。
水清更显神形秀，浪大方觉意志坚。
耻作奇珍供客赏，宁为顽陋避人嫌。
而今拌得混凝土，广厦献身心亦甘。

踏莎行·观罗锦堂先生画展（新韵）

笔著华章，诗吟今古，妙说元曲人钦慕。名楼威远梦依稀，乡音未改心如故。　　国粹弘扬，禅缘静悟，朱毫逸趣书甲骨。翩翩梁祝入文心，丹青只绘群蝶谱。

山坡羊·有感于餐馆流行小肥羊（新韵）

天垂夜幕，羔儿寻母，蹦着跳着来咂乳。咩呜呜，痛声哭，肝肠寸断难救汝，忍看娇儿进沸釜。小，娘心苦。肥，遭人戮。

自度曲·悼某君（新韵）

忘记了当年穷酸相，患难时离不开旧糟糠，而今暴富腰杆壮，偏偏有福不同享。赶时髦，觅娇娘，不见山妻泪湿裳，休再嚷！再嚷揪你到公堂！声色犬马样样想，哗啦啦昼夜四堵墙。困了来口海乐因，渴了有人送琼浆。谁料想，神仙的日子景不长，跨轻骑飞越在山岗上，露一手变换了新花样，不留神，鬼门关上遇无常。腿一蹬，将艰难撇给了孤与孀。

杨学震

1952年5月生，甘肃省陇西县人。建筑工程师。曾任陇西县城建局副局长、交通局副局长等职。

中秋夜

（一）

银盘挂九天，翠玉罩山川。
对半分秋色，思亲又一年。

（二）

人间月之半，天上玉盘圆。
欣度中宵夜，遥知弟未眠。

晨游

薄晓朝阳煦，风清气象新。
黄河送残月，清露涤浮尘。
草木生春意，烟波笼绿茵。
赞其晨舞燕，笑我懈迟人。
敢与飞灵语，邀之共弄晨。

观盆中游鱼

自在悠闲无所求，摇头摆尾水中游。
论形说色任评价，不弃家贫不羡侯。

夜雨晨观

晨起推窗夜雨天，涤尘润物伴无眠。
园中处处皆生意，花捧珍珠树吐烟。

晨 练

轻枝摇曳落珠雨，遍地花香涤俗尘。
更有朝阳描七彩，微风相伴健余身。

戊子清明游什川百年梨园

清明又见雨纷纷，游赏梨园一路欣。
老树新花人欲醉，黄河岸上尽芳芬。

夏日夜雨

昨夜惊雷震远天，连绵大雨伴轻烟。
若还春日能如许，当使农夫醉似仙。

秋 雨

细雨绵绵秋意深，风吹叶落一层金。
丰年更盼天光好，陇上禾田最怕霪。

秋 收

一场秋雨一层凉，风劲田黄谷进仓。
洗去浮尘别炎夏，家家碌碡碾场忙。

游武都万象洞

青山绿水陇南地，江绕峰还秀古城。
万象洞中游太昊，白龙江岸起涛声。

问 溪

涧水波涛向下冲，顽礁挡道浪堆崇。
余询汝意将何去？前往长江大海中。

【注】
陇南山中涧水交汇到白龙江而流入长江。

梦 雪

素裹银装景难见，天干风燥近年关。
浮尘肆虐人多病，昨梦今晨瑞雪天。

成县鸡山烟云

崇山峻岭太虚境，曼舞轻烟脚下生。
借问缘何缈如许？仙翁邀我到蓬瀛。

无 题

平凡岁月感苍茫，戴雨披风每自惶。
事业功名各酬志，人生道理应斟详。
黄粱梦幻谁知解？圆缺阴晴天有常。
今日呈言锦衣客，繁华城外是农桑。

过甘谷

东去车由佛乡过，肥田沃土秀山川。
象山峻峭苍岚里，渭水纡馀碧嶂前。
衔结丝绸西去路，颠连阡陌陇中田。
曾经魏蜀多征战，古地名城天下传。

游成县鸡山

秋闲游览到鸡山，曲径通幽岭后旋。
谷静峡深熊迹隐，崖岩路险鸟声传。
龙藏洞底珍泉冽，凤踞峰腰古寺悬。
引得秦皇去巡幸，登临绝顶傲江天。

【注】

① 鸡山半腰有龙洞，内有泉，水甘冽甜润。

② 鸡山半腰崖边有石鸡雄立，傲视城川。

③ 秦始皇曾登鸡山，向西南诸侯示威。

咏牡丹

戊子春与友同游陇西杜家花园赏牡丹，见满园万紫千红，争奇斗艳，香气袭人，感而作。

东风又过杜家园，春雨浇开千朵鲜。
无意浓妆显娇媚，天生丽质露芳颜。
昔因傲骨遭焚贬，今冠群华送姹嫣。
历尽寒冬相苦妒，更留国色映长天。

有 感

勿论蹉跎属苍首，岂言建业在华年。
莫为岁暮桑榆晚，无羡青春桃李鲜。
健笔柔毫摹草圣，清词丽句仿诗仙。
悟其往事自无憾，喜见闲云生涧泉。

汶川5·12大地震

地坼天崩毁故园，人如蝼蚁泪如泉。
慈民首辅驰前线，济世英豪赴汶川。
无顾安危为父老，共趋生死救黎元。
亲情悲壮惊神鬼，再建家园撼九天。

程分圣

1952年生，湖南道县人。现供职于东方航空公司，曾任财务科长。甘肃省诗词学会会员。

兰州皋兰山三首

（一）

兰山一望陇原收，九曲黄河水上舟。
国兆城增光五彩，高楼织锦谱新猷。

（二）

经辛累代绿山川，悬倒林间玉液寒。
小鸟啁啾童足蹈，此回且作醉中仙。

（三）

南山白云里，人在画图中。
玉亭生紫气，清野送香风。
醉人林阴处，喜看百花红。
何来福灵地，人民绿化功。

访深圳关山月美术馆

实心实意画人生，笔笔彩花系庶民。
学富五车人敬颂，才高八斗启来人。

山菊花

爱在荒原任雨风，迎霜邀月更青葱。
无心春夏争芳艳，独绽晚香醉碧空。

写在汶川抗震救灾时（新韵）

山崩地裂颤乾坤，倒海翻江几断魂。
血脉同胞遭厄运，凄风悲雨伴哀声。
公仆注泪披星月，前线扶伤泣鬼神。
万众一心降震祸，乌云散去彩云腾。

登顶兰州九州台（新韵）

登顶九洲我为峰，尽收黄水浪拍空。
金城韵事知多少，蕴在两山绿化中。

张家界十里画廊（新韵）

掬泉泼墨染画台，壑练青峦作素材。
一卷展出天下秀，陵山韵界尽眼开。

张家界金鞭溪（新韵）

金泉石上流，一水入江秋。
万壑峰峦翠，千山绿树绸。
灵猩迎过客，小鸟唱枝头。
无限幽情事，一溪韵味悠。

甘肃章县遮阳山（新韵）

浩渺烟波锁玉峰，层峦叠嶂上苍穹。
珠飞素练西方景，一线天梯挂碧空。

万全琳

字无暇，1952年12月26日生，甘肃会宁人。为图书馆研究馆员、甘肃省作家协会会员、白银市民间文艺家协会副主席等。编辑《白银市文物志》等。

江城子·清明祭母

人生自古叹离伤，母恩长，永难忘。土塚荒郊，孤独伴凄凉。沟畔临崖风若剑，愁似草，月如霜。　　今春游子早还乡，易坟场，树碑章。悲号仰天，空洒酒三觞。祭母清明肠断处，城北角，义园冈。

鹧鸪天·白银黄河风情

黄水潆洄过陇原，乌金大峡浪滔天。涛开夹岸群山壑，九曲回肠不复还。　　穿靖远，越平川，白银景泰润桑田。长城横贯丝绸路，河水中流富六滩。

赏雪浅吟

晨起启窗扉，冬寒扑面归。
悠然云霭笼，转瞬雪纷飞。
风裹伊人瘦，雪添枯树肥。
午时骤变暖，日出映微晖。

题李君献珍山水画

明月清风胜似钱，游山玩水自悠然。
丹青作画浑相就，老树新花共一川。

冬 韵

残夜竟无眠，推窗望碧天。
冷霜悬陇树，寒露落秦川。
翠柏衔楼宇，青松绕野泉。
车鸣白练外，村落冒晨烟。

自 叙

当年立志不知愁，别母离家华夏游。
昔日登峰五岳顶，今朝戏水大河俦。
读书饮酒付谈笑，探史寻胜费应酬。
回首不堪忆往事，梦魂初醒欲何求。

学书赋

忙里偷闲耕砚田，临池日课拜前贤。
商龟汉隶领风尚，晋草唐楷法自然。
掷奕有心学李相①，听琴无意效张颠②。
循规蹈矩不泥古，惟结翰缘不计年。

【注】
① 李斯，秦人，始皇朝丞相。擅书法，创小篆。
② 张芝，西汉人，擅狂草，放荡不羁，人称张颠，书界尊为草圣。

故乡杂咏

崇文重教溯源长，进士翰林著典章。
当代人才尤辈出，享誉西北状元乡。
苦荞良谷小秋粮，绿色佳肴味道香。
自古盛名闻陇上，地衣瓜籽养羔羊。

秋　兴

野草池塘叫蛤蟆，二三戴胜绕篱笆。
行看秋色归家院，黄菊冲寒正绽花。

秋 菊

迎雪凌寒傲菊花，俏枝临水影横斜。
不同百卉争高下，情系河头处士家。

索桥渡纪行

汉使西通出帝京，驾临陇右过重城。
索桥遗址今犹在，驻听黄河万古声。

秋 韵

夏雨冬云不与邻，犹怜秋月胜三春。
晴空万里山川远，鸿雁孤鸣韵意频。
糜翠谷黄翻细浪，阳骄霞淡映红尘。
菊花怒放景更美，醉向桃园作散人。

黄河石林篝火晚会即兴

身随残月渡黄河，篝火迷蒙舞伴歌。
徒步长城临古渡，石林夜色诱人多。

蝶恋花·教师节有感

教苑育人君可晓？粉笔耕耘、责任心头绕。暮送朝迎知多少，说文解字因芳草。　　园圃潜心昏又晓，桃李芳菲、茁壮园中笑。风范师魂名不老，秋香红叶当时好。

离亭燕·桑梓怀古

巍峨清凉山麓，情系会州荣辱。辉映双河雄祖厉，锁钥陇中之腹。五岭列屏峰，佛道殿堂团簇。　　滴翠响河如瀑，望月卧牛怜犊。古驿流烟城半阙，更著汉烽泉趣。岁月逝沧桑，苦短人生匆促。

天仙子·别春

细雨清明春去了，入夏裙装来得早。姹红嫣紫若花仙，如玳瑁，胜玛瑙，佳丽美人时尚好。　　陌上和风山月小，向晚霞飞归倦鸟。田间麦豆冷香飘，锄杂草，栽香稻，乡市闲人常觉少。

王玉学

1952年6月生，甘肃文县人，兰州大学新闻系毕业，原在甘肃省电力公司工作。中华诗词学会理事，中国诗歌学会会员，甘肃省作家协会会员。

贵清山遇雨

山风梳乱发，野雨洗尘颜。
暮色苍云岭，晚林红杜鹃。
绕崖归倦鸟，傍树响流泉。
更喜风雨后，旅人清肺肝。

遮阳山秋韵

适逢秋气爽，携手上遮阳。
曲峡涧中险，云梯天外长。
石峰千仞秀，野菊半溪黄。
人去青山外，犹闻一缕香。

家山四时歌

雪舞双龙二月天，风吹红杏润山岚。
黄鹂声里姗姗雨，淡淡绿烟涂玉关。
绿云磨岭绿尤新，雨后青山格外亲。
惊看苍崖千练瀑，但愁路断阻行人。
置身五彩未情钟，只道时光共艳浓。
千里香山寻访罢，始知叶是故乡红。
急雪摧松初霁时，冻凝不让野云驰。
寒乡憧憬丰年瑞，争把热眸向冷枝。

武陵源重阳夜怀人

糯米新醅神鼓酒，武陵客舍过重阳。
杯摇山月人初醉，风动黄花菊暗香。
意欲寻踪飞短信，彷徨不忍惹愁肠。
前途但愿东风便，沧海云帆正远航。

登天山

天山不见雪飞花，登上高峰云可拿。
碧玉池边王母渡，绿萝深处牧人家。
驰奔骏马惊闲鹤，婉转歌声追落霞。
西域风光惊造化，更添豪气走天涯。

浣溪沙·客居南昌

人在豫章古渡头，香车红袖碧螺洲。艾溪湖畔看飞鸥。　　虹绾青山情似水，雁回大地恨无由。雪津一盏半离愁。

鹧鸪天·游济南趵突泉

泺水何时地脉亏？桥闲榭冷柳荷稀。激湍也罢从碑看，漱玉岂堪瘦半池！　　追往事，叹情痴，柔肠百转化清词。可怜家国梦皆碎，今事勿将清照知。

张根存

女，字子凡，1953年生，甘肃天水市人。中华诗词学会会员，天水市诗词学会理事，《渭滨吟草》副主编。

浣溪沙·雅集养慧堂记事

赴约

又见南山花果垂，俊游情绪正当时。高朋雅集我来迟。　　草树纷披遮望眼，烟岚缥缈惹相思。相逢应有唱酬词。

听琴

漫理丝桐渐入微，玉人如诉小楼西。隔帘遥听泪沾衣。　　无奈俞钟成绝响，何堪梁祝记同碑。教人无语立多时。

天热难耐，小女为我购来纳凉摇椅，感赋

神疲因久坐，暑热怕登床。
初试逍遥椅，旋知孝顺肠。
困来堪假寐，酒罢喜乘凉。
家有好儿女，鳏居也不妨。

长女为陪我治腿伤,三年未上班料理我的起居,以至下岗

一自阿娘去，百般亲手为。
铺床三叠软，寻药满身疲。
替父分忧日，怜她失业时。
殷勤不言苦，娇女胜须眉。

猗竹阁听宝琴蕴珠文英诸诗友抚琴

清风生袖底，挥手画图开。
云起潇湘淡，雁鸣沙渚哀。
何方寻净土？此刻脱凡胎！
曲尽人犹醉，一声归去来。

碗　莲

天宁画师电话告知所植碗莲盛开邀余一赏直待不得天明也臆写四十字不知能传其些许神韵否。

别有神仙品，凡尘一见难。
花开不盈盏，叶展小于盘。
只合肃然对，岂容随意观。
清风吹送处，心海息波澜。

鹧鸪天・记梦

端爱岭南青满坡，风情万种任搜罗。木棉花发霞妆点，渔岛云开玉琢磨。　追旅思，赋离歌，由来春梦快如梭。攀枝撷取相思豆，每忆清游感悟多。

读《寄戏居诗词杂文集》,恭呈张老心研诗翁

一生澹泊复何求，往事都归风雨舟。
父子文章传有序[①]，儿孙孝悌了无愁。
漫将麒派和梅派，唱与诗俦或戏俦。
共倚松萝谁不羡，禅茶两盏韵悠悠。

【注】

① 先生父亲张澄子老先生为著名诗人,已故。

来鹤轩闻箫赠音乐学院青年教师靳君振彪

洞箫端合伴瑶琴，逃暑喜闻天籁音。
云水之间宜濯目，宫商而外不关心。
忘年何碍成知己，访戴无需步远岑。
竹下新添杯与箸，一觞一咏到山阴。

哭汶川四首之背妻男子吴家方

地裂山崩刹那间，再相逢已隔重泉。
柔情似水终成梦，真爱无疆未化烟。
泣血难酬生死恋，护坟堪证浅深缘。
从今欲诉相思语，只在碑边或灶边。

杜松奇

1953年生，甘肃成县人。西北师范大学毕业。现任天水师范学院党委书记。甘肃省诗词学会、楹联学会会员，有多篇论文在国家级报刊发表。

遣嫁三首

（一）

才记扶床女，童音绕屋梁。
学鸦思反哺，已著嫁衣裳。

（二）

柔和当谨记，勤俭赋家居。
遣嫁无长物，格言传掌珠。

（三）

婆家在比邻，车钿催妆至。
回首别爹娘，盈盈相顾泪。

伏羲文化节感赋

同根两岸拜羲皇，一画开天信有方。
铸剑为犁须放眼，振兴华夏续辉煌。

杜甫研讨会感赋

淼淼天河注水长，诗书一脉载碑廊。
秦州宦履如星乱，谁可齐肩宋荔裳。

秦安桃圆即景

神笔难描万树桃，紫云赤锦一川烧。
是谁吹得春风到，染遍旱原红雪涛。

抗旱口号

无雨月余禾失形，宵衣子夜看繁星。
关情最是云间树，南海恨不索净瓶。

纪念长征六十周年兼贺建军节

壮举而今六十春，燎原星火九州红。
长征万里留青史，后世长怀不世功。

久旱喜雨

忽听夜雨敲窗棂，倒屣披襟魂梦惊。
风起枯萍摇绿树，云遮原野隐繁星。
沉雷滚滚惊千户，喜雨潇潇泄百翎。
澍降平畴愁顿释，明朝遍邑麦清馨。

贺神舟五号

落后何谈大国风，旗扬世界看英雄。
舟名五号惊沧海，身跻三强登太空。
揽月天门诚众志，摘星环宇建神功。
但凭强盛抑权霸，重振中华腾巨龙。

黄永健

号未归人，汉族，1953年生，四川郫县人。编辑、经济师、甘肃省作家协会会员，中华诗词学会会员，甘肃省诗词学会常务理事兼副秘书长。自撰有《琼南诗稿》《琼南文稿》。

三亚湾祭父

清明何处涌愁哀？客子沙滩堆祭台。
闯岛只缘寻沃土，移灵不信化尘埃。
焚香几缕鹃城远，酹酒一杯心浪来。
抬眼长天惊蜀鸟，落潮声里再徘徊。

寄海南诸友

孤蓬万里寄天涯，闯岛扶家两见赊。
随俗三年疏白酒，入围一旦失乌砂①。
薄银每兑乡愁久，病榻难依日影斜。
琼岛春风何处是？海声惊梦对藤花。

【注】

① 乌砂，此指钛矿。本人一九八九年自三亚赴上海经销万宁钛矿，途经海口时遭劫。

铜奔马咏怀

一从天马运初开，千里凉州锦绣裁。
楼馆轻歌吹夜市，龙泉古酒荡情怀。
牛羊肥草连天涌，鼓角边声入梦来。
仰首凝眸秦汉月，苍茫依旧照雷台。

登渭源灞陵桥

登高初上灞陵桥，日月沧桑映紫霄。
大道之行彰墨匾[①]，小河如诉泣红潮[②]。
先人无意讹泾水[③]，我辈何能穷赋徭？
绾毂还当扼秦陇[④]，抚波卧木幸今朝。

【注】

① 于右任题“大道之行”。

② 桥下渭水因污染已呈酱黄色。

③ 泾清渭浊本合于实际。其两水交汇之处，泾因渭入而浊，与《传》：“泾渭相入而清浊异”说法同。但《释文》云：“泾，浊水也；渭，清水也。”之说，以讹传讹。谬误讫今。

④ 蒋中正曾题匾“绾毂秦陇”。

红叶新诗

采风无意旧题诗，红叶遮轩分外姿。
再撷情怀三五片，不教追悔化霜篱。

三星堆出土青铜祭器感怀

有缗避难自东来，开国蚕丛繁九垓。
一去殷商摧牧野，独留夏器伴蒿莱。
溯源二里遗河洛，坐地三星应斗魁。
莫道悠悠天惠抵，农夫掘井[①]彩云堆。

【注】

① 二十世纪初，四川广汉中兴乡月亮湾农民燕道城祖孙三人在地里挖水井时，无意挖出一块大型石环，由此揭开探寻沉睡地下数千年古代文明之序幕。

衡山拜中国抗日阵亡将士忠烈祠[①]

喋血平倭百战摧，抛颅国士殁苍苔。
衡山铁券咸无顾，稗史方今弭怨哀。

【注】

① 忠烈祠仿南京中山陵形式建造，坐落于衡山香炉峰下，乃一九四三年建成之中国大陆惟一抗日阵亡将士纪念陵园。

寄语黄寅毕业湖南科技大学，并呈其学友

自古伤离别，而今劳燕飞。
追云栖草野，搏浪逐京畿。
淑气思琴瑟，寒林越峻巍。
悠悠各珍重，万里报芳菲。

重庆磁器口古镇遥眺二首

（一）

巴子江州夕染丹，木楼吊脚眺悲欢。
登阶忽念生民苦，隔岸幽怀凭曲栏。

（二）

万货千船输旧都，风波雨雪少踟蹰。
一蓑撑起川江渡，逆水行舟有纤夫[①]。

【注】

① 纤，下平声一先韵。今从口语。

成都谒石经寺

银杏重重挂碧珠，磬声山寺度迷途。
无常原教驳天论，有道喀巴行蜀都[①]。
如篆香烟飘界外，临畴阅阆洒虹弧。
小僧衣钵趋时尚，愿以佛心通玉壶。

【注】

① 宗喀巴，藏人，创格鲁巴新教。藏密黄教始祖。

虞美人·秋思

夕阳明灭新郊路，难挽清秋驻。长烟拂柳雨濛濛，及至湿云初霁愈花红？　　回风已暗芳菲地，何处相思系？雁飞人字杳霜晨，惟有玉花吹梦到东邻

江城子·海望

烟波茫渺海天风。野迷濛，木葱茏。点点渔舟、归渡抹残红。望断云山秋色邈，人不见，海连空。　　楼高不见唳归鸿。海声重，吠声慵。游子天涯、浪迹俚风中。独有沙滩依夜月，潮涨岸，水溶溶。

浪淘沙慢·三亚撷红豆忆旧

亚龙湾，银沙系岸，碧浪层叠。椰木擎天壮阔，渔扉疏落草穴。欲泳海、婀娜罗带脱，掩羞涩、倩影初泄。奈焰日终飞伯劳燕，琼州唳离别。　　凄绝。念中骤见山荚。喜极梦、归携红豆箧，馈赠亲朋悦。然瘴疟侵来，汝去时节。孑然傲骨，事贾商、岂料再颠南粤。旧雨新丰成消歇。天难老、薰风适适。逐心迹、纵然思念切。随夜永、一掬幽怀，孰与共？崖城海雨翻如雪。

浣溪沙·赠张洁君　二阕

踯躅春来草色迷，蛾眉晨诵瓦烟低。相思初为眼游移。一日黉宫无倩影，人生遭遇各随机。学童渐长梦依稀。　　避祸回乡学种犁，春寒刈暑伴青泥。丛篁墟落故音稀。重见忘形称老老，伊人半世黛还低。缘情旧梦叹睽离。

蝶恋花·吊袁第锐先生

司马攀条惊玉漏。白发诗翁，归去还清瘦。解道巴猿啼远岫，柬刍北地风盈袖。　　缔社卅年聆教久。未拜程门，私念行无囿。汉水沉碑今在否？青毡欣慰传华胄。

风入松·忧思

小窗残月正凭栏，一雨别春寒。游魂忽遂儿时愿，听黄鹤、闻笛江干。逝水不知乐事，多愁本性天然。　　嵇康幽愤夜阑珊，谁与鼓琴先？佳人一去愁肠断，楚江横、灞柳堆烟。吊古难寻度曲，悲人且伴巴猿。

贺新郎·山丹军马场抒怀

草野连天碧。水之涯、霓虹新浴，雪峰层出。如鹿骅骝逍遥处，醉地黄花气息。河西夏、川西春色。云雁高飞撩往事，逐甘州、血指情书急。今北望、了无迹。　　青山依旧鸣羌笛。慨而今、军无汗血，道通南极。北海朱旄留名节，汉武轮台自责。六畜旺、人民丰泽。风物可人开新纪，越千年、浅草当盈尺。九碗酒[1]、井泉汲。

【注】

① 九碗酒，军马场自酿白酒，清洌而醇香。

沁园春·感怀《红崖湾的秘密》实录一九七八年九月陇西县委支持农民包产到户破冰之旅

旮旯崖湾，土地承包，当日弥珍。忆饥民愁怨，破冰学稼；和衷戊午，涉险求真。不计乌纱，或遭囹圄，卖剑犁牛惟救贫。称公仆、纵长安日远，在在耕耘。　　而今富庶千村。怎能忘、哀鸿遍野闻？算东隅已逝，折腾难再；桑榆非晚，改革图存。种有其田，行归农本，何较先声小岗人[1]？从心愿，看藿葵倾日，击壤阳春。

【注】

① 岗，下平声七阳韵。今从口语。

杨克勤

1953年生，辽宁沈阳市人。《新一代》杂志社副编审、副总编辑，甘肃省诗词学会会员。

永遇乐·登华山

缘索攀崖，抱松寻路，如闯兵阵。书坠苍龙，箫迎玉女，今日知风韵。沉香难觅，惟留巨斧，裂石尚藏锋刃。悬心在、长空栈道，敢因失足遗恨？　　日浮云海，身临幽壑，天下悉归方寸。甘露清眸，奇峰荡气，自得无须问。平常心境，读山阅水，宠辱不惊一瞬。望来处，人头涌动，尽朝险峻。

高阳台·五泉山

玉瀑飞空，层林隐秀，泉鸣鸟语殷勤。智水仁山，楼台烟雨氤氲。清风掠寺梵钟里，叩禅关，应许无尘。入蓬莱，拂柳怡情，高阁萦魂。　　菩提树下磨心镜，解红尘妙谛，犹沐朝暾。顺逆皆缘，长怀侠气三分。名缰利锁非鸿运，却如何、尽告王孙。辟生机，俯地仰天，修己观人。

沁园春·兰州碑林

墨海凝帆，气韵雄深，异彩纷呈。羡颜筋柳骨，互通精髓；隶神草圣，尽显功名。汉简存疑，秦书探隐，醉入长廊且缓行。闻客语，讶珠玑炫目，荟萃群英。　层林尽染金城。犹记念，天人鱼水情。指东移塔影，红霞托日；南连索道，细浪流萤。树映蓝天，车驰阔路，九曲黄河到此清。才回首，有丰碑高立，永伴繁星。

鹊桥仙·竹

前生寄梦，今朝破土，春笋初生雨后。迎风拔节震浮云，转眼处危岩尽瘦。　松擎霁月，篁临碧水，静夜惟期断漏。何枝应取作长箫，把一世幽怀叙透？

水调歌头·兴隆山

曲涧流西麓，清澈隔凡尘。卧桥又引游兴，石径伴苔痕。山静轻回鸟语，树茂斜筛日影，秀色正宜人。幽谷涵灵气，陇右显奇珍。　听夜语，梳愁绪，启清晨。笑传广宇，挥洒豪气扫浮云。世路多逢坎坷，人事难违天意，何必太当真。傲骨穿风响，短褐也容身。

一萼红·祖历河传说

古城隅有依稀双影，谐映碧流间。夏柳传情，冬云扯絮，伴君暖溢心泉。素手以木瓜投报，指月下鱼尾正翩跹。宿鸟宁巢，流萤耀岸，一水缠绵。　　陌上红尘翻涌，对咸阳镜里，私语樽前。远岭余晖，锦屏托梦，天涯孤旅无眠。眉宇恨终归去了，御海风破浪扬帆。罗帕宫商吟唱，身系因缘。

月下笛·梨花

树展琼枝，莺鸣新调，万声谐律。轻风阵起，曼舞梨花盈席。落衣襟拈得喜兴，入杯盏惹来怨抑。有春霞织锦，心泉流韵，尽传消息。　　浮华似梦，彼岸也堪惊，卦签求吉。冥冥祸福，境遇殊同谁识？叹飘零溷泥委身，苦中悟却锥颖集。月阴晴，鼓翼迎秋劲唱，清露滴。

鹊桥仙·滴泪岩

低云敛色，苍苔凝语，石罅千年滴泪。相思忍负恋情深，令世俗羞惭面对。　　彩衣欣舞，茅屋同乐，仙女樵夫沉醉。人间自是恨难消，犯上界何容异类？

沁园春·谒成吉思汗陵

殿耸名山，松伴龙舞，石偕虎行。睹长戈锷利，犹催鼙鼓；硬弓弦直，似向刀兵。金帐生威，银壶焕彩，塑像依然两目灵。遗诏在，展雄才大略，犯者悲鸣。　当年策马西征。率骁勇雄师任纵横。正麾扬欧亚，力开疆域；气吞禹甸，尽聚豪英。除暴诛凶，伐金灭夏，一代天骄帝业成。雕落处，有千秋功罪，后世堪评。

踏莎行·剑魂

挂壁悲鸣，贴身长啸。龙泉一举行天道。锋芒初试显峥嵘，梨花漫舞何归鞘？　勾践胸襟，荆轲意气。千秋壮烈酬讥诮。楼兰遗恨付琵琶，知音已醉凭栏笑。

高阳台·桃花山

径引幽篁，陂分大野，天梯千载高擎。人入云间，悠然半日孤行。长空雁过飘纤羽，更递来几点秋声。采经霜红叶，铺排一段闲情。　何须弄巧虚名内，对红尘万丈，欲海三生。饮罢瑶台，移樽向月邀朋。弭消幻业通天理，璧有瑕、价也连城。卧竹窗，梦解机缘，顿觉身轻。

柳梢青·山丹军马场

碧草怡心，黄花悦目，不染纤尘。蝶舞馨香，鹰旋气势，妙点乾坤。　　轻灵驭手传神。羡技艺，炉青火纯。赤兔追风，乌龙探海，宛马腾云。

沁园春·黑山悬壁长城

势倚祁连，壁挂黑山，迤逦长城。看丝绸古道，烽烟殄灭；垣墙新堞，关塞勒铭。带绾峰峦，气融江海，赶月追云五岳惊。绥边患，赖雄关百尺，骁将屯营。　　登高益觉身轻。感雁阵南移未了情。引春曦绕日，瓜田着色；秋霜镀野，驼队摇铃。远岫含烟，危崖蕴玉，石刻绵延似锦屏。驰天马，览辉煌胜迹，风入蹄灵。

八声甘州·北武当山

望黄河九曲北流时，晴岚绕虬松。有神龟探海，灵蛇向月，指点仙踪。镇水神狮威武，胜迹勒崖中。照岸明灯处，气势沉雄。　　福寿多涵名刹，感白云出岫，苍髯垂胸。纵红尘拂愿，拄杖对长空。叶归根、总思华萼，令平生，梦幻自消融。比来处，喜余痕浅，不与人同。

行香子·秋

落叶狂飘，琐事闲抛。对长空、北雁途遥。秋风渐紧，晓日才高。映云生彩，山衔黛，水添娇。　　情思有限，矢雨难逃。取琵琶、音柱轻调。蛩鸣月夜，韵转溪桥。悟弦中语，眉梢意，指尖潮。

水调歌头·壶口瀑布

乍见狂涛起，始信有威名。携雷掣电飞越，浊浪震天庭。远古奔来气势，阔岸旋升万象，惨烈胜鏖兵。伫立凝思久，胸内荡回声。　　羁驽马，绝狡兔，渡苍鹰。深潭可鉴，长伴身影自堪评。坎坷征途无悔，缱绻情缘难断，未必误前程。吟啸排空去，依旧浪中行。

满庭芳·观丝路花雨

彩袖流云，倩姿灵壁，佛心轻抑狂沙。又添神韵，反手拨琵琶。异国熏风醉眼，恋天际、玉树烟霞。惊鸿影，仙宫乐舞，美奂喜无瑕。　　奇葩，长绽蕾，环丝享誉，艺苑堪夸。更露珠圆润，叶脉清嘉。沃土尤知绿意，香幽远，时放心花。丝绸路，驼铃未断，大梦启轻纱。

玉蝴蝶·梦桃源

陌路寂寥时节，穿桥踏浪，绿意迎前。掩映枝条，筛出世外桃源。叩柴扉、惊奇瓦舍；漉腊酒，隐去花拳。指斜阳，笑抛狂语：胡不高悬？　　经年。幽篁入画，美池移影，短褐耕田。抱朴持诚，乐居村野悟尘缘。境调心，潜消俗气；曲悦人，赖有空弦。忘归期，日遥千载，吞吐云烟。

沁园春·观张书仁烙画《清明上河图》三十五米长卷

画面轻移，举目皆惊，众人欲呼。见繁华街道，川流车马；喧嚣市肆，涌动黔夫。舟过桥涵，篙添气象，盛世清明闹古都。临窗处，有骚人雅聚，把酒重沽。　　同宗邂逅殊途。讶烙画传神演密疏。令烟生纸上，犹分墨色；印留卷首，似点银朱。坎坷人生，平常心态，千日甘辛化巨图。期圣手，引寰中尽现，艺海明珠。

穆明祥

笔名穆肃,1953年生,甘肃秦安人。供职于兰州供电公司。政协兰州市安宁区六、七届委员。为中国作协甘肃分会、甘肃省诗词学会会员、兰州市作家协会理事,著有《穆明祥诗词集》等。

诗词二十首

(一)

屈平兴国志难遂,陶令耕田夙愿偿。
司马文章传史笔,少陵肝胆照穹苍。
板桥竹贵三分瘦,虬仲梅珍一缕香。
天地物华多耀眼,江河不废远流长。

(二)

开天辟地几春秋,灿烂群星耀九州。
常念诗才歌李杜,每言雄略慕曹刘。
无人不赞汉司马,有口皆碑周孔丘。
炫目物华难胜数,江河浩荡古今流。

（三）

几多物换又星移，未倒世间向善旗。
夏禹纯风民意乐，桃源胜境众心期。
无人不羡贞观治，有口皆碑尧舜时。
往者休言千样好，今朝高出一筹棋。

（四）

官场无分心闲逸，耕读书山寄所思。
腊月观梅歌白雪，暮秋赏菊爱东篱。
惜时辞饮他人酒，偷空常吟李杜诗。
正义为怀天地阔，清贫富贵任由之。

（五）

自然造化蕴珍稀，万丈珠峰堪仰之。
山岳首推太华险，功夫要数少林奇。
无人不羡茅台酒，有口皆碑李杜诗。
心幕崇高缘本性，物随地利赖天时。

（六）

命途坎坷志逾坚，荣辱沉浮抛九天。
遍历山川吟好句，常翻经史赞先贤。
言诗每誉雅风颂，蒙学独歌三百千。
善待身心求自乐，扬帆书海慰生年。

（七）

遵守规章固本常，肃贪反腐整朝纲。
歌优打假驱邪恶，罚懒奖勤倡善良。
民族精神须振奋，人间正气应弘扬。
国施德政天心顺，禹业腾飞万姓襄。

（八）

求全责备本无益，五指原非一样齐。
迂腐难容新事物，精明可解大玄机。
快人不必多饶舌，响鼓何需用重锤？
朽木雕花空费力，自然造化莫相违。

（九）

类聚群分固本常，交朋纳友选才良。
情钟佛事心当善，人近梅花身自香。
孟母择邻全圣业，三娘教子育贤郎。
染朱着墨因环境，沃土方能长栋梁。

（十）

时行天运瑞祥回，借古鉴今扬锦桅。
殷纣无为酿大祸，尧唐有道树丰碑。
千秋众口诛秦桧，万世嘉言颂岳飞。
民意当怜倡德治，贞观盛况赖高魁。

（十一）

一部《诗经》任品评，可歌小戴礼仪文。细观《论语》知兴废，熟读《春秋》认古今。　庄子辩才名后世，屈平抱负炫前人。皇皇《史记》明泾渭，多少盛衰眼底云。

（十二）

人生价值自追寻，志士胸怀主义真。
屈子投江缘愤恨，孔丘说教历风尘。
渊明归去仕途远，蔡琰回来汉室亲。
华夏皇皇多少事，皆因一颗爱憎心。

（十三）

左拥右簇好威风，一梦醒来万事空。
莫借南柯羞太守，且从东晋学陶公。
浮华背后藏酸楚，贫贱面前露喜容。
知足为怀长此乐，虚荣似虎慢追崇。

（十四）

美丑由来两极端，贤德为怀守大关。
好男主事交心易，恶妇当家尽孝难。
贪吏敛财百姓苦，清官施政万民安。
躬行正道人之本，浩气长存宇宙间。

（十五）

生在穷乡僻壤间，幼年丧母历辛酸。
幸承祖母无边爱，深念严君极度难。
恰遇灾荒尝腹饿，未知学子读书欢。
欲谈往事心伤痛，写罢拙诗伴泪观。

（十六）

身经春夏已秋关，荣辱沉浮冷眼看。
壮岁无缘伸大志，暮年有意守微言。
想除积弊龙泉少，欲得推心知己难。
苦辣酸甜尝百味，遍观世事最辛艰。

（十七）

生年坎坷历辛酸，五十不堪回首观。
未解升官发财乐，却知处世做人难。
热情远去无多遇，冷眼近来没少看。
何必忧心荣辱事，清贫是福庆平安。

（十八）

人生五十夕阳斜，可叹余辉不绚华。
虚度光阴心自恨，未成事业鬓先花。
孤鸿哀怨命途蹇，野老怕听市语哗。
懒得登高看晚照，伤怀沽酒断愁麻。

江城子·哀悼家严逝世周年

黄泉一眼隔阴阳。忆高堂，泪成行。顿足捶胸，每日痛肝肠。自信遍寻无悔药，心欲碎，怎疗伤？！　　鳏夫辛苦育儿郎。被风霜，历炎凉。勤俭持家，做父又当娘。今日含愁怀恨去，男不孝，请原谅！

鹧鸪天·家严坟前

坟上青青野草长，坟前下跪是儿郎。满腔悔恨伤心泪。一纸冥钱痛苦肠。　　怀往昔，愧难当。未能病榻侍慈祥。呼天唤地成何用？土隔阴阳在两厢。

陈　辉

字红伟，号东川居士，笔名竹叶，1954年生，甘肃临夏市人。现为永登县国家税务局公务员。为中华诗词学会会员、甘肃省诗词学会会员、甘肃省作家协会会员。合著出版《四家诗》。

村学小道

夜雨初晴涨鸟音，绿茵小道透芳馨。
山花野雉清溪浅，沐浴金风见岫云。

诗　迷

情有独钟爱作诗，秋冬春夏酷相思。
敲辞夜雨添灵感，觅韵明星炼句迟。

山水情

白塔峥嵘远岫青，黄河两岸鸟争鸣。
偷闲觅得山河影，丽水云峰不了情。

夜　思

惜别挥手正芳春，独自徘徊半月沉。
撒把相思让风带，吹交彻夜不眠人。

圣火采集

北京奥运起峰烟，圣火采集一瞬间。
护送祭坛昭世界，点燃火炬五洲传。

醉花间·双红豆

藏红豆，梦红豆，遥忆人消瘦。和泪种相思，半夏三秋久。　　东郊两邂逅，赠汝长相守。含情脉脉娇，约会黄昏后。

相见欢·婚后离愁

烟花三月风柔，恨悠悠，相送坐车含泪屡回眸。　　新婚后，人共瘦，是离愁。恰似一江春水向东流。

鹧鸪天·抗震颂

地动山摇一瞬间，别离生死两重天。家园顷刻夷平地，伤痛无痕学子寒。　　温总理，泪潸然，三军将士勇当先。救灾抗震齐出力，万众一心度难关。

浣溪沙·悼汶川特大地震中遇难的孩子

云暗沉沉大地昏，小荷撕碎叶纷纷。未结花蕾未逢春。悲恸欲绝离父母，哀歌一曲送天真。万颗心，千点泪，泣香魂。

沁园春·家乡巨变

美丽家乡，改革开放，正逢卅年。看古城巨变，六龙交会；琼楼林总，耸立云天。百业嶙峋，蒸蒸日上，得惠黎民笑语欢。天堂寺，引水翻山岭，滋润秦川。　　永登捷报频传。大跃进，春风渡玉关。有玫瑰花海，葡萄提子；虹鳟珍宝，接杏红圆。创业之人，星罗棋布，各显其能成状元。灼热土，育英雄无数，绝后空前。

杨兴普

1954年生，甘肃兰州人。研究生学历。现为兰州市人大常委会委员、法制委员会副主任委员、法制工作委员会主任，中华诗词学会会员，甘肃省诗词学会理事，甘肃省书法家协会会员。

咏引大入秦灌区生态建设

松涛万顷锁沙尘，卧虎藏龙云雾深。
椽笔高挥巧布景，山河处处物华新。

奉陪省诗词学会采风团小憩吐鲁沟

万顷松涛不住鸣，龙吟虎啸响天声。
谁凭神笔丹崖水，绘就人间锦绣屏。

袁第锐会长率省诗词学会韵士书家永登采风有感

书生半世未成痴，相约宗师祭稷迟。
钟鼓声声催雅士，潮头击浪赋新诗。

感袁第锐先生八十高龄下乡采风

三川胜景动宗师，诗苑重开盛誉驰。
育李栽桃浑忘老，又挥巨臂颂明时。

登仁寿山达摩顶观永登城市新貌

平野琼楼满目中，景移寸步迥非同。
物华天宝钟灵秀，御日经天看六龙。

歌赞英雄曲曲新

继石国伟烈士之后，英模层出，事迹频传。是日访舍己救人青年农民王新军家，座谈邻里，情恸甚切。

歌赞英雄曲曲新，舍己救人撼民心。
根深大爱今尤盛，义满乾坤仁满门。

金花赞

玫瑰因其经济价值高被誉为金花，永登因盛产玫瑰而蜚声海内外，被誉为玫瑰之乡。

无边玫海蔚云霞，青帝独钟百姓家。
不效礼花空耀目，芳清玉宇共矜夸。

永登文学艺术界联合会成立喜赋

山川辉媚生，瑞彩耀霄重。
新纪人文业，今开化育功。

戊子春日遣怀

天开华宇日曈曈，赤县呈祥飞巨龙。
滚滚涌潮迎奥运，煌煌飞船遨太空。
国颁善政河图出，台盼回归海道通。
雄起生机谁在手，寰球仰看东方红。

登连城砨础寺

仙道路弯弯，登攀莫畏难。
走出云和雾，与佛可闲言。

青龙山庙会有感

仙山龙卧景色幽，如织游人驾云舟。
攘攘世性随风去，常留福泽在心头。

瞻凉州文庙

涉历沧桑景不迁，庭槐蔽日柏参天。
文昌自古多秀杰，武威而今重圣贤。
一代文宗留桂籍，百年风教归杏坛。
仰瞻胜地冠葱右[1]，永把斯文播大千。

【注】

① 葱右：唐僧西行经武威说："凉州为河西都会，襟带西蕃，葱右诸国。商旅往来，无有停绝。"

渗金大佛开光颂[1]

萱帽佛光耀地天[2]，只缘超度法无边[3]。
金身现世如宏愿，佑国安民万斯年。

【注】

① 渗金大佛：康熙五十年下旨御封李佛为渗金佛祖。现鎏金大佛金像高21.95米，立于萱帽山巅，为西部铜佛之最。

② 萱帽山：为佛山圣地，原名西山寺。

③ 超度：李佛法号。

观览猪驮山

观览猪驮山[4]，佛光照大千。
众生开觉路，禅悟在其间。

【注】

④ 猪驮山：又名萱帽山。

登白塔山

举目触天惊，庆云绕塔行。
黄河三万里，紫气护金城。

北京奥运颂

五环辉耀北京城，雄起中华唱太平。
节立千年参与广，旨尊百载合融生。
人文新启万邦颂，特色无双四海惊。
旷世空前呈和谐，史碑结彩写隆荣。

登九州台文溯阁

金城烟雨一眼收，巨典皇皇耀九州。
华夏文明传世远，黄河滚滚向东流。

非典病魔侵袭家园有感

故里春来只种愁，柳生肘上母伤忧。
长城赖有民魂铸，岂让瘟君乱九州。

羲皇颂

创生华夏辟鸿蒙，肇始文明孕无穷。
天下升平昭四海，辉煌万事祖龙功。

中华龙

腾空惊世龙，风雨八千重。
德泽星云外，扬威大海东。

凭吊金城关

雄关何处寻？驿道气萧森。
惟馀黄河水，波涛涌到今。

浪淘沙·纪念一二·九运动七十周年

一二·九狂澜，史例空前。救亡驱敌许身先。血溅津门濯国耻，一代英贤。　　华夏换新颜，覆地翻天。仁人报国继当年。再展宏图创伟绩，新绘江山。

千秋岁·汶川地震感赋

地崩天坠，半壁河山碎。人罹难，家园毁。乳儿呼天地，草木流悲泪。危难处，万千魂魄凭谁慰？　　令挥雄师汇，驰援古今最。生无缺，危巢退。奇绝身脊绘，浴火民尤贵。重收拾，装换日月惊寰内。

周　鹏

字翼云,1954年生,甘肃成县人。现供职成县文体局。中华诗词学会会员,甘肃省诗词学会理事。著有《纫兰斋诗词》。

乙酉杂诗

未敢品题论八方，干云豪气书一床。
醉挥涕泪悲湘累，闲步歌吟梦楚狂。
豹隐皤然思五岳，鳞涂尽忘向汪洋。
北窗卧处羲炎过，谩引华胥风送凉。

乙酉兰州漫吟二首

（一）

一唱骊歌别几秋，关山阻绝少年游。
他乡每觉乡音好，为客常生客旅愁。
衷曲方申欣旧雨，风怀待振会新俦。
华街醉作长安市，梦在飞琼十二楼。

（二）

匝地霜华照叶红，睽违九载又相逢。
人生有恨流年迫，世事无常晓梦空。
且抱一壶邀素月，休怀万里掣鲸风。
客边感物惊秋晚，冷眼浮云天外鸿。

闻 箫

何处飞来断续箫，乍闻幽咽忽心摇。
多情总惹千愁结，好侠忍挥一剑豪。
九转柔肠怜折柳，三生旧约忆投桃。
天涯久杳紫兰讯，星鬓蹉跎诉与遥。

观徐悲鸿画展之骏马图有感

谁写丹青赍世哀，雄姿骊影不凡才。
旋毛湿带渥洼雨，汗血风嘶大漠雷。
信有燕台求骏骨，应无阆苑锁龙媒。
群空冀野千年事，漫入聊斋浊酒杯。

春游杜甫草堂兼咏梅花选一

世运方兴大雅开，草堂山水锦新裁。
春姿骀荡风前柳，逸韵清标雪后梅。
每酹诗魂亲绝壑，遥祈凤翥仰高台。
登临有意冲天啸，为释襟怀万古哀。

赏同谷盆景园岭南盆景

雨露犹衔庾岭香，扶疏偃蹇竟荣芳。
半瓯禹壤容天地，百岁虬姿纪海桑。
遂认云林皆社栎，但尊顽木胜甘棠。
直枝尽剪瘿方好，独领风光上玉堂。

除夜漫吟

昨夜东风似酒醺，清时易过又逢春。
流连旧梦延新梦，缱绻花魂更鸟魂。
细草悄萌三宿雨，远山忽黛一帘痕。
书囊检点尘漫扫，且把诗情寄片云。

秋晓

尽夜蛩声入梦津，九天爽气晓来臻。
几番霖雨销流火，万里西风扫浊尘。
无恙溪山犹待我，有情云月正怀人。
平生不洒悲秋泪，最爱长空雁一痕。

乙酉岁暮紫金山赏蜡梅二首

（一）

独上城山逐暗香，短墙不掩蜡梅芳。
霜凝铁骨临风瘦，雪伴寒英待月长。
嘉赏遥分千里意，知音应共一倾觞。
徘徊欲醉唯三叹，人笑歌吟类楚狂。

（二）

已觉高城冷不禁，寒烟笼树气萧森。
奇香夜渡风尘路，绝韵时牵湖海心。
疏影横空应有待，孤标独赏岂无吟。
欲祈园主分馀脉，岁暮花魂对月斟。

赏 春

天降寒流雨雪频，望中柳色断肠人。
两年眷念栖梁燕，五秩沉沦散栎身。
时事关情连海宇，风光属意满乾坤。
乍晴浦溆幽怀畅，坐拥春阳看钓纶。

锁窗寒·裴公湖

百尺楼头，柳云影里，倚栏凝伫。湖开蝶翼，荡漾奎楼烟雨。看风荷，盖擎碧摇，座座须弥冲天举。更霞漪云锦，风光疑是，楚江汉浦。　　斯处，当高赋。过百代云烟，棠荫尚护。廊桥曲榭，几个贤良曾续。便今朝，阆苑古塘，名葩丽景谁与主？待良宵，泛绿依红，漫遣沧浪趣。

念奴娇·登鸡峰

御风冲雾，杖藜举，一览鸡峰春色。雄立摩天身手健，欲挽云霞一札。动地松涛，袭人寒气，似近昆仑雪。骋思远目，万山丹点蓝泼。　　漫道登岳归来，江山胜迹，斯处堪心折。指顾林泉幽境好，铁马参差兰若。也学参禅，悠然心悟，底事情难绝。凌峤长啸，此怀谁与分说。

水调歌头 ·醉酒

适意良宵好，霁色一帘秋。玳筵飞盏狂酌，醺染也风流。谁解相如消渴，谁识元龙豪气，百尺卧高楼。惟有倾霞液，万古可销愁。　　振云翮，穷五岳，遍沧洲。华胥佳梦，抛却幽愫伴闲鸥。漫抚瑶琴霜剑，笑对浮沉荣辱，醉眼薄封侯。始信壶天大，岁月自悠悠。

水调歌头·登虎崖

常有谢公志，登览虎崖峰。胜游俊侣，振袂崇山粤竞争雄。锦绣烟岚绮陌，气象繁华城郭，极目看无穷。红杏倚山寺，花雨落晨钟。　　拿云意，临危峤，啸尘空。且扶黎杖，幽篁松桧吼天风。我爱天风动地，濯尽闲愁千缕，顿觉臆冲融。欲博多情笑，无技遣飞鸿。

水调歌头

南浦踏莎遍，柳影碧妩天。斜阳落照，桥分野水散漪斓。十里长堤人渺，一带烟村暮掩。独立望翩翩。仪态忆新月，标格雨云间。　　沧桑意，萧疏景，慕超然。人生事事无奈，何处避尘烦。谁惜胸间绮锦，换了霞杯邀月，长醉梦梁园。遥记山光好，空谷问幽兰。

木兰花慢

倩东风夜绽，玉兰朵，靓芳晨。是素女裁绡，羽仙遣鹤，飞下昆仑。鸿宾。曳裳舞袂，尽翩然阆苑醉冰魂。婪尾邻寒不禁，落红半在茸茵。 逡巡。漫赏琼新。标格异，洁超尘。但浊世纷纷，逢迎逐艳，谁赋灵根。幽馨。问千古事，岂兴亡，玉树曲中论。烟雨云天万里，一怀雪愫长春。

高阳台·消暑红梅山庄

挥杖昆仑，骑龙蓬岛，翩然仙枕邀游。溽暑狂尘，醒来何处寻幽。青州从事相呼急，驭飚轮，还赴盟鸥。向山村，酒指青旗，翠送声啾。 云崖萧寺梵钟歇，看横屏黛嶂，斜照岚流。击盏高歌，此怀青眼谁酬。醉里欲共寒娥舞，怅碧空，独上层楼。正披襟，一揽瑶光，时有风遒。

沁园春·秋意有序

袁老华翰遥颁,命和沁园春一阕,谨奉原玉,聊抒赏秋之怀。

云淡辽天，鹤唳长空，雁阵高秋。正东篱有约，黄花绿酒；南山无碍，碧树红流，纵横义气，慷慨平生未郁愁。浮名事，笑笼中鹦鹉，釜底蜉蝣。　　漫言狂态当收。有剑气如虹胸际留。倩秦时明月，寻幽访古；汉家天马，追老循周。酹酒遥天，长风助我，高挂云帆济五洲。微茫意，但登高瞩远，万事堪勾。

吴萍兰

笔名吴泱，女，1954年生，甘肃临洮人。大专文化。历任小学教师、幼儿教师，临洮县电力局干部。现任西部发展报社记者，甘肃省马家窑文化研究会副秘书长。

彩陶故乡

（一）

陇中大地蕴精华，洮水清波映彩霞。
千古文明史悠久，陶乡神韵耀天涯。

（二）

寺洼辛店马家窑，贵址千秋传誉遥。
文物烁今源远古，临洮儿女意情豪。

情寄甘南农民起义领袖刘鸣

赤子胸怀图报国，弃官返里举义旗。
发动农民揭竿起，反蒋抗捐仇恨激。
烈火熊熊燃陇野，替天行道斗顽敌。
陇南征战风雷荡，十万义军战马嘶。
当局调军大镇压，腥风血海尽疮痍。
五名兄弟被杀害，为国献身志不移。
忠烈高门千载颂，英名赫赫铸功绩。
丰碑高耸麓山顶，火种熊熊熠熠镝。

怀念父母

父母英灵上九天，蹉跎岁月已旬年。
子孙敬孝齐恭祭，青冢萋菲自肃然。
无限哀思苦言表，难收涕泪痛心间。
虔诚伫立频施礼，笑貌音容在眼前。

游青海湖

驱车湖畔一天游，笑语欢歌洒四周。
碧落白云彩霞艳，青山绿水小溪流。
海心岛屿鸟喧闹，原上芳茵羊漫游。
蜂蝶翩翩迎远客，菜花金甲满田畴。

咏武汉大学

武大校园花草妍，亭台楼阁誉奇观。
樱花四月芳菲艳，树木三秋果实繁。
辈出英才桃李秀，传承薪火烛光燃。
珞珈山下朝阳暖，眺望东湖云水间。

游崂山

金秋送爽上崂山，胜地同游兴致酣。
坐贾行商迎远客，珍珠玛瑙荐金盘。
岩间瀑布飞霜雪，浪里冲舟泛紫烟。
峻秀雄峰如彩画，桃源仙境落人间。

游蓬来仙岛

今朝北地聚人流，昔日八仙曾畅游。
两海茫茫分界线，三山缈缈掩云头。
耳听海浪欣飞艇，眼眺烟霞簇彩楼。
雀跃鹤欢戏潮涌，无边美景眼前收。

夏游贵清山

石峡凌空一线天，仙桥飞架两峰间。
悬崖峭壁山幽静，莽草深林鸟闹欢。
含笑野花迷客眼，奔流溪水响歌弦。
情人携手徘徊处，谡谡苍松遍秀峦。

念奴娇·梦游浙东烟墩山步东坡韵

驱车东去，心花绽、欲揽洞头风物。一路山风，魂激荡，雾绕海疆峭壁。半岛瓯江，滔天热浪，掀起千堆雪。心潮澎湃，寄怀开业英杰。　　远眺望海楼群，正繁星拱月，伟姿风发。八月怒潮，抬望眼，渔火扁舟明灭。仙岛巍巍，气吞吴越魄，慰吾华发。人生如梦，构圆花好年月！

董竹林

笔名海峰，号古龙山人，千里斋主，土族，1954年生，甘肃古浪县人。现任古浪县国税局征收分局副局长。武威市书协会员。

边城杂咏六首

春　节

春到边城万象和，村村锣鼓唱秧歌。
儿童奔走追烟火，父老相逢笑语多。

清　明

每到清明思绪浓，大东滩里祭先翁。
香花老酒望空奠，后代如今俱有成。

春　季

紫燕归来柳拂风，一场好雨趁春耕。
清清渠水村边绕，染得农家十里红。

夏　季

蛙唱风悄少人行，万顷麦浪好收成。
山花满岭斗红紫，双燕飞来舞画屏。

秋　季

遥看枝头叶渐黄，葡萄苹果溢清香。
一场细雨天如洗，云淡风清数雁行。

冬　季

棚外飞霜棚内花，身穿棉袄吃西瓜。
新鲜蔬菜销中亚，科技兴农富万家。

周三义

笔名山毅，1955年生，甘肃民乐人。现任政协张掖市委员会副主席，甘肃省作协、书协会员，张掖诗词学会会长。著有《三义轩诗稿》《西行辑行》等诗集。

龙首电站

两山对峙傲苍穹，筑坝截流励志雄。
诚待千秋情拍岸，悲鸣百鸟语临空。
春雷震地光明显，铁臂摇天日月红。
高峡平湖无限好，银灯欲说万年功。

雨润农田

碧海千层波浪涌，无边光景一时新。
镶金嵌玉爱田地，铺绿添红喜庶民。
旱日垂帘舒垄亩，炎天作扇扫纤尘。
助林成网围禾穗，即是无声情也真。

送春联下乡有感

挥毫可写思乡浓，作赋更能溢壮胸。
立就其新臻妙境，清词丽句醉春风。

山丹长城

断壁残垣尚有情，秦时晓月至今明。
沧桑多变残垣在，客到山丹望古城。

顺化堡即景

祁连瑞雪映春光，气爽天高花木香。
公路通村连国道，涝池改造变商场。
生机无限家兴旺，春满人间民富强。
政策归心开锦绣，农家日月向康庄。

春雪寄情

无踪春雪落，片片见纯真。
常忆求闲乐，寄怀倍惜珍。
飘来声有韵，落去润无尘。
醉听杨柳曲，苍天铺绿茵。

惊 蛰

春光烂漫晓谁先，大雪飘时醉望天。
万物醒来心亦静，开犁种麦植良田。

左公柳

戈壁茫茫左柳悠，顶天立地望云头。
防沙一片丹心在，抗旱千枝碧玉流。
先哲力倡开眼界，后人保护耀沙洲。
湖湘子弟可知否，大将芳名青史留。

戈壁红柳

雨淋日晒沐风沙，戈壁荒原到处家。
能耐炎天争志气，便从碱地扎根芽。
三春莫笑开无叶，六月且观映彩霞。
难改初衷守疆土，为农大地着青纱。

无　题

红尘风雨总随缘，宠辱几多渺似烟。
数十春秋心眷眷，半生岁月意拳拳。
时光冷暖不由己，宦道穷通莫怨天。
诚信为人和处世，一生无悔胜于贤。

胡喜成

1955年生,甘肃秦安人。大学学士。先后任秦安县志办公室副主任、秦安县文化馆副馆长,副编审。为中华诗词学会会员、中国楹联学会会员,甘肃省诗词学会理事、天水市诗词学会理事。出版有《啸海楼诗词集》《甘肃青年诗词选集》(合著)等。

天水旅舍

萧飒西风来,霭然天水暮。
孤灯理书笈,何以展幽素。
焦桐发遗响,岁华凋碧树。
况值风雨夕,逆旅轸百虑。
乐声喧邻舍,轿车驰街路。
心悲西飞鸿,山笼南郭雾。
我有紫霞想,名道期有悟。
天流玉泉水,柏肃李广墓。
远怀心上人,徒吟草头露。
还读《流萤集》[①],天真时一驻。

【注】

① 印度泰戈尔诗集名。

武威黄羊镇抒怀有寄

长驱千余里，渭水访豪英。
相逢一大笑，高谈四座惊。
如入芝兰室，肝胆见精诚。
白日开晓雾，清风拂高旌。
日夕归月窟，切切未忘情。
长思先生者，蔡邕倒履迎。
文雄西秦国，声震成纪城。
余亦好奇士，十五事耦耕；
二十读书籍，诸子靡不精。
词赋追枚马，意气凌公卿。
身闯关山道，心轻细柳营。
逢人非白马，驰道啭黄莺。
勤学黄羊镇，谈笑阳春生。
寒暑一来往，蟾蜍又虚盈。
庄周爱说剑，孙子好论兵。
班超投雄笔，终军请长缨。
九天元有路，三径应滋荣。
北国尝百草，东海走长鲸。
男儿方独立，壮士未成名。
因思附骥尾，万里以横行。

游中南海

清风到西苑，景物有幽姿。
挂帆入仙镜，直向南海西。
蓬莱滋花草，水殿映琉璃。
松峰变今古，莺燕衔絮泥。
流水音韵响，结秀花亭迷。
静谷秀山水，芳径落虹霓。
顿悟园林妙，不知神力疲。
回望颐年堂，良游惜此时。

北海九龙碑

波浪若连山，白日耀云海。
九龙戏珠各生姿，琉璃珍品高于千载。
栖身大同市，云腾王府惊。
忽到故宫去，阅尽古今情。
沧桑时世改，感慨自峥嵘。
分身北海中，宝殿夜光明。
立身艺术界，万古独擅名。

登灵山寺塔

灵山郁召尧，佛寺入青霄。
始穿龙蛇窟，若跨虹霓桥。
登临云日外，远眺尘气销。
银杏雀鸟乐，宝殿花雨飘。
心随空界净，目尽宜阳遥。
红墙丽壁画，绿瓦走鹏雕。
日照火珠动，风情柏影摇。
罗汉还向我，乐土来相邀。
驰心中原内，挟岳北海超。
菩提如可悟，于此照秋豪。

上清宫

玄洞开三井，蟠桃发绛花。
仙人何处去？跨鹤凌紫霞。
至今丹灶在，自昔玉露奢。
巍峨宫观起，道德以为家。
翠云深掩洞，绿树日月赊。
鹤眠松亭盖，牛卧花影遮。
紫气来函谷，碧流煮英华。
关门徒令尹，老子之流沙。
西去谁献果？东陵但种瓜。
览古观元化，坐见日西斜。

逆旅

黄粱未熟梦初回，旅舍荒凉剧可哀。
粉饰湔除娇艳去，真如顿悟景云来。
权凭世道观浮沫，懒向京廷仰震雷。
野鹤闲云无定准，超然一啸上高台。

新亭

休将涕泪湿新亭，鶗鴂音来草木腥。
空见人文传众父，未闻直节比孤萤。
南风北渐通幽蓟，西学东流下井陉。
精魄云亡毛发在，微风催浪起青萍。

远航

一苇高航久作宾，风涛岂有自由身。
经文责我开生面，史鉴凭谁断伪真？
怒向南山说啖鬼，思挎北海耻谋鳞。
遥寻坠绪子云宅，神聚危峰耸翠筠。

雪斋晓望

陇坂深难极，高斋飘昼寒。
惊风鸣古木，大雪满荒滩。
飞鸟去端灭，孤车天际看。
瑶台明月色，流瀑玉龙盘。
独钓终何语，群居自说难。
琼林遥望处，弹冠但佩兰。

题《江山雪霁图》

晴雪红霞外，关山天一隅。
琼瑶明峻岭，翡翠满平芜。
光耀疏村迥，寒凌野树孤。
禽鸣银海渡，龙盘水道殊。
寻梅诗境远，倚杖玉桥纡。
终日须真赏，挥毫写妙图。

望远行

凌波漫步，身摇曳、光影回旋春夜。眼波才动，丽态迟疑，约略羞花图画。镜月高悬，遥映珊珊飘举，如闻韵珠飞泻。天仙降，南浦云霓低亚。　　娴雅，言默欲通款曲，却返顾、泪珠偷洒。紫凤咽箫，渌波无语，灯火密疏平野。何奈入神缘远，良辰难驻，别有离愁暗惹。但凿龛心岳，长思芳驾。

霜叶飞

送君南浦，低天幕、愁飞无际微雨。乱山衰草似悲吟，更酿营凄苦。渐向夜、鸣蛩怨语，清流孤影寻秋侣。叹两地知音，陆海隔、空传秀句。一晌凝伫。　　清晓梦醒何言？兰舟遥去，可载离情千缕！岷江如此水东流，但小儿歌舞。返古渡、和谁细诉?孤琴慵理相思谱。望远岑、羁荒馆，门掩尘风，泪缄鸿羽。

夜半乐

远望锦甸烟树，清江画舫，徐尽遥天际。载万斛离愁，飘然东驶。怒涛拍岸，青禽欲语。更看暮霭苍茫，旅人分袂。夜月上、羁留甚滋味！　　梦中画馆玉案，笑颜相呼，换宫移徵。灯影下，无声频传眉意。绣帘垂壁，华屏隔燕，但闻夜漏心音，桂花风细。问星汉、今宵是何世！　　霁月难遇，玉漏凋零，驻时无计。叹嘱咐空濠镜中凤，两相忆、缥渺电信山溟誓。抬泪眼，羞妒银河济。寂寥惟遣离魂逝。

宝鼎现

明窗朱户，影款动、箫笙歌舞。鼓乐起、莲花随步，闪烁霓虹光落雨。春梦约、聚海南天北，景慕文朋诗侣。甚节候、喧阗午夜，望里彩云飞去。　　岁晚回首江南路，卧荒村、清寂如许！看岭壑、无边烟树。艳倩春花迟未吐，莺燕啭、散连山迷雾。万籁无声何语！望月轮、相思欲寄，又惧川原遥阻。　　一夜梦断潇湘，凝目际、林禽暗诉。自销魂、尘锁瑶琴，但眉峰久聚。纵欲托、鱼鳞雁羽，晓蓬山何处？且回首、情心珍藏，凝伫长思阆圃。

兰陵王

灞陵客，商曲声声动魄。芳堤上、烟柳送青，絮雪迷濛乱行迹。传杯酒肆夕。千尺，离愁暗织。偷相觑，清泪湿巾，无语情深笑犹饰。　　舟行汨罗泽，愿佩蕙襟兰，怀哲追昔。佳人香草终何适？伤地远天隔，浪高鱼渺，楼船望月澄天碧。此情怨何极！　　缄默，见无术。盼锦字萦心，名赋盈帙。情真耿耿珍如璧。念桂馆谐曲，月亭吹笛。惟将衷素，刻玉版，托雁翮。

疏影·槐

秋风渭水，满长安落叶，蝉鬓同宿。逆旅周流，谁言富贵修竹！蛩声顿醒荣柯梦，但遍觅、山南山北。似漆园、化蝶飞翻，不觉古今幽独。　　回首波涛震怒，正鱼漫龙衍，移紫交绿。且植三株，骋望千秋，自有喧阗金屋。春风几度烟花远，又却看、径通幽曲。拼醉颜、缨络飘香，写入远堂横幅。

陈田贵

笔名丰谷，1955年生，甘肃武山人。现任中共甘肃省委副秘书长、办公厅主任。著作有《花刺集》（散文杂文）《联苑撷英》《雅兴清趣联语精华》《党的基层组织工作手册》《渭水新韵》（散文）《行思草笺》（诗词）等。

陇原春咏

谁引春风度玉关，昭苏万物意盎然。
团结盛会[①]集贤策，壮志富民兴陇原。
田野争荣霞彩艳，山河竞秀燕莺欢。
小康共建旌旗奋，美酒盈樽待凯还。

【注】

① 指2012年4月24日至28日召开的中共甘肃省第十二次代表大会。

照镜有感

时光转眼又一年，对镜方惊两鬓斑。
事务庞杂休道累，文牍纷沓莫言烦。
无暇拜访心常愧，有意酬恩情永专。
亏欠亲朋多少债？且凭短信问平安！

和张克复先生《兰州立夏节》

未觉春浓夏已来，奈何时序不徘徊。
了无闲趣观花笑，难遇暇时展卷开。
逐利钻营非我辈，吟诗作赋慕兄台。
人生可有延时器？只管耕耘莫臆猜。

哈达铺纪行

一路春风一路花，哈达小镇映丹霞。
新班[①]崇敬怀前辈，圣地浓情绽彩葩。
跨越宏图催奋进，长征薪火耀光华。
“加油站”上获营养，三陇腾飞乐万家。

【注】

① 指中共甘肃十二届省委常委。十二次党代会结束后第二天，他们集体到哈达铺参观学习。

兰州拉面杂咏

观 看

巧手拉出万里春，荞棱韭叶倍精神。
长长毛细如丝路，款款大宽昭运程。

品 尝

粗细扁圆随意挑，清白红绿色香姣。
城街到处尝拉面，交口都夸是美肴。

品 味

面条精道肉汤鲜，日日品尝不厌烦。
假若哪天无此饭，梦中犯瘾醒流涎。

原韵和林峰《麦积山》

突起奇峰矗翠微，形如麦垛几千围。
登高喜见沙弥笑，凌顶静闻梵乐飞。

和林峰先生《过天水》

天河注水好音来，开辟鸿蒙在卦台。
毓秀钟灵通造化，清风朗气荡尘埃。

陇中剪纸

——观刘伟品感言

黄河黄土黄山峁，孕育文明分外娇。
陇坂剪花何俊秀，环球艺苑竞风骚。
出神入化情思妙，返朴归真意趣高。
裁就世间千万景，生活添彩更妖娆。

原韵奉和杨作栋老先生

又是重阳菊瓣香，丛丛簇簇泛金黄。
彩笺遥寄怡思远，佳作悄吟雅兴长。
心似碧天悬朗月，诗如醇酒满莹觞。
挥毫祝愿君高寿，几度神交梦里翔。

康县行

氧吧生态天然画，到此游人不想家。
白瀑碧溪飞霡霂，黛峰绿树染霓霞。
翠林众鸟争鸣唱，绿地群花竞绽发。
惬意氤氲浸肺腑，阳坡醉卧数奇葩。

崆峒山

西来道教第一山，势压群峰耸碧天。
黄帝昔年曾问拜，广成古事久流传。
雄奇灵秀相辉映，风景人文互蕴含。
极岳东看何壮丽，泾河奔泻彩图间。

横琴岛遐思

谁架巨琴南海边，敲弦击键万千年。
如泣似诉沉沉夜，载舞携歌朗朗天。
漫忆雷鸣风浪吼，欣听花笑燕莺喧。
而今喜奏和谐颂，壮曲回旋天地间。

肇庆星湖

喜有端州半日游，星湖访胜乐闲悠。
山环水绕花盈树，峰转路回笑满舟。
岩影波光说淡雅，蝉声鸟语唱清幽。
纵然观尽千般景，最是星湖梦里留。

登阳关烽燧

沧桑烽燧几千年，血色夕阳映断垣。
铁马金戈悲旧事，英姿丽势乐新天。
车流往返绿洲里，驼队来回黄漠间。
劝办关蝶添意趣，引得游客笑声喧。

登黄鹤楼

层楼直上望江流，九派横云万里舟。
浩浩波澜淘旧梦，悠悠弦管乐新猷。
汉阳树绿茶阁秀，武昌鱼肥酒舫稠。
三楚新姿收眼底，千年往事注心头。

屈原纪念馆

玲珑阁馆映清辉，拜问大夫可展眉？
义愤满腔悲汨水，风骚万古耀沱台。
痴情香草为君舞，啼血杜鹃唤姊归。
盛世焉能无鬼怪，居安岂可忘忧危。

张永祥

1957年生，甘肃成县人。曾任小学校长，学区副校长，现在成县教研室工作。甘肃省诗词学会会员。

仙人崖秋望

黄花红叶瀑飞空，两水环流玉带中。
矫健苍鹰翻上下，一弯虹彩挂桥东。

吴挺陵园感怀

（一）

铁马金戈卓著勋，千年风雨洗劫尘。
乱鸦点点斜阳里，不哀吴王哀子孙。

（二）

流芳遗臭最难量，唯有时间会品尝。
口碑句句皆无字，俚语村言姓氏香。

邓邓桥

木桥几朽卧波涛，指顾人说邓邓桥。
物以人名知兴废，世因史记证鱼蛟。
青山有幸成英杰，碧水无言论苦劳。
险嶂千寻云欲立，至今豪气莽萧萧。

千喜金秋感怀

（一）

耕田执教稻粱谋，终岁拉犁作马牛。
温饱争食鸡虫竞，荣枯过眼岁月稠。
早知诗赋空名世，那见文章封王侯。
九月丛菊花掩径，秋风一扫不言愁。

（二）

追名逐利自薄菲，夜静愁来抒愤悲。
牍案耻学空假颂，做人喜露善真锥。
半生傲世非欺世，一向横眉做笑眉。
冷落清曹缘骨硬，牛皮偏不向人吹。

登木垒关

峻岭生云木垒关，沧桑历遍证斯年。
崖石喋血征戍地，草木逢春漫碧山。
苍狗白云惊变幻，断碣故垒认烽烟。
废兴自古循公道，只有民心作定谈。

大云寺纪游

凤岭岩蜣百丈梯，沧桑多感印鸿泥。
风吹绿叶晴岚动，壁挂悬泉日影移。
四面城乡收眼底，千家烟树与云齐。
闲来佛寺涤俗虑，襟袖无尘听燕啼。

官鹅沟得句

天造官鹅碧水清，潭湖云影映群峰。
两山夹峙惊神斧，一水奔流偃雪松。
瀑布轰雷飞素练，悬泉异象走神龙。
怪石老树山涧古，遥指雪山豪气生。

宋坪三鑁崖

峭壁三鑁几道痕，鲁班凿栈更传神。
青泥碧水翻金浪，峻岭苍崖挂紫云。
桥架东西移日影，路通南北走祥麟。
我来桥上成一景，千首诗鸣晚籁音。

王　琪

1957年生,女,湖北十堰人。甘肃省诗词学会、甘肃省美协会员,甘肃省诗书画联谊会副秘书长。

天水游

青山绿水绕秦州，麦积高峰贯斗牛。
栈道凌空梯上下，佛龛塑像洞深幽。
羲皇画卦神台在，工部赋诗祠庙留。
揽胜攀登未停步，一家大小足风流。

谒伏羲庙

一条大道明如玉，满目苍松翠柏林。
齐向羲皇三叩首，祈将霖雨润民心。

齐鲁纪行

晋谒孔庙

至圣先师万代崇，苍松古柏郁葱葱。
千秋盛会群贤集，我亦亲临三鞠躬。

访颜子祠

七十二贤居首位，慎思笃学启鸿蒙。
箪瓢陋巷千秋颂，反腐倡廉钦古风。

登泰山

巍峨岱岳五千寻，海啸风呼发浩吟。
天下名山称第一，喜临绝顶快胸襟。

上南天门

南天门上望蓬莱，万壑千峰次第开。
齐鲁青青皆艳色，八方风物任君裁。

青岛栈桥

人工信可夺天工，浑似霓虹贯碧空。
最是良宵星月夜，万家灯火满江红。

崂山海浴

驱车结伴上崂山，紫陌红尘未尽欢。
击浪中流争砥柱，休将巾帼等闲看。

浣溪沙·祝“当代中国精神”大会在京召开

2000年7月,余应邀出席北京“当代中国精神”会议,并在钓鱼台国宾馆作了大会发言,业绩编入《中华创新与发明人物大辞典》。

佳会群英聚一堂，切磋砥砺意情长。晴空丽日卉芬芳。　　承继文明歌盛世，振兴华夏谱新章。九州千禧看龙骧。

奉和马来西亚黄玉奎吟长《跨越黄河第一桥》入选兰州碑林原玉

大鹏声震碧云霄，秦陇沙巴万里遥。
愿我炎黄同戮力，好教霖雨化虹桥。

游华清池

华清池水荡悠悠，水暖凝脂迹似留。
鼙鼓一声妃子泪，风流千古笑王侯。

游兵马俑

兵马当年列阵容，刀光剑影抖威风。
秦皇胆略匡天下，一统中原一世雄。

登大雁塔

一塔凌空穷碧落，风风雨雨越千年。
登临纵目观沧海，雁阵渔歌万里天。

祝贺中华各界妇女创新与发展高层论坛在京召开

2005年8月，被邀请出席在人民大会堂隆重举行的纪念联合国第四次世界妇女大会在北京召开十周年高层论坛。

巾帼英雄聚一堂，披肝沥胆话沧桑。
百年解放争平等，十载维新颂自强。
四海风云同际会，五洲日月共荣光。
与时俱进谁先进？凯曲高歌破浪航。

重到北京

丹桂飘香八月天，燕山燕水喜重圆。
长天新色秋来早，喜看黄花分外妍。
天安门外广场中，花海人潮情更浓。
最是西郊风景好，漫山枫叶漫山红。

祝贺北京奥运开幕

丝路连雅典，花雨系五环。
一曲敦煌韵，鸟巢舞飞天。

咏菊

啸傲东篱斗嫩寒，赭黄紫白寸心丹。
高风亮节人称誉，不忮不求天地宽。

题桃花画

姹紫嫣红灿若霞，东风吹醒漫天花。
一从诗圣平章后，轻薄声名未有涯。

张柏年

笔名长白，1957年生，甘肃武威人。大学文化程度，武威市财政局工作。著有《张柏年诗词集》和《情韵深深》（散文、报告文学选集）。

酒醉夏日新韵

草树清新夏日长，蜂蝶影乱菜花香。
轻风起处空帘幕，酒意浓时醉五凉。

野外郊游

日暮时节野外游，寻章觅句向清幽。
陈桥流水难言老，晚露轻烟好借秋。

羊皮筏子黄河游

踏浪河川水自流，赏花柳岸草作幽。
冲云鸟雀他乡去，我唱民歌信天游。

秋游雁滩

阴云漫道锁寒秋，晓雾连天渡画舟。
叶落闲滩泉色暗，风吹草木水声悠。

游永昌县北海子公园

佛厅正对半池莲，水榭凭临一面山。
北海清流无限意，胡杨蔽日醉心田。

再读《聊斋志异》有感

闲来再入《聊斋》圈，事事揪心胆自寒。
满纸奇文惊后世，一身正气客前贤。
说妖敢刺人间黑，话鬼堪嘲地狱冤。
仗义执言诚可敬，炎凉不论好留仙。

老黄牛

反刍夜夜待天明，好向田畴做垄耕。
俯首何曾言假日，奋蹄自在笑春风。
安居不嫌贫和富，用力难分客与东。
我为黄牛先奏乐，引来鸟雀唱新声。

满江红·秋思

气爽时节，边城有、蓝天新月。看不够，绿山青水，满塘芦叶。乍起香风拂面驻，骤生思念激心恻。难忘却，柳岸野花红，春情切。　又一载，烟雨烈。台榭旧，窗帷歇。举杯消愁绪，寸心横咽。梦断悲歌空见影，意和弦律只吟夜。平明里、霜露落田间，寒秋色。

天仙子·夜游五泉山

灯火彩云天上月。索道五泉流水澈。平台琴奏沸声中，松下夜，花前榭，正是暮春芳草色。　红杏出墙迎远客，绿柳蔽荫飞鸟雀。山烟缭绕厚青苔，黄檗侧，风情烈，满目画帘方寸悦。

【仙吕】一半儿·仲秋

田畴红绿尽相和，流水行云风作歌，对酒聊天帘幕遮。好时节，一半儿清凉一半儿热。

【小桃红】·观北京奥运会开幕式

秋高八月夜晴苏，灯火开天幕。华乐频频奏今古，众欢呼，全球看好东亚路。五环耀虎，九州同曲，友谊满京都。

【山坡羊】·观北京奥运水球赛

一家筹措，一家谋策，全场观众掌声彻。过漩涡，溅清波，汗流浃背身相佐，踏水运球宫门破。赢，也快乐；输，也快乐。

赵永朴

字无华，号补拙庐主人，1957年生，甘肃民勤人。大专文化，小学高级教师。甘肃省诗词学会、甘肃省楹联学会会员。

满江红·新千年抒怀

世纪新开，普天庆，欢歌唱彻。忆九九，连连喜事，频频报捷。香港归宗游子笑，澳门回国团圆月。望台澎咫尺若天涯，思离别。　讲正气，讲团结，反腐败，民心悦。把宏图绘好，地宽天阔。猎猎红旗扬特色，前程锦绣，人人说。大中华，新纪著辉煌，冲天阙。

忆秦娥·清明祭祖父二首

（一）

清明节，苏山扫墓心悲切。心悲切，天人永别，阴阳相隔。　相思欲寄终难写。音容宛在经长夜。经长夜，纸灰带泪，乱飞蝴蝶。

（二）

相思苦，肝肠欲断无从诉。无从诉，复年一顾，时如千古。　几番梦里寻亡父，醒来常忆苏山路。苏山路，年年坟上，一抔黄土。

农家四季

春

春风已过玉门关，沃野千畴万户欢。
遍地铁牛开富路，殷殷期望满前川。

夏

夏日浓荫景色新，蝉琴蛙鼓斗清音。
小桥流水农家乐，麦浪悠悠接白云。

秋

秋色无边喜煞人，瓜香果翠物华新。
虹桥醉卧青天外，恭贺丰年酒正温。

冬

冬来雪落扮沙乡，碎玉乱琼送吉祥。
笑语围炉歌盛世，和谐幸福走康庄。

贺祖母九十晋一寿诞

九十春光又一新，赵家慈母好精神。
同堂四世庆高寿，笑看沙乡有几人？

汶川赈灾

地动山摇揪我心，飞来横祸落家门。
高楼有恨摧花蕊，大地无情隔断魂。
华夏聚焦愁满面，神州电报泪倾盆。
捐钱捐物八方爱，救死救伤十万军。
绿帐撑开幸福伞，白衣飘动吉祥云。
血浓于水传三界，情重如山动九阍。
众志成城何所惧，家园重建又新春。

赞父母

天下人人父母生，苦心养育望龙腾。
在家惦记冷和暖，出外叮咛住与行。
心血铺平前进路，青丝系牢保险绳。
酸甜苦辣皆尝遍，脉脉春晖午夜灯。

【越调】小桃红·暑假校园

婆娑垂柳荡风柔，可爱校园秀。问牵牛，向天喇叭为谁奏？黄明紫羞，红肥绿瘦，阵阵淡香幽。

王泽起

1957年生,上海人。大学本科。现任甘肃省广电总台都视频道副总监、高级编辑。甘肃省诗词学会会员。

元宵节谢友人

彩铃悦耳韵如箫，情意深深沸此宵。
吾以朱砂调美酒，点写梅花上碧霄。

游岱庙

为访名山奔泰安，神思纵横说封禅。
可叹未达玉皇顶，选购奇石忆泰山。

曲阜祭孔

孔庙雨潇潇，古松依旧高。
凭栏吟《论语》，明月挂林梢。

兰郎公路竣工

甘南路远客茫然，圣水神山举步难。
大夏河傍经幡立，南阳山麓诵古兰。
藏回奋力通千里，大道延伸贯塞边。
便利交通功德筑，车飞轮转牛羊欢。

观阮文辉艺术展

黄河岸上有奇人，艺术超凡惊鬼神。
手下葫芦雕百态，身怀绝技捏泥人。

榆中牡丹会

轻车去赏百花王，临近春风扑面香。
莫道边陲无国色，独怜魏紫与桃黄。

少林寺

绝世神功未有双，嵩山古刹美名扬。
佛家弟子传奇迹，护国安帮救帝王。

进香白马寺

白马驮经出西域，法轮东转起佛光。
晨钟暮鼓闻声远，白塔齐云野草芳。

阳朔游

阳朔清波映碧山，竹排击浪雾中穿。
忽听窈窕山歌起，不顾珠花扑面间。

李蕴珠

女，号猗竹阁主人，1958年生，甘肃天水人。就职于天水市食品药品监督管理局。曾任中华诗词学会理事，甘肃省诗词学会常务理事、副秘书长、天水诗词学会副会长。与友人合著《四清集》。

呈净空法师门生郑居士

苍生迷苦海，济渡似慈亲。
担佛千般愿，抛吾七尺身。
繁华终梦幻，清净即天真。
达者通灵悟，善言醒世人。

和空林子师妹端午诗

仗剑情怀捉笔身，九歌读罢月如轮。
天旋地裂悲初夏，鬼哭途迷忆暮春。
帝阙为邻钟吕近，湘灵入梦薜萝真。
高吟逸韵文如玉，星夜迢迢忆故人。

喝火令·慧音山馆牡丹盛开主人招饮，尘务牵绊，未能赴约

记得年时约，几多诗意浓。晓阴无赖睡惺忪。羡煞莺歌燕舞，叶底正从容。　　富贵宫衣紫，笼纱烛照红。美人消息未曾通，辜负佳期，辜负语玲珑。辜负娇憨无那，满面挂春风。

南乡子·访正八品台主人宋词先生

檀几暗香浮，听雨西窗几度秋。痴云醉雾频入户，勾留。绿萼红禽不识愁。　　丝管破清幽，敲棋染翰月挂楼。斫轮词手神仙眷，悠优。慧福清才几世修。

喝火令·咏花梨木雕

美玉为神韵，灵根隐碧山。一朝得遇玉楼宽。常伴高人逸士，香火证诗禅。　　鬼面存精气，坚心对地天。书窗淡月最堪怜。莫负韶光，莫负旧林泉。莫负十斛身价，金屋供天然。

金缕曲·补天石兼柬毛惠民先生

遗恨凭谁识。是娲皇，无稽崖畔，炼成灵石。许是大材难为用，作了山间怨魄。枉记些，沧桑经历。五彩斑斓浑未辩，厌乱蓬，掩却天然色。空辜负，补天策。　　大荒潦落凝寒碧。任乾坤，埋愁无地，乱烟如织。慧眼而今成绝响，赫赫孤灵卓立。终不负，十年踪迹。万载幽独今已矣，万仞间，挥洒名山墨。千古谜，漫题壁。

金缕曲·题何其亮《长天饮恨图》

放眼蟾宫里。渺无涯，青空碧海，雾飞云起。谁解长天徒饮恨，谁解其中滋味。更不解，埋愁无地。轻挽雕弓劳梦想，效良人，打破封天制。多少怨，亦当止。　　今生失悔亦迟矣。记当时，背他吞药，误奔星际。纵有琼楼连玉宇，纵有婆娑月桂。便纵有，灵丹何济。焦尾素知传心曲，莽乾坤，没个人堪寄。情未已，揩双泪。

金缕曲·戊子荷月伏羲庙来鹤轩作夏消琴会,呈诸琴友一哂

先向羲皇拜。问何时，将宫商谱，传承交代。三尺桐鸣人祖调，一脉渊源还在。来鹤馆，冠裳眉黛。老树浓荫多情甚，寂无言，不让痴云碍。凭逸韵，遏天外。　　挑灯看剑增慷慨，绕神州，广陵绝响，荡回千载。浪蕊莺花枝头闹，怎敌松风天籁。劳伯乐，击壶敲盖。一咏三叹歌再四，幸琴台，深得知音解。观日色，已沉霭。

金缕曲·戊子荷月金城疗疾感赋

梦压愁城柳。问虚空，兰因絮果，几时参透。一夜昭关生白发，多少担承忍受。可想见，伶俜影瘦。阅尽沧桑悲世态，总不堪，往事重回首。情未了，泪盈袖。　　药炉病枕缠绵久。再休提，琴床砚几，酒阑时候。般若经函清恼热，冷淡襟期依旧。终不管，红尘奔走。净土清莲叶底拜，证诗禅，半偈坚持守。频自省，月如昼。

金缕曲·题付伯平《韵程律痕》

消尽芸窗晓。问新编，几经歌哭，几经吟啸。一点灵根原不昧，唱出骇俗才调。漫检点，诗情诗料。剪水裁山多少事，坐书城，说与谁知道。都化作，梦中稿。　　胸罗丘壑乾坤小。向龙宫，者番探得，骊珠奇表。醒世文章岂独享，分与兰台同好。方不负，墨香词妙。煮茗清谈闲把卷，漫添来，会意开怀笑。陪桂影，伴疏照。

王传明

1959年生,山东阳谷人。甘肃省作协会员,甘肃省诗词学会副会长。

有怀赖吟长

羊城分袂后,每念赖仁兄。
我亦清贫客,君真太瘦生。
劫馀诗益好,穷极志偏宏。
居近寻乌水,遥知屡濯缨。

四十二岁初度

卌年逢此世,所至尽通途。
无病也求药,不才方读书。
容颜忙里老,怀抱梦中舒。
渐远人间事,歪诗且自涂。

雨中游黄龙风景区

谁料川西北,深山卧巨龙。
行云千嶂暗,作雨九州同。
鳞甲金光闪,声音玉磬洪。
出游宜谨慎,世路险而凶。

敬谢高振康先生惠赐墨宝

陇右秋风爽，鸿从故国飞。
开函惊璀璨，展纸醉芳菲。
笔有千钧力，斋腾万丈辉。
张公衣钵在，神韵见依稀。

丙戌闰七月七日作

今年双七夕，牛女又相逢。
毕竟重霄好，应归闰月功。
人间无幸福，天上有霓虹。
亦欲乘风去，蓬山路可通？

金缕曲·情

情乃刑人剑！便无形、也称利器，所逢皆惨。来自何方浑未晓，不觉教人沉湎。增多少、人间哀怨。积久真如磐石重，压身心、痛苦难排遣。唯偶梗、令人羡！　　月圆花好人皆恋。有谁知、琉璃易碎，彩云易散。流水落花春难驻，共叹韶光短暂。亦莫坠、情渊爱涧。寄语芸芸诸儿女，快裁将、恨缕愁丝断。须舍弃、梦和幻！

秋波媚·观舞剧《大梦敦煌》

如真似幻演敦煌，舞剧喜开场。已飞花雨，又浮前梦，华丽芬芳。　　从来至爱难成就，切莫羡鸳鸯。莫高情笃，月牙魄散，共为悲伤。

辘轳井·阳谷谒蚩尤冢

一堆荒冢，卧秋风夕照，麦田平衍。传葬皇姑，问谁能分辨？年深地远。几千载、也无人奠。布瓦绳盆，陶轮石斧，寒烟丛蔓。　　迷团解开共叹。记空桑往日，清济滋遍。崛起蚩尤，筑城垣连串。黎民饱暖。惜功败、涿州鏖战。首掩吾乡，坟腾赤气，英魂难散。

惜馀春慢·皋兰什川赏梨花

蔽日连云，饰山妆水，荟萃异珍成苑。冰清玉洁，月皎星辉，态度蔼然温婉。风过紫塞仙乡，乘夜催开，雪枝千串。素英摇曳际，银光明目，地遥天远。　　春又暮、始睹芳华，终圆前梦，足慰苦心牵念。迎人欲语，凝露含情，但觉魄飞魂散。原拟传神绘形，及对真容，翻如虚幻。被斜风拂处，偏又飘零万点。

霜天晓角·文成公主

缘牵一线，不似昭君怨。笑别家乡西去，抛明镜、成双巘。　　携将珍宝绚，还惊工艺灿。更有深情如海，终开启、文明卷。

刘治洋

1960年生于甘肃民乐。曾任小学校长、村党支部书记、乡农副产品经销协会会长。张掖诗词学会会员。

春风

拂摇杨柳向君开，二月春风任剪裁。
菊让梅谦群艳待，齐迎国色上瑶台。

夏雨

知时好雨贵如银，犹感今年气象新。
但见天公真作美，甘霖普降惠农人。

秋露

浑圆露水似珍珠，近见莹莹远见无。
一阵秋风吹落地，蝉鸣碧树满城都。

冬霜

窗前月色地生霜，齐向君来念故乡。
放眼靓妆银世界，初冬万里共天长。

春

轻风杨柳摆，汩汩小溪流。
春草春池绿，河山眼底收。

夏

天碧浮云白，风翻麦浪黄。
花前蜂蝶舞，大野孕禾香。

秋

大野好风光，丰收四溢香。
金秋霜染叶，硕果赋诗章。

冬

瑞雪兆年丰，山川素裹中。
群花虽早谢，唯见傲梅红。

王小全

笔名晓泉,1961年生,甘肃陇西人。毕业于天水师范专科学校。从事教育行政、新闻采编、农村基层工作,现供职于定西市纪委。

雪 缘

(一)

叶坠根基总化尘,盼来雪被伏仙身。
高天滚滚寒流退,后土微微暖意珍。

(二)

日轮昨夜走西天,今晓白光霜驾还。
遥望春潮还未涨,湍湍暖意荡山川。

秋思

不惑知天命,常想自耕田。
难得不知倦,激情一瞬间。

泰山

欲观天下登泰山，凌绝会当应有缘。
运化天机时地转，人生大道出其间。

青岛

心里有春身自轻，欣欣只向海涯行。
一湾碧树红瓦屋，道士崂山会迓迎。

跨越华山

天色向晚西边艳，年华不老试童顽。
东方本土人才出，霞蔚满天生命燃。

寻访古城

寻访遗踪到古城，萋萋芳草少人行。
守城兵勇知何处，唯有耕牛远处鸣。

韶山

韶山绿意满峰巅，百代成功大圣贤。
猎猎红旗华夏展，历史舞台天地旋。

杨民升

笔名宗楠，网名植心斋，1962年生于河南省新安县。现为天水某报刊编辑、记者。中华诗词学会会员、中国楹联学会会员、甘肃省作家协会会员、天水市诗词学会理事。著有《植心斋诗词联》。

长相思·盼归

秋夜寒，雨夜寒。丝丝细雨情绵绵。凝眸忆故园同祖先，共祖先。一统河山梦定圆。同胞重任肩。

清平乐·观神舟五号首飞成功

荧屏观看，似火真情现，长夜无眠欣未减，千载梦圆霄汉。　　国人吐气扬眉，神舟振起声威。勇士飞天揽月，太空永铸丰碑。

诉衷情·贺杨利伟飞天载誉归来

当年万户欲飞天，启后敢昭先。英魂梦断何处？壮举史无前。　　观火箭，载人船，凯歌还。太空游览，星汉欢颜，宿梦今圆。

如梦令·怀友人

病魔猖狂弥漫，袭我神州河汉。家国难当头，唯勇士忠臣现。思念、思念，情系小汤山院。

导引·天水分水阁感赋

农家欢聚，诸事掷云端。诗友兴犹酣。有情红叶诚邀约，分水阁前看。　　脊分滴水罕人寰，华夏誉奇观。自然造化无穷妙，异口颂河山。

一剪梅·赠西安胡老文龙先生[①]

无悔人生写大千。有口皆碑，鹤舞秦川。艺林漫笔颂时贤，甘做人梯，桃李争妍。　　秦晋多才妙笔传，德艺双馨，绚丽长安。梨园伯乐古都嫣。弟子良师，墨誉书坛。

【注】

① 胡文龙系陕西著名书法家,戏剧家,艺术评论家。

浪淘沙·天水曲溪感赋

九曲十八弯，梦里桃源。清流秀丽碧云天。鸟语花香多意趣，彩蝶翩翩。　　放眼水潺潺，似咏佳篇。鸳鸯对对驾舟船。绿掩红楼春燕舞，美哉山川。

一斛珠·答汪庆誉惠赠《书联百例》

金风喜漾，山重水复犹怀想。《书联百例》桌前放，道艺相摩，大雅同声唱。　　看人草惊蛇墨畅，银钩铁划豪情壮，寸心万里挥毫上，故友情牵，歆慕心潮荡。

行香子·赠西安著名画家王治邦[①]

壮志凌云，熔古辉今。陇原行，霜路风尘。挥毫泼墨，异彩同钦。颂中华俊，秦州秀，故乡亲。　　痴心不悔，落笔情真。砚田耕，喜奏强音。更西部卷，景丽姿神。况山河美，乾坤丽，物华馨。

【注】

① 甘肃籍西安画家王治邦先生（又名王陇花），其艺术长卷《西部变迁图》被誉为“新时期的清明上河图”。

言 怀

著文思报国，拈笔写人寰。
骥子常怀梦，痴心不畏难。
有情香墨诉，无意白云闲。
雅颂弘诗苑，联奇展笑颜。

盼回归

春风忆故人，对月倍思亲。
游子归心切，望乡犹梦频。
远帆相寄语，涕泪欲沾巾。
还我河山日，莫忘祭老身。

酬中央电视台著名书画家李鸣泉兄

鸣鸟枝头唱，泉声月下闻。
砚田传远誉，文字吐心音。
千里赠书翰，一诗达意深。
有缘南郭识，倍慕故乡人。

焰火颂

奇葩不占半分田，绚丽娇容七彩妍。
动地一声霹雳起，冲天万朵耀人寰。

为摄影《春趣》配诗

春风梳柳吐芽时，悦耳鸟声萦绿枝。
唤友呼朋均未到，时鲜独品我先知。

咏枸杞

春来嫩叶誉天精，老树桩头换貌容。
夏捧枝柯花尽紫，秋呈玛瑙果鲜红。
伏身旷野延年寿，立足苍穹笑溯风。
四季悠悠无怨悔，千年默默惠民生。

敬谢启功大师

癸未春，收到书坛巨擘启功大师亲笔题写联墨，倍受鼓舞，特赋藏头诗答谢。

启后临池誉四方，功高艺苑不寻常。
大儒赐墨壁生彩，师笔“论书”世代芳。
联句寄情情愈切，墨歌当酒酒飘香。
生花妙笔抒今古，辉映后昆荡热肠。

谒天水卦台山有感

始祖三阳遗卦台，寻根访古谒山来。
登临圣地春光秀，瞻仰羲皇晓色开。
八面青山歌为水，千年古迹响惊雷。
雄风起后同崇祀，伟业承前共力培。

游天水玉泉观

春临古观景娇妍，旭日云霞映眼帘。
涧雪初融滋翠竹，磬石入耳透仙缘。
崔巍彩殿游人醉，清冽玉泉辫柏悬。
楼阁亭台飘渺处，人间天上乐陶然。

黄君兄光临天水感赋

山谷清风传有人，鉴斋承继透情真。
力耕碑帖荣书苑，情溢诗篇灿艺林。
喜讯偶闻相见晚，红榴似火笑迎君。
翰缘久结传佳话，共咏江山万古新。

赠七旬文学硕士诗人彭波

晚霞绚丽映天红，播雨耕耘心血凝。
妙笔生花香溢韵，新春老柏翠葱茏。
七旬修毕硕研课，一证蕴含无数功。
彩夺西峰光陇右，源通李杜省人生。

观万盛兄画桃感赋

果压枝头虬干弯，蟠桃醉脸伴酡颜。
瑶池王母顿生妒，始信功归万盛园。

尚　墨

1962年生，山东莱芜人。甘肃省书法家协会副主席，甘肃省作家协会会员，中国书法家协会会员。现任职于甘肃省广播电影电视总台。

思友人

夕阳远树和，枫叶漾心波。
沐雨知谁意，思君往事多。
相逢杨柳舞，分别雁征歌。
岁月愁云去，霜红菊若何？

旅中吟

寒雨跋山叶正霜，夜来得句笔花香。
月明偏照诗书案，把卷吟咏意味长。

游北戴河

滔滔白浪震天摇，百舸争流曙色高。
游子神思碣石处，诗人意气满英豪。
千年同景吟歌赋，百代异时酌春醪。
把酒作揖魂觅往，几回梦里对海潮。

乡 思

他乡独自留，怅望意难收。
但付云君语，亦知羁客忧。
月来花弄影，风满酒消愁。
塞上秋山远，霜寒寄梦幽。

2008年杪感赋

光影随风去，星临万户长。
明朝新日月，今夜旧寒霜。
欲问天宫事，应知地草堂。
无才人易老，思满寄壶觞。

知 止

知止方行远，怡然自可宽。
悠悠思外悟，淡淡静中观。
流水归东海，春花落西滩。
相逢离别去，万事乃随缘。

观西安碑林

法书经典结缘深，铁笔凿开自出神。
碑石三千传韵远，墨从一库蕴精魂。
拓工无意挥櫜响，观者催心举目寻。
应是有情淹日月，方能寄此见怀真。

喜闻农民免税免粮

千年赋税纳皇粮，今破天荒赖国强。
春撒勤耕风雨地，秋收喜乐稻谷仓。
农家酿酒炊烟暖，山野煎茶绿叶香。
但令上苍行大运，长歌一曲颂安康。

为进城务工者赋

春暖花开鸟别窝，离乡背井几为何？
悠悠岁月相思泪，漫漫人生苦恨歌。
困顿淹留多歧路，西东奔走似陀螺。
他乡不是安身处，望断烟云忆稻禾。

回乡诗记

多梦不成眠，归心日日牵。
夜来书卷好，晨起鸟欢翩。
树色闲云里，村人散作田。
巷深寻旧影，我与月依然。

喜赋我国神七载人飞船胜利返航

神舟飞度上青天，金梦星河共此圆。
玉兔惊欢迎贵客，嫦娥广袖舞翩跹。
人间处处春风度，瀚海茫茫墟里烟。
羽化三杰初漫步，归来欣喜话婵娟。

布达拉宫

宏模云构布达拉，远望行高日道斜。
凿地筑山盈侈俪，疏岩剔薮满奢华。
壁间俊气飞金屑，殿上神光垂玉葩。
叩拜梦回千里外，格桑依旧照流霞。

梦回高原

高原观胜境，处处梦魂牵。
时见银蛇舞，常看玉女旋。
车行云外路，影入水中天。
问我归何往，乘风欲似仙。

秋夜听风闻雨

其一

夜半闻秋语，声声韵味长。
有情知菊意，多梦忆兰香。

其二

秋雨带寒侵，思君寄玉音。
谁为花下客，只问酒杯深。

中秋感怀兼寄友人

客思梦入频，把酒慰乡魂。
霜染金秋节，风吟素水心。
故人能解月，归雁乃识君。
共此清辉里，感怀自有真。

北京奥运

百年圆梦在今朝，奥运祥云满鸟巢。
一卷飞扬腾国色，五洲浩荡卷狂涛。
东风且与龙吟舞，秋雨偏为虎啸豪。
正是中华惊世界，长歌万里气萧萧。

春日漫兴

芳草连天外，春深露染襟。
漫看花好色，细解鸟传音。
半日三分梦，千秋一寸心。
行云空自去，真意欲何寻？

鹧鸪天·登和政笔架山

壮岁登临笔架山，钟声万壑问阁悬。漫漫绿浪连茵地，阵阵松风倚青天。　　峰点点，水潺潺，松鸣岩上思飘然。啸鸣欲唤云宫雨，且得闲情身老间。

忆秦娥·川之伤

天地裂，山河变色人声咽。人声咽，为何音断？子民离别。　　汶川已是伤心月，八方同向深情切。深情切，乘风欲往，问天谁孽？

王洪德

笔名秋池，1962年生，甘肃山丹人。现任中共甘州区委常委、组织部长，甘肃省作家协会会员、甘肃省诗词学会会员、张掖市诗词学会副会长、《山丹史话》副主编。

西气东输工程有感

华夏巨龙卧，神威冠古今。
喷云千壑满，吐水五湖深。
有火金星曜，无风波浪沉。
蜿蜒向东去，万里播甘霖。

癸未中秋新河道上品瓜

寄寓斜阳古道边，甘霖沐浴透心甜。
多情最是牵藤物，几度中秋伴月圆。

南湖秋月

秋深夜静赏仙堤，满目清幽景象奇。
对岸琼楼遮碧树，环亭玉槛落瑶池。
撑舟慢棹低吟处，掬月盈樽浅醉时。
借水轻弹三叠曲，流连不觉步趋迟。

钟山寺遇雨晚晴

八月人间暑未消，焉支深处最逍遥。
半窗疏雨苍山远，一壑流云翠叶娇。
寺静唯闻飞鸟语，秋凉不见落花飘。
晚来初霁云遮月，夜半钟声破寂寥。

焉支秋色

独步焉支暮色中，钟声入耳已朦胧。
初霜染紫三秋叶，空谷吹凉一树风。
殿外彤云浮落日，窗前白鸽戏顽童。
千年古刹钟山寺，景色春秋两不同。

山丹马场

烽燧何处历沧桑，汉代皇家牧马场。
策马中原朝逐鹿，攀鞍西域夜擒狼。
将行弱水飞流疾，欲宿雄关落雪凉。
昔日嫖姚征战处，而今遍地菜花香。

祁连秋色

极目祁连八月秋，千顷麦浪滚田畴。
惊云翻作晴天雪，不觉苍山已白头。

白帝城有感

白帝城中访古贤，托孤何必怨刘禅。
江山原本轮流坐，诸葛重生亦枉然。

焉支神韵

焉支四季皆佳景，春夏秋冬各不同。
意境常随时令改，阴晴雨雪画图中。

观贵州荔波七孔桥

满目葱茏山色娇，一江秋水映长霄。
黔南处处皆佳境，最忆烟云七孔桥。

雨夜远眺

独立寒窗望夜空，欲观明月雾朦胧。
忽明忽暗灯光闪，多少高楼烟雨中。

张掖大佛寺

夜色朦胧月似钩，满天星斗耀甘州。
石狮雄踞山门静，古树丛生寺院幽。
百部经书天子赐，千年佛殿帝王修。
明朝再把金身塑，续写风云一段秋。

缙云山品尝农家饭

腊肉清汤添嫩笋，几盘青菜拌山珍。
竹林待客何须酒，一盏清茶即醉人。

四弟远行

兄弟离家又远行，新春送客最伤情。
车轮飞转难相问，何日重回大马营？

游东山寺

寻胜城郊涉小溪，几重秋色望中迷。
绕云石径通仙阁，出谷山泉入稻畦。
正叹峰前半塘杏，忽闻云外一声鸡。
身轻不觉登临苦，游寺归来日坠西。

咏 菊

毕竟初开九月中，芳香不与百花同。
临寒何惧风霜苦，傲立金秋对碧空。

高台大湖湾

轻舟载客上楼台，对岸芦花始盛开。
一脉苍山环绿水，清幽何似到蓬莱。

重上崆峒山

崆峒天下秀，绿树映澄池。
雨细人声近，风轻鸟影稀。
天梯依寺尽，宝塔与云齐。
不问广成子，天机谁会知？

宗孝祖

1963年生。中华诗词学会会员、甘肃省作家协会中华诗词创作委员会副主任、甘肃省青年书法家协会副主席、兰州市书法家协会副主席。出版诗词集《听雨南窗》《长河秋月》。

珠海景山远眺

登望南天云海间，波光遥指认渔船。
不教丛树空遮眼，美景还须高处看。

登高望南海

南海阴云下，水天两不分。
潮从九天落，浪若万马奔。
浩渺波无际，氤氲岛树昏。
今看佳丽地，别有此乾坤。

咏都江堰

都江古堰玉垒西，春日初生晨雾低。
满目古树新滴翠，街旁流水浅如溪。
岷江随堰分支涌，巴蜀汗青盖世奇。
犹记李冰遗泽在，二王庙柱与天齐。

登白塔山新韵

节临端午独登山，俯望金城隐紫岚。
白塔耸云嵌碧树，黄河推浪接苍烟。
枣花香里歌声起，柳叶丛中鸟语闲。
满目生机花欲染，诗情一缕入长天。

临窗看夜景

团圞皎月照南窗，星落黄河几许长。
岸上霓虹波影碎，城中炫彩夜风凉。
远闻隐隐胡琴曲，亦觉悠悠淡墨香。
读罢晋唐临汉魏，狂锋更喜米襄阳。

兰州初春（新韵）

二月韶光到古原，金城处处暖犹寒。
白杨枝上茸苞发，沙渚岸头翠鹭喧。
遥看兰山云映雪，笑助游人手系鸢。
最是女儿争艳早，满街红袖斗婵娟。

长相思・送别友人

雾相催，雨相催，相送河边折柳时。杨花如雪飞。树凄凄，草凄凄，春燕犹知去后回。问君何日归？

临江仙・登兰州白塔山望河楼

此日悄然登白塔，无言独对清秋。大河波涌起飞鸥。晨来飘紫雾，胜景眼中收。　　高阁横空依旧好，千年阅尽王侯。栏杆拍遍看吴钩[1]。一番沧海梦，共向水云浮。

【注】

① 吴钩，古代吴国所制的弯形宝刀，泛指刀剑。杜甫《后出塞》诗："少年别有赠，含笑看吴钩"。辛弃疾《水龙吟・登建康赏心亭》："把吴钩看了，栏干拍遍，无人会，登临意"。

临江仙・晨登白塔山

茂树阴阴遮涧水，黄莺歌罢又还。石蹬曲上北山湾。落花铺满地，此景惹人怜。　　遥望皋兰飞薄雾，铁桥浪下生烟。好山好水此时看。风吹岚气远，啼鸟满春山。

临江仙·夜思

记得当时相识处，明眸流转如仙。丽姿清影意闲闲。飘然挥素手，惹我未成眠。　　几度梦中闻笑语，醒来独自凭栏。无声弦月上窗帘。几根柔骨在，禁得夜缠绵？

水调歌头·登南山将军岭[①]

此日上云岭，峰峻翠生烟。金城秋雨初霁，河畔苇连天。忽记当年往事[②]，引水描红播绿，豪气满苍山。曾挽九天月，光照古城边。　　河中浪，山上树，任流连。壮心未泯，赢得机遇着先鞭。磨透砚边风月，吟遍晋唐佳句，难奏我心弦。且待风云起，潇洒铸华年。

【注】

① 将军岭，位于兰州市区南部皋兰山脉的一座山岭。

② 2000年初，兰州“西部大开发”生态建设工程正式启动。我投身林业生态建设事业，从工程立项、申报、论证，晋京争取资金、建设管理，到迎接国家竣工验收，披星戴月，栉风沐雨，自始至终参与其中。而今兰州市区周边绿色环境大为改善，忆及往事，每每感慨万千。笔者虽潜心诗书，然关注生态之志毕生不渝，期望生态环保意识常驻人们心间。

水调歌头·与书画界友人登兰山三台阁

夏日过长岭，万里阵云开。黄河亘古飞浪，拍岸势崔嵬。翘望长天无际，紫塞迢迢隐翠[①]，千古掩蒿莱。更看九州下[②]，烟雾锁尘埃。　诵李杜[③]，歌赤壁[④]，举清杯。买山遍植杨柳[⑤]，栽竹映苍苔。共携鸥盟旧友，且乐风光正美，沉醉几登台。莫忆封侯事，诗酒看花回。

【注】

① 紫塞，晋·崔豹《古今注·都邑》云：“秦筑长城，土色皆紫，汉塞亦然，故曰紫塞”。紫塞泛指长城。

② 九州，兰州黄河北岸群山主峰名为“九州台”，传说此地为上古时代大禹治水分九州之遗迹。

③ 李杜，唐代“诗仙”李白，“诗圣”杜甫。

④ 苏轼《前赤壁赋》和《后赤壁赋》，均是文学史上的名篇杰作。

⑤兰州友人承包山地，投资绿化，营建山庄，已为南山一景，故曰“买山遍植杨柳”。

满庭芳·登皋兰山[1]

南岭堆云，大河激浪[2]，古城雄峙沙洲。落红飞尽，春色去难留。两岸群山耸翠，闻啼鸟、茂树枝头。凭谁问，身临高阁，思绪满沧州。　栏杆，闲倚遍，怅然心事，欲醉还休。想当年，大将鞭击泉流[3]。更有词家韵士，任来去、携侣曾游。登临处，长河远望，隐约见飞鸥。

【注】

① 皋兰山，位于兰州市区黄河南岸的山脉。

② 大河，黄河的别称。

③ 民间传说，汉代骠骑将军霍去病率军西征匈奴，驻军于金城皋兰山下，正值夏日酷暑，兵马困顿饥渴，霍去病情急之下挥鞭抽击山石，五眼泉水立时涌出，名曰“惠、甘露、掬月、摸子、蒙”，是为“五泉山”之起源。五泉山为皋兰山麓的一座山岭，是名闻遐迩的旅游景区。

望江南·兰州水车—兰州杂咏之一

兰州好，杨柳水车湾。借得当年南国巧，来浇今日北方园。曾沃万家田。　闻笑语，朝暮大河边。两岸芦花犹簇簇，千年车水尚潺潺。相映月华圆。

望江南·五泉山怀古—兰州杂咏之二

兰州好，南岸有奇峰。汉马长嘶留胜迹[1]，
皋兰飞峙对晴空。西域凭争雄。　　鞭击处，泉
水尚淙淙。画阁嵯峨松映日，回廊逶迤竹临风。
山寺起晨钟[2]。

【注】

① 汉马、鞭击，民间传说，汉代骠骑将军霍去病率军西征匈奴，驻军于金城（兰州古称）皋兰山下，正值夏日酷暑，兵马困顿饥渴，霍去病情急之下挥鞭抽击山石，五眼泉水立时涌出。此为“五泉山”之起源。

② 山寺，即五泉山浚源寺，始建于元顺帝至正十一年（1351年），清末名士刘尔炘募银整修，题名“浚源寺”。

望江南·九州台怀古[1]—兰州杂咏之三

兰州好，登望九州坪。大禹分洪开社稷，先
民闻雁筑金城。峰顶草青青。　　啼鸟外，文庙
紫岚横。四库群楼凝日月[2]，双桥泮水锁辰星。
今古诵书声。

【注】

① 兰州黄河北岸群山主峰名为“九州台”，传说此地为上古时代大禹治水分九州之遗迹。九州台下白塔山有“岣嵝碑”，相传为大禹时代遗物，字迹漫漶莫辨，碑文内容不详，其事待考。

② “兰州文庙”与新建的《四库全书》文溯阁建筑群，座落于“九州台”峰腰地带。

望江南·咏怀古迹—兰州杂咏之四

兰州好，遥看五泉高。大将西征传伟业[①]，巨龙长卧吐银涛。青史铸英豪。　　曾记否，左相策金刀。杨柳春风吹塞域[②]，湖湘子弟建勋劳。文武记风骚。

【注】

① 大将西征，见前词《望江南·五泉山怀古》注释。兰州五泉山有霍去病雕塑一尊，周围是著名的“左公柳”。

② 罗正钧《左宗棠年谱》载，同治十三年（1874年），左宗棠为陕甘总督，进军新疆，下令沿途种植杨柳。清·杨昌浚有诗云：“上相筹边未肯还，湖湘子弟遍天山。新栽杨柳三千里，引得春风度玉关。”

青玉案·兰州暮春送别

杨花似雪弥天舞。恨君别、君知否？半笺小诗情满渚。数只飞燕，一岚烟树，河岸春云暮。　　茶轩醉语低低诉，相问离人聚何处？欲结鸥盟空几度[①]。碧槐凝蕊，绿杨飞絮，魂梦随君去！

【注】

① 宋·黄庭坚《登快阁》诗：“万里归船弄长笛，此心吾与白鸥盟。”

踏莎行·登兰州北山主峰远望黄河

万里河声，千年涌啸，排空浊浪飞舟小。穿城一泻去无踪，红尘市井连芳草。　　日影将沉，莺声渐杳，一腔心事谁知晓？遥看天际绿如烟，苍山若海云缥缈。

瑶台聚八仙·兰州碑林草圣阁看雨

夏雨凝潮。登阁望、城外紫塞遥遥。大河低啸，芦岸尚见停桡。亘古高原飞浊浪，排空一泻去迢迢。湿云飘，翠峰隐隐，山雾滔滔。　　雨中风姿更好。看古城焕彩，白厦红桥。地理人文，西北独称天高。驼铃声已远去，建新业、腾飞逐九霄。呼同道，更奋身开拓，长挟风涛！

高财庭

1963年生，甘肃靖远人。大学文化程度。中共白银市委副秘书长。中国楹联学会会员、甘肃省作家协会会员、甘肃省诗词学会理事。著有《浅草集》、《槐花集》、《楹联漫话》、《槐英轩诗稿》、《槐英轩联稿》等。

丙戌元日

格物致新又一年，花香鸟语灿云烟。
风尘仆仆名和利，雨露熙熙责与权。
报国有心常自励，回春无力恨穹天。
夜阑卧听萧萧雨，魂系黄河岸柳边。

黄果树

黔灵地秀水徘徊，贵筑无山不绿苔。
壁立千寻垂素练，花开万朵响春雷。
红霞似锦融融动，白水如棉滚滚来。
一树闻名三万里，岩飞瀑布亦生财。

都江堰

盛世惠风薰，江山美奂仑。
西川风景好，太守勋猷新。
柔顺利贞远，因时乘势珍。
岷江分内外，造福万代民。

陕西寓靖同乡会成立志喜

秦靖一家炎与黄，涵濡明德沐朝阳。
乌兰耸翠君劳甚，祖厉浮霞我得光。
父业子承臻好合，宏图再展大文章。
开来更赖经纶手，比翼兰天万里翔。

保泰副市长《怡然斋随笔》出版志喜

怡然随笔写家乡，陇上烟云正莽苍。
十载扶贫躬引颈，数年慈善更留香。
铜城纪事惠风暖，淑世润身眉寿长。
欣看西区新闹市，楼台朝映旧垂杨。

祁连丹霞

祁连深处隐丹霞，五彩缤纷耀眼花。
大地无心藏瑰宝，尧天雨露绽奇葩。

答于萍县长

谪职浮生日日闲，中年心绪怎相安。
喧嚣酒会邀君往，寂寞诗书待我翻。
黍饭黄粱成旧梦，粉丝白菜作新餐。
逢人但道文联好，懒说世间行路难。

水调歌头·闻靖远县被命名为“甘肃楹联文化县（市）”喜赋

才报高科捷，又得楹联乡。乌兰云锦灵秀，耸翠甲陇岗。今日敷荣文化，戮力建设基地，靖远更生光。枕戈闻鸡舞、振翅竞翱翔。　　春风沐、黄河涌、水流长。传承千载血脉，擂鼓凯歌扬。再创丰功伟绩，共建和谐社会，百卉争荣芳。克绍名山业、和合奔小康。

冶力关记游

九月甘南不胜凉，满山红叶染秋阳。
无情最是冶关景，一路追欢耀眼黄。

浣溪沙·兰州牛肉面大王靖远店开业志喜

飒飒东风细雨回，刘郎调鼎煮芳菲。满城潮涌赞声飞。　　欣见兰州牛肉面，亦光靖远人家楣。龙兴大业沐朝晖。

登衡岳

祝融峰顶木成林，叠嶂巉岩柏树森。
山会群英长跋涉，溪流清水但歌吟。
气蒸衡岳星辰近，雄镇天南峦屿深。
回首难忘途百曲，登高不惧仞千寻。

井冈山之旅记饭

十人一桌南瓜汤，顿顿餐餐一扫光。
千里奔波劳苦甚，芋头红米菜根香。

三叠泉[1]

三叠泉高百五三，缀旒飘雪挂如帘[2]。
洪流漫泻万人鼓，翻似白龙脱铁钳。

【注】
① 庐山三叠泉瀑布高153米。
② 旒流，平声，古代大夫以上的冠冕前后垂挂的珠玉串。

长相思·汶川地震遇难者志哀

国之殇，哀难忘。旗帜低垂汽笛昂，全民泣痛伤。　党中央，树脊梁，众志成城抗震忙，爱心成海洋。

白银吟

当年一爆出新天，半纪风云动大千。
经济转型逢好雨，人民协力谱宏篇。

闻彦栋南昌大学通知书特快传递至家喜赋

赣江澎湃放新声，昌大通知塞上行。
金榜题名传捷报，高家雀跃抒豪情。
同贺稚子攀丹桂，更祝雏鹰向远程。
鹏比蓝天当发奋，龙腾四海见峥嵘。

沁园春·赠辛尚弟

廿载辛劳，通用名标，比逐云飘。望乌兰山下，金蛙鼓叫，黄河岸边，解放风飚。情系人民，利为百姓，满腔热情逐浪高。膺十杰，品人生甘味，光彩妖娆。　　为人信美侠豪，看千古酒家共折腰。叹陶令靖节，犹输气概；穷途阮籍，只解哭号。醉鬼半仙，一瓶不倒，吆五喝三谁赶超？欣美酒，助千秋伟业，更领风骚。

沁园春·魏晋先生《兰州春秋》靖远首发志喜

八月陇中，桃熟花红，绵绣会州。喜兰州掌故，终成画卷，状人叙事，历史春秋。琐事遗闻，铁丝穿豆，人物山川一辑收。追聊斋，萃皋兰民俗，信比红楼。　　而今我辈筹谋，更砺志同心抒壮猷。看乌兰山下，金城关外，陇原儿女，竞奋上游。金管书碑，续麻织锦，鼓浪张帆驾快舟。千秋业，恰太平盛世，写尽风流。

水调歌头·贺中国西部历史文化名城靖远出版发行

锁钥秦陇地，耸翠乌兰山。哈思挺拔灵秀，屏画数千年。澎湃黄河激浪，祖历涛声汹涌，播火勇当先。历史名城美，文化着先鞭。　妙筹谋，集锦绣，萃群贤。花芳烂漫，千红万紫竞争妍。靓丽英雄事业，经济循环进步，谁不颂华笺？靖远风光好，同志续新篇。

李政荣

1964年生，甘肃渭源人。西北师范大学中文系毕业，任教于陇西师范学校。甘肃诗词学会会员。著有《陇中诗词阅读和写作》《远征集》。

黄土高原（新韵）

汪洋万顷柔情断，沙裹尘埋积恨长。
沟壑穿心听细雨，皴纹栉比忆洪荒。
白云浩浩晴岚邈，黄土绵绵稼穑苍。
落日衔云霞满地，归牛踏月露初凉。

珠穆朗玛峰（新韵）

一峰突起碧霄间，荡荡天风独往还。
脚下崇峦翻巨浪，眼前河汉鼓长帆。
万年积雪冰为骨，百代佛陀云闭关。
五岳争雄掩闹市，相形不过几泥丸。

卞　石（新韵）

千年偃卧伴流萤，露冷霜寒簇藓青。
紫凤东来集石上，秋心三叹雨零零。

咏牡丹新韵

虬枝铁骨势昂藏，何惮武皇贬洛阳。
一自离京天愈阔，尔来千载九州香。
唐风宋雨频抚慰，居士农夫引兴长。
冬至阳回衔大梦，清明雨过试新妆。
纤纤新绿浮青雾，浩浩秋波览大荒。
飞燕长嗟腰细瘦，太真坐叹粉无光。
暗香盈袖催诗笔，丹袂轻扬傲武皇。
泽被丹青圣手聚，功遗影友快门张。
风情万种留春驻，竹叶三杯俗虑忘。
国色天香谁可拟，当之无愧是花王！

礁　石（新韵）

海风排浪滚雷来，迸玉飞银寂寞回。
造化千年运巨斧，殷勤造我拄天才。

临江仙·咏史（新韵）

定远扬威还靖逆，天朝尽是英豪。可怜妙计御狂涛，萧萧风雨夜，一片断魂号。　洋炮声中壮士起，百年碧血如潮。红旗猎猎泣天骄。当年征战地，广厦入云高。

周宏伟

生于1964年，甘肃榆中人。大专文化。现在白银市汽车站从事财务工作。

赞文姬归汉

满面尘霜满面沙，身遭离乱损年华。
情牵故国终难舍，弃子别夫归汉家。

七　夕

七夕悄然到，银河架鹊桥。
柔情深似海，好梦入良宵。

水川乡黄河岸边怀古

信步黄河岸，悠然感慨多。
野鸭同戏水，游艇似穿梭。
沉思怀远哲，夫子叹流波。
岁月匆匆过，浮生有几何？

青春叹

青春美好展芳姿，转眼残红落碧池。
莫怨西风凋玉树，自然规律最遵时。

寄南方友人三首

(一)

远在天涯各一边，新愁旧爱锁眉间。
何时聚首徒劳望，梦里相逢已觉甜。

(二)

闲倚阑干怨日长，春花秋月惹愁肠。
飞鸿远去空惆怅，夜夜相思在梦乡。

(三)

四年偏逢夜雨寒，离怀别绪苦难言。
十年往事成追忆，目送归鸿盼早还。

中秋节寄友人

玉兔生辉星斗横，良宵倍念故乡情。
兰州遥望人千里，举酒邀君对月明。

游五泉山

乍暖还寒沐日光，五泉美景任徜徉。
崖边残雪渐消尽，草木复苏披绿妆。

高建林

1964年出生，甘肃秦安人。解放军某部副局长，律师，大校军衔。中国法学学会、中国散文学会、甘肃省作家协会、甘肃省法学学会会员，甘肃省诗词学会常务理事兼副秘书长。

梦平凉

崆峒五月百花香，初夏柳湖西子妆。
饮马泾河游故地，涛声入梦到平凉。

龙　湾

曲水奇林别样天，绿洲古寺傍龙湾。
雨添胜地三分景，山自钟灵石有颜。

无　题

(一)

月满西楼灯火阑，欲笺心事独凭栏。
鲛绡掌里银珠落，舞镜腮边红粉残。
应是吹箫伴凤客，怎将锦字托青鸾。
遥知碧海星云暗，杜宇声声谢女寒。

（二）

心头百感乱纷纷，听雨催眠远笛闻。
残酒醒时犹思酒，梦云断处更流云。
青山有爱怜芳草，碧海含波呼鹊群。
几见星河仍望月，且将此曲共香焚。

（三）

敲窗夜半雨涟涟，省梦犹疑到碧天。
锦字排图绕彩线，瑶琴抚韵动心弦。
露珠晓泪花难晓，红烛燃情灰亦燃。
渐感年华那堪醉，芳堤折柳作吟鞭。

（四）

故园风起荻花秋，目极思随千里游。
芳草萋萋霜露重，晚霞朵朵陇原头。
山含别恨应谁有，水作离声是我愁。
明月偏逢今夜望，清光朗照大河流。

金城有怀

几度花开枯又荣，河津难见跃门鲸。
峰回势险可成画，水到流深堪比情。
蛱蝶穿飞恋碧草，鸳鸯对浴爱新晴。
芳堤百里行吟后，弯月青灯心照明。

病马吟

槽头无语咽禾根，峻坂挽磨双眼昏。
瘦骨团泥蒸汗气，鸾铃敲月数鞭痕。
翻蹄垂首听鼙鼓，立耳扬鬃欲鼻喷。
或有风云霜色重，黄沙掩路出辕门。

怀　友

聊在闲庭弄草蓬，春秋无碍四时同。
心情自种培肥土，诗意细斟吟雅风。
唯念世间多苦雨，每逢佳节劝花红。
芳菲何处天涯路，野水溪边问钓翁。

重登点将台

二十年间两度游，青山怅望雨悠悠。
云横秦岭陈仓道，露湿戎衣汉水秋。
虽算三分亦尽命，惟留两表满怀忧。
萋萋芳草森森树，风起悲歌无限愁。

过大散关

饮马泉清车不前，犹闻鼙鼓动秦川。
箭飞石裂流星雨，刀断木横残月天。
故国旧时多战斗，家园几处少烽烟。
兴亡何凭雄关险，苏子放翁吟梦牵。

登兰山

楼台夕照雨初晴，望远临风气息清。
野径声稀鸟对对，黄河潮涨水盈盈。
攀高更羡凌空树，放眼常怀大漠情。
十万人家暮色里，一川灯火晚钟鸣。

登九州台

九转十盘车履轻，泥坑过后路还平。
浓云蓄雨千峰暗，晓雾笼林数鸟鸣。
野径斜斜依翠嶂，山坡面面绕岚青。
衣襟多带枝头露，独爱幽兰一缕情。

伤　花

曾经随意发盆泥，绿翠一隅花更奇。
摧叶风来无奈事，招魂泪落有情时，
从斯闻笛遗新恨，即便逢春锁黛眉。
怅卧夜阑聊得梦，蒙蒙烟雨掩芳枝。

诉衷情

桃花灼灼晚风轻，牵手目盈盈。高枝双燕鸣柳，山有意、水含情。　歌未尽，梦先醒，泪犹凝。数声邻笛，满地黄花，一片飘萍。

临江仙·初夏甘南军牧场

大水牧场驱骏骥，挥鞭踏草如飞。奋蹄要把太阳追。风轻鹰眼疾，战士试征衣。　　勒马远望驰骋路，天低绿野无涯。平生爱读戍边诗。心中家国事，一路马长嘶。

清平乐·寄军校学友

秋来人好？塞外霜寒早。别后十年音信杳，两地月明同照。　　当年豪气冲霄，弯弓欲踵天骄。万里江山如画，大风歌起横刀。

江城子·送战友解甲

当年雪夜胆初豪。朔风嚎，试金刀。闪展腾挪、平地起狂飙。酣舞春秋锋似电，谁能解？缚龙招。　　冯唐未遣旧征袍。叹身腰，志难消。枕上戎书、侧耳马萧萧。风卷红旗云掩月，军号唳，泪如潮。

渔家傲·洞庭湖上遇雨

骤雨带风三尺浪，浪尖一叶扁舟荡。四顾洞庭湖面旷。摇橹桨，渔歌号子高声唱。　　奋勇向前肝胆壮，雨过必定晴空朗。何惧汹汹波叠嶂。回首望，任凭浮没烟波上。

满江红·古塞抒怀

独望苍峦，心潮涌、碧天空阔。荒野里、凭高怀古，满山霜叶。马疾尘遮青海日，剑横气贯祁连月。闻鸡舞、击揖到中流，真人杰。　　终南雨，戈壁雪；泾水急，秋风冽。念当年壮志，一歌壶缺。铁甲三千山岳动，雄兵十万旌旗猎。鼓角远、暮色夕阳残，红如血。

武建东

字立之，号望春轩主。1964年生，甘肃武威人。大专学历。文博馆员。在武威市从事文物管理工作。为中华诗词学会会员、甘肃诗词学会会员、武威市诗词楹联学会副秘书长。

春　莺

春莺啼有伴，穿柳渐多声。
逐在飞花里，飘然两不惊。

杏园即事

晓起无从适，闲来逛杏园。
恐惊枝上鸟，不敢近花前。

春日五言歌

好景三春里，佳诗一字中。
桃匀半园色，柳舞满天风。
流响闻声远，随波逐影空。
芳樽添酒力，直把意消融。

秋晓荷池见怀

秋风生柳末，晓日起云端。
池水沁香冷，残荷凝露寒。
游人桥上立，各自眼中看。
时有纤丝鸟，为谁相逐欢？

春 晚

去云一片山中尽，明月半轮天外来。
恰恰娇莺依晚树，声随春水逐波回。

村行二首

（一）

村行十里又人家，喜见园开一树花。
不尽鸟声犹在耳，彩云已共夕阳斜。

（二）

未到村头已见鸦，眼前有路是谁家？
树阴不碍游人步，先入园中去看花。

入村吟

客到村头第几家，小园深处是何花？
前来不敢敲门问，生怕吠声惊落霞。

晚见有怀

归飞燕子几徘徊，影映荷塘摇欲开。
不怕暮云遮落日，只因明月照人来。

晓听词

眼前好景不须寻，随意成诗恰恰吟。
听得娇莺晓风里，声声啼碎柳边阴。

临高回望

眼前立定一青松，只恐无声欠晓风。
路转山高谁碍眼？回头开阔远望中。

秋 晚

飞霞落日小楼台，柳舞疏风影渐开。
若使秋波逐愁去，先教暮月照人来。

春晓寻诗

细听晓莺声未匀，寻诗不在一时春。
花间有句谁先得？犹恐前行影碍人。

夜邀醉酒

与君今夜又相邀，酒脸若桃红未消。
醉影不离明月外，随身同步到溪桥。

秋晚独怀

晚窗拂影独徘徊，疑有幽人逐月来。
野露凝成落花意，随风滴碎一秋哀。

得诗二首

（一）

醉里难题清楚句，醒来时得自然吟。
昨宵有梦为谁做？今日多情因我寻。

（二）

无限好诗知自得，何须寻觅到天明。
柳前怎敢高声语，犹恐不如莺好听。

丽人曲

欲摘樱桃点绛唇，随风摆柳小腰身。
妍姿巧笑肌肤润，漫舞飞歌骨肉匀。
淡画峨眉娇似月，轻揉腮晕暖如春。
相逢不肯花前语，生怕惹花羞望人。

别恨歌

鸟背夕阳留晚晴，白云数点各轻盈。
影随风势花间破，月借水光深处明。
好梦何曾消酒困，佳人未必怨诗情。
相逢恨短终须别，窃窃似听肠断声。

汉宫春·秋日怀春

独立黄昏，望长空一月，几点霜星。枝头啼鸟，岂肯收尽余声。寒香冷艳，任飘零，直到天明。黄满地，残痕印遍，一时秋日情形。　　记得小桥流水，见游鱼潜底，细柳垂青。烟霞巧妆晓景，绿染新晴。春波碧透，映娇容，淡抹浓凝。些许是，花开花落，秋来春去谁凭？

李翔凌

字涤尘,1964年生,甘肃定西人。曾在白银市平川区地方志办公室、区委宣传部、组织部任职,现任区文学艺术界联合会主席。甘肃省诗词学会理事。主编《平川区志》《平川史话》。

平川八景

屈吴[①]春嶂

屈吴晓嶂浸春晖，岭表雪残望自威。
幽谷雾笼泉送响，禅关梵唱鸟啼归。
芳林暮润巡山雨，古寺朝生绕殿雷。
最是中秋凌绝顶，山南山北石羊肥。

【注】

① 屈吴山,区境名山。海拔2858米,山势雄伟,有潮云寺及万佛殿等建筑。

崖窑[①]秀色

凤翔狮卧号崖窑，无上清凉炎暑消。
壁半台悬开洞府，岩边魂墜蹑云涛。
龙湫偏向仙山满，巨树还争秋月高。
太古寂寥谁慰得？风揄幼犊韵娇娇。

【注】

① 崖窑山,道教建筑位于崖间台阶,极其险要。

神木[1]灵湫

曾为汉皇洗塞尘，林荫泻玉漱精神。
脉通江海暗潮鼓，泽润川原百福臻。
雷运仙魂堪寿世，名成奇木倍怀珍。
只缘酿得神台酒，醉煞田家得意春。

【注】

① 神木，指神木山及神木泉水。汉武帝西巡，曾登山拜谒自然生成的大小神木人形像。

红山[1]丹霞

一山红透不知年，碧血丹心映绛岩。
古刹逢秋关国运，两军聚首动人寰。
西征为遂会师策，海打成空虎豹寒。
石窟犹存罗汉像，朝霞焕彩最开颜。

【注】

① 红山寺。1936年9月，彭德怀司令员兼政委率领西北野战军到达打拉池，指挥部设在红山寺，组织“海打战役”，迎接二、四方面军北上，并与四方面军在此会师。

月河[1]晚照

新月缘何落世间，会州宝地壮观瞻。
漫将五彩明天镜，遂使丹朱映锦笺。
善蓄光华逐夜幕，涵和万象起狂欢。
多情最是长河水，临去依依灿玉颜。

【注】

① 区境月河村古会州附近一段黄河，河似弯月，夕阳倒映，余辉四射，景色迷人。

迭烈[1]古渡

水抱山环镇一方，丝绸古道称津梁。
捧灯照岸垂玄理，浴日沐天降百祥。
瑞霭浑融银汉近，灵氛巧借枣花香。
龟蛇翘首诚为妙，正是人间北武当。

【注】

① 即北武当迭烈寺，山侧自然形成龟蛇二巨石，对面福寿山有乾隆年间石刻“捧灯照岸”。

大浪天险[1]

大河倾荡壮玄黄，峡断红山势簸扬。
鱼惧风波潜水底，鹰惊乱石掠云冈。
洋人招手飞魂魄，双漩起蛟撼九方。
一线天开翻雪雹，昆仑襟带向齐梁。

【注】

① 大浪，即大浪峡，亦即红山峡。有“洋人招手”、“双漩子”、“九方”等景观，均为险要之处。

龙凤[1]古刹

老爷峰峻五龙盘，凤舞灵岩耀九寰。
十里唐钟怀阃帅，半池清水鉴天官。
全真家法时闻偈，道祖茅庐久掩关。
古刹同宣三教事，万源阁上碧霞丹。

【注】

① 指龙凤山，亦名老爷山，为道教名山，刘一明曾于此清修。俗传唐尉迟敬德铸“十里唐钟”。明兵部尚书彭泽，微时曾在山下养病。

春柳十二章选一

未因娇弱倩谁怜，且任飘蓬化野烟。
童稚林荫学弄笛，诗翁帘内感吹绵。
几回缱绻迷归路，一片空蒙误纪年。
故园春归荣古驿，贪看好雨绿池边。

乌鞘岭

马莲花色浴轻寒，正在柔波细草间。
乌鞘岭头一翘首，眼前顿觉地天宽。

惜花三十律选一

树底风前任作堆，纵然凋落未衰颓。
香余九畹传琴韵，绿满三径沁玉杯。
梅社酒痕犹未浣，桃林粉笺又频催。
红颜亘古同飞絮，堪向解人说半开。

迎春

卅年翘首望春归，踏雪寻梅岁月催。
湛湛初阳天吐玉，蒙蒙霏雾地披帏。
冰封北国龙犹蛰，水击南溟鹏已飞。
万象纷然若属意，但培正气引惊雷。

雪山[①]落日即兴

万山含黛起苍茫，梵海潮音浸道场。
佛殿蒙蒙增肃穆，篆烟袅袅入霞光。
面西顶礼思威德，当下触机念宝王。
无量法门归净土，那堪圣号送斜阳。

【注】

① 指雪山寺，在靖远县境。为佛教名山，有住持释理浚弘扬净土法门。

感事二首

(一)

秋意沉沉降碧霄，漫将絮果问渔樵。
涨潮缘自去潮返，伐木知非荣木招。
草腐成泥滋茂树，风生失雨费征桡。
静看出岫云无主，翻引庄周笑舜尧。

(二)

纸上烟尘恁滞留，金陵旧梦送残秋。
画船空载藩臣泪，砚瓦曾埋天父头。
守战无非移剑柄，兴衰岂必系王侯。
剧怜牛首山前雾，幻作霓裳舞未休。

明史四咏选一

国初尚可事农桑，田赋昭昭有宪章。
一自流民失南亩，九州蜂起草头王。

夏 河

几回酒后梦龙山，暗觉寒泉落枕间。
照影成双秋月润，临歧挥袂晓风酸。
角声吹破酥油锦，烟雨空浇彩色幡。
红豆成灰泣倦鸟，断魂难去马莲滩。

金缕曲·会宁会师塔登临志感

风雨登临处。怅千秋，江南北国，擎天一柱。肩半云涛披血雨，雷电当年梗阻。怀壮士，飘摇西路。山敛河舒秋如许，漫堑壕静默沉沉谷。檐溜重，若低诉。　　久安长治谁匡辅？问苍天，威灵感应，可怜阿堵。触目锦堂仙子住，换尽英雄画谱。廿四史，穷奢众怒。创业唯艰诚难守，自古来仪范需陶铸。天迸裂，尚容补。

金缕曲·虎豹口凭吊兼怀徐向前元帅

风雨西征路。我重来，清词旨酒，酹公千古。万里投荒缘底事？上命几回翻覆。谁解得，凄风惨雾。死地用兵怜刀俎，问天公怎许天魔舞？将士血，百川注。　英名久已荣黄埔。树奇勋，红旗漫卷，蒋家惊怖。震主功高全性命，海岳亦钦气度。虎豹口，何其之毒！百战余生尤遭劫，纵大别山月蒙尘土。赭石俯，若低诉。

金缕曲·怀念胡耀邦同志

胡为乎歌哭？治三陇，耀邦筹策，举林农牧。侧柏禾麻红豆草，桃杏鸡豚鸣犊。锁旱魃，要天雨粟。德泽氤氲凝甘露。洗愁颜，公仆心相属。春骀荡，泼新绿。　风云最是无情物。栋梁摧，山原泣咽，正炎蒸酷。凋萎紫芽同嫩蕊，世易谁怜荼毒？野老过，犹眉频蹙。造化从来多乖戾，怎禁得，萧萧黄杨木。公道在，百身赎。

董蕴青

（1965-2002），号半农，甘肃甘谷县人。中学教师。

浣溪沙二阕

（一）

好趁明时莫惹愁，平生难得是重游。茫茫万事一摇头。　　野径露如前度湿，山花香似去年秋。蝉鸣高树意悠悠。

（二）

伏夏炎炎季暑凉，金风乍起麦登场。白云焉识我生忙。　　皓月初升花弄影，晚山微醉树凝妆，小吟词赋倚书窗。

萧雨涵

重庆武隆人。1966年生于兰州。中华诗词学会会员，甘肃省诗词学会常务理事。著有《涤器斋词》《待庵词》《润养山馆词》。

踏莎行

窗罅风寒，檐牙月皎，重阳一雨秋容老。艺花情绪渐萧条，故人偏寄怜花稿。　　有约闲愁，无端懊恼，裁成绮句知多少？当初执意种相思，而今却被相思扰。

清平乐·谷雨什川梨园雅集

因风成雪，难辨穿花蝶。篱角亭周堆玉屑，疑是广寒宫阙。　　春来唤起娉婷，相逢华发堪惊。问讯海棠芳梦，而今梦也飘零。

临江仙

梧叶萧萧催冷梦，梦回犹未天明。砌蛰檐雀悄无声，药栏花影重，云罅月痕清。　　后约前缘都断送，可怜谁共今生？迩来何事老兰成？斜阳王粲赋，秋水季鹰羹。

沁园春·元玉答飞鹏

细数平生，桑海云烟，茅塞顿开。算千秋万代，无非影像，五行三界，都是尘埃。悲雁悲麟，梦熊梦鸟，未必除悲即梦哉？吾与汝，向林泉著意，侥幸非材。　　依然舞榭歌台。似走马春灯各去来。道雄才善恶，仍须隔世，寻常因果，底事殊途便笑乖？衡门下，看腾骧翥凤，我却徘徊。

南楼令·小聚

冷绿敛新绵，嫩红湿晓烟。向遥岑、谁画眉弯？相信棠风才料理，偏又酿、倒春寒。　　歌哭两无端，歧途欲辨难。约清愁、曲岸流连。几个相知车毂话，依旧是、话当年。

鹧鸪天

高峡平湖尚自夸，翻闻神女谩咨嗟。
殃鱼早失殃民策，祸水才萌祸国芽。
从地角，到天涯，冰渊尘劫噪群鸦。
蟾蜍或解华林唱，徒向前朝宰相家。

鹧鸪天·又过邯郸

没入都门百念酸，文章道德两阑珊。
红尘青史同朝霞，紫盖黄旗化夕烟。
谁折槛，众弹冠，龙兴未久有龙蟠。
国人胜学西人步，何况京华梦已残。

沁园春·胆囊摘除

为汝折腰，为汝闻韶，汝何不悛？问伤肝累脾，卿须自愧，苦心劳骨，我待谁怜？肠内忧愁，囊中瓦砾，反侧终宵二十年。吾衰矣，劝君当速去，莫更流连。　今生误在缠绵。把久痛争如一霎蠲。算纵情使酒，半时色相，敛怀好德，几度尘缘。画虎功名，屠龙事业，似梦浮华和梦删。都依旧，悟人间滋味，万不如闲。

水调歌头·八盘峡坝上观泻洪

寻访旧踪迹，重到也堪惊。苍岩紫壁雄峙，形势转狰狞。一侧初揩宝镜，一侧扬汤鼎镬，霞蔚与云蒸。谁把龙门启，万马任奔腾。　钱塘怒，壶口醒，似曾经。八盘九曲，争奈执意向东瀛。天上来兮歌罢，卷起狂沙滚滚，何日肯澄清？喷绘虹霓影，飞浪挟雷霆。

八声甘州·诸友登栖云山

听萧萧木落起秋声，人来语空山。看云阶宛转，藤罗夭矫，石壁斑斓。问我芒鞋竹杖，约定访高寒。败叶平深壑，透出遥巅。　指点蒋公闲馆，正桐遮兽瓦，尘掩雕栏。对一庭幽冷，烽火忆当年。算曾经，功人功狗，幸董狐、直笔更如椽。须归去，没斜阳处，只是苍烟。

陶 琦

字东篱，号南山，别署甘泉居士，1968年生，甘肃张掖人。现供职于张掖博物馆。甘肃省诗词学会会员，张掖诗词学会理事。编、著出版有《大佛寺诗联选》和《东篱诗草》。

纪念红西路军西征

三军[①]两万尽英豪，抗日西征盛誉高。
马匪凶残凌聩弱，红军勇敢战魑魅。
高台失利全军没， 临泽突围庶几逃！
正义之师遭毁灭，分尸“二马[②]”恨难消。

【注】
① 三军：指红五军、九军和三十军。
② 二马：指马步芳、马步青。

丁亥年（2007）春返乡见闻记

采风昨赴故园村，满目青葱景色新。
路网纵横通远镇，香车上下乐乡亲。
高楼有影频频见，矮屋无踪细细寻。
信是农家真富了，庄前院后尽牛群。

社区老年生活剪影

靓丽风光入望中，社区一片夕阳红。
街头舞扇欢群妪，楼下敲棋乐老翁。
遣兴引泉浇绿色，消闲植树锁黄龙。
弄孙启智挥余热，垂暮生活别有情。

八声甘州·春满家园

喜东风浩荡满家园，胜地换新颜。望祁连山下，黑河两岸，大好河山。是处千红万紫，正马叫人欢。看那南来雁，展翅翩翩。　信步康庄大道，览古城春色，美景空前。有高楼栉比，彩带[1]绕城环。乐游园、水流花放，最消魂、荡桨在甘泉。听评述、政通人和，无愧江南[2]。

【注】

① 彩带：环城公路。

② 江南：语出民国时期罗家伦《五云楼远眺》诗："不望祁连山顶雪，错将张掖认江南。"

诉衷情·悼父

清明昨日故乡行，旧垒草成丛。仙凡一隔千里，忆昔泪盈盈。　粗饭菜，美门庭，育人龙。伴儿寻药，夜雨金城，多少恩情！

【越调】天净沙·张掖大佛寺四季咏

春

阳春日丽和风。蜂飞蝶舞芳丛。画栋雕梁倩影。百花争胜，禅林一片葱茏。

夏

松烟柏影桑苍。百花怒放幽香。远近游人赞赏。惠风和畅，纳凉避暑仙庄。

秋

天高云淡悠闲。黄花篱畔争妍。览胜游人忘返。古城禅院，名传万水千山。

冬

琼枝殿宇云祥。钟鸣鼓响悠扬。古刹宾来客往，玉龙飘荡，长空絮舞梅翔。

踏莎行·马蹄寺抒情

梦里蓬莱，神仙别墅，奇峰秀谷惊人目。悬崖鬼斧造石窟，苍松翠柏萦轻雾。　　揽胜登高，探奇寻古，鸿儒[①]设帐修身处。临松乘马赏飞瀑，景幽忘返迟归步。

【注】

① 鸿儒：指晋人郭瑀。他曾在马蹄寺凿窟隐居，著书讲学，门下弟子多达千余人。

李 明

1968年生，甘肃会宁人。西北政法大学法学系毕业，获法学学士学位。曾任榆中县副县长，现任甘肃省高级人民法院行政庭副庭长，高级法官。

嘉峪关怀古

重到古城嘉峪关，苍烟落日锁残垣。
当年多少戍边士，春梦几番到故园。

早 春

二月春风绿树梢，吹来雨露润青苗。
忽惊室外花开早，舒展干枝香暗飘。

山 居

不谙山外事，高卧老林泉。
根本潜心务，长生返自然。

咏 菊

秋来风送爽，处处菊花黄。
高枕东篱卧，盈门有暗香。

无 题

四十年来梦一场，忧民忧国暗思量。
痴心愿化迎春草，凌寒先绽压群芳。

翠 竹

市朝熙攘竞嚣尘，书舍耕耘独守真。
不问浮名清与浊，阶前翠竹证吾心。

游高滩村

酷日当空郊外游，喧嚣深处觅清幽。
河水潺湲杨柳畔，几杯啤酒散千忧。

新生古风

清风迎面拂，花瓣宛转落。
初惊秋霜至，细察发新叶。

河西行

西向阳关事远行，丝绸古道故人情。
觥筹交错怡然醉，枕上遥闻胡马鸣。

南湖公园

春到南湖气象新，轻盈漫步景宜人。
一池潋滟观鱼戏，两岸垂杨听鸟音。
情侣缠绵舟似箭，百花烂漫草如茵。
闲来围坐凉亭下，啤酒几杯且散心。

廖海洋

号澄清子，1971年生，甘肃甘谷人。供职于中国农业银行甘肃省分行。天水市诗词学会会员，甘肃省诗词学会会员。

戊寅中秋雅集得往字

金风何飒爽，西楼聚俊朗。
谈笑话平生，披襟坐轩敞。
冷香催丽词，浊醪搜诗囊。
逸兴不能已，微吟成清响。
良宵且盘桓，明月正堪赏。

戊寅入冬以来久旱感兴

深冬久旱万民号，疾病流行黍麦焦。
农户犹贫愁饱暖，年关忽近叹萧条。
布衣无术呼风雨，肉食何人效舜尧。
搔首问天天不语，一行清泪润青苗。

戊寅仲冬雅集咏梅得桥字

凌霜傲雪赏高标，韵压江南廿四桥。
才子樽前呵玉砚，佳人月下弄清萧。
暗香素蕊甘幽独，狂蝶游蜂莫浪挑。
已嫁孤山林处士，不随桃杏竞春潮。

庚辰除夕冀城友人电话拜年以诗答之

醉意朦胧一线传，万山隔阻两心牵。
感君有酒能相忆，恨我无缘与共欢。
已卯平安还顺利，庚辰美满定周全。
幽人把盏不知味，梦里几番呼八仙。

庚辰重阳前一日,雅集南郭寺题杜工部玉石雕像得羞字

当年流寓到秦州，困顿因人作远游。
天宝君臣皆梦梦，经纶意气肯休休。
赞公何幸与酬唱，老树有缘入眼眸。
今日重来依旧瘦，轻肥之辈可曾羞。

为某公致仕作

林泉归去好生涯，朝看渭波晚看霞。
此后光阴皆我有，从前事业属公家。
书山有志寻灵感，诗海无涯觅汉槎。
遥想当年多少事，风清云淡煮香茶。

原韵答董蕴青诗人

（一）

大道陵夷痛亦深，商潮滚滚竞嚣尘。
饱闻无法无天事，谁是有情有义人。
将相王侯宁有种，布衣黔首亦争春。
龙泉剑舞中宵月，北望长安隔雾云。

（二）

家在南山藉水滨，任由马迹与车尘。
蜗居二室一厅地，心折三唐两汉人。
独爱幽兰甘寂寞，耻随浪蝶逐芳春。
同为不合时宜者，何日对床剖素心。

春日家居

园中欲绽牡丹芽，无限春光到我家。
连翘迎春皆烂漫，海棠兰草俱纷华。
卧听楼外歌如缕，坐看阳台雨似麻。
一卷闲书消半日，杯中先沏雨前茶。

满江红·大学毕业留别诸友

赵水燕山，勿忘我，当年情节。犹记得、狂歌纵酒，深宵观雪。聚散为何天作主？悲欢究竟谁能说？自此后，夜夜梦魂牵、太行月。　　功名路，何曲折；男儿志，坚如铁。入红尘深处，漫寻伯乐！难料今生红与黑，休提往事对还错。且举杯，高唱易水寒，肝胆裂。

蝶恋花·赠妻

人海茫茫寻觅遍，加减乘除，我自真肝胆。千里姻缘牵一线，好逑足称平生愿。　　双飞双宿梁间燕，举案齐眉，一任沧桑换。欲画双眉羞玉面，吹笙鼓瑟长相伴。

水龙吟·遣怀

无言无奈无聊，无醒无梦无牵念。无蜂无蝶，无花无酒，也无人管。任暖风吹，任流水绿，心情犹懒。最这般时节，人寂寞，情缱绻。　　窗外阳光灿烂，少知音、相依相伴。写诗谁和？奏琴谁懂？红尘问遍；梦且休醒，酒宜长醉，暗将门掩。恐闲愁难闭，无踪无影，无涯无岸。

念奴娇·澳门回归感赋

莲峰妈阁，问曾遭几度，铜驼荆棘？四百年来多少恨，咫尺竟成异域。尧舜之民，膏腴之壤，沦入夷蛮籍。北飞燕子，空传归去消息。　　中土重整乾坤，折冲樽俎，相继收完璧。豪迈迎来新世纪，更创东方奇迹。南海明珠，旅游胜地，再展凌霄翼。无边光景，教人血热情激。

蝶恋花·庚辰初夏秦州诗友送余赴调兰州雅集玉泉观得了字

古观清幽香缭绕，钟磬悠悠，惊起林中鸟。证道敲诗吟兴好，伤怀离别催分秒。　满腹唏嘘谁可晓，相见得迟，却恨分离早。千里婵娟须共照，诗逢知己情难了。

念奴娇·辛巳立夏日雅集紫桐女史宅赋立夏得一字

青春去矣。算伤怀应是、年年今日。欲问春归何处去，窗外鹧鸪声急。柳絮影轻，紫桐香淡，蜂酿菜花蜜。韶华渐老，痴情依旧如一。　深幸少长咸来，群贤欢聚，挥舞春风笔。明月清风催妙悟，诗兴恰如泉溢。美酒盈樽，山珍满案，今夕复何夕。后之来者，必然追慕叹息。

浣溪沙·西双版纳乘机至丽江

孔雀遨游越万山，澜沧如线九回还，稻田浑似地板砖。　俯看白云如雪野，犹疑身在采荷船，片时热带变温寒。

贺新郎·观舞剧《大梦敦煌》

瀚海驼铃咽。乍相逢，月来云破，风悄雨歇。只为当初那一瞥，彼此心牵肠结。算来是、人生冤孽。且把今生全付与，看飞天起舞翻新乐。丹青误、伤情劫。　　霜浓雪猛心寒彻，问苍旻、人间何觅，忘情灵药？！万点多情儿女泪，怎奈无情冷铁。碧血化、甘泉清澈。大梦千年犹未醒，让爱情从此成传说。仰天叹、泪盈睫。

贺新郎·听小提琴协奏曲《梁祝》

幽恨凭谁说？算只有、草桥孤雁，楼台霜月。万事原来皆一梦，莫道两情相悦！倒不如、弟兄情切。原是无知无情好，更少却、许多瓜葛。思往事，心滴血。　　有缘相识难割舍，羡鸳鸯，双飞双宿、死而同穴。拼却今生诠释爱，直到化为双蝶。博得个、天空海阔。好笑人心多机巧，细思量、都是瞎忙活。吾与汝，且守拙。

念奴娇·听二胡独奏曲《二泉映月》

前尘往事，正梦回午夜、似焚如割。无奈生涯多坎坷，任尔才高志洁。饮尽炎凉，饱经忧患，太息肝肠热。二泉无语，谁怜消瘦如月。　　醒悟已是而今。他生休管，有酒直须喝。攘攘熙熙成底事，笑尔蚊蝇争血。弹断哀弦，谱成绝响，草木同凄切！天南地北，伤心谁与言说。

满庭芳·春思

风抚柳弦，花织锦绣，人间又是春天。风和日暖，万类竞争妍。是处桃夭李艳，榆梅绽，似火一团。蜂蝶闹，游春仕女，花下共翩跹。　　迁延。回首处，满庭芳色，欲赏已残。纵闲暇，尘灰满面自羞惭。念娇妻稚子，犹在天边。惟有二三知己，耽于酒，聊慰阑珊。心中事，平平仄仄，夜夜入诗篇。

樊泽民

1971年生，甘肃民勤人。中华诗词学会、中国楹联学会会员，甘肃省楹联学会常务理事，甘肃省诗词学会、武威市作协理事，苏武山诗社副社长、《苏武山诗词》副主编。

呈李老汝伦诗长

寂寞诗坛寂寞心，敢凭血性振诗魂。
豪挥愤世忧民笔，厌作风花雪月吟。
堪向尘寰留史鉴，须从气骨见精神。
多情不负高才调，一代骚人李汝伦。

赠马老维乾先生

骥足卅年遍绿洲，关情最是万民忧。
韶华尽献农和水，肝胆常牵歉与收。
属意诗词开气象，呕心史志著春秋。
老来更骋风流甚，一径梨花伴白头。

壶口瀑布

惊看碧宇吼神龙，落照珠飞百丈虹。
浩气雄风冲日月，奔湍巨浪上苍穹。
千年久蓄云雷势，万里豪歌江海声。
此是中华大合唱，震天一啸九州同。

痴斋杂吟

书城寂寂困诗囚，厌涉红尘学打油。
买醉狂贪千斗酒，行吟好放五湖舟。
可人句蕴真情感，匡世文尊硬骨头。
一笑心轻名利客，看吾傻冒亦风流。

三十书怀

流年三十笑荒唐，路尚迢迢梦尚长。
一曲新词伤落拓，几杯浊酒醉清狂。
人情世事哈哈镜，利禄功名泡泡糖。
逆境更应存傲骨，敢挥诗笔试锋芒。

沙乡红枣①

一树桠杈稳扎根，惯经暴雨恶风侵。
千寻铁骨千寻志，万簇金花万簇云。
结实何嫌水肥瘠，献身岂惧棍棒沉。
枝头颗颗红星闪，可是归乡赤子心？

【注】

① 红枣成熟后，农家常用木杆将枣儿敲打下来，名曰“拷红”。家乡人常将红枣邮寄给远在他乡的亲人，以表达思念之情。

沙枣礼赞

铁骨擎天浩气昂，管它冬雪与秋霜。
春来银叶三分绿，夏至金花十里香。
自把根深留故土，不因土瘠走他乡。
挺身铸得长城固，岂任风沙肆虐狂？

刺 邪

打鼓敲锣曲曲谐，年年政绩上台阶。
吹牛尤喜戴高帽，务实偏偷赐小鞋。
乱用职权真似虎，不还欠债反成爷。
涤清浊世行公道，如剑诗锋直刺邪。

挑夫歌

挑自沉沉汗自流，斜阳踏碎万山秋。
弓腰赤臂肌如铁，舌燥腹空喘若牛。
双脚踩开天地路，一肩担尽古今愁。
蓦思母病妻儿苦，奋步云梯争上游。

有寄

独倚危楼问远鸿，世间何物似情浓？
几回梦醉凉州月，数寸心寒大漠风。
华发生成千丈白，痴魂呕出一腔红。
夜深灯下犹持笔，难写相思十万重！

傅伯平

字秀琛，笔名平原，1971年生，甘肃天水人。研究生学历。现为中华诗词学会、甘肃天水市作家协会、天水诗词学会会员、《麦积诗苑》编委。出版诗词曲集《平原吟草病案录》、诗论集《韵程旅痕》等。

清商怨·惊变排险

世界瞬息沉陷，水电路信中断，日冷月寒，江山泪血染。　　军警民齐奋战。闯废墟、搜救排万险。温暖心田，八方来搀勉。

乌夜啼·胡总书记亲临汶川

山塌地裂人慌，灾难量。总书记临现场，励八方。　　祸害广，众推挡，爱无疆，别是一番滋味，暖心房。

定风波·唐家山堰塞湖

主震示威余震帮，泥石流恶堵心慌。巴渝陕甘宁滇桂，见鬼！青山绿水苦流长。　　堰塞湖多河道毁，城碎！冲锋舟侦觅良方。堆积体排除织美，捣毁，唐家山射洒金光。

连理枝·心连心家园社区

震魔心肠毒。偷袭难兼顾。摧毁江山千层美，抹黑世人旅途。灾无情、有爱道清明，举国共相谋。　　雨里清寒堵，月下孤魂哭。排难军民团结紧，首创家园社区。苦乐共、同吃住扶帮，登新台揭幕。

拾翠羽·重建精神家园

爱入心田，福信总随迟速。听鸣禽、稍迁乔木。帐篷落脚，捐食充肚。风雨扰，恶梦惊魂胸堵。　　热爱抚伤，真亲至情恋顾。摸平疮、活筋明目。除燥排挫，心理干预。望居安，精神园区牢固。

柳稍青·帐篷学校

岸草平沙，灾民正胆，政府帮拉。搭建帐篷，少童返校，夏仰国花。　　学人一悼天涯，梦醒处、娇阳艳霞。聆听远程，捐书怜顾，巴蜀柔纱。

唐多令·暮春

看柳絮飘飘，叹榆钱满郊。纵花王，玉陨香消。烂漫春光能几日，风雨送，夏蛙邀。　乳燕剪青霄，新禾涨绿潮。怵崇楼，钟鼓声嘹。跃起庭中舞长剑，河汉灿，斗星高。

诉衷情·夜读

秋风送雨入窗帏，灯下翠虫飞。读书忘却长夜，伴我绿茶杯。　抬倦眼，已熹微，晓风吹。痴儿酣睡，粉面疏眉，向壁依偎。

陈永红

笔名瑜辉，1972年8月生，甘肃省靖远县人。现任白银市平川区发展和改革局项目信息中心主任，区政协常委。《平川史话》副主编、《平川区志》编辑，惠川诗社常务副社长。

碑南泉记

深谷清幽藏绿玉，碑南人道有名泉。
漫山碧草接云树，匝地春岚摩我肩。
奇石峥嵘列战阵，岩羊劲健度雄关。
长城侧畔怀前事，豪气顿生天地间。

女子体操团体夺冠赠程菲

北京奥运映朝晖，勇冠三军振国威。
跳马名成缘苦炼，体操功著凭轻飞。
红旗壮志荣华夏，神技柔情赞仪徽。
敢问谁能当盛誉，英雄女帅叫程菲。

漩 涡

人云盘古开天地，聚散穷通在世间。
曾向中流吞日月，常从微醉看云山。
铜驼巷陌终无赖，八骏凌烟亦等闲。
自负平生多壮志，可怜华发逆风漩。

子夜闻女子十二乐坊演奏《彩云追月》

彩云追月动心弦，天籁清宵落九天。
静气凝神品绝调，钟灵毓秀在人间。
初来似觉微波动，侧顾还听细语传。
裂碎银瓶花雨歇，痴痴犹醉独凭栏。

戊子除夕

满目街灯贺岁初，弥天喜气映桃符。
情关雪后江南运，笔绘春来塞北图。
盛世同怀吉庆夜，和谐共话小康途。
凭栏旨酒酹华夏，梅绽神州亿兆株。

岁末感怀

独坐高楼心自乱，忧思才散复纷陈。
时光斗转逢新节，雪意频侵却近春。
腊酒已清酬劳苦，文章未厌奋精神。
书生报国唯肝胆，岂以沉浮动我心。

饮冰心玉壶酒

同为世路奔忙命，共对萧寒降雪天。
紫玉壶开销永夜，冰心客聚送残年。
兰台走马思廉吏，宴席酬觥慕醉仙。
细算人生时易过，暂凭杯酒暖心田。

独行大风中而作

飞尘骤起大风扬，笑对寒流任裂裳。
北海吞毡怀汉节，红山怀古动诗肠。
黄沙蔽日苍穹暗，行客回眸世路长。
塞上由来天易变，且当历练亦无妨。

冬至致友人

寒风冬至三更吹，地转星移恰应时。
野径无人飞乱草，苍松有志耸青枝。
闲来帐下生鸿梦，老去陇头咏凤池。
忽得良朋传远讯，一阳生后盼归期。

秋日独思

风生梅雨凉初觉，再向昏鸦问旧时。
花落雁知星节换，草黄山晓斗辰移。
良知算就平生运，心血已着半世棋。
纵览千秋多少事，数奇终究让人奇。

何海源

1979年生于甘肃临洮。职业画家。甘肃省美术家协会会员，中华诗词学会会员。

莲花山倩影

莲花奇峰云影近，雷声绕耳众心惊。
古松迎客精神抖，金顶悠悠钟磬声。

忆　朋

（一）

静夜思朋秋露浓，相从相惜只霓虹。
不知夜半人醒未，还于梦里捉虾龙。

（二）

秋雨连绵喜相聚，银锅金筷品虾蹄。
腾龙游海归应速，望天兴叹众星稀。

咏牡丹

风里英姿暖阳照，万花魁首竟飘摇。
花开盛世人人爱，谱写和谐分外娇。

冬夜难眠

雪夜斋中特地寒，终宵辗转入眠难。
满腔心事向谁诉，情到浓时泪亦弹。

深　思

秋夜窗前月色柔，洮河浑浊不停流。
庭院落花红满地，人生之路更添愁。

无　题

情怀依旧铭心骨，惟感无缘空思苦。
漫说文章千古传，片纸点墨恋蝶舞。

相　聚

良友亲朋难得聚，一杯醇酒抖精神。
五谷杂粮最为贵，人间仙味孰能伦。

后记

《中华诗词存稿·甘肃卷》共收入294位作者的2819首格律诗词，是迄今汇编甘肃省格律诗词数量最多的一部诗集，充分展示了甘肃中华诗词创作的水平和繁荣状况。我们为此感到高兴！当付梓出版之际，特记编纂始末，以告读者与作者。

《中华诗词存稿·甘肃卷》，是由中华诗词学会统一筹划出版的国家级诗集分省卷。甘肃的编纂工作始于2008年，前后可分为两个阶段：

第一阶段，收集甘肃近代以来诗人的格律诗词，并编纂初稿。在甘肃省诗词学会的领导和组织下，此项工作由田玉林和胡志毅二位先生承担，一方面收集了晚清自林则徐以降至民国时期有关甘肃的名家诗词，一方面公开征集当代作者的诗稿。然后选辑、编审、编排，时至2010年，汇编打印出初稿，共汇编诗词4000余首（阕）。

第二阶段，审校加工，修订成书。因为诗集初稿数量大大超出中华诗词学会规定各省卷容量在2000首左右的要求，省诗词学会加强编辑力量，认真补录增删，审校加工，每位诗人录入诗词不超过20首（阕），减少了近三分之一的数量；规范了作者简介的体例，力求简明准确；改按近现当代排序为按作者出生年月排列；还补录了小部分诗人的作品及其简介等。这一阶段的工作主要由副会长邓明先生和把志先先生承担，郭子栋先生也给予了帮助，并由兰州市历史文化研究开发领导小组办公室工作人员鲁彦池改版成样。

本诗集收录自1840年至2012年之间的诗词作品。内容以描写甘肃为主。所收作品多用平水韵，有的放宽至词韵。也有用今韵的作品。

诗集的编辑和出版，得到了省上领导的重视和大力支持。甘肃省人大常委会副主任、省诗词学会顾问朱志良先生亲任编委会主任，中共甘肃省委副秘书长兼办公厅主任、省诗词学会顾问陈田贵先生亲任诗集的主编，及时指导编辑工作，解决编辑出版工作中的重大事项，为诗集得以顺利出版作出了重要贡献。

在诗集编辑过程中，老会长袁第锐诗翁去世，生前他抱病撰写了序言。现任会长张克复先生负责组织领导工作，努力为编辑工作创造有利条件。常务副会长宋寿海、副会长王传明、李枝葱等先生，也都为诗集的编辑出版工作多方努力。正是大家的共同努力，终使诗集得以面世。

在诗集编辑过程中，本着入编自愿的原则，省诗词学会曾多次发文、载刊，并向有些老诗人致以专函、专电，征集稿件，但仍难免有遗珠之憾。其他不足之处，也在所难免，欢迎诗友和读者批评指正。

华章嘉成，可喜可贺！甘肃省诗词学会对以上参与和关心诗集的诸多先生和支持编辑工作的诗友们致以崇高的敬意！

甘肃省诗词学会

2012年7月26日